思想觀念的帶動者

文化現象的觀察者

本土經驗的整理者

生命故事的關懷者

心靈工坊 PsyGarden

STORY

在奔馳的想像中尋找情感的歸屬
在迷離的經驗中仰望生命的出口
在波動的人性中釐定掙扎的路徑
在卑微的靈魂中趨近深處的起落

斯賓諾莎問題

The Spinoza Problem

作者—歐文・亞隆（Irvin D. Yalom）
譯者—易之新

目錄

目錄

開場白

斯賓諾莎長久以來一直吸引著我。多年來，我一直想描寫這位勇敢的十七世紀思想家，他在世上如此孤單，沒有家庭，也沒有社群，寫出真正改變了世界的書。他預見了政教分離、自由的民主國家，以及自然科學的興起，他為啟蒙時代鋪路。他在二十四歲被猶太人逐出教會、餘生被基督徒審查的事實，一直令我著迷，這也許是出於我自己破除偶像的癖性。這種對斯賓諾莎奇怪的契合感，在我知道自己心目中第一流的英雄愛因斯坦是斯賓諾莎迷之後，更被強化了。愛因斯坦談到上帝的時候，是指斯賓諾莎口中的上帝——完全等於自然的上帝，含納所有實體的上帝，「不在宇宙中玩骰子」的上帝——他的意思是指每一件發生的事，毫無例外，都遵循有次有序的自然律。

我先前有兩本小說是根據尼采與叔本華的生活與哲學而寫成的，我也相信斯賓諾莎就像他們一樣，所寫的東西與我的精神醫學和心理治療領域非常相關，舉例來說，觀念、想法和感受是由先前的經驗造成的，情感可以用不帶情感的方式來研究，理解可以導向超越。我希望透過觀念形成的小說來頌揚他的貢獻。

但如何描寫一位如此活在沉思默想的生活中、沒有什麼引人注目的外在事件的人呢？他非常隱藏自己，他的文章裡看不見他這個人。我缺少自己會說話的素材——沒有家庭劇碼，沒有風流韻事、妒忌、有趣的軼事、世仇、惡言或重逢。他有許多書信，但在死後，他的同仁就遵從他的指示，把信中所有與私事相關的部分都移除了。他的人生沒有什麼外在的戲碼：大多數學者認為斯賓諾莎是寧靜、溫和的靈魂，有人把他的生活比擬為天主教的聖人，甚至比做耶穌。

於是我決定寫一本關於他內在生活的書，我個人的專業知識可能有助於述說斯賓諾莎的故事。畢竟，他是人，所以必然曾對抗過那些困擾我和數十年來我所治療的許多病人相同的基本人性衝突。他在二十四歲被阿姆斯特丹猶太社群逐出教會，必然有強烈的情緒反應。這種放逐是不能取消的命令，規定每一個猶太人，包括他自己的家人，都要永遠迴避他。再也沒有猶太人和他說話、與他交流、讀他的文章，或來到他十五英呎的距離之內。每一個人當然都有內在的生活，充滿幻想、夢想、熱情、對愛的渴望。斯賓諾莎的主要著作《倫理學》（*Ethics*）有大約四分之一都是全力討論「克服情感的束縛」。身為精神科醫師的我，深信他若沒有與自己的情感有自覺地掙扎過的經歷，是不可能寫出這段文章的。

但我仍然被困住了好幾年，因為我找不到小說需要的故事，直到五年前拜訪荷蘭，終於有了轉機。我受邀演講時，向對方要求一個「斯賓諾莎日」做為報酬的一部分。荷蘭斯賓諾莎學會的祕書和一位頂尖的斯賓諾莎哲學家同意花一天的時間陪我探訪所有與斯賓諾莎有關的重要地點——他的居所、埋葬的地點，還有一個最迷人的地方，萊茵斯堡的斯賓諾莎博物館。我就是在那裡有所領悟。

從阿姆斯特丹到萊茵斯堡大約要四十五分鐘車程，我帶著熱切的期盼進入斯賓諾莎博物館，尋找……什麼？也許是遇見斯賓諾莎的鬼魂，也許是一個故事。但一進入博物館，我就立刻感到失望，我懷疑這個既小又貧乏的博物館怎麼可能讓我更接近斯賓諾莎。唯一勉強與他有關的物品是斯賓諾莎的一百五十一本藏書，我立刻轉向這些書。主人允許我自由翻閱，我拿起一本又一本十七世紀的書，捧在手中，聞書的味道，我因為碰觸曾經被斯賓諾莎的手碰觸過的書而悸動。

但我的幻想立刻被主人打斷：「當然了，亞隆醫師，他的財產——床、衣服、鞋子、筆和書——都在死後被拍賣，以支付喪葬費用。書被賣掉，散居四方，所幸公證人在拍賣前把這些書詳細列冊，兩百年後，一位猶太慈善家重新收集，得到書名、版本、出版年份和出版城市都相同的大部分書，所以我們稱之為斯賓諾莎藏書，但其實是複製品，他的手指不曾碰觸這些書。」

我離開圖書室，注視掛在牆上的斯賓諾莎畫像，立刻覺得自己融入那雙巨大、哀傷、橢圓形、眼皮沉重的雙眼，近乎一種神祕經驗，我很少有這種經驗。但主人又說：「你可能不知道，但斯賓諾莎其實不是長這個樣子，這只是某個藝術家根據少少幾行文字敘述而想像出來的長相。如果斯賓諾莎在世時有畫像，也都沒有留下來。」

我疑惑地想著，**也許只能寫一個純屬謎團的故事。**

我在第二個房間審視磨鏡工具時（這也不是他的設備，博物館的公告說明這只是類似的設備），聽到主人之一在圖書室談到納粹。

我走回圖書室問：「什麼？納粹到過這裡？到這間博物館？」

「對，荷蘭被突襲後幾個月，ERR軍隊開著大型豪華轎車來這裡，偷走了所有東西——書籍、半身塑像和斯賓諾莎的肖像——所有東西，他們用貨車載走，然後把博物館查封、沒收。」

「ERR？這幾個字母代表什麼意思？」

「Einsatzstab Reichsleiter Rosenberg。德國領導人羅森堡的特別任務小組，就是阿弗瑞德‧羅森堡（Alfred Rosenberg），他是主要的納粹反猶思想家，負責為第三帝國（Third Reich）掠奪物品。在羅森堡的指揮下，ERR劫掠了全歐洲，原先只是掠奪猶太人的物品，到戰爭後期則是任何有價值的東西。」

「所以這些書二度被搬離斯賓諾莎？」我問：「你是指這些書必須再度被購買，第二次重新收集藏書？」

「不，這些書奇蹟似的留下來了，在戰後重返這裡，只少了幾本。」

「太驚人了！」我認為**這裡有故事可說**：「可是羅森堡一開始為什麼要為這些書操心呢？我知道十七世紀和更舊的書具有一些價值，可是他們為什麼不乾脆走進阿姆斯特丹國立博物館，扯下一幅林布蘭的畫作，就有這整套書的五十倍價值？」

「不，重點不在這裡，和錢沒有關係。ERR對斯賓諾莎有某種神祕的興趣，羅森堡的官員，親自動手掠奪藏書的納粹分子，在官方報告寫了一句重要的話：『它們包括珍貴的早期著作，對於斯賓諾莎問題的探討非常重要。』如果你想要的話，可以在網路找到這篇報告，這是紐倫堡大審的正式文件。」

我非常吃驚的說：「納粹的斯賓諾莎問題的探討？我不懂，他的意思是什麼？什麼是納粹的斯賓諾莎問題？」

兩位主人像啞劇雙人組一樣，聳聳肩，攤開雙手。

我逼問他們：「你們的意思是因為這個斯賓諾莎問題，所以他們保護這些書，而不是燒掉，像他們在歐洲燒掉那麼多書？」

他們點頭。

「這些藏書在戰時放在那裡？」

「沒有人知道，書消失了五年，然後一九四六年在德國的鹽礦再度出現。」

「鹽礦？太奇怪了！」我拿起一本書，十六世紀出版的《伊里亞德》，輕撫著它說：「所以這本老故事書也有自己的故事可說。」

主人帶我看看房子其餘的部分，我很幸運，很少有訪客看過建築物的另一半，因為幾世紀以來，它被一個勞工階級的家庭占用，但這個家庭的最後一位成員最近剛過世，斯賓諾莎學會立刻買下房產，開始重建，使它融入博物館。我在建築廢料間穿梭，經過不太大的廚房和起居室，然後爬上狹窄、陡峭的階梯，進入一間小而沒什麼值得注意的臥房，我快速掃視單純的房間後準備下樓，卻看見天花板角落有一個兩英呎見方的細小褶縫。

「這是什麼？」

老管理員爬上幾級階梯看了看，告訴我，它是一道暗門，可以進入小閣樓，兩位猶太人，一位老婦人和她的女兒，在整個戰爭期間在此躲避納粹。「我們為她們提供食物，好好照顧她們。」

外面一片腥風血雨！每五個荷蘭猶太人就有四個被納粹謀殺！但在斯賓諾莎之家的樓上，兩位猶太婦女躲在閣樓裡，在戰爭中受到溫柔的照顧。而樓下小小的斯賓諾莎博物館被羅森堡特別任務小組的軍官劫掠、查封、沒收，因為這個人相信它的藏書可以幫助納粹解決他們的「斯賓諾莎問題」。他們的斯賓諾莎問題到底是什麼呢？我懷疑這位納粹分子，阿弗瑞德．羅森堡，以他自己的方式，有他自己的理由，也在研究斯賓諾莎。我帶著一個謎團進入博物館，離開時變成兩個。

不久後，我開始寫作。

〔譯序〕

哲人日已遠．典型在夙昔

歐文．亞隆是當代心理治療、精神醫學界的大師級人物，專業上，他是團體心理治療與存在心理治療的先驅，兩者都有經典等級的教科書著作，至今仍是這兩個領域的導師；他的另一特色就是擅長書寫深入動人的心理小說，已有數本短篇、長篇小說，不論是在心理學界還是一般大眾，都得到很好的口碑。

擅長說故事如歐文．亞隆，就是有辦法把艱澀的觀念、散亂的案例，改寫成有趣的情節、精采的故事。亞隆述說的故事，或許可以歸類為心理小說，他總是能在故事的描寫中，呈現出人性的細膩肌理、心靈的幽微晦澀。他的故事也可說是哲理小說，因為他喜歡在長篇小說中介紹哲學奇人，不但描繪出他們可能有的內心世界，也用非常白話的方式介紹他們深刻難解的哲理。

亞隆的長篇小說大多以真實人物夾雜虛擬的場景，構築可能的心靈樣貌，可說是心理傳記的另類呈現。他先前已經以尼采和叔本華為主角，寫出兩本心理小說，本書可說是「哲學家心理系列」的第三本。亞隆對這三位哲學家充滿興趣而深入研究，甚至寫出相關小說，是因為他深深覺得他們的哲學對當代心理學與精神分析都有深刻的影響。

第一本是《當尼采哭泣》，用真實的歷史人物，加上虛擬的相遇場景，把尼采的哲學和心理治療做出精彩的結合。第二本《叔本華的眼淚》則是分兩條路線，一方面介紹叔本華的真實生活與其哲學，另一方面則以團體治療的形式披露現代人的困境，並以叔本華哲學和心理治療交會的過程，編織出深入的療癒故事。

他在這本《斯賓諾莎問題》的企圖心很大，既想介紹斯賓諾莎這個人的生活與內心世界，向他致敬；又想介紹他的理性主義哲學，以及他對宗教的觀點與深遠影響；還想介紹心理治療、精神分析的要旨與技術。書中兩位主角，斯賓諾莎與羅森堡都是歷史人物。亞隆為這兩位真實人物分別加上一位經常對話的虛擬人物，藉此探索兩人的內心世界。

斯賓諾莎是十七世紀理性主義哲學的代表人物，在那個時代的歐洲，宗教全然滲透到政治、教育與日常生活之中，但他堅持獨立思考的精神，即使被猶太教逐出教會，仍不加入其他宗教，更不接受不能完全自由講學的教職，憑著磨製鏡片的收入維持自己不受政治、宗教左右的哲思生活。他的哲學理念雖然或受讚揚或受批評，但他偉大的精神與生活方式卻得到一致的肯定與欽佩。他不願突顯個人化的東西，內心世界更是不為人知，於是亞隆以專業心理學者對人性的了解，嘗試描繪這位倍受景仰的哲學家的幽微心理。

羅森堡是二十世紀的納粹領導人物之一，其思想與意識形態對希特勒有很大的影響，最後在紐倫堡大審被判絞刑。亞隆除了描寫他的可能心理狀態，以虛擬的精神分析師試圖治療這種製造邪惡的人，不但在過程中介紹許多心理治療、精神分析的理念與技巧，更以巧思構築羅森堡與斯賓諾莎的連結，一併介紹斯賓諾莎的哲學，使原本艱澀的哲學，成為故事中可口的點心。

對於這本很可能是歐文・亞隆最後一本著述的小說，喜歡故事的人，可以好好享受細膩曲折的心理故事；喜歡觀念的人，也可以沉浸在力圖口語化的哲學思辨、宗教論述；喜歡心理探索的人，則可以汲取故事中幽微的人性面貌與多樣的治療技巧；對斯賓諾莎這位近乎聖人的奇才有興趣的人，也可以藉此認識他的理念、生活與內心世界。「哲人日已遠」的他雖然不是一般大眾耳熟能詳的人物，卻是值得每一個人好好認識的「典型在夙昔」。

〔第一章〕

阿姆斯特丹

——一六五六年四月

隨著最後幾道天光掠過茲旺能河道（Zwanenburgwal）水面，阿姆斯特丹歇息了。染房工人收拾晾在運河石岸邊的洋紅色與深紅色布料，商人捲起門前的雨篷，收起戶外的零售攤位，幾位緩步回家的工人停在運河邊的鯡魚小攤，配著荷蘭杜松子酒吃點心，然後繼續回家的路。阿姆斯特丹緩緩前行：哀痛的城市，仍未從幾個月前殺死九分之一人口的黑死病完全恢復過來。

距離運河幾公尺的布里街四號，破產而微醺的林布蘭（Rembrandt van Rijn）在他的畫作「雅各祝福約瑟眾子」（Jacob Blessing the Sons of Joseph）抹上最後一筆，在右下角簽上自己的名字，把調色盤扔到地上，轉身走下狹窄曲折的樓梯。這棟注定在三百年後成為他的博物館與紀念館的房子，在這一天目睹他的恥辱。房子擠滿投標人，等待叫賣這位藝術家所有財產的拍賣會。林布蘭粗魯地推開樓梯上引頸而望的人群，走出前門，吸入帶有鹹味的空氣，蹣跚走向街角的小酒館。

南方七十公里外的代爾夫特（Delft），另一位藝術家開始嶄露頭角，二十五歲的維梅爾（Johannes Vermeer）對自己的新畫作「淫媒」（The Procuress）做最後的檢視，他從右看到左，首先是穿著艷黃色外套的妓女，太好了，黃色就像發亮的陽光閃現。而圍繞她的一群人，太棒了，每一個人都像是能輕易走出畫布、開始談話。他俯身靠近，注意戴著花俏帽子、斜眼觀看的年輕男子隱約卻銳利的眼神。維梅爾向自己的縮影點頭，極度滿意地在右下角揮筆，簽上自己的名字。

回到阿姆斯特丹布里街五十七號，距離林布蘭房子的拍賣預備會只有兩道街區的地方，一位二十三歲的商人（只比維梅爾早幾天出生，將來會非常欣賞維梅爾，卻不曾見過他），正準備關上他的進出口商店的大門。就一位商店老闆而言，他顯得過於纖細而漂亮，他有完美的相貌，橄欖色的皮膚毫無瑕疵，雙眼既大且黑、精神奕奕。

他對周圍投以最後一瞥：許多櫥櫃就像他的口袋一樣空無一物。海盜奪走他從巴伊亞（譯注二）駛回的最後一艘船，沒有咖啡、沒有糖，也沒有可可。一個世代以來，斯賓諾莎家族經營興旺的進出口批發事業，可是現在的斯賓諾莎兄弟（蓋伯瑞和班托）已縮減到只經營一間小小的零售商店。班托・斯賓諾莎吸入滿是灰塵的空氣，認命地聞著惡臭的老鼠糞便混雜在無花果乾、葡萄乾、甜薑、杏仁果和雞豆的氣味中，以及濃烈的西班牙葡萄酒氣味。他走出去，開始每天與生鏽的大門掛鎖奮戰的慣例。這時突然冒出一句口音陌生、矯揉造作的葡萄牙話，嚇了他一跳。

「你是班托・斯賓諾莎嗎？」

斯賓諾莎轉身看見兩位陌生人，年輕而疲倦的男子，似乎已旅行了很遠。其中一位較高，龐大而結實的頭向前垂下，好像太重而無法保持豎直，服裝的質料很好，但又皺又髒。另一位穿著破破爛爛的農人服裝，站在同伴後面，有著長而糾結的頭髮，深黑的雙眼，突出的下巴和高聳的鼻子，整個人很僵硬，只有眼睛像受驚的蝌蚪閃動著。

斯賓諾莎小心翼翼地點頭。

「我是雅各·曼多札，」較高的一位說：「我們必須見你，必須找你談一談。這是我的表弟法蘭科·貝尼泰茲，我剛帶他離開葡萄牙。」雅各緊緊摟住法蘭科的肩膀說：「我的表弟身陷危機。」

「嗯，」斯賓諾莎回答：「然後呢？」

「嚴重的危機。」

「我知道。但為什麼找我呢？」

「有人告訴我們，你是能提供幫助的人。也許是唯一的一位。」

「幫助？」

「法蘭科已喪失信仰，他懷疑一切，包括所有宗教儀式、禱告，甚至上帝的存在。他一直

〔譯注一〕 Bahia，巴西東部港市，現名薩爾瓦多。

很害怕，無法入睡，還提到自殺。」

「是誰誤導你們，讓你們來這裡的？我只是個經營小生意的商人，而且沒有多少利潤，你看得出來。」斯賓諾莎指著積滿灰塵的窗戶，可以看見裡面半空的櫥櫃。「莫泰瑞拉比（Rabbi Mortera）是我們的靈性領導者，你應該去找他。」

「我們昨天抵達，今天早上就是準備去找他。可是我們的房東，一位遠親，建議不要找拉比，他說：『法蘭科需要幫助者，而不是審判者。』他說莫泰瑞拉比對懷疑者非常嚴厲，還說他相信所有在葡萄牙轉信基督教的猶太人都要面對永恆的詛咒，即使他們是被迫在皈依和死亡之間做出選擇也是如此。他說：『莫泰瑞拉比只會使法蘭科覺得更糟，去見班托．斯賓諾莎，他對這種事很有智慧。』」

「這是什麼話？我只是個商人……」

「他宣稱你若不是因為哥哥和父親的死亡，被迫從商，一定會成為阿姆斯特丹未來的偉大拉比。」

「我必須走了，我必須參加一場聚會。」

「你要去會堂的安息日聚會嗎？對吧？我們也是。我要帶著法蘭科，因為他必須回歸他的信仰。我們可以和你一起走嗎？」

「不，我要去的是另一種聚會。」

「哪一種？」雅各說，但立刻改口：「抱歉，這不關我的事。我們可以明天碰面嗎？你願意在安息日幫助我們嗎？這是被允許的，因為符合戒律。我們需要你，我的表弟身陷危險。」

「奇怪了。」斯賓諾莎搖頭說：「我不曾聽過這種要求。但你搞錯了，很抱歉，我無法提供任何東西。」

雅各說話時一直盯著地面的法蘭科，現在抬起雙眼，說出第一句話：「我只有一點點要求，只要和你說幾句話。你會拒絕猶太同胞嗎？這是你對遊子的責任。我必須逃離葡萄牙，就像你的父親和家人必須逃離，避開宗教法庭。」

「可是我能做什麼……」

「我父親一年前被火刑柱燒死。他犯了什麼罪？他們發現我家後院埋了幾頁道拉經〔譯注二〕。雅各的父親是我父親的哥哥，不久之後也被害死。我有個疑問，想想看，這個世界有個人子聞著父親肉體被燒的味道，創造這種世界的上帝在哪裡？祂為什麼允許這種事？你會責怪我問這種問題嗎？」法蘭科深深看入斯賓諾莎雙眼，過了好一陣子，然後繼續說：「名字叫做『受到祝福』的人——葡萄牙文的班托和希伯來文的巴魯赫（Baruch）就是這個意思——一定不會拒絕和我談話吧？」

斯賓諾莎嚴肅地點頭說：「我會和你談一談，法蘭科。明天中午？」

〔譯注二〕 Torah，指猶太聖經的摩西五經，亦指猶太律法，故本書音譯為道拉經。

「在會堂嗎？」法蘭科問。

「不，在這裡。到這間商店見我，屆時會開門。」

「商店？開門？」雅各插嘴說：「可是，在安息日？」

「我弟弟蓋伯瑞會到會堂代表斯賓諾莎家族。」

「可是神聖的道拉經，」雅各堅持要說，不管法蘭科拉扯他的袖子：「談到上帝希望我們在安息日不要工作，我們必須在神聖的日子向祂禱告，遵行戒律。」

斯賓諾莎轉向他，像老師對待年輕的學生，溫柔地說：「雅各，告訴我，你相信上帝是全能的嗎？」

雅各點頭。

「上帝是完美的嗎？祂本身是完整的嗎？」

雅各再次表示同意。

「那麼，根據定義，你一定同意一位完美而完整的存有是沒有需求、沒有不足、沒有缺乏、沒有願望的。不是這樣嗎？」

雅各想了一想，猶豫著，然後謹慎地點頭。斯賓諾莎發現法蘭科的嘴角露出微笑。

斯賓諾莎繼續說：「那麼，我認為上帝對於我們『如何』或甚至『是否』讚美祂，是沒有任何願望的。那麼，雅各，請允許我用自己的方式來愛上帝。」

法蘭科睜大雙眼，轉向雅各，好像在說：「你看，你看見了嗎？這就是我要找的人。」

〔第二章〕

雷末爾，愛沙尼亞

——一九一〇年五月三日

時間：下午四點

地點：派特瑞綜合高中艾普斯坦校長辦公室外面走廊的長椅

十六歲的阿弗瑞德·羅森堡焦躁不安地坐在長椅上，他不確定自己為什麼被傳喚到校長辦公室。阿弗瑞德的身體瘦而結實，有著灰藍色的雙眼，勻稱的條頓（Teutonic）臉孔；一綹栗色頭髮以優美的角度垂在前額。眼睛周圍沒有黑眼圈——以後就會有了。他高高托著下巴。他也許很叛逆，但時而緊握、時而放鬆的拳頭顯示出他的擔心。

他看起來就像一般人，卻又很獨特。他即將成人，前面有一整個人生等著他。八年後，他會離開雷末爾到慕尼黑，成為多產的反布爾什維克與反猶太記者。九年後，他會在德國勞工黨的會議聽到一場激動人心的演講，演說者是第一次世界大戰的退伍軍人，名叫阿道夫·希特勒（Adolf Hitler），阿弗瑞德會在希特勒之後不久加入政黨。二十年後，他完成《二十世紀的神話》（*The Myth of the Twentieth Century*）這本書的最後一頁時，曾放下手中的筆，得意地露齒而笑。這本書將成為銷售百萬冊的暢銷書，為納粹黨提供許多意識形態上的根據，並為消滅歐洲猶太人的行動提供正當理由。三十年後，他的軍隊會衝入萊茵斯堡一個小型荷蘭博物館，沒收斯賓諾莎私人圖書館裡的一百五十一冊書籍。三十六年後，他佈滿黑眼圈的雙眼會顯得很困惑，在紐倫堡的美國劊子手問他「你有什麼遺言？」時，搖頭表示沒有。

年輕的阿弗瑞德聽見長廊裡逐漸走近的腳步聲與回音，然後看見他的導師兼德文老師薛弗先生，他併攏雙腳敬禮，薛弗先生經過時，只皺起眉頭，緩緩搖頭，然後打開校長室的門。但進入前，他猶豫了一下，轉身看著阿弗瑞德，用一種並非不客氣的語調輕聲說：「羅森堡，你昨晚演講時的差勁判斷，讓我很失望，我們全都很失望。這種差勁的判斷不會因為你被選為班代表而一筆勾消。即使如此，我仍然相信你並不是沒有前途。你只剩幾個星期就要畢業了，不要再當傻瓜了。」

昨晚的競選演講！原來如此。阿弗瑞德用手掌拍了一下頭，**當然了**，這就是我被叫來這裡的原因。雖然全班四十位高年級生幾乎都在場（大部分是波羅的海國家的德國人，但也有一些俄羅斯人、愛沙尼亞人、北極人、猶太人），阿弗瑞德的競選語言完全針對占大多數的德國人，談論他們身為尊貴德國文化守護者的使命，煽動他們的情緒。他告訴大家：「保持我們種族的純淨，不要忘了我們的尊貴傳統，不要接受劣等觀念，不要和劣等民族結交，以免削弱尊貴的傳統。」他也許應該在那裡住嘴，但他太激動了。也許他太過分了。

十呎高的門打開時，艾普斯坦校長的宏亮聲音打斷了他的思緒，「羅森堡先生，請進。」阿弗瑞德進入，看見校長和德文老師坐在一張深色沉重的長型木桌的一端。阿弗瑞德在艾普斯坦校長面前總覺得自己很渺小，校長身高超過六呎，威嚴的儀態、銳利的目光和濃密而疏理整齊的鬍鬚，都具體呈現出他的權威。

艾普斯坦校長向阿弗瑞德示意坐在木桌末端的椅子，這張椅子顯然比另一端的兩張高背椅小很多。校長毫不浪費時間，直接說重點：「羅森堡，我是猶太後裔，是不是？我太太也是猶太人，對嗎？而猶太人是劣等民族，不應該教德國人嗎？我猜當然也不應該被提拔為校長？」

沒有回應。阿弗瑞德喘了口氣，垂下頭，試圖更縮進椅子裡面。

「羅森堡，我是否正確說出你的立場？」

「先生……呃，先生，我當時說得太倉促了。那些話只是以籠統的方式表達。這是一種選舉語言，我用那種方式說話，因為那是大家想聽的話。」阿弗瑞德從眼角看見薛弗先生陷入椅子，拿下眼鏡，揉搓眼睛。

「喔，我懂了。你用籠統的方式說話？但現在我在你面前，一點也不籠統，而是活生生的一個人。」

「先生，我只是說出所有德國人的想法，我們必須保存我們的種族和文化。」

「那關於我和猶太人呢？」

阿弗瑞德再度沉默地低下頭。他想看著窗外，或是看著木桌，但還是憂慮地抬眼看著校長。

「對，當然了，你無法回答。如果我告訴你，我和我太太的家族都是純粹的德國人，我們的祖先在十四世紀來到波羅的海諸國，也許能讓你閉嘴了。還有就是我們都是虔誠的路德教派信徒。」

阿弗瑞德緩緩點頭。

「你卻說我和我太太是猶太人，」校長繼續說。

「我沒有這樣說，我只是說謠傳……」

「你喜歡散播謠言，為了你在選舉中的個人利益？告訴我，羅森堡，謠言是根據什麼事實？還是毫無根據？」

「事實？」阿弗瑞德搖頭說：「嗯，可能是你的姓氏？」

「所以艾普斯坦是猶太人的姓氏？所有姓艾普斯坦的人都是猶太人，是嗎？還是百分之五十？或只有一點點？或可能只有千分之一？你的學術研究怎麼告訴你的？」

沒有回答，阿弗瑞德搖頭。

「你的意思是儘管你在我們學校接受科學和哲學教育，卻不曾思考你如何知道你所知道的事。這難道不是啟蒙時代的主要課程嗎？我們把你當掉了嗎？還是你把我們當掉了？」

阿弗瑞德看起來驚慌失措。艾普斯坦先生用手指敲打長桌，接著繼續說。

「羅森堡，你的姓氏呢？你的姓氏是不是也是猶太人的姓氏？」

「我確定不是。」

「我可不這麼確定。容我給你幾個關於姓氏的事實。德國在啟蒙時代的過程中……」艾普斯坦校長停頓了一下，然後厲聲說：「羅森堡，你知道啟蒙時代發生的時間嗎？什麼是啟蒙時代嗎？」

阿弗瑞德瞥一眼薛弗先生，帶著懇求的語氣順從地回答：「十八世紀，指……理性和科學的時代。」

「對，正確。很好。你沒有完全錯失薛弗先生的教導。那個世紀後期，有一些把猶太人變成德國公民的措施傳到德國，猶太人被迫付錢選擇德國姓氏。如果不付錢，就會得到一些很可笑的名字，比如希慕茲芬格爾〔譯注一〕或德瑞克雷克爾〔譯注二〕。大部分猶太人同意付費取得較美或較優雅的姓氏，也許是花的名字，比如羅森布倫〔譯注三〕，或是與大自然有關的姓氏，好比葛林邦〔譯注四〕。更受歡迎的就是與尊貴城堡有關的姓氏，例如艾普斯坦城堡具有高貴的意含，屬於神聖羅馬帝國的偉大家族，它的名字常被十八世紀住在附近的猶太人選為姓氏。有些猶太人付較少的費用，採用傳統的猶太姓氏，比如利未（Levy）或柯亨（Cohen）。

「至於你的姓氏，羅森堡，也是非常古老的姓氏。但在一百年之間，它得到新的生命，

〔譯注一〕 Schmutzfinger，意為髒手指。
〔譯注二〕 Drecklecker，意為舔灰塵。
〔譯注三〕 Rosenblum，意為玫瑰花。
〔譯注四〕 Greenbaum，意為綠樹。

成為祖國常見的猶太姓氏，我向你保證，如果你回祖國看看，就會發現許多人偷看你、對你竊笑，你會聽見你的血緣有猶太祖先的謠言。告訴我，羅森堡，發生這種情形時，你要如何回答他們？」

「我會以你為榜樣，先生，說出我的祖先。」

「我個人已經完成我的族譜研究，回溯好幾世紀。你有嗎？」

阿弗瑞德搖搖頭。

「你知道如何做這種研究嗎？」

再次搖頭。

「那麼，你畢業前必須完成的作業之一就是學會族譜研究的細節，實際研究你自己的祖先。」

「作業之一，先生？」

「對，必須有兩項指定作業，以消除我對你是否有資格畢業，是否適合進入科技大學的疑慮。今天討論之後，我和薛弗先生會決定另一項有教育意義的作業。」

「是，先生。」阿弗瑞德逐漸了解自己處境的危險。

「告訴我，羅森堡，」艾普斯坦校長繼續說：「你是否知道昨晚的集會有猶太學生？」

阿弗瑞德微微點頭。艾普斯坦校長問：「你是否考慮到你所說的猶太人配不上這所學校的言論，他們會有什麼感受和反應？」

「我相信我的首要責任是祖國，以及保護我們偉大亞利安民族的純淨，和所有文明裡的創造力。」

「羅森堡，選舉已經結束，不用對我說這些話。注意我的問題，我問的是你的聽眾裡的猶太人的感受。」

「我相信如果我們不謹慎，猶太民族會使我們墮落。他們很軟弱，像寄生蟲一樣，是永遠的敵人，他們與亞利安人的價值觀和文化是對立的民族。」

艾普斯坦校長和薛弗先生對阿弗瑞德的激動感到吃驚，兩人交換了不安的眼神。艾普斯坦校長更深入地探究。

「你顯然想迴避我提出的問題。容我嘗試另一種討論方式。猶太人是軟弱、寄生、劣等的渺小民族嗎？」

阿弗瑞德點頭。

「那麼，請告訴我，羅森堡，這種軟弱的民族會如何威脅我們最強大的亞利安民族呢？」

阿弗瑞德還在思考如何回答時，艾普斯坦先生繼續說：「告訴我，羅森堡，你在薛弗先生的課堂學過達爾文嗎？」

「有，」阿弗瑞德回答：「除了薛弗先生的歷史課，還有華納先生的生物課。」

「你對達爾文知道些什麼？」

「我知道物種的演化和適者生存。」

「啊，對了，適者生存。你在宗教課當然詳細讀過舊約聖經，有嗎？」

「有，慕勒先生的課。」

「好，羅森堡，我們來看看這個事實，聖經提到許多種族和文化，幾乎全部都滅絕了。對嗎？」

阿弗瑞德點頭。

「你可以說出一些滅絕的民族的名稱嗎？」

阿弗瑞德有點語塞：「腓尼基人，摩押人……還有以東人。」阿弗瑞德瞥見薛弗先生在點頭。

「很好，但他們全都消失了。除了猶太人。猶太人生存了下來。難道達爾文不會說猶太人是所有民族中的適者嗎？你懂我的意思嗎？」

阿弗瑞德以快如閃電的方式回答：「但不是透過他們自己的力量。他們一直是寄生者，妨礙亞利安民族成為更偉大的適者。他們的生存只是藉由吸取我們的力量、黃金和財富。」

「啊，他們不是公平競爭，」艾普斯坦校長說：「你在暗示大自然的偉大架構有公平的容身之地。換句話說，高貴的動物在努力求生存時，不應該利用偽裝或暗中獵取？奇怪，我不記得達爾文的著作談過任何與公平有關的事。」

阿弗瑞德困惑地默默坐著。

「好，不管這件事，」校長說：「我們來談另一件事。當然了，羅森堡，你一定同意猶太民族曾孕育許多偉人。比如主耶穌就是猶太人。」

阿弗瑞德再度快速回答：「我讀過耶穌在加利利出生，不在猶太人所在的猶太地區。雖然有些加利利人後來信奉猶太教，但他們沒有一丁點兒真正的以色列人血統。」

「什麼？」艾普斯坦校長攤開雙手，轉向薛弗先生詢問：「薛弗先生，這些觀念是打哪兒來的？如果他是成人，我會問他是不是喝醉了。這是你在歷史課教的嗎？」

薛弗先生搖搖頭，轉向阿弗瑞德，「你從哪裡得到這些想法？你說你讀過，但不是在我的課堂上。你讀的是什麼書，羅森堡？」

「一本高貴的書，先生，《十九世紀的基礎》（*Foundations of the Nineteenth century*）。」

薛弗先生用手掌輕拍額頭，垂坐在椅子上。

「那是什麼書？」艾普斯坦校長問。

「赫斯頓．史都華．錢伯倫（Houston Steward Chamberlain）的書，」薛弗先生說：「他是英國人，現在是華格納的女婿。他寫出想像的歷史：也就是他一路發明出來的歷史。」他轉向阿弗瑞德說：「你怎麼會看到錢伯倫的書？」

「我在叔叔家讀了一部分，然後到對街的書店買了一本。他們沒有書，但為我訂了一本。我上個月一直在讀它。」

「這麼熱情！我真希望你對課堂的教科書也這麼有熱情，」薛弗先生揮手，指向校長辦公室牆上書櫃排列的精裝書。「即使只是一本也好！」

「薛弗先生，」校長問：「你熟悉這本書、這個錢伯倫？」

「就像我對任何偽歷史學家一樣熟悉。他是讓法國種族主義者亞瑟・葛畢諾（Arthur Gobineau）廣為人知的人，他關於亞利安民族優越性的著作影響了華格納。葛畢諾和錢伯倫都過度宣稱亞利安人在偉大的希臘和羅馬文明中的領導地位。」

「他們以前很偉大！」阿弗瑞德突然插嘴：「直到混雜了劣等民族，有害的猶太人、黑人、亞洲人。然後各個文明就衰落了。」

艾普斯坦校長和薛弗先生都嚇了一跳，學生竟然膽敢打斷他們的談話。校長瞄了薛弗先生幾眼，好像這是他的責任。

薛弗先生轉而責怪學生：「如果他對課堂也有這種熱情就好了。」他轉向阿弗瑞德：「羅森堡，我對你說了多少次？你似乎對自己接受的教育很沒興趣。我嘗試了多少次，鼓勵你參加我們的讀書會？然後今天突然在這裡發現你被一本書激起熱情。你要我們如何接受這種情形？」

「也許是因為我以前不曾讀過這種書，談到我們種族尊貴性的事實，談到學者一直如何錯寫人類發展的歷史。事實是我們的種族創造了所有偉大帝國的文明！不只是希臘和羅馬，還有埃及、波斯，甚至印度。每一個帝國都在我們的種族被周圍的劣等種族污染後滅亡了。」

阿弗瑞德看著艾普斯坦校長，盡可能恭敬地說：「若我可以說話的話，先生，這是我對你先前問題的回答。這就是我為什麼不擔心幾個猶太學生覺得受傷的原因，或是斯拉夫學生，他們也很劣等，但沒有猶太人那麼有組織。」

艾普斯坦校長和薛弗先生再度交換眼神，兩人終於了解問題的嚴重性。這位學生不只是個胡鬧或衝動的青少年。

艾普斯坦校長說：「羅森堡，請到外面等候。我們要私下談一談。」

〔第二章〕

阿姆斯特丹

——一六五六年

安息日黃昏的喬登布里街（Jodenbreestraat）擠滿了猶太人，每個人都帶著禱告書和裝著禱告巾的小絲絨袋。阿姆斯特丹的每一位南歐系猶太人〔譯注一〕都走向會堂，只有一位例外。班托鎖好店門後，站在門階上，看著猶太同胞的人潮，過了好一會兒，深吸一口氣，投入人群，但走向相反的方向。他迴避所有人的目光，低聲安慰自己，以減輕不安。沒有人會注意，沒有人會在乎，重要的是美好的良心，不是惡劣的名聲。我已這麼做了好多次。但他狂跳的心臟完全不受薄弱的理性武器影響。於是他嘗試關閉外在世界，沉浸到內在，把注意力轉移到這場理性和情感之間令人驚異、難以理解的鬥爭，在這場鬥爭中，理性總是被壓倒。

當人群稀疏時，他更自在地散步，向左轉入沿著康寧斯運河（Koningsgracht）的街道，走向法蘭西斯卡斯·凡·丹·安登（Franciscus van den Enden）的家與教室，他是絕佳的拉丁文與古典文學老師。

遇見雅各和法蘭科的經過雖然很不尋常，但更難忘的會面發生在幾個月前的斯賓諾莎進出口商店，安登在那時首度走進店裡。班托一面走一面回想那次相遇，忍不住笑了起來。當時發生的細節在他腦海裡仍非常清晰。

那時已近黃昏，是安息日的傍晚，一位大個頭、穿著正式服裝、風度溫文儒雅的中年男子走入他的進出口商店，看看有什麼貨品。班托太沉浸於書寫筆記，沒有注意顧客的光臨。最後安登禮貌性地咳嗽，表示他的在場，然後以強而有力但不至於不客氣的態度說：「年輕人，我們還不至於太忙碌而無法招呼顧客，是吧？」

班托把寫到一半的筆放下，跳起來說：「太忙碌？難啊，先生。你是一整天來的第一位顧客。請原諒我的疏忽。有什麼是我能為你效勞的嗎？」

「我要一公升葡萄酒，可能還要一公斤下層箱子裡的細葡萄乾，視價錢而定。」

班托在天平一端的盤子放上鉛製的砝碼，再用舊木勺把葡萄乾放進另一個盤子，直到兩邊達到平衡，安登又說：「但我打擾了你的書寫。這是多麼新鮮而罕見的經驗，不，不只是罕見，我認為是獨一無二的經驗，進到商店，遇見年輕的店員如此沉浸在書寫中，以至於不知道顧客上門。身為老師，我通常擁有完全相反的經驗，我的學生在需要書寫和思考時，卻不願意

〔譯注一〕 Sephardic Jew，意指西班牙、葡萄牙系猶太人，也包括北非系猶太人。

這麼做。」

「生意不好，」班托回答：「我日復一日坐在這裡，除了思考和書寫，沒有別的事可做。」

客人指著斯賓諾莎的筆記本，仍然打開在剛才書寫的那一面，說：「容我大膽猜測你在寫什麼。生意不好，我相信你在擔心存貨的命運，你在筆記本記錄開銷和收入，編列預算，列出可能的解決方法？對嗎？」

班托滿臉通紅，把筆記本翻轉朝下。

「年輕人，沒什麼好隱藏的。我是偵探大師，而且我很守密。我也會思考被禁止的想法。此外，我的專業是修辭學老師，很有把握能改進你的書寫。」

斯賓諾莎拿起他的筆記本，略帶笑容地問：「先生，你懂葡萄牙文嗎？」

「葡萄牙文！年輕人，我被你難倒了。我懂荷蘭文，也懂法文、英文、德文，還懂拉丁文和希臘文。甚至懂一點西班牙文，略知希伯來文和阿拉姆文（譯注二）。但不懂葡萄牙文。你的荷蘭話說得很好，為什麼不用荷蘭文寫呢？你當然是本地人吧？」

「是的。我父親在小時候就從葡萄牙移民過來。我雖然在商業往來時說荷蘭話，但不太精通荷蘭文的書寫。我有時也用西班牙文書寫，也曾經沉浸在希伯來文的學習。」

「我一直渴望用原文閱讀聖經，可惜耶穌會修士只給我貧乏的希伯來文訓練。但你仍沒有就你的書寫內容回答我。」

「你的結論是我在寫預算，想改善銷售，我假定這是根據我談到生意清淡。合理的演繹法，但在這個特殊的例子，完全錯誤。我的腦袋很少放在生意上，也不曾寫過與生意有關的事。」

「我接受糾正。但進一步追問你的書寫之前，請容許我暫時離題——很難破除的教學習慣。你使用『演繹法』這個字眼是錯誤的。增加特殊觀察以建立理性結論的過程是歸納法，換句話說就是從許多個別的觀察向上建立理論。而演繹法是從先驗的理論開始，向下推理出許多結論。」

注意到斯賓諾莎沉思的點頭，可能是表示感激，凡・丹・安登繼續說：「如果與生意無關，年輕人，那你在寫什麼？」

「只是我從窗戶向外看到的東西。」

安登隨著班托的目光轉向外面的街道。

「瞧，每一個人都在移動。整天，整個人生，匆忙地來來去去。要達到什麼目標呢？財富？名聲？欲望的滿足？這些目標當然都代表錯誤的方向。」

「為什麼？」

〔譯注二〕 Aramaic，古敘利亞通用的語文，猶太文獻及早期基督教文學多以之寫成。

班托已說完他想說的，但顧客的問題使他鼓起勇氣繼續說：「這種目標會繁殖，每當達到一個目標，只會滋生更多的需要。於是更加匆忙，有更多的尋找，永無止境。通往不朽幸福的真正道路必然在別的地方。這就是我在思考和書寫的東西。」班托滿臉通紅，他以前不曾與人分享這些想法。

客人的表情露出極大的興趣，他放下購物袋，靠近一些，注視班托的臉。

就是那一刻，最重要的時刻。班托熱愛那一刻、那驚訝的表情、陌生人臉上全新而大量的興趣與器重。奇妙的陌生人！來自非猶太人的偉大外在世界的特使，一位顯然非常重要的人。他發現自己忍不住回想那一刻，一次不夠，要再次重新想像當時的景象，有時會想第三次，第四次。每次看著那個景象，他就會熱淚盈眶。世上有一位老師、一位優雅的人，對他有興趣、認真看待他，心中也許想著：「這是個優秀的年輕人。」

班托努力跳出這個最重要的時刻，繼續回想他們初次的相遇。

客人堅持問下去：「你說不朽的幸福在別的地方。請告訴我這個『別的地方』是什麼。」

「我只知道它不在會毀壞的對象，不在外在，而是在內在。心靈決定什麼是可怕的、無價值的、值得擁有的或無價的，所以必須改變的就是心靈，而且只有心靈。」

「年輕人，你叫什麼名字？」

「班托．斯賓諾莎。希伯來文稱為巴魯赫。」

「你的名字在拉丁文是班尼迪克特斯（Benedictus），美好而受祝福的名字。我是法蘭西斯卡斯・凡・丹・安登，經營一間古典文學學院。斯賓諾莎（Spinoza），你說……嗯，拉丁文的spina和spinosus意思分別是『荊棘』和『充滿荊棘』。」

「葡萄牙文是D'espinhosa，」班托點頭說：「來自荊棘地。」

「你提出的問題，對正統、教條式的老師，可能真的像荊棘一樣刺人。」安登的嘴唇淘氣地捲成齜牙咧嘴的樣子：「告訴我，年輕人，你曾是老師眼中的刺嗎？」

班托也露出同樣的表情說：「是的，一度是真的。但我現在已離開老師，只把我的刺寫在筆記裡。我這種問題在迷信的社會是不受歡迎的。」

「迷信和理性從來就不是親近的同志，但我也許能介紹你認識一些志趣相投的同伴。比如有一個人，你一定要見一見。」安登伸手到袋子裡，掏出一本舊書，交給班托。「這個人叫亞理斯多德，這本書的內容包括他對你那種問題的探索。他也認為心靈和追求完美的理性力量是至高無上且獨一無二的人類課題。亞理斯多德的《尼卡馬科倫理學》（*Nichomachean Ethics*）應該是你接下來要讀的功課之一。」

班托把這本書拿到鼻尖，在打開前聞一聞書的香味：「我知道這個人，也很想認識他。但我們無法對話，我不懂希臘文。」

「希臘文應該也是你要學的部分，當然了，要在你精通拉丁文之後。可惜你的博學拉比對古語文沒什麼認識。他們的領域如此狹窄，常常忘記非猶太人也參與了智慧的追尋。」

班托恢復猶太人被抨擊時總是會出現的反應，立刻回答：「不是這樣的。曼納脣拉比

（Rabbi Menassch）和莫泰瑞拉比都讀過亞理斯多德的拉丁文譯本。而邁蒙尼德〔譯注三〕也認為亞理斯多德是最偉大的哲學家。」

安登挺直身體說：「說得好，年輕人，說得好。就憑那個答案，你現在已經通過我的入學考試。對以前的老師如此忠誠，促使我現在向你發出正式的邀請，來我的學校學習。時候到了，你不但要知道亞理斯多德，而且要親自認識他。我可以讓你認識他，以及與他志同道合的夥伴，比如蘇格拉底和柏拉圖等人。」

「啊，可是還有學費的問題？就如我說的，生意並不好。」

「我們可以達成協議。一方面，我們先看看你是什麼樣的希伯來文老師，我和女兒都想改善我們的希伯來文。我們可能還可以找出其他交換的形式，目前看來，我建議你在葡萄酒和葡萄乾之外，再加一公斤杏仁果，還有就是不要細葡萄乾，容我改成上層架子那種豐滿的葡萄乾。」

新生活起源的回憶是如此迷人，以至於沉浸在白日夢的班托走過頭，超過目的地好幾個街區。他嚇了一跳，趕緊轉身，加快腳步走到安登的家，這是面對辛革爾運河（Singel）的狹小四層樓房。班托往上走到上課的頂樓過程中，一如以往在每一層的平台逗留一會兒，窺視客廳。他對第一層平台上，邊緣有著一排青色和白色代爾夫特〔譯注四〕風車圖案的細緻複雜瓷磚地板，沒有什麼興趣。

二樓瀰漫著德國泡菜和辛辣咖哩的香味，使他想起自己又忘了吃午餐或晚餐。

他沒有在三樓停下來欣賞隱約可見的豎琴和牆上的織錦，而是像以前一樣品味著掛滿牆壁的油畫。班托花了幾分鐘凝視一幅小畫作，上面畫了一艘停在岸邊的小船，他仔細觀察岸上的大型人體和船上兩個小型人體所表達的透視圖法，船上的兩人，一位站在船頭，另一位體形更小的人坐在船側。他努力記下來，好在當天晚一點時用炭筆模仿。

到了四樓，安登和其他六位學生向他打招呼，這些學生有一位在學拉丁文，五位已經進步到希臘文。安登像以往一樣從拉丁文的聽寫練習開始，要學生翻譯成荷蘭文或希臘文。為了引起學生學習新語言的熱情，安登從有趣和好笑的課文開始教導。過去三週的課文是奧維德（Ovid）的書，今晚則讀了一段納西瑟斯（Narcissus）的故事。

斯賓諾莎和其他學生不同，他對幻想變形的魔幻故事不感興趣，很快就顯示出他不需要有趣的故事，反之，他對學習充滿熱情，對語言具有驚人的天賦。雖然安登立刻知道班托是優秀的學生，但對於這個年輕人在老師張口解釋前，就能領會和記住每一個概念、每一項通則，以及每一個文法特點，仍一直感到震驚。

拉丁文的日常訓練功課是由安登的女兒克拉拉．瑪麗亞（Clara Maria）負責檢查，她是頸項修長、身形高瘦的十三歲女孩，有著迷人的笑容和彎曲的脊椎。克拉拉本身是語言天才，她和父親討論各個學生當天的功課時，會在不同語言間來回轉換，毫不羞怯地在其他學生面前展

〔譯注三〕 Maimonides，1135-1204，猶太教著名學者。

〔譯注四〕 Delft，荷蘭瓷器。

現她的能力。一開始，班托相當震驚：他不曾質疑一則猶太教信條，就是女性的低人一等，包括低等的權利和低等的智力。雖然克拉拉．瑪麗亞讓他大吃一驚，但他仍認為她是特例、怪胎，是女性在智力上不如男性的通則的例外。

有一次，安登帶五位學習希臘文的學生離開教室，讓克拉拉以十三歲嚴肅又近乎滑稽的味道，負責訓練班托和一位德國學生德克．科可林克（Dirk Kerckrinck）字彙和語尾變化的課業。拉丁文的學習是德克進入漢堡醫學院的必要條件。字彙練習後，克拉拉要求班托和德克把詩人雅各．凱斯（Jacob Cats）所寫的一篇廣為流傳的荷蘭詩翻譯成拉丁文，內容談到年輕未婚女性的適當行為，她以迷人的方式大聲朗讀。德克為她熱烈拍手，班托也很快加入，她笑容滿面地站好，屈身行禮。

對班托而言，上課之夜的最後一段總是最精彩的部分，八位學生全部聚在大教室，唯一有窗戶的教室，聆聽安登敘述古代世界。這一夜的主題是希臘的民主觀念，安登認為這是最完美的政府體制——他這時對參加所有課程的女兒瞥了一眼——然後說：「但是希臘的民主排除了百分之五十以上的人口，就是女性和奴隸。」他繼續說：「想想看女性在希臘劇中的矛盾立場。一方面，希臘女性被禁止參加演出，在後來較文明的世紀裡，雖然被允許進入劇場，但只能坐在視野最差的區域。然後，再想想劇中的英勇女性，索福克里斯（Sophocles）和尤里庇底斯（Euripides）最偉大的悲劇中擔當主角的堅強女性。容我簡短描述所有文學中三位最傑出的角色：安蒂格妮（Antigone），菲德拉（Phaedra），美狄亞（Medea）。」

他在描述時，請克拉拉．瑪麗亞以希臘文和荷蘭文朗讀一些關於安蒂格妮最強而有力的段落。講完後，他請班托在人家離開後留下來幾分鐘。

「班托，我有幾件事要和你討論。首先，你記得我在你店裡初次相遇時提供什麼嗎？我要向你介紹幾位志趣相投的思想家？」班托點頭，安登繼續說：「我沒有忘記，我要開始實現那個承諾。你在拉丁文方面的進展非常好，我們現在要轉向索福克里斯和荷馬（Homer）的語言。下個星期，克拉拉．瑪麗亞會開始講解希臘文字母。此外，我選了幾本書，應該是你特別感興趣的。我們會從亞理斯多德和伊比鳩魯的書中，談到你在我們初次相遇時表達高度興趣的主題開始。」

「你是指我在筆記本上談到易毀壞和不朽的目標？」

「完全正確。為了使你的拉丁文更完美，我建議你現在開始用拉丁文寫筆記。」

班托點頭。

「還有一件事，」安登繼續說：「我和克拉拉．瑪麗亞已準備好在你的指導下，開始我們的希伯來文訓練。你同意下星期開始嗎？」

「非常樂意，」班托回答：「這會讓我得到許多樂趣，也可以回報我欠你的債。」

「也許是考慮教學方法的時候了。你有教學經驗嗎？」

「三年前，莫泰瑞拉比要我協助他，向年輕學生教希伯來文。我當時對錯綜複雜的希伯來文寫下許多心得，希望有一天能寫出希伯來文的文法。」

「太好了。請放心，我保證你會有熱切又專心的學生。」

「巧合的是，」班托補充說：「今天下午有人向我提出奇怪的教學請求。兩位煩惱的人在幾個鐘頭前找我，要我當某種指導者。」班托接著說出他與雅各和法蘭科相遇的細節。

安登專心聆聽，班托說完後，他說：「我要在你今晚的拉丁文字彙家庭作業再加一個字。請寫下caute。你可以從西班牙文的cautela來猜這個字的意思。」

「我懂，是『小心』，葡萄牙文是cuidado，但為什麼要小心呢？」

「請用拉丁文。」

「Quad cur caute？」

「有個密探告訴我，你的猶太朋友不喜歡你來我這裡學習。非常不喜歡。他們也不喜歡你與你的社群距離越來越遠。小心，老弟。注意不要讓他們更不滿。不要向陌生人說出你內心深處的想法和懷疑。下個星期，我們要看看伊比鳩魯是否能為你提供有用的忠告。」

〔第四章〕愛沙尼亞

——一九一〇年五月十日

阿弗瑞德離開後，兩位老朋友站著舒展身體，艾普斯坦校長的祕書把一盤蘋果胡桃餡餅放在桌上。兩人坐下後，靜靜啃著餡餅，祕書為他們泡茶。

「赫曼，這是未來的面貌嗎？」艾普斯坦校長說。

「這不是我想見到的未來。我喜歡這杯熱茶，和他在一起會讓人覺得發冷。」

「我們應該要擔心這個男孩以及他對同學的影響嗎？」

一道人影經過，有位學生在長廊上走路，薛弗先生站起來，關上原本微開的門。

「自從他入學，我一直是他的導師，他修過我好幾堂課。奇怪的是，我完全不了解他。就如你看到的，他有一些呆板、冷淡的味道。有些男孩會投入熱烈的談話，但阿弗瑞德不曾加入。他把自己隱藏得很好。」

「赫曼，他剛剛完全沒有任何隱藏。」

「那是從來沒有過的情形。令我震驚。我看見一位不同的阿弗瑞德．羅森堡。閱讀錢伯倫的書使他變大膽了。」

「也許那也有光明的一面。也許其他書將來會以不同的方式激勵他。可是，你說他不是愛書人？」

「怪了，很難回答這個問題。我有時認為他熱愛書中的觀念或氣氛，也許只是書的封面。他常常在腋下夾著一疊書，在校園晃來晃去，作者包括豪普特曼（Hauptman）、海涅（Heine）、尼采、黑格爾、歌德。他的姿勢有時非常滑稽，這是展現他優秀智力的方式，自誇他選的書超過一般人。我常常懷疑他是否真的讀了那些書。我今天不知道該怎麼看待他。」

「對錢伯倫如此熱情，」校長說：「他對其他事物顯示過熱情嗎？」

「問題就在這裡。他一向非常控制情感，但我確實記得他在本地史前歷史課閃現出激動之情，我有幾次帶領學生參加聖奧雷教堂北側的考古挖掘，羅森堡總是自願參加這種考察。有一次，他幫忙打開一些石器時代的工具和史前壁爐時，竟然激動得顫抖。」

「奇怪了，」校長快速翻閱阿弗瑞德的檔案說：「他決定來我們學校，而不是去普通高中，他在那裡可以學古典文學，然後到大學修文學或哲學，這似乎才是他的興趣。他為什麼要去科技大學？」

「我認為有一些經濟上的理由。他母親在他嬰兒時期就過世，父親有肺癆，只能偶爾上班，當銀行的辦事員。新來的藝術老師普維特先生認為他的製圖工夫還不錯，鼓勵他當建築師。」

「他與別人保持距離，」校長合起阿弗瑞德的檔案說：「卻仍贏得選舉。他在幾年前是不是當過班代表？」

「我認為那和是否受歡迎無關。學生不重視職務，受歡迎的學生通常會避免當班代表，因為要處理許多雜事，還要準備畢業致辭。我不認為那些男孩認真看待羅森堡。我不曾見過他和人聚在一起，或是與周圍的人嘻笑。他通常是被惡作劇的對象。他是獨行狹，總是一個人帶著寫生簿在雷未爾附近走動。所以我並不怎麼擔心他會在這裡散播那些極端主義者的觀念。」

艾普斯坦校長站起來，走到窗前，外面是長出春天嫩葉的闊葉樹木，更遠一點是紅磚屋頂的白色宏偉建築。

「多告訴我一些這個錢伯倫的事。我沒有讀過這方面相關的書。他在德國的影響力有多廣？」

「快速成長。驚人的快速。他的書在大約十年前出版，受歡迎的情形持續上升。聽說已賣了超過十萬本。」

「你讀過嗎？」

「我讀過前面，但沒什麼耐性讀下去，剩下的只有大略瀏覽。我有許多朋友讀過。受過訓練的歷史學家和我的反應一樣，教會也是如此，猶太報刊當然就更不用說了。但有許多名人稱讚它，比如威廉二世〔譯注一〕，美國的羅斯福〔譯注二〕，許多很有份量的外國報紙的評論是正面的，有些甚至很著迷。錢伯倫使用高尚的語言，假裝是對我們較高貴的內在動力說話。但我認為他在鼓動我們最底層的衝動。」

「你怎麼解釋他的受歡迎？」

「他的文字很有說服力，讓無知的人印象深刻。你在任何一頁都可能發現他引用聽起來很深奧的話，也許是特爾圖林（Tertullian）或聖奧古斯丁（St. Augustine）的話，或是柏拉圖或某位第八世紀的印度神祕主義者。但他只是表面看起來博學，其實是從古人截取不相關的引文，以支持他先入為主的觀念。他的聲望毫無疑問得利於最近和華格納的女兒結婚，許多人把他視為華格納種族主義遺產的繼承人。」

「被華格納加冕？」

「不，他們不曾見面。華格納在錢伯倫追求他女兒前已過世。但他太太寇希瑪（Cosima）同意婚事，為他們祝福。」

校長添茶後說：「好，我們這位年輕的羅森堡似乎完全接受錢伯倫的種族主義，可能很不容易為他剔除這個部分。但你想想看，哪一個不受歡迎、寂寞、有點笨拙的青少年，不會為了知道他擁有優秀的血統、他的祖先建立偉大的文明，而高興得歡呼？特別是一位不曾有母親來稱讚他的男孩，他的父親站在死亡邊緣，他的哥哥體弱多病，他……」

「啊，卡爾，我在別的地方聽過『你的』洞見，維也納的醫生佛洛伊德，他的著作也很有說服力，他也沉浸在古典文學，永遠不忘以高雅的引言潤飾一番。」

「我道歉。我承認他的觀念似乎總是會讓我特別注意。舉例來說，你剛才說錢伯倫反猶太的書已經賣了十萬本，在眾多讀者中，有幾個人像你一樣不贊成他呢？有多少人像羅森堡一樣被激勵呢？為什麼同一本書會產生如此不同的回應呢？特定的讀者內心必然有某種東西跳出來擁抱這本書。他的生活，他的心理，他的自我形象，內心深處必然有某種東西潛伏著，或是像這位佛洛伊德說的潛意識，造成特定的讀者愛上特定的作者。」

「這是我們下次晚餐討論會的核心主題。現在，我們幼小的學生羅森堡，我猜正在外面苦惱、冒汗。我們該拿他怎麼辦？」

「對，我們在逃避這個問題。我們承諾要給他作業，需要想出某個題目。也許我們反應過度了。在我們僅有的幾星期裡，是不是有一點點可能性，指派一份可以發揮正面影響力的作業？我在他身上看見這麼多痛苦，對人有這麼多敵意，只剩『真正德國人』的幻想。我想我們需要把他從觀念轉到某種具體的東西，某種他能觸碰到的東西。」

「我同意，恨一個人比恨一個種族更難，」薛弗先生說：「我有個想法，我認識一位他必然在乎的猶太人。我們請他進來，我要從這裡開始和他談。」

〔譯注一〕 Kaiser Wilhelm，當時的德意志帝國皇帝。
〔譯注二〕 Theodore Roosevelt，當時剛卸任的美國總統。

艾普斯坦校長的祕書收拾茶具，請阿弗瑞德進來，回到木桌末端的座位。

薛弗先生緩緩填滿煙斗，點燃它，吸入再吐出一大口煙，開始說：「羅森堡，我們還有幾個問題。我知道你從廣泛的種族角度看待猶太人的觀點，但你當然遇過好猶太人。我剛好知道你和我有同一位私人醫生，艾普費邦先生。我聽說他是為你接生的人。」

「是的，」阿弗瑞德說：「從小到大，他一直是我的醫生。」

「這些年來，他一直是我的好朋友。請告訴我，他有害嗎？他是寄生蟲嗎？在雷未爾，沒有人比他更努力工作。當你還是小嬰兒時，我親眼見到他如何日以繼夜嘗試治療你母親的結核病。我還聽說他在她的葬禮落淚。」

「艾普費邦醫生是好人。他總是給我們很好的照顧。順便提一下，我們也都有付錢給他。但我知道確實有好的猶太人。就他個人而言，我不會說他壞話，只除了猶太血統。所有猶太人都帶著可恨種族的血統，這是無法否認的，而且……」

「啊，又是這個字眼，『可恨的』，」艾普斯坦校長打斷他的話，努力嘗試阻止他：「我聽到許多恨，羅森堡，但沒有聽見愛。不要忘了，愛是耶穌信息的核心。不只是愛上帝，也要愛鄰如己。你沒看見你在錢伯倫書上讀到的，與你每週到教會所聽的基督教的愛，有某些抵觸嗎？」

「先生，我沒有每週去教會。我已停止了。」

「你父親對此做何感受？錢伯倫會做何感受？」

「我父親說他不曾踏入教堂一步。而我讀到，錢伯倫和華格納都主張教會的教導往往使我們軟弱，而不是使我們更堅強。」

「你不愛主耶穌？」

阿弗瑞德猶豫了；他覺得到處都有陷阱，這是不安全的地方。校長已談到他自己是虔誠的路德教派信徒。留在錢伯倫的主張才安全，於是阿弗瑞德努力回想他書中的話：「像錢伯倫一樣，我非常欽佩耶穌，錢伯倫說他是道德上的巨人，擁有偉大的力量和勇氣，但可惜他的教導被保羅猶太化，保羅把耶穌變成受苦、柔順的人。每一個基督教會都展示被釘上十字架的耶穌畫像或彩色玻璃。沒有任何地方展示強大又勇敢的耶穌，挑戰腐敗拉比的耶穌，獨力把兌換銀錢的人趕出聖殿的耶穌！」

「所以錢伯倫看見獅子耶穌，不是綿羊耶穌？」

「對，」羅森堡大膽說下去：「錢伯倫說耶穌出現在那樣的時間和地點，是一種悲劇，如果耶穌向德國人佈道，或是比如印度人，他的話必然產生很不一樣的影響。」

「容我回到先前的問題，」校長明白自己走錯了路，於是說：「我有一個簡單的問題：你愛什麼人？誰是你的英雄？誰是你最欽佩的人？我是指除了這位錢伯倫。」

阿弗瑞德一時想不出答案，考慮很久才回答：「歌德。」

艾普斯坦校長和薛弗先生都在座位上伸直身體。「有趣的選擇，羅森堡，」校長說：「這是你的選擇，還是錢伯倫的選擇？」

「都是。而且我認為也是薛弗先生的選擇。你在我們的課堂上最推崇的就是歌德。」阿弗瑞德看著薛弗先生,想得到確認,薛弗先生肯定的點頭。

「告訴我,為什麼是歌德?」校長問。

「他是永恆不朽的德國天才,最偉大的德國人。他是寫作、科學、藝術和哲學的天才。他是許多領域的天才,沒有人比得上。」

「很棒的回答,」艾普斯坦校長突然活力充沛的說:「我相信我已找到最適合你的畢業前的作業。」

兩位老師私下商談,彼此輕聲交頭接耳。艾普斯坦校長離開房間,不久帶著一本大書回來。他和薛弗先生一起彎身翻閱書本好幾分鐘,瀏覽內容。直到校長匆匆記下一些頁碼,才轉向阿弗瑞德。

「這是你的作業。你要非常仔細閱讀歌德自傳中的兩章,第十四章和第十六章,還要記錄他對個人心目中的英雄所寫下的每一句話,這位英雄是很久以前的人,名叫斯賓諾莎。當然了,你會欣然接受這項作業,因為閱讀你心目中英雄的自傳,是一項樂事。歌德是你愛的人,我猜你會很有興趣了解他既愛又欽佩的人。對吧?」

阿弗瑞德小心地點頭。他對校長的好心情感到困惑,覺得是個陷阱。

「所以,」校長繼續說:「我們現在把作業說清楚,羅森堡。你要閱讀歌德自傳第十四章和第十六章,並抄寫他關於班尼迪克.斯賓諾莎所寫的每一句話。你要抄寫三份,一份你自己留著，我們兩人各有一份。如果我們發現你的作業遺漏了任何他對斯賓諾莎的評論，就必須把整份作業重寫一遍，直到完全正確。我們兩週後見你，要看你寫的作業，並全面討論你的閱讀作業。清楚嗎？」

阿弗瑞德再次點頭：「先生，我可以問一個問題嗎？你先前說有兩份作業，我必須做族譜研究；還必須讀兩章書。我又必須抄寫三份關於班尼迪克．斯賓諾莎的材料。」

「完全正確，」校長說：「你的問題是什麼？」

「先生，總共有三份作業，不是兩份？」

「羅森堡，」薛弗先生插嘴：「二十份作業都還算寬大，只因為你的校長是猶太人，就說他不適任，不論是在愛沙尼亞還是祖國的任何學校，都足以讓你退學了。」

「是的，先生。」

「等一下，薛弗先生，也許這位男孩抓住了重點。歌德的作業太重要了，我想讓他全心去做。」他轉向阿弗瑞德：「你可以不必做族譜研究。全心專注於歌德的話，會談結束。我們整整兩週後在這裡見你，同樣的時間。請你務必在前一天把書寫作業交給我。」

〔第五章〕

阿姆斯特丹

——一六五六年

「早安，蓋伯瑞，」班托聽到弟弟梳洗準備參加安息日禮拜的聲音，向他打招呼。蓋伯瑞回答時只哼了一聲，又回到他們的臥房，重重坐在他們共用的四柱床。這張幾乎占滿整個房間的床，可以喚起他們對往事的記憶。

他們的父親米迦勒（Michael）把所有家產都留給長子班托，可是班托的兩位姊妹以他選擇不要成為猶太社群的真正成員為理由，反對父親的遺囑。雖然猶太法庭的判決有利於班托，他卻出乎每一個人意料之外地把所有家產轉讓給弟弟和姊妹，只留下一件東西——父母的四柱床。兩位姊妹結婚後，只剩下他和蓋伯瑞住在斯賓諾莎家族租住數十年的美麗三層白色樓房。他們的家面對豪特河道（Houtgracht），靠近阿姆斯特丹猶太區最繁忙的十字路口，距離小小的貝斯雅各（Beth Jacob）會堂及其相鄰的教室，只有一個街區。

班托和蓋伯瑞遺憾地決定搬家。姊妹離開後，老房子顯得太大，過度縈繞著亡者的印象；另一個原因是房租太貴了。荷蘭與英國在一六五二年的戰爭，還有海盜劫掠從巴西開回來的船隻，都對斯賓諾莎的進口生意造成災害，迫使這對兄弟轉租一間距離店面只有五分鐘路程的小屋。

班托久久看著弟弟。蓋伯瑞還小時，別人常常叫他「小班托」，因為他們擁有相同的長橢圓臉，相同的銳利貓頭鷹眼睛，同樣堅挺有力的鼻子。可是，現在完全長大成人的蓋伯瑞比哥哥重四十磅、高五英吋，也遠比他強壯，不過他的眼睛似乎不再凝視遠方。

兩兄弟並肩沉默地坐著。班托平常很珍惜沉默，他與蓋伯瑞共餐或在店裡一起工作時，即使不發一語，仍覺得自在。但今天的沉默具有壓迫感，而且會引發陰暗的想法。班托想到姊姊蕾貝卡，她以往一直興致勃勃地說話，現在的她卻對他不發一語，每當她看到他，就把目光轉開。

所有在這張床的懷抱中過世的亡者，也都是沉默的：母親漢娜在十七年前過世，那時他才六歲；他的哥哥以撒，六年前；繼母愛斯特，三年前；父親和姊姊蜜利安，只有兩年前。他的手足——喧鬧、活潑，一起玩耍、吵架、做事、為母親悲傷、逐漸愛上繼母的這些同伴——現在只剩蕾貝卡和蓋伯瑞，也都很快地遠離他。

看著蓋伯瑞肥胖而蒼白的臉，班托打破沉默：「你又睡不好了，蓋伯瑞？我覺得你翻來覆去。」

「是的，又睡不好。班托，我怎麼睡得著？現在什麼都不對勁。該怎麼辦？該怎麼辦？我痛恨我們之間的問題。這裡，今天早上，我穿上安息日的服裝。這個星期首度有太陽照耀，看得到一些藍天，我應該覺得愉快，就像每個人一樣，像四周的鄰居一樣。但由於我的哥哥，原諒我，班托，可是我如果不說的話，就要爆炸了。由於你，我的生活痛苦不堪。當我走進我的會堂，加入我的人群，向我的上帝禱告時，一點也不快樂。」

「聽你這樣說，我很難過，蓋伯瑞。我渴望你得到快樂。」

「說是一回事，行為卻是另一回事。」

「什麼行為？」

「什麼行為？」蓋伯瑞吶喊：「這麼久以來我都這麼認為，我一輩子都這麼認為，我向來相信你知道每一件事。如果是別人問這種問題，我會說『你別開玩笑了』，但我知道你從不開玩笑。但你當然**知道**我說的是什麼行為。」

班托嘆了一口氣。

「好，我們從排斥猶太習俗的行為開始，甚至排斥社群。然後是藐視安息日的行為。然後是對會堂厭煩，今年幾乎沒有捐獻，這些就是我所說的行為。」

蓋伯瑞看著班托，班托保持沉默。

「我還可以告訴你更多行為的事，班托。但只要說昨晚的行為就好了，你拒絕到莎拉家共進安息日晚餐。你知道我要和莎拉結婚，卻不和我們一起過安息日，以連繫兩個家族。你能想像我做何感受？我們的姊姊蕾貝卡做何感受？我們能拿出什麼藉口？我們能說哥哥寧可向耶穌會信徒學拉丁文嗎？」

「蓋伯瑞，我不去對大家都比較好。你知道的，你知道莎拉的父親很迷信。」

「迷信？」

「我是指極度傳統。你見過我在場會怎麼樣刺激他引發宗教的爭辯。你見過我做的任何回應都只會產生更多爭吵，也讓你和蕾貝卡更痛苦。我的缺席是大家能和睦相處的原因，我對這一點毫不懷疑。我的缺席等於你和蕾貝卡的平靜。我越來越常考慮這一點。」

蓋伯瑞搖頭說：「班托，記得我還小時，我有時候會害怕，因為我想像眼睛閉起來，世界就會消失。你糾正我的想法，你向我保證現實和自然的永恆法則。但你現在犯了同樣的錯誤，你想像班托．斯賓諾莎造成的不和，在他不在場目睹時就會消失？」

「昨晚很痛苦，」蓋伯瑞繼續說：「莎拉的父親在一開始吃飯就提到你，他再次對你暴怒，因為你越過我們當地的猶太法庭，把訴訟交給荷蘭民事法庭。他說，不記得有別人曾經以這種方式侮辱拉比的法庭。這幾乎可以讓你被逐出教會。那是你想要的嗎？流放？班托，我們的父親已過世；大哥也死了，你是家族的頭。但你轉向荷蘭法庭是侮辱我們所有人。還有你行動的時機！你至少可以等到婚禮之後吧？」

「蓋伯瑞，我已經一再解釋過，但你聽不進去。請再聽一次，好讓你知道全部事實。最重要的是，請試著了解我認真負起我對你和蕾貝卡的責任。想想看我面臨的困境，我們受祝福的父親非常慷慨，但他犯了錯，為可憐的寡婦漢莉克斯的借據做保證人，向貪婪而放高利貸的杜阿泰．羅德里奎茲（Duarte Rodriquez）保證還錢。她的丈夫佩德羅只是普通朋友，既不是親屬，就我所知，也不是親近的朋友。我們都不曾見過他或她，奇怪的是我們的父親為什麼要做保證人。但你知道父親，他看到痛苦的人，就會毫不考慮後果伸出援手。寡婦和她的獨子去年死於黑死病，留下未清償的債務，杜阿泰．羅德里奎茲，那個假裝虔誠、坐在會堂高位、已經擁有喬登布里街半數房產的猶太人，企圖把他的損失轉嫁到我們身上，而向拉比的法庭施壓，要求貧窮的斯賓諾莎家族為根本不認識的人還債。」

班托停下來問：「蓋伯瑞，你知道這件事嗎？你不知道嗎？」

「我知道，可是……」

「讓我說完，蓋伯瑞。你必須知道這件事，你有一天可能成為家族的頭。所以羅德里奎茲把這件事交給猶太法庭，裡面的許多成員因為他是會堂的主要捐獻者而想討好他。告訴我，蓋伯瑞，他們會想得罪他嗎？法庭幾乎立刻裁定斯賓諾莎家族必須負擔全部債務。這筆債務會在我們的餘生榨乾我們家族的財產。他們還裁定母親留下的遺產必須給羅德里奎茲償債。你知道這一切嗎？蓋伯瑞。」

弟弟不情願地點頭，斯賓諾莎繼續說：「所以三個月前，我向比較合理的荷蘭法律求助。一方面，杜阿泰．羅德里奎茲的名字對他們沒有影響力。而且荷蘭法律明定一家之長必須年滿二十五歲，才有責任承擔這種債務。由於我還未滿二十五歲，或許可以挽救我們家族。我們不需要接受父親留下的債務，並可以接受母親留給我們的錢。所謂我們，我是指你和蕾貝卡，我準備把我的一份轉讓給你。我沒有家庭，也不需要金錢。」

「還有一件事，」他繼續說：「關於時機的問題。由於我的二十五歲生日在你的婚禮之前，我不得不現在行動。現在告訴我，你能看見我確實負責地為這個家族行動嗎？你不重視自由嗎？如果我不採取行動，我們就會一輩子過著被奴役的生活。你想要那樣嗎？」

「我寧可把這件事交到上帝手裡。你沒有權利挑戰我們宗教社群的法律。至於奴役生活，我寧可被奴役也不要被排斥。此外，莎拉的父親除了談到訴訟，還提到別的事。你想知道他說了什麼嗎？」

「我認為你想告訴我。」

「他稱之為『斯賓諾莎問題』，他說這個問題可以回溯到多年前，回到你在成年禮預備課程中的傲慢無禮。他記得莫泰瑞拉比在所有學生中最喜歡你，認為你有可能是他的繼任者。你那時卻說聖經中亞當和夏娃的故事是寓言。他說拉比斥責你否定上帝所說的話時，你卻回應：『道拉經有問題，因為亞當如果是第一個人，那他的兒子該隱到底和誰結婚？』你說過這話嗎，班托？你真的說道拉經有問題嗎？」

「道拉經確實說亞當是第一個人，也確實說他的兒子該隱結婚了。我們當然有權利提出顯而易見的問題：如果亞當是第一個人，怎麼可能會有任何人可以和該隱結婚？這一點被稱為『亞當以前就有人類的問題』，在聖經研究中，已被人討論了一千多年。所以，如果你問我它是不是寓言，我必然回答是，故事顯然只是隱喻。」

「你這麼說，是因為你不了解。你的智慧勝過上帝嗎？你難道不知道有許多原因是我們不知道的，我們必須信賴拉比對經文的解釋和闡述？」

「蓋伯瑞，這個立場對拉比實在方便極了。歷代以來，宗教專家一直想成為奧祕之事的獨家詮釋者。這對他們很有利。」

「莎拉的父親說，質疑聖經和我們的宗教領導者，不只對猶太教徒是冒犯而危險的無禮行為，對基督教社群也是如此。聖經對他們也是同樣神聖的。」

「蓋伯瑞，你認為我們應該背棄邏輯，背棄我們詢問的權利嗎？」

「我爭辯的不是**你個人**對邏輯的權利和**你**懷疑拉比法律的權利。我也不質疑**你**懷疑聖經神聖性的權利。事實上，我甚至不質疑你激怒上帝的權利。那是你的事。也許是你的病。但你拒絕把你的觀點留在自己心裡，就傷害到我和姊姊。」

「蓋伯瑞，那段與莫泰瑞拉比談到亞當和夏娃的對話發生在十多年前，之後我就把自己的意見留在心裡。但兩年前，我發誓以神聖的方式過生活，包括再也不說謊。於是，如果有人問我的意見，我就會說真話，**那就是**我拒絕和莎拉的父親共餐的原因。可是，最重要的，蓋伯瑞，請記得我們是不同的靈魂，別人不會把你誤認為我，他們不會要你為哥哥的過失負責。」

蓋伯瑞搖頭走出房間，低聲抱怨：「我哥哥說話像小孩一樣。」

〔第六章〕

愛沙尼亞

——一九一〇年

三天後，蒼白激動的阿弗瑞德前來找薛弗先生。

「先生，我有個問題，」阿弗瑞德打開書包，取出七百頁的歌德自傳，其中有幾頁脫落、破爛而突出來的書頁。他打開第一張書籤，指著內文。

「先生，歌德在這一行提到斯賓諾莎，然後幾行之後的這裡又提到。但接下來有好幾段都沒有這個名字，我不知道是否與他有關。事實上，我大部分都讀不懂。這本書很難。」他翻著書，指向另一段：「這裡也是同樣的情形。他提到兩、三次斯賓諾莎，然後有四頁都沒提到他，就我所知，並不確定是否談到斯賓諾莎。他也提到另一位叫雅科比（Jacobi）的人。其他四個地方也是這種情形。我在你的課堂讀得懂《浮士德》，也看得懂《少年維特的煩惱》，但這本書，我每一頁都看不懂。」

「錢伯倫比較容易讀，不是嗎？」薛弗先生立刻為自己的諷刺懊悔，馬上改以較溫和的口氣說：「我知道你可能無法掌握歌德的用字，羅森堡，但你必須了解，這不是一本條理井然的著作，而是一連串關於人生的省思。你有沒有寫日記，或是記錄自己的生活呢？」

阿弗瑞德點頭說：「幾年前寫過，但只寫了幾個月。」

「好，把這本書想成日記，歌德不只是為讀者而寫，也是為自己而寫。相信我，等你年紀大一點，更了解歌德的觀念後，就會更了解和欣賞他的文筆。把這本書給我看看。」

瀏覽阿弗瑞德做記號的幾頁後，薛弗先生說：「我看見問題了。你的疑問很合理，我必須修改作業。我們一起看看這兩章。」兩人頭靠著頭，花很多時間翻閱內容，薛弗先生在筆記本草草寫下一連串頁數和行數。

他把筆記本交給阿弗瑞德說：「這是你必須抄寫的內容。記得抄寫三份，字體要端正。但還有一個問題，這裡只有二十到二十五行，比校長原先指定的內容少了許多，恐怕無法令他滿意。所以你必須再做一些事：把這份縮短的內容背起來，在我們與艾普斯坦校長會面時背誦。我認為這樣可以讓校長滿意。」

沒一會兒，薛弗先生發現阿弗瑞德臉上有一絲怒容，於是接著說：「阿弗瑞德，雖然我不喜歡你變成這樣，帶著這種胡鬧的種族優越感，但我仍然站在你這一邊。過去四年，你一直是聽話的好學生，雖然我常常告訴你，你可以再用功一點。如果你無法畢業而破壞你的前途，就太悲慘了。」他讓這段話沉澱一下：「全心全意做這份作業，艾普斯坦校長要的不只是抄寫和背誦，他期望你了解內容。所以請你認真研讀，羅森堡。我個人希望能見到你畢業。」

「我寫好後需要先給你看嗎？在我抄寫另外兩份之前？」

薛弗先生聽到阿弗瑞德機械式的回應，心往下沉，但他只說：「如果你按照我在筆記本上的指示來做，就不需要先給我看。」

阿弗瑞德要離開時，薛弗先生又把他叫回來：「羅森堡，一分鐘前，我才幫助你，並說你是好學生，希望你能畢業。你沒有任何回應嗎？畢竟，我當了你四年的老師。」

「是的，先生。」

「是的，先生？」

「我不知道要說什麼。」

「好吧，阿弗瑞德，你可以走了。」

薛弗先生把尚未閱讀的學生作業收拾到公事包，把阿弗瑞德忘掉，開始去想自己的兩個小孩，妻子，以及她答應今天晚餐要做的麵疙瘩和黑布丁。

阿弗瑞德離開時，對自己的作業感到困惑，他是不是把事情弄得更糟了？還是得到喘息的機會？畢竟，背誦對他而言很容易，他喜歡把戲劇表演和演講的內容背起來。

兩週後，阿弗瑞德站在艾普斯坦校長的長桌的一端，等待校長的指導，校長今天看起來比以往更龐大、更兇悍。身形小了許多的薛弗先生面容嚴肅地示意阿弗瑞德開始背誦。阿弗瑞德對他抄寫的歌德字句瞄了最後一眼，站著宣布：「出自歌德自傳，」然後開始：

「使我如此感動，且對我整個思考方式有如此巨大影響的人，就是斯賓諾莎。我遍尋世界，卻找不到一種可以陶冶我奇怪天性的方法，最後終於遇見這個人的倫理學。我在此為我的情感找到鎮靜劑；它似乎為我打開既寬廣又自由的視野，來觀看終有一死的物質世界。」

「所以，羅森堡，」校長插嘴：「歌德從斯賓諾莎得到什麼？」

「嗯，是不是他的倫理學問？」

「不，不。天啊，你不了解《倫理學》是斯賓諾莎所寫的書名？歌德說他從斯賓諾莎的書得到什麼？你認為他說『為我的情感找到鎮靜劑』是什麼意思？」

「某種使他平靜的東西？」

「是啦，這是一部分。但現在繼續下去，很快就會再出現那個觀念。」

阿弗瑞德默背了一會兒，找到自己背到哪裡，然後開始：

「但特別讓我注意斯賓諾莎的，是無窮的興趣（interest），閃現自⋯」

「不動心（disinterest），不是興趣，」仔細看著記錄而聆聽背誦出的每一個字的艾普斯坦校長打斷他：「『不動心』的意思是沒有情緒上的執著。」

阿弗瑞德點頭，繼續背：「但特別讓我注意斯賓諾莎的，是無窮的不動心，閃現自每一句話。了不起的說法：『以正確方式愛上帝的人，必然不會渴望上帝以愛他做為回報，』以及這句話根據的所有前提，和隨之而有的所有結果，使我充滿了思考的力量。」

「這一段很難，」校長說：「容我解釋一下。歌德是說斯賓莎教他釋放心靈，不受他人的影響，找到自己的感受和自己的結論，然後據此行事為人。換句話說，讓你的愛流動，而不要被你可能得到愛的回報的想法所影響。我們可以把這個觀念應用到選舉演說。歌德會根據他可能從別人得到稱讚來演講嗎？當然不會！他也不會說別人想要他說的話。你了解嗎？有抓到重點嗎？」

阿弗瑞德點頭。他真正以為的是艾普斯坦校長對他有很深的怨恨。他等待著，直到校長示意他繼續：

「此外，絕對無法否認的是，最緊密的合一來自對立面。斯賓諾莎全然的平靜，與我全然紛亂的活動，形成強烈的對比。他的數學方法與我的詩意剛好相反。他有條不紊的思考方式使我成為他的熱烈追隨者，最堅決的崇拜者。腦與心，理解與感受，以必然的吸引力尋找彼此，完全不同的本質由此合而為一。」

「羅森堡，你知道他在這裡說的兩種不同的本質是什麼意思嗎？」艾普斯坦校長問。

「我想他是指腦與心？」

「完全正確。哪一個是歌德，哪一個是斯賓諾莎？」

阿弗瑞德看起來很困惑。

「羅森堡，這不只是記憶訓練！我希望你了解這些話。歌德是詩人，所以哪一個是歌德，腦還是心？」

「他是心。但他也擁有偉大的頭腦。」

「啊，對。我現在了解你的困惑了。但他在這裡說斯賓諾莎為他提供平衡，讓他能調和他的情感，在爆發想像力時，能有必要的平靜與理性。而這就是為什麼歌德會說他是斯賓諾莎『最堅決的崇拜者』的原因。你了解嗎？」

「是的，先生。」

「現在繼續。」

阿弗瑞德猶豫著，眼睛流露出恐慌的神色：「我搞混了，不確定背到哪裡了。」

「你做得很好，」薛弗先生插嘴，努力讓他平靜下來：「我們知道背誦時如果常常被打斷，是很困難的。你可以看看你的筆記，找到你背到哪裡。」

阿弗瑞德深吸一口氣，簡短瀏覽他的筆記，然後繼續：

「有些人說他是無神論者，認為他應該被指摘，但他們也承認他是安靜、沉思的人，是好公民、有同情心的人。所以批評斯賓諾莎的人似乎忘了福音書的話『從他們結的果子，你就能認識他們』〔譯注一〕；因為一個讓人與上帝都喜歡的生命，怎麼可能出於墮落的本源？我仍然記得自己第一次翻閱這個偉人的《倫理學》時，何等的平靜與清明臨到我。所以我迫不及待地再次閱讀這本曾讓我受惠良多的作品，同樣的安詳氣氛再次流遍我整個人。我全心全意閱讀，深入檢視自己時，心中想著，我以前不曾如此清晰地看見世界。」

阿弗瑞德背完最後一行，深深吐了一口氣。校長示意他坐下，評論說：「你的背誦令人滿意，你的記性很好。現在來看看你對最後一段的了解。告訴我，歌德是否認為斯賓諾莎是無神論者？」

阿弗瑞德搖頭。

「我沒有聽見你的回答。」

「先生，不是。」阿弗瑞德大聲說：「歌德不認為他是無神論者。但別人認為他是。」

「歌德為什麼不同意他們？」

「因為他的倫理學問？」

「不，不。你又忘了《倫理學》是斯賓諾莎的書名嗎？再來一次，歌德為什麼不贊同批評斯賓諾莎的人？」

阿弗瑞德發抖，保持沉默。

「老天，羅森堡，看看你的筆記。」校長說。

阿弗瑞德審視最後一段，大膽說出：「因為他是好人，而且活出上帝喜悅的生活？」

「正確。換句話說，重要的不是你相信什麼或表明自己相信，而是你如何生活。現在，羅森堡，關於這一段的最後一個問題。再次告訴我，歌德從斯賓諾莎得到什麼？」

「他說他得到安詳與平靜的氣氛。他也說他更清晰地看見世界。主要是這兩件事。」

「正確。我們知道偉大的歌德把一本斯賓諾莎的《倫理學》放在口袋裡面，長達一年。想

〔譯注一〕　馬太福音七章十六節。

想看，整整一年！而且不只是歌德，還有許多別的了不起的德國人。萊辛（Lessing）和海涅都說他們從閱讀這本書得到清明與平靜。說不定你有生之年也會有一段時間需要斯賓諾莎的《倫理學》所提供的平靜與清明。我不會要求你現在讀那本書，你還太年輕，無法理解它的意義。但我希望你答應我，在二十一歲生日前會讀它。或是我也許應該說，在你完全長大成人時讀它。你願意用好德國人的身分答應我嗎？」

「是的，先生，我答應你。」阿弗瑞德為了脫離這種審訊，會答應閱讀整本中文的百科全書。

「現在來看這項作業的核心。你完全清楚我們為什麼指定你這項閱讀作業嗎？」

「嗯，不清楚，先生。我認為它只是因為我說我欽佩歌德，勝過任何人。」

「這當然是一部分原因。但你當然了解我真正的問題是什麼吧？」

阿弗瑞德看起來一臉茫然。

「我問的是，你最欽佩的這個人選擇一個猶太人作為他最欽佩的人，這對你有什麼意義？」

「猶太人？」

「你不知道斯賓諾莎是猶太人嗎？」

沉默。

「過去兩週以來，你完全沒有研究他？」

「先生，我對斯賓諾莎一無所知。這不是我的作業。」

「所以，天啊，你迴避額外學習一些東西的可怕步驟？是嗎，羅森堡？」

「容我這麼說，」薛弗先生插嘴：「想想歌德。他在這種處境會怎麼做？如果歌德被要求閱讀一位他不認識的人的自傳，歌德會怎麼做？」

「他會學習去了解這個人。」

「正確。這很重要。如果你欽佩某個人，就模仿他。把他當成你的指導者。」

「謝謝你，先生。」

「還有，容我們繼續我的問題，」艾普斯坦先生說：「你怎麼解釋歌德對一位猶太人無窮的讚美與感謝？」

「歌德知道他是猶太人嗎？」

「老天，他當然知道。」

「不過，羅森堡，」薛弗先生現在也開始不耐煩了：「想想你的問題。他是否知道斯賓諾莎是猶太人有什麼關係？你為什麼會問這種問題？你認為像歌德這種人的境界，你自己稱呼他是曠世天才，會因為其來源而不接受偉大的觀念嗎？」

阿弗瑞德看起來很吃驚，他不曾面臨如此大量的觀念。艾普斯坦校長把手放在薛弗先生的手臂以安撫他，仍不鬆口地追問：

「我問你的主要問題仍沒有得到答案：你如何解釋德國的曠世天才從一個劣等民族的一員的觀念中，得到這麼多的幫助？」

「也許就像我關於艾普費邦醫生的回答一樣。也許是因為突變，也有好猶太人，即使種族是墮落而劣等的。」

「這不是可被接受的答案，」校長說：「談論一位親切的醫生，他認真從事自己選擇的專業，這是一回事，但以這種方式談論一位可能曾經改變歷史的天才，卻完全是另一回事。還有許多其他猶太人也是著名的天才，想想他們吧，容我提醒你幾位你可能知道名字，但不知道他們是猶太人的天才。薛弗先生告訴我，你在班上曾背誦海涅的詩。他還告訴我，你喜歡音樂，我假設你聽過馬勒（Gustav Mahler）和孟德爾頌（Felix Mendelssohn）的音樂，對嗎？」

「先生，他們是猶太人嗎？」

「是的，而且你一定知道英國的偉大首相迪斯雷利（Disraeli）是猶太人？」

「先生，我不知道。」

「是的。而且現在有人在里加〔譯注二〕表演歌劇《赫夫曼的故事》，是由奧芬巴赫（Jacob Offenbach）作曲的，他是另一位猶太人。那麼多天才，你怎麼解釋？」

「我無法回答這個問題。我必須想一想。我可以離開嗎？先生。我覺得不舒服，我承諾會好好想一想。」

「好，你可以離開，」校長說：「我非常希望你會想一想。思考是好事，想一想我們今天的談話，想一想歌德和猶太人斯賓諾莎。」

阿弗瑞德離開後，艾普斯坦校長和薛弗先生彼此對望了一會兒，校長才開口說：「他說他會想一想，赫曼，他會想的可能性有多少？」

「我猜接近零，」薛弗先生說：「讓他畢業，放他一馬吧。他缺乏好奇心的情形幾乎可說是無藥可救了。在他腦袋裡的任何地方挖掘，只會遇到岩石般沒有根據的信念。」

「我同意，我完全相信歌德和斯賓諾莎此刻正快速離開他的思緒，再也不會困擾他。然而我對剛才發生的事感到鬆了一口氣，我的恐懼平息了。這位年輕人既沒有才智，也沒有毅力，不可能因為影響別人接受他的想法而造成傷害。」

〔譯注二〕 Riga，拉脫維亞首都。

班托凝視窗外，看著弟弟走向會堂。「蓋伯瑞是對的；我確實傷害了那些與我最親近的人。我的選擇很可怕，我要不然就必需退縮，放棄內心深處的本質，綁住我的好奇心，要不然就必定傷害最親近的人。」蓋伯瑞談到安息日晚餐針對他的怒氣，使他想起安登有如父親般警告他在猶太社群會面對越來越多的危險。他沉思逃離陷阱的策略，幾乎一個小時後才起身換裝、泡咖啡，然後拿著杯子，從後門走出去，到斯賓諾莎進出口商店。

他把門前的灰塵雜物掃到馬路，然後把一大袋剛從西班牙運來的清香無花果乾倒入箱子裡。班托像平常一樣坐在窗邊的椅子，啜飲咖啡，啃著無花果，把注意力集中在自然流過腦海的白日夢。他最近在練習一種冥想方式，就是跳出自己的思緒，把自己的腦海當成戲劇來觀看，把自己當成觀看流水劇的觀眾之一。舞臺上立刻出現蓋伯瑞帶著哀傷與困惑的臉孔，但班托已學會如何拉下簾幕，跳到下一個場景。不久，安登突然出現，他稱讚班托在拉丁文方面的進步，像父親一樣輕輕摟住他的肩膀。那種碰觸是他喜歡的感覺。**可是，現在**，班托想著，**蕾貝卡離開我，蓋伯瑞現在也離開我，還有誰會再次碰觸我呢？**

班托的腦海接下來飄向他教老師和克拉拉．瑪麗亞學希伯來文的畫面。他微笑地看著自己訓練兩個學生像小孩一樣學希伯來字母，看著小克拉拉．瑪麗亞轉而教他希臘字母時，他笑得更厲害了。他發現克拉拉．瑪麗亞的影像明亮到近乎發光——克拉拉．瑪麗亞，那位十三歲大、駝背的幻影，那位假裝是嚴肅的成年老師，卻因頑皮的笑容而洩底的女人—小孩。這時浮現一個出乎意料之外的思緒：**如果她年紀大一點就好了……**

中午時分，他長久的冥想被窗外的動靜打斷。他遠遠看見雅各和法蘭科一面交談一面走向他的店面。班托曾發誓以神聖的方式行事為人，知道暗中觀察別人是不正直的，特別是別人可能正在談論他，但他無法把注意力從眼前展現的奇怪景象移開。

法蘭科落後雅各三到四步，於是雅各轉身抓著他的手，試圖拉住他。法蘭科扯掉對方的手，用力搖頭。雅各一面回答，一面環顧四下，確定沒有人看見他們，然後把巨大的雙掌放在法蘭科肩上，粗魯地搖晃他，把他推到前面，直到抵達店門。

班托傾身向前好一會兒，注意這齣戲碼，但很快又回到冥想狀態，思考法蘭科和雅各的奇怪行為代表什麼意思。過了幾分鐘，店門打開的聲音和進來的腳步聲把他拉出白日夢。

他站起來，招呼訪客，為他們空出兩張椅子，自己坐在裝咖啡豆的大袋子上，「你們從安息日的禮拜儀式過來的？」

「是的，」雅各說：「我們之中有一位得到更新，另一位則比以前更激動。」

「有趣。同樣的事產生兩種不同的反應。怎麼解釋這種奇怪的現象？」班托問。

雅各立刻回答：「事情本身沒那麼有趣，解釋則很明顯。我不像法蘭科沒有受過猶太教育，我曾接受猶太傳統和希伯來文的訓練，而且……」

「容我插嘴，」班托說：「不過你的解釋在一開始就需要一番解釋。每一位在葡萄牙的馬拉諾〔譯注一〕家庭長大的小孩都沒有接受希伯來文和猶太儀式的訓練，包括我父親，他離開葡萄牙之後才學希伯來文。他告訴我，他在葡萄牙時還是小孩，凡是教育小孩學習希伯來文或猶太傳統的家庭，都會受到嚴厲的懲罰。事實上，」斯賓諾莎轉向法蘭科：「我昨天是不是聽到你摯愛的父親因為宗教法庭發現埋藏的道拉經而被殺害？」

法蘭科緊張的用手指梳理長髮，什麼也沒說，只是微微點頭。

班托轉向雅各，繼續說：「雅各，所以我的問題是你對希伯來文的知識是從哪兒學來的？」

「我的家族在三代之前成為新基督徒，」雅各很快回答：「但他們仍暗中保留猶太信仰，決定維持鮮活的信仰。我十一歲時，父親把我送到鹿特丹處理他的貿易業務，接下來八年，我每天晚上向身為拉比的叔叔學習希伯來文。他為我在鹿特丹的會堂安排猶太成年禮，持續讓我接受猶太教育，直到他過世。過去十二年，我大部分都留在鹿特丹，直到最近才回葡萄牙，以拯救法蘭科。」

「至於你，」班托轉向法蘭科，他的雙眼一直盯著斯賓諾莎進口商店的骯髒地板，「你沒學過希伯來文？」

回答的卻是雅各：「當然沒有。就像你剛才說的，葡萄牙不允許希伯來文的學習。我們都被教導閱讀拉丁文聖經。」

「所以，法蘭科，你完全不懂希伯來文？」

雅各再度插嘴：「在葡萄牙，沒人敢教希伯來文，他們不但要立刻面對死亡，整個家族也會被追捕。就在此刻，法蘭科的母親和兩位姊妹仍在躲藏。」

「法蘭科，」班托彎身正視他的雙眼：「雅各一直為你回答。你為什麼選擇不回應？」

「他只是想幫助我，」法蘭科低聲回答。

「而你要保持沉默、接受幫助？」

「我太苦惱，不知道怎麼表達，」法蘭科說，然後提高音量：「雅各說得很對，我的家族陷入危險，就像他說的，我沒有接受猶太教育，父親只在沙土上面寫字，教我基本的希伯來字母。即使如此，他寫完還必須用腳把字磨掉。」

班托把身體完全轉向法蘭科，刻意把臉轉離雅各：「你也認為他雖然在禮拜儀式中得到更新，但你卻更激動？」

〔譯注一〕 Marrano，中世紀在西班牙和葡萄牙境內被迫改信基督教的猶太人。

法蘭科點頭。

「你的激動是因為……？」

「因為懷疑和感受。」法蘭科偷偷瞄了雅各一眼，說：「感受如此強烈，我不敢描述它們。即使對你也不敢。」

「請相信我會了解你的感受，而且不會批評它們。」

法蘭科低頭看著地面，他的頭微微發抖。

「這麼大的恐懼，」班托繼續說：「容我試著幫你平靜下來。首先，請想一想你的恐懼是否合理。」

法蘭科皺眉注視斯賓諾莎，一臉困惑。

「我們來看看你的恐懼是否有道理。考慮兩件事實，**首先**，我毫無威脅，也向你承諾我不會把你的話傳出去。此外，我也懷疑許多事。我甚至可能也有你的某些感受。**其次**，在荷蘭沒有危險，這裡沒有宗教法庭。不論是這間商店、這個社區、這個城市，甚至這個國家，都沒有宗教法庭。阿姆斯特丹從伊伯利亞（Iberia）獨立出來已許多年。你知道這一點，不是嗎？」

「我知道，」法蘭科輕聲回答。

「但即使如此，你內心有一部分不受你的控制，仍然表現得像有巨大的立即危險。我們的心如何分裂開來，不是很值得注意嗎？我們的理性，人心最崇高的部分，是怎麼被情緒征服的呢？」

法蘭科對這些值得注意的事情沒有興趣。

班托猶豫了，他覺得逐漸失去耐心，卻又有一種幾乎出於義務的使命感。可是要如何進行下去呢？他對法蘭科是否期望得太多、太快？他回想理性無法平息自己恐懼的許多時刻，剛好想到昨天傍晚逆向面對參加安息日禮拜儀式而走向會堂的人群。

最後，他決定用自己唯一可用的方法，然後以最溫和的口氣說：「你求我幫助你。我同意這麼做。但如果你想要我的幫助，今天就必須信任我。你必須幫助我來幫助你。你了解嗎？」

「了解，」法蘭科回答時，嘆了一口氣。

「好，那麼，你的下一步就是說明你的恐懼。」

法蘭科搖頭說：「我沒辦法。它們太可怕了，而且很危險。」

「還沒有可怕到足以對抗理性之光。我剛剛才向你說明，如果你不覺得恐懼的話，它們也就不構成危險。勇氣！現在是面對它們的時候了。否則，我要再次告訴你，」班托這時堅定的說：「我們繼續見面也毫無意義了。」

法蘭科深吸一口氣，開始說：「我今天在會堂聽見大家以奇怪語言吟誦的經文。我什麼都不懂……」

「可是，法蘭科，」雅各插嘴：「你**當然**什麼都不懂。我一次又一次告訴你，這個問題是暫時的。拉比會開希伯來文課。耐心，要有耐心。」

「一而再，再而三，」法蘭科回嘴，他的聲音充滿憤怒：「我告訴你，不只是語言問題。

偶爾聽我說一下！那是整個場面的問題。今天早上在會堂，我環顧四周，看見每一個人頭戴花紋別緻的無邊軟帽，帶著邊緣藍白相間的禱告巾，腦袋像鸚鵡面對食盤一樣前後搖晃，眼睛朝著天空。我聽見，我看見，心裡想著……不，我不能說出我在想什麼。」

「說吧，法蘭科，」雅各說：「你昨天才告訴我，這位是你要尋找的老師。」

法蘭科閉上眼睛：「我心想，這和我們新基督徒必須參加的天主教彌撒場面，不，容我說出心裡的話，無聊的場面，有什麼不同？彌撒之後，當我們還小的時候，雅各，你記得你和我過去多麼常嘲笑天主教嗎？我們嘲笑神父怪異的服裝、殘酷無比的釘十字架圖像、曲膝跪拜聖人的遺骨、吃聖餅與喝酒被當成吃肉喝血。」法蘭科提高音量：「猶太教或天主教……根本沒有不同……實在瘋狂，太瘋狂了。」

雅各脫下頭上的無邊軟帽，把手掌放在軟帽上，輕聲吟誦一段希伯來祈禱文。班托也受到震撼，仔細尋找適當且最平靜的話：「想到這種念頭，且相信你是唯一這麼做的人，覺得只有你有這種懷疑，必然是很可怕的經驗。」

法蘭科趕緊說：「還有別的事，另一件更可怕的想法。我一直在想，我父親為了這種瘋狂的東西而犧牲性命。他為了這種瘋狂的東西讓我們全家陷入危險，包括我、他的父母、我母親、我的弟弟、我的姊妹。」

雅各再也無法克制自己，跨步靠近他，彎下他的大頭，對著法蘭科的耳朵，和善地說：「也許父親知道的比兒子多。」

法蘭科搖頭，張開口，但什麼也沒說。

「請你也想一想，」雅各繼續說：「你的話如何使你父親的死亡變得毫無意義。這種想法真的使他的死亡成為一場浪費。他的死是為你保留神聖的信仰。」

法蘭科似乎被打敗了，低下頭來。

班托知道他必須介入。首先，他轉向雅各，輕柔地說：「才沒一會兒之前，你懇求法蘭科說出心事，他現在終於如你要求說出來了。鼓勵他是不是比使他沉默更好呢？」

雅各退後半步。班托以同樣平靜的聲音繼續對法蘭科說：「法蘭科，你面臨何等兩難的困境，雅各主張你如果不相信你覺得不可信的事物，就使殉道的父親白白死去。有誰會想傷害自己的父親呢？為自己思考，會遇到如此多的障礙。想運用上帝賦予我們的理性能力來使自己完美，會有如此多的障礙。」

雅各搖頭說：「等一等，最後一句關於上帝賦予的理性力量。那不是我說的話。你扭曲了事情。你談到理性，讓我告訴你什麼是理性，運用你的常識，打開你的眼睛，我要你比較一下！看看法蘭科，他痛苦、流淚、呻吟、絕望。你看見了嗎？」

班托點頭。

「現在看看我，我很堅強，熱愛生命，我照顧他，把他從宗教法庭救出來。支持我的力量就是我的信仰，以及圍繞我的猶太同胞。我因為知道我們這個民族和傳統會持續下去而得到安慰。用你珍貴的理性比較我們兩人，智者啊，告訴我，理性的結論是什麼。」

班托心想，錯誤的觀念可以提供錯誤而脆弱的安慰。但他沒有說出來。

雅各更加催迫：「學者，也運用到你自己身上。如果沒有我們的社群，沒有我們的傳統，我們是什麼？你又是什麼？你能獨自在世上徘徊度日嗎？我聽說你沒有娶妻。如果沒有族人，沒有家庭，沒有上帝，你能擁有什麼樣的生活？」

一直避免衝突的班托覺得被雅各的惡言動搖了。

雅各轉向法蘭科，以溫柔的聲音說：「當你了解語言和祈禱文，當你了解這些事的意義，就會像我一樣覺得受到支持。」

「我同意這句話，」班托說，試圖安撫怒視他的雅各：「法蘭科，困惑會加重你受到衝擊的情形。每一位離開葡萄牙的馬拉諾人都覺得迷惘，必須重新接受教導，再次成為猶太人，必須像小孩一樣開始，學習希伯來字母。我曾有三年的時間，協助拉比教馬拉諾人學習希伯來文課程，我向你保證，你會學得很快。」

「不，」法蘭科堅持，他現在就像班托先前從窗戶看出去的抗拒的法蘭科。「不管是你，雅各．曼多札，或是你，班托．斯賓諾莎，都不聽我說。我再告訴你們一次，**不是語言的問題**。我不懂希伯來文，但今天早上在會堂，整個禮拜儀式過程中，我都在讀道拉經的西班牙文譯本，裡面充滿奇蹟。上帝分開紅海，用災難襲擊埃及人，隱身在荊棘火焰中說話。為什麼所有奇蹟都發生在道拉經的時代？告訴我，你們兩個人，奇蹟時代結束了嗎？偉大的全能上帝睡著了嗎？我父親在火刑柱被燒死時，那位上帝在哪裡？他又是為了什麼理由？為了保護這位上帝的聖書嗎？上帝的力量不足以拯救我那位如此崇敬祂的父親嗎？若是如此，誰需要這種軟弱的上帝呢？還是上帝不知道我父親崇敬祂？若是如此，誰需要這種無知的上帝呢？上帝的力量不足以保護他，還是選擇不保護他呢？若是如此，誰需要這種沒有愛心的上帝呢？你，班托．斯賓諾莎，人稱『受祝福』的那一位，你認識上帝；你是學者，解釋給我聽。」

「你為什麼不敢說出來呢？」班托問：「你提出很重要的問題，這是好幾世紀以來讓虔誠信徒困惑的問題。我相信問題的根源在於一個基本而重大的錯誤，這個錯誤就是假定上帝是一個活著思考的存有，一個以我們的形象存在的存有，一個像我們一樣思考的存有，一個**會考慮到**我們的存有。

「古希臘人了解這個錯誤。兩千年前，一位名叫色諾芬尼斯〔譯注二〕的智者在書上提到，牛、獅子和馬如果有雕刻的雙手，他們會根據自己的形狀塑造上帝，把祂的身體做成牠們的樣子。我相信如果三角形會思考，它們會創造具有三角形外觀和特質的上帝，或是圓形會創造圓形的……」

雅各打斷班托，憤怒地說：「你的話好像在說我們猶太人對上帝本質一無所知，不要忘了我們有道拉經，上面記載祂的話。還有，法蘭科，不要以為上帝沒有力量，不要忘了，猶太人

〔譯注二〕 Xenophanes，紀元前570-475。

活下來了，不論他們對我們做了什麼，我們活下來了。腓尼基人、摩押人、以東人，還有許多其他我不知道名稱的種族，那些消失的民族在哪裡？不要忘了我們必須接受律法的指導，上帝親自給予猶太人的律法，給予我們，祂的選民。」

法蘭科看了斯賓諾莎一眼，好像在說「你看見我必須面對什麼嗎？」然後轉向雅各說：「每個人都相信上帝撿選了他們，基督徒，回教徒……」

「不！別人相信什麼有什麼關係？重要的是聖經上寫什麼。」雅各轉向斯賓諾莎說：「承認吧，巴魯赫，承認吧，學者，上帝的話是不是說猶太人是祂的選民？你能否認嗎？」

「雅各，我花了好幾年研究這個問題，如果你想聽的話，我會分享我的研究結果。」班托溫和地說，好像老師對好問的學生說話：「要回答你關於猶太人特殊性的問題，我們必須回到源頭。你願意和我一起探討道拉經裡的話嗎？我的書離此只有幾分鐘路程。」

兩人都點頭，交換眼神後，起身跟隨班托，他細心地把椅子放回原位，鎖上店門，然後帶領他們走向他家。

〔第八章〕

愛沙尼亞，雷未爾

——一九一七—一九一八年

艾普斯坦校長預測羅森堡有限的好奇心與智力不會造成傷害，結果證明完全錯誤。校長預測歌德和斯賓諾莎會立刻從阿弗瑞德的腦海消逝，結果完全不是這麼回事，阿弗瑞德再也無法抹除偉大的歌德在他心裡向猶太人斯賓諾莎膜拜的畫面。每當腦海浮現歌德和斯賓諾莎（兩者已永遠結合在一起），他只短短留在這種不和諧，然後就用手邊任何觀念做成的掃帚將之掃開。他有時用赫斯頓．史都華．錢伯倫的論點說服自己，認為斯賓諾莎就像耶穌一樣，只是屬於猶太文化，但沒有一滴猶太人的血液。或是斯賓諾莎也許是從亞利安思想家竊取想法的猶太人。或是歌德也許昏了頭，被猶太人的陰謀迷惑。阿弗瑞德有許多次想透過圖書館的資料深入探討這些想法，但不曾實現這種做法。思考，真正的思考，是如此困難的工作，就像搬動閣樓裡的大皮箱。反之，阿弗瑞德越來越擅長壓抑，他讓自己分心，投入許多活動。最重要的是，他說服自己，信念的力量是不容置疑的。

真誠高貴的德國人很看重誓言，當二十一歲生日逐漸接近時，阿弗瑞德想起自己向校長發誓會閱讀斯賓諾莎的《倫理學》。他想信守承諾，於是買了一本二手書開始閱讀，但映入眼簾的第一頁就是一長串難以理解的定義：

一、所謂「自因」（Self-Caused），我是指其本質牽涉到存在，或是其性質只能被設想為存在的。

二、當一個東西可以被相同性質的其他東西限定時，稱之為「在自類中有限」（Finite After Its Kind）；例如，物體被稱為有限的，因為我們總是能設想出更大的物體。所以，被其他思想限定的思想也是有限的，但物體不受思想的限定，思想也不受物體的限定。

三、所謂「實體」（Substance），我是指根據自己而存在，且要透過它本身來做神學上的設想；換句話說，就是可以獨立於任何其他概念而形成的概念。

四、所謂「屬性」（Attribute），我是指理智所認為構成實體本質的事物。

五、所謂「模式」（Mode），我是指實體的變型，或是存在於自己之外的某種東西，且要透過自己之外的東西來設想。

六、所謂「上帝」（God），我是指絕對無限的存有，也就是包含無限屬性的實體，其中每一種屬性都表現出永恆與無限的本質。

誰看得懂這種猶太廢話？阿弗瑞德把書丟到房間另一頭。一週後，他再次嘗試，跳過定義，看下一段的公理：

一、一切存在的事物，都根據自己或某種別的事物而存在。
二、無法透過任何別的事物來設想的事物，必然要透過它自己來設想。
三、若有已知的確切原因，必然隨之產生結果；反之，如果沒有給予確切的原因，就不可能產生結果。
四、結果的知識有賴於原因的知識，也包含了原因的知識。
五、彼此沒有共通點的事物之間，無法透過理解一事物而理解另一事物；一事物的概念不包含另一事物的概念。

一樣無法理解，書再次被丟開。他後來瀏覽下一段「命題」，也是難以進入。最後，他領悟接下來的每一部分都依據先前的定義和公理的邏輯，不需要再瀏覽下去了。他一次又一次拿起這本薄薄的書，看著書名頁旁邊的斯賓諾莎肖像，總是被這張橢圓形的長臉和巨大、熱烈、眼皮厚重的猶太眼睛嚇到（不管他怎麼轉動書，這雙眼睛都直接凝視他的眼睛）。他告訴自己要擺脫這本可惡的書，賣掉它（但賣不了錢，因為經過幾次空中拋書的情形，舊書損壞得更嚴重了），或是送人，或丟掉它。他知道他必須這麼做，但奇怪的是，阿弗瑞德就是無法丟棄這本《倫理學》。

為什麼？嗯，當然了，誓言是因素之一，但不是絕對的理由。如果校長沒有說一個人必須完全成熟才能了解《倫理學》呢？而他不是還要接受好幾年的教育，才會完全成熟嗎？

不，不，使他苦惱的不是誓言：問題在於歌德。他崇拜歌德，而歌德崇拜斯賓諾莎。阿弗瑞德無法擺脫這本可惡的書，因為歌德喜愛它的程度竟然達到一整年把它放在口袋裡。這本晦澀難解的猶太廢話曾平息歌德難以駕馭的情感，使他比以前更清晰地看見世界。怎麼可能呢？歌德在書中看見一些他無法辨識的東西。也許有一天，他會找到可以解釋這一點的老師。

第一次世界大戰混亂的局面讓他很快就把這個難題拋在腦後。阿弗瑞德從雷未爾綜合高中畢業，告別艾普斯坦校長、薛弗先生和藝術老師普維特先生後，開始拉脫維亞的里加科技大學的課業，距離雷未爾的家有兩百英哩遠。但由於德國軍隊威脅到愛沙尼亞和拉脫維亞兩個國家，整個科技大學在一九一五年搬到莫斯科，阿弗瑞德在那裡住到一九一八年，交出最後一份報告，火葬場的建築設計，得到建築工程的學位。

雖然他在學校的功課很優秀，但阿弗瑞德不曾喜愛工程學，反而喜歡把時間耗在閱讀神話學與小說。他對冰島詩集《埃達》（*Edda*）中的北歐神話故事非常著迷，還有情節錯綜複雜的狄更斯小說與托爾斯泰的巨著（閱讀俄文版），他還涉獵康德、叔本華、費希特、尼采和黑格爾的基本觀念，而且像以前一樣，厚著臉皮在引人注目的公共場合閱讀哲學著作，以此為樂。

一九一七年俄國革命的混亂期間，成千上萬狂亂的反對人士占領街頭、要求推翻既有的體制，這種景像讓阿弗瑞德感到驚恐。根據錢伯倫的著作，他原本相信俄國應該把一切都歸功於亞利安民族的影響，包括北歐人、漢撒同盟〔譯注〕、還有像他這樣的德國移民。俄國文化的崩潰只代表了一件事：北歐的基礎被劣等種族推翻了，包括蒙古人、猶太人、斯拉夫人和中國人，而真正的俄國靈魂很快就會淪喪。這也會是祖國的命運嗎？種族的紛亂和墮落會臨到德國本身嗎？

人潮蜂湧而至的景像令他厭惡，布爾什維克黨員是以摧毀文明為使命的禽獸。他仔細端詳他們的領導人，說服自己相信其中至少百分之九十是猶太人。從一九一八年開始，阿弗瑞德很少單單說到「布爾什維克」，每次提到都是說「猶太布爾什維克」，而這個雙重稱呼也注定被用於納粹的宣傳。阿弗瑞德在一九一八年畢業後，激動地搭上火車，穿越俄國，回到雷未爾的家。火車緩緩西行時，他日復一日坐著凝視一望無際的俄國原野。面對這樣的空間，他楞住了，啊，空間！他想到赫斯頓・史密斯・錢伯倫希望為祖國找到更多生存空間。此時，二等車廂窗戶外面，就是德國迫切需要的生存空間，可是全然無邊無際的俄國顯然是無法征服的，除非……除非俄國有一大批通敵者願意和祖國並肩作戰。另一個想法的種子開始發芽，這個險惡的開放空間，要如何處理這片大地？何不把猶太人放在那裡，歐洲的所有猶太人？

〔譯注〕Hanseatic League，十四至十七世紀北歐商業都市之政治及商業同盟。

火車的笛聲與拉緊又放鬆的煞車聲表示他已到家。雷未爾像俄國一樣寒冷，他穿上所有毛衣，拉緊圍巾，拎著提袋和放著證書的手提箱，口中吐著霧氣，走上熟悉的街道，抵達童年的家門，卡西莉姑姑的住所，她是爸爸的姊妹。敲門後，迎接他的是「阿弗瑞德！」的尖叫與笑臉，男人的握手與女人的擁抱，他被帶到溫暖芬芳的廚房喝咖啡、吃糕點，一位年輕的表弟飛奔去通知隔了幾戶人家的莉蒂亞姑姑，她很快就帶著食物抵達，安排慶賀的晚宴。

家就像他的記憶一樣，而往日時光的延續也為阿弗瑞德痛苦的無根感提供了難得的喘息。自己房間的景象，經過這麼多年都完全沒有改變，使他臉上流露出孩童般的歡樂。他坐上舊日的座椅，舒適地沉浸於姑姑大聲拍打枕頭、抖散羽絨被，然後鋪到床上的熟悉景象。阿弗瑞德掃視房間，看見一條手帕大小的猩紅色禱告墊，十幾年前，阿弗瑞德在反對宗教信仰的父親的聽力範圍之外，持續好幾個月在禱告墊上說出睡前禱辭：「保佑天上的母親，保佑父親，使他重獲健康，並治療我的哥哥尤金，保佑艾瑞卡姑姑和瑪麗蓮姑姑，保佑我們全家人。」

牆上掛的是仍然炯炯有神、威武堅強、渾然不知德國軍隊的命運正在衰落的威廉二世巨幅海報。海報下的架子上是維京戰士和羅馬軍人的領導人像，現在被他輕柔地拿起來。他彎身檢視塞滿他特別喜愛書籍的小書架，笑容滿面地看著它們仍然以他多年前離開時的順序排列著，他的最愛，首先是《少年維特的煩惱》，然後是《苦海孤雛》（*David Copperfield*），接下來是喜愛程度逐漸降低的其他書籍。

阿弗瑞德與姑姑、姑丈、表兄弟姊妹共進晚餐時，持續感受到家的溫暖。但大家離開後，寂靜降臨時，他蓋著羽絨被，熟悉的疏離感再度返回，「家」開始變得黯淡，即使是露齒微笑、揮手點頭的兩位姑姑的影像也逐漸退到遠方，只留下淒冷的黑暗。家在哪裡？他歸屬於哪裡？

第二天，他沿著雷未爾的街道漫步，尋找熟悉的面孔，其實他的所有童年玩伴都已長大、散居各處，而且，他內心深處知道他在尋找的是幻影——他渴望曾經擁有的朋友。他走到中學，廳堂和敞開的教室看起來既熟悉又討人厭。他在藝術老師普維特先生的教室外面等待，這位老師曾經對他非常親切。下課鐘響，他走進去，想利用下課時間和以前的老師聊一聊，普維特先生看著阿弗瑞德的臉，發出熟悉的聲音，詢問他的生活，卻用如此普通的措辭，以至於在下一堂課的學生蹦蹦跳跳入座時離開的阿弗瑞德，不禁懷疑老師是不是真的認識他。接下來，他尋找薛弗先生的辦公室，卻找不到，反而看到艾普斯坦先生的辦公室，他已不是校長，但又回任歷史老師，阿弗瑞德轉開臉，迅速離開，他不想被問到是否信守關於斯賓諾莎的誓言，也不想承擔阿弗瑞德．羅森堡的誓言早已從艾普斯坦先生心中消散的風險。

離開後，他再度走向市區，看見德國軍隊的總部，衝動地做出一個可能改變整個人生的決定，他用德語告訴值班衛兵，他想從軍，於是被帶去見高伯格中士，一位有著大鼻子、濃密鬍髭和顯而易見的「猶太」臉孔的大塊頭人物。中士沒有抬頭，一直看著桌上的文件，簡短聽一聽阿弗瑞德的話，就粗魯地拒絕他的要求，「我們在打仗，德國軍隊只要德國人，不接受被占領國的公民。」

被中士態度刺傷的阿弗瑞德悲傷地走到距離不遠的啤酒店尋找安慰，點了一杯麥芽啤酒，坐在長桌的一端。當他拿起酒杯啜飲第一口時，發現一位穿著平民服裝的人盯著他，他們的眼神簡短交會，陌生人拿起酒杯向阿弗瑞德點頭，阿弗瑞德遲疑了一下才回應，然後又陷入沉思。幾分鐘後，他再次抬頭，看見那位高瘦有魅力、有著德國狹長形頭顱的陌生人仍以深藍色的眼睛盯著他。最後，對方拿著酒杯起身，走向阿弗瑞德，向他自我介紹。

〔第九章〕阿姆斯特丹

——一六五六年

班托帶領雅各和法蘭科來到他與蓋伯瑞共住的房子，引導他們進入他的書房，先經過一間沒有女人打理跡象的小小起居室，裡面只有一張簡陋的木製長凳，角落有一把掃帚，還有一具有風箱的壁爐。班托的書房有一張粗製的書桌，一張高腳凳，和一把搖搖欲墜的木椅，牆上釘著三張他自己用炭筆畫的阿姆斯特丹運河風景素描，下面有兩個被十幾本厚書的重量壓彎了的架子。雅各立刻轉向架子，凝視書名，但班托請他和法蘭科坐下，然後匆匆到隔壁房間搬來另一張椅子。

「現在開始工作，」他拿起破舊的希伯來文聖經，重重放在書桌中間，打開來讓雅各和法蘭科審視。他突然想到更好的方法，於是停下來，把書本放到一旁。

「我會信守承諾，讓你們看看道拉經對猶太人成為選民的事，到底說了什麼，或是沒說什麼。但我更想先說一說我多年研究聖經的主要結論。」

班托得到雅各和法蘭科的同意，開始說：「我相信聖經關於上帝的核心訊息是祂是完美、完整的，而且擁有絕對的智慧。上帝就是一切，而且從祂自己創造出世界和世界裡的一切。你們同意嗎？」

法蘭科很快點頭，雅各仔細考慮了一會兒，咬緊下唇，打開右拳，看看自己的手掌，然後緩慢、小心地點頭。

「既然根據定義，上帝是完美的，而且沒有需求，所以祂創造世界不是為了自己，而是為了我們。」

法蘭科點頭，但雅各露出困惑的表情，兩手攤開來，表示「這和我們的問題有什麼關聯？」

班托平靜地繼續說：「既然祂從自己的實體創造出我們，祂的目的是為了我們全體能找到快樂和幸福，再次強調，我們是上帝實體的一部分。」

雅各用力點頭，好像終於聽到他可以同意的事：「對，我聽過我的叔叔說到我們每一個人裡面的上帝火花。」

「完全正確，你叔叔與我的看法完全一致，」斯賓諾莎回答，發現雅各臉上有一絲不悅，於是決定以後避免這種話——雅各太聰明、太多疑以至於不領情。他打開聖經翻找，「這裡，我們從詩篇的一些經文開始。」班托開始緩緩閱讀希伯來文，用手指著每一個字，並為法蘭科翻譯成葡萄牙文。過了幾分鐘，雅各打斷他，搖頭說：「不對，不對，不對。」

「什麼不對？」班托問：「你不喜歡我的翻譯嗎？我向你保證……」

「不是你的話，」雅各打斷他：「而是你的態度。身為猶太人，你對待聖書的方式讓我不舒服。你沒有親吻它或尊敬它。你幾乎是把它丟在桌上；你用沒洗過的手指著它。你閱讀的時候沒有吟誦，也沒有任何形式的抑揚頓挫。你讀的聲音就和你閱讀葡萄乾購買契約一樣。那種閱讀方式會冒犯上帝。」

「冒犯上帝？雅各，我懇求你跟隨理性的道路。我們剛才不是一致同意上帝是完滿的，沒有需求，並不是像我們一樣的存有嗎？這種上帝有可能被我的閱讀風格這麼瑣碎的事冒犯嗎？」

雅各默默搖頭，法蘭科卻點頭同意，並把椅子挪到班托旁邊。

班托繼續以希伯來文人聲閱讀，並為法蘭科翻譯成葡萄牙文。「上主善待一切，祂的慈悲覆蓋祂的一切造物，」班托向前跳到同首詩篇的另一段：「『上主靠近所有求告祂的人』，相信我，」他說：「我可以找到一大堆這類經文，明確指出上帝賦予所有人相同的智力，也為他們塑造相同的心。」

班托把注意力轉向再度搖頭的雅各：「雅各，你不同意我的翻譯嗎？我可以保證它說的是『所有人』，並不是說所有猶太人。」

「我無法反對，經文就是經文，聖經說什麼就是什麼。但聖經有許多經文，有許多看法，還有許多聖者的許多詮釋。你是忽略還是根本不知道拉許（Rashi）和亞伯班挪（Abarbanel）的偉大注釋？」

班托毫不慌亂地說：「我已擺脫那些注釋和注釋的注釋。我花了許多年研究這些聖書，從日出到日落閱讀它們，就如你自己先前告訴我的，我們社群有許多人尊敬我有如學者。幾年前，我決定親自研究，精研古希伯來文和阿拉姆文，把別人的注釋書放到一旁，重新研讀聖經真正的內容。想要真正了解聖經的話，就必須了解古代的語文，並以全新、自由的精神閱讀它。我希望我們能閱讀並了解聖經確切的內容，而不是某位拉比所認為的內容，也不是學者假裝看見的某種猜測的隱喻，也不是卡巴拉教派從文字的模式和字母的數字意義看見的某種祕密訊息。我想要回頭閱讀聖經到底說什麼。這是我的方法，你希望我繼續下去嗎？」

法蘭科說：「是的，請繼續。」但雅各猶豫了，他顯然很激動，因為他一聽到班托強調「所有人」的說法，就感覺到班托的論點要往哪裡走，他可以聞到前面的陷阱。他嘗試先發制人的策略：「你還沒有回答我迫切而簡單的問題『你否認猶太人是選民嗎？』」

「雅各，你的問題是錯誤的問題。顯然我說得還不夠清楚。我要做的是挑戰**你對權威的整個態度**。問題不在於我是不是否認它的問題，或是某位拉比或其他學者主張它。我們不要仰望某位偉大的權威，而是直接去看聖書的內容，它會告訴我們真正的快樂與祝福只在於享有真正的善。聖經沒有告訴我們要為了猶太人是唯一被祝福的而自豪，也沒有說我們會因為別人不知道真正的快樂而更喜悅。」

雅各沒有被說服的跡象，於是班托嘗試另一種方法：「容我從我們今天的親身經驗給你一個例子。先前，我們在店裡時，我知道法蘭科完全不懂希伯來文，對嗎？」

「對。」

「那麼請告訴我，我應該因為我比他更了解希伯來文而高興嗎？他不知道希伯來文會使我比一個小時前的我更有學問嗎？因為我們比別人更優越而高興，這是不受祝福的。這是幼稚或惡毒。不對嗎？」

雅各聳聳肩，表達他的懷疑態度，但班托覺得充滿能量。他多年來背負著必須沉默的重擔，現在興致勃勃地想用這個機會，大聲表達自己多年來建構的論點。他告訴雅各：「你毫無疑問一定同意祝福在於愛。這是整本聖經至高無上的核心訊息，基督教的新約也是如此。我們必須區辨什麼是聖經說的，什麼是宗教專家說是聖經說的。拉比和神父經常以帶有偏見的解釋促進自身的私利，主張只有他們握有真理的鑰匙。」

班托從眼角看見雅各和法蘭科交換驚訝的眼神，但他仍堅持地說：「你看，這裡，列王紀三章十二節這一段。」斯賓諾莎打開聖經，翻到紅線註記的地方：「請聽上帝對所羅門說的話：『在你以後沒有人像你一樣有智慧。』你們兩位，現在想一下上帝對全世界最有智慧的人所說的話。這當然是道拉經不能從字面解讀的證據，它們必須根據時代的背景……」

「背景？」法蘭科插嘴。

「我是指當時的語言和歷史事件，我們無法從現在的語言了解聖經，我們閱讀它時，必須對它被書寫、匯編時的語言習慣有所了解，而那是大約兩千年以前的事。」

「什麼？」雅各驚呼：「摩西撰寫五經，聖經最早的五本書，遠比二千年前早了許多！」

「這是個重要的主題，我稍後會回到這裡。現在，容我繼續談所羅門。我在這裡的重點是上帝對所羅門說的話只是用來表達偉大、卓越智慧的措辭，為的是增加所羅門的快樂。你會相信上帝期待所有人中最有智慧的所羅門為了別人永遠沒有他聰明而高興嗎？以上帝的智慧，當然希望每一個人都被賦予相同的能力。」

雅各抗議：「我不懂你在說什麼。你截取一些字句，但忽視我們被上帝揀選的明顯事實，聖經一再說到這一點。」

「這裡，看看約伯，」班托完全不受妨礙，他翻到約伯記二十八章，然後閱讀：「『所有人都應該避惡行善。』這種經文，」班托繼續說：「非常清楚，上帝心裡有的是整個人類。而且，請記得，約伯不是猶太人，但在所有人之中，他是最被上帝悅納的。你自己讀這幾行。」

雅各拒看：「聖經也許有一部分是這種話。但還有千千萬萬相反的話。我們猶太人與眾不同，而你也知道，法蘭科才剛逃離宗教法庭。告訴我，班托，猶太人什麼時候舉行過宗教審判？其他人屠殺猶太人，我們曾屠殺別人嗎？」

班托平靜地翻開聖經，這次翻到約書亞記十章三十七節，然後閱讀：「『他們奪取伊磯倫和附屬的諸城，用刀殺了那裡的王，與城中所有的人，沒有留下一個。他徹底毀滅這座城。』或是約書亞記十一章十一節關於夏瑣城，」班托繼續讀：「『以色列人用刀擊殺城中所有的人，將他們盡行殺滅，凡有氣息的沒有留下一個。約書亞又用火焚燒夏瑣。』

「喔，還有這裡，撒姆耳記十八章六到七節，『大衛打死了那非利士人，回來時，婦女們從以色列各城出來，歡歡喜喜、打鼓擊磬、歌唱跳舞，迎接掃羅王……眾婦女跳舞唱和說，掃羅殺死千千，大衛殺死萬萬。』」

「可惜道拉經有許多證據指出，以色列人擁有權力時，和任何其他國家一樣殘忍、無情。他們和其他古代國家比起來，在道德上並沒有更優秀、更有正義感，或更聰明。他們的優秀只在於擁有秩序良好的社會以及優秀的政府，讓他們延續了很長的時間。但古希伯來的國家早已不存在了，從此以後，他們和其他種族的人都差不多了。我在道拉經看不到任何關於猶太人比其他人優秀的內容。上帝對所有人是同樣仁慈的。」

雅各臉上露出不相信的表情說：「你是說猶太人和外邦人沒有區別？」

「完全正確，但不是我說的，是聖經說的。」

「你被稱為『巴魯赫』，怎麼還能說這種話？你真的否認上帝揀選猶太人，偏愛他們，並幫助猶太人，對他們有許多期待嗎？」

「再一次，雅各，請深思你所說的話。我再次提醒你：人類會選擇、偏愛、幫助、重視、期待。但上帝呢？上帝具有這些人類的特質嗎？請回想我所說的，上帝具有我們形像的想像是錯謬的。請回想我說的，三角形和四方形的上帝。」

「我們是按照祂的形象造的，」雅各說：「翻到創世記，我來翻給你看那些話……」

班托憑記憶背誦：「上帝說：『我們要照著我們的形像，按照我們的樣式造人，使他們管理海裡的魚、空中的鳥、地上的牲畜，和全地，以及地上所爬的所有生物。』於是上帝就照著自己的形像造人，照著祂的形像造男造女。」

「完全正確，巴魯赫，就是這些話，」雅各說：「希望你的虔誠像記性一樣了不起。如果這些是上帝的話，那你是什麼人，竟敢質疑我們是不是按照祂的形像造的？」

「雅各，請你運用上帝賦予你的理性。我們不能按照字面來讀這些話。它們是隱喻。你真的相信我們這些必死的身軀，有些人耳聾或駝背或遲鈍或卑鄙，是按照上帝的形像造的？像我母親之類的人，在二十幾歲過世，還有那些生而盲眼或畸形或智障，帶著巨大凹洞水腦的人，有癆病的人，肺壞掉而咳血的人，那些貪得無厭或殘酷殺人的人，他們也都是按照上帝的形像造的嗎？你認為上帝的心智像我們一樣，也想要被人奉承，如果我們不遵守祂的規矩，就會心生嫉妒和報復嗎？這種充滿缺點、傷害的思考模式會出現在完美的存有嗎？這只是那些寫聖經的人的說話方式。」

「那些寫聖經的人？你輕蔑地談論摩西、約書亞、眾先知和士師？你否認聖經是上帝的話？」雅各說話的聲音越來越大，專心聽班托每一句話的法蘭科把手放在雅各的手臂上，想讓他停下來。

「我沒有輕蔑任何人，」班托說：「這個結論來自你的腦袋。但我確實說聖經的話和觀念是出於人的頭腦，來自書寫這些經文的人想像——不，更好的說法應該是渴望——他們與上帝相似，渴望他們是按照上帝的形像造的。」

「所以你確實否定上帝透過先知的聲音說話？」

「聖經所有被稱為『上帝的話』的內容，顯然都只是起於不同先知的想像。」

「想像！你說『想像』？」雅各用手遮住因驚恐而張開的嘴，而法蘭科努力忍住微笑。

班托知道他口中說出的每一句話都使雅各震驚，但他仍不想閉嘴。他要掙脫沉默的枷鎖，大聲表達暗中沉思已久或只以極度模糊的方式與拉比分享過的觀念，他為此覺得振奮。安登「小心、小心」的警告浮現腦海，但他想要就這麼一次忽視理性，繼續前行。

「對，它顯然是想像，雅各，不需要這麼震驚。我們正是從道拉經的話知道這一點。」班托從眼角發現法蘭克露齒而笑，繼續說：「雅各，這裡，請和我一起讀申命記三十四章十節：『此後以色列中再也沒有興起先知像摩西的，他是上主面對面所認識的。』雅各，現在想一想這句話的意思。你當然知道，道拉經告訴我們，就連摩西也沒有見到上主的臉面，對嗎？」

雅各點頭：「對，道拉經是這麼說的。」

「所以，雅各，我們已排除親眼見到上帝的異象，它必然是指摩西聽見上帝真正的聲音，但摩西之後沒有先知聽見祂真正的聲音。」

雅各沒有回答。

「解釋給我聽，」法蘭科說，他一直仔細聆聽班托的每一個字：「如果其他先知沒有一位聽見上帝的聲音，那預言的來源是什麼？」

班托歡迎法蘭科的參與，立刻回答：「我相信先知是天生具有異常生動的想像力的人，但不必然擁有高度發展的理性能力。」

「那麼，班托，」法蘭科說：「你相信神奇的預言只是先知想像出來的想法？」

「完全正確。」

法蘭科繼續說：「這樣好像就沒有任何超自然的事。你弄得好像每一件事都是可以解釋的。」

「這正是我所相信的。每一件事，我確實是指每一件事，都有自然的原因。」

「對我而言，」班托談論先知時，一直怒視他的雅各說：「有些事只有上帝知道，有些事只有上帝的意志才會造成。」

「我相信如果我們知道的越多，只有上帝才知道的事就會越少。換句話說，我們越無知，就把更多事歸因給上帝。」

「你竟敢……」

「雅各，」班托打斷他說：「我們回顧一下，我們三個人為什麼要會面？你來找我，因為法蘭科陷入靈性危機，需要幫助。我並沒有找你，事實上，我勸你改找拉比。你說有人告訴你，拉比只會使法蘭科覺得更糟。記得嗎？」

「對，這是真的。」雅各說。

「那麼，你和我進入這種爭辯，是為了什麼目的？其實真正的問題只有一個。」班托轉向法蘭科：「告訴我，我幫助了你嗎？我有沒有說出任何幫助了你的話？」

「你說的每一件事都提供了安慰，」法蘭科說：「你幫助我保持頭腦清醒。我失去了方向感，而你清楚的思考，你完全不根據權威的方式，是我不曾聽過的東西。我聽見雅各的憤怒，我為他道歉，但對我而言，是的，你幫助了我。」

「既然如此，」雅各突然站起來說：「我們已經達到來這裡的目的，我們在這裡的事已經結束了。」法蘭科顯得很震驚，但仍坐著，可是雅各抓住他的手肘，帶他走向門口。

「謝謝你，班托，」法蘭科站在門口說：「請告訴我，你下次還有空見我嗎？」

「我總是有空接受理性的討論，到我的店找我就好了。不過，」班托轉向雅各：「我沒有空接受不理性的辯論。」

一等班托的房子遠離視線，雅各就滿臉笑容，用手摟住法蘭科，抓著他的肩膀說：「我們現在已得到所需的一切了，我們一起工作得很好，你把你的角色扮演得很好——你若問我的話，我要說你實在太棒了——但現在不討論這個，因為我們已完成必須做的事。瞧瞧我們得到什麼，猶太人沒有被上帝揀選；他們和別人沒什麼不同。上帝對我們沒有感情。先知只是想像事情。聖經並不神聖，完全是人的作品。上帝的話和上帝的意志並不存在。創世記和道拉經的其餘部分都是寓言或隱喻。即使是最偉大的拉比也沒有專門知識，只是為私利而行。」

法蘭科搖頭說：「我們並沒有得到所需要的全部，還沒有。我想再去見他。」

「我才剛列舉了他的所有惡行，他的話完全是異端邪說。這就是杜阿泰叔叔對我們的要求，我們已如他所願。證據太多了，班托．斯賓諾莎不是猶太人；他是反猶太分子。」

「不，」法蘭科重複說：「我們得到的還不夠，我需要多聽一些。除非我得到更多，否則不會去做證。」

「我們已經得到太多了。你的家庭陷入危險。我們和杜阿泰叔叔有協議，沒有人敢違反他的協議，而這正是愚蠢的斯賓諾莎所做的事——跳過猶太法庭，欺詐他。若不是透過叔叔的門路、叔叔的賄賂、叔叔的船，你仍蜷縮在葡萄牙的山洞裡。只要再兩個星期，他的船就會把你母親、妹妹和我妹妹接回來。你希望他們像我們的父親一樣被謀殺嗎？如果你不跟我一起去會堂向管理委員會做證，那你就是點燃柴堆燒死她們的人。」

「我又不是笨蛋，才不會像綿羊一樣被人指揮來指揮去，」法蘭科說：「我們有時間，我需要更多資訊，才能向會堂的委員會做證。你知道的，晚一天又沒什麼差別。況且，即使我們什麼都沒做，叔叔也有照顧家族的義務。」

「叔叔只做他想做的事，我比你更了解他。他只遵守自己的規定，而他本性並不慷慨。我不想再去見那位斯賓諾莎，他詆毀我們所有人。」

「那個人比所有會眾加起來還更聰明。如果你不想去，我就自己去找他談。」

「不行，如果你去，我也要去。我不會讓你自己去。這個人太有說服力了。我自己都覺得搖擺不定。如果你獨自去，我看到的下一件事就是你和他都被流放。」雅各看見法蘭科困惑的表情，補充說：「流放就是逐出教會，這是你最好早點學會的另一個希伯來文。」

〔第十章〕

愛沙尼亞，雷未爾

——一九一八年十一月

陌生人用德語說：「你好，」並伸出手：「我是弗瑞德里赫．菲斯特。我認識你嗎？你看起來很面熟。」

「羅森堡，阿弗瑞德．羅森堡。在這裡長大，剛從莫斯科回來，上星期才拿到科技大學的學位。」

「羅森堡？啊，對，對，沒錯。你是尤金的弟弟，我在你身上看到他的眼睛。我可以和你一起喝酒嗎？」

「當然可以。」

弗瑞德里赫把麥酒放到桌上，坐到阿弗瑞德對面：「我和你哥哥是最親近的朋友，我們仍然保持聯絡。我常在你家見到你，甚至曾把你扛起來坐到我肩上。你比尤金小幾歲，六、七歲嗎？」

「六歲，你看起來很眼熟，但我想不起你。不知道為什麼，我對童年沒有什麼記憶，一片空白。你知道，尤金離家到布魯塞爾讀書時，我只有九歲或十歲。此後我很少見到他。你現在仍和他保持聯絡？」

「對，兩週前，我們還在蘇黎士共進晚餐。」

「蘇黎士？他已離開布魯塞爾？」

「大約六個月前，他的肺癆復發，到瑞士療養。我一直在蘇黎士讀書，於是到那裡的療養院探視他。他再過幾個星期就會出院，到柏林參加進階的銀行業務課程。我再過幾個星期剛好要搬到柏林進修，所以我們在那裡會常見面。你對這些一無所知？」

「不知道，我們各走各的路。我們一直不親近，現在幾乎已失去聯絡。」

「對，尤金提過這一點，我認為他談這件事時帶著憂愁的味道。我知道你母親在你很小就過世，你們兩人都很不好受。我記得你父親也很早過世，是肺癆嗎？」

「對，他才四十四歲，我那時十一歲。告訴我，菲斯特先生……」

「請叫我弗瑞德里赫。哥哥的朋友也是你的朋友，所以我們現在是弗瑞德里赫和阿弗瑞德？」

阿弗瑞德點頭。

「阿弗瑞德，一分鐘前，你要問什麼？」

「我想知道尤金是否提過我？」

「最後一次見面時沒有。我們之前已三年不見，有許多事可談。但他以前提過你好幾次。」

阿弗瑞德猶豫了一下，然後脫口而出：「你願說說他談到我的所有事嗎？」

「所有？我試試看，但首先請允許我提出我的觀察：一方面，你平淡地告訴我，你和哥哥一直不親，你們似乎也沒有嘗試接觸彼此。但你今天似乎很熱切，甚至可以說是渴望，想知道他的消息。有點矛盾。這讓我想知道你是不是在探索自己和過去？」

阿弗瑞德把頭抽回去好一會兒；他對這個問題的洞察力感到驚訝。「對，是真的。我很驚訝你看到這一點，這些日子，嗯，我不知道該怎麼說，混亂吧。我在莫斯科看到焦躁的群眾在無政府狀態下鬧事，現在這種情形穿越東歐，橫掃全歐洲，到處都是難民。我在他們中間覺得很不安定，可能比其他流離失所的人更迷失。」

「所以你想從過去找到精神支柱，你渴望沒有改變的過去。我能了解這一點。容我回想尤金談到你什麼事。給我一分鐘，我專心想一下，讓那些畫面浮現。」

弗瑞德里赫閉上雙眼，過了一會兒，睜開眼睛說：「有個障礙，我自己對你的記憶一直浮現。請先讓我說出這些畫面，然後才能追溯尤金的話。好嗎？」

「好，沒關係，」阿弗瑞德咕噥著說，但並不是完全沒關係。剛好相反，這整個對話都很奇怪，弗瑞德里赫口中說出的每一個字都很奇怪，令人意外。即使如此，他仍信任這個從小時候就認識他的人。弗瑞德里赫有「家」的味道。

弗瑞德里赫再度閉上雙眼，以恍惚的聲音開始說：「枕頭仗——我想玩，但你不願意……

我沒辦法說服你玩。嚴肅——如此嚴肅。秩序，秩序……玩具、書籍、軍人玩偶，每一件東西都很有秩序……你喜愛那些軍人玩偶……非常嚴肅的小男孩……我有時把你扛在肩上……我想你喜歡這樣……但你總是很快跳下來……好玩是不好的嗎？……房子很冷……沒有母親……父親搬家、憂鬱……你和尤金從來不說話……你的朋友在哪裡呢？……不曾在你家見到朋友……你很害怕……跑進你的房間，關上門，總是躲在書堆裡……」

弗瑞德里赫停下來，張開眼睛，猛喝一口麥酒，把目光轉向阿弗瑞德：「這都是從我的記憶銀行出現與你有關的事，也許等一下會有其他記憶浮現。這是你想要的嗎，阿弗瑞德？我要確定一下，我想給我最好的朋友的弟弟心裡想要和需要的東西。」

阿弗瑞德點頭，然後很快把頭轉開，因為驚訝而覺得不自然，他以前不曾聽過這種談話。雖然弗瑞德里赫說的是德文，但他的口音帶著外國腔。

「接下來我會繼續回憶尤金談到你的話。」弗瑞德里赫再次閉上雙眼，一分鐘後以同樣奇怪、恍惚的語氣說：「尤金，談一下阿弗瑞德。」弗瑞德里赫接著轉成另一種聲音，可能是尤金的聲音。

「啊，我那害羞膽小的弟弟，奇妙的藝術家，他得到家族的所有天賦，我喜愛他的雷未爾素描，港口和所有靠岸的船隻，日耳曼城堡和高聳的塔樓，即使對成人而言，也是成熟的作品，而他才十歲。我的小弟弟——總是在讀書——可憐的阿弗瑞德——喜歡孤獨的人，如此害怕其他小孩，不受歡迎，小男孩嘲笑他，說他是哲學家，不太喜歡他——我們的母親過世，父親也快不行了，姑姑都很好心，但總是忙著照顧自己的家庭——我應該多為他做一些事，但他很難靠近，我自己都快活不下去了。」

弗瑞德里赫睜開眼睛，眨了一、兩下眼睛，然後恢復他原本的聲音說：「那是我記得的話。喔，對了，還有一件事，阿弗瑞德，但要說這件事，我混雜了許多感覺，尤金為母親的死責怪你。」

「責怪我？我？我才幾個星期大。」

「當有人過世，我們往往會找某件事或某個人來責怪。」

「你不是當真的吧，你是嗎？我是指尤金真的說過那種話？真沒道理。」

「我們往往相信沒道理的事。你當然沒有害死她，但我猜想尤金認為媽媽如果沒有懷你，現在可能還活著。可是，阿弗瑞德，我只是猜想，我想不起他確切的說法，但我確實知道他對你懷有怨恨，他自己都覺得不理性。」

臉色蒼白的阿弗瑞德沉默了幾分鐘。弗瑞德里赫凝視他，啜飲一些麥酒，然後溫和地說：「我怕我說太多了。但朋友問起時，我會儘量說出我知道的一切。」

「這是好事。周全、誠實——善良、高貴的德國人的美德。弗瑞德里赫，我佩服你，如此真實。我不得不承認我有時會猜想尤金為什麼不為我多做點什麼。還有『小哲學家』的嘲弄，我太常從別的男孩聽到這種話！我想它對我有很大的影響，而且我策劃對他們復仇，結果真的成為哲學家。」

「在科技大學？怎麼可能？」

「不是有證書的哲學家，我的學位是工程和建築，但我真正的歸屬是哲學，即使在科技大學，我也找到一些私下指導我閱讀的博學教授。我最推崇的是德國人明晰的思考，這是我唯一的信仰。但現在，就在這一刻，我的心在一團亂泥中掙扎，幾乎要頭暈了。也許我需要時間消化你所說的一切。」

「阿弗瑞德，我想我能解釋你的感受。我自己經驗過，在別人身上也看過。你的回應並不是針對我分享的記憶，而是別的東西。我可以用哲學模式做最好的解釋。我也接受過許多哲學訓練，能和具有類似傾向的人談話真是一大樂事。」

「對我也是一大樂事。多年來，圍繞我的都是工程師，我渴望有哲學對話。」

「很好，很好。容我以這種方式開始：康德揭示外在現實並不是我們平常感知的現實，也就是說，我們是透過內在的心智建構，組成外在現實的性質。還記得這個揭示造成的震驚與難以置信嗎？我猜你很熟悉康德？」

「對，非常熟悉。但他和我現在的心理狀態有什麼關聯？」

「嗯，我的意思是，突然之間，你的世界，我現在指的是你的內心世界，如此大量被你過去經驗組成的世界，卻不是你以前所認為的世界。或是用另一種方式來說，容我借用胡塞爾的話，你的所思（noema）瓦解了。」

「胡塞爾？我一向避開猶太的偽哲學家。什麼是所思？」

「阿弗瑞德，我勸你不要丟掉愛德蒙．胡塞爾，他是偉人。他說的所思是指就我們經驗而言的事物，被我們構築的事物。舉例來說，你先想一棟建築物的觀念，然後去想你倚靠在建築物上，結果建築物並不是堅實的，你的身體直接穿過它。在那一刻，你對建築物的所思瓦解了，你的生活世界突然和你過去所想的不一樣。」

「我重視你的建議，但請再說清楚一點。我了解我們把一個結構的概念強加在世界上，但仍不懂這和尤金與我的關聯是什麼。」

「好，我是指你對於你與哥哥之間一生關係的觀點，在一次重擊時改變了。你原本用一種方式想到他，突然之間，過去有了變動，只有一點點，但你現在發現他有時會怨恨你。當然了，即使如此，這種怨恨仍然是不理性、不公平的。」

「所以你是說我覺得頭暈是因為我過去的堅實基礎有了變動？」

「對，阿弗瑞德，說得好。你的頭腦負荷過重，因為它全神貫注於重組過去，沒有能力做平常的工作，比如照顧你的平衡感。」

阿弗瑞德點頭說：「弗瑞德里赫，這是令人震驚的對話。你給了我許多需要沉思的事。但請容我說明，這個頭暈有一部分發生在我們談話之前。」

弗瑞德里赫平靜而期待地等待，他似乎知道等待的藝術。

阿弗瑞德遲疑地說：「我通常不太談這種事，其實我很少對任何人談到自己，但你有某種我會形容成值得信任、吸引人的特質。」

「嗯，從某方面來看，我是家人。當然了，你知道你無法把老朋友變成新朋友。」

「把老朋友變成新朋友……」阿弗瑞德想了一下，然後微笑說：「我了解，非常清楚。好，我今天一開始就很疏離，我昨天剛從莫斯科回來，現在孤獨一人，我曾短暫結婚，妻子有肺癆，她父親幾週前把她安置在瑞士的療養院，但問題不只是肺癆，她富有的家族反對我和我的貧窮，我確定我們非常短暫的婚姻已經結束了。我們很少在一起，甚至已經停止寫信給對方。」

阿弗瑞德匆匆喝下一口麥酒，繼續說：「我昨天抵達這裡時，姑姑、姑丈和表兄弟姊妹似乎很高興看到我，他們的歡迎讓我覺得很棒，我覺得有歸屬感。但持續了沒多久，我今天早上醒來，再度覺得疏離和無家可歸，於是在市區漫步，找了又找，尋找……什麼？我猜是找家、找朋友，甚至是找熟悉的面孔。但我只看到陌生人，即使在以前的中學，我也沒遇到認識的人，只有我最喜歡的老師，藝術老師，但他只是假裝認識我。然後，不到一小時前，我受到最後一擊。我決定到我真正歸屬的地方，不再流浪，與我的種族重新連結，回到祖國。我想加入德軍，於是走進對街的德軍總部，負責募兵的中士有著猶太人的姓氏高伯格，他把我像小蟲一樣趕走，揮手叫我離開，他說德軍只收德國人，不收被占領國的公民。」

弗瑞德里赫同情地點頭：「也許最後一擊是個祝福。也許你有幸得到赦免，免除無意義、混身泥濘地死在戰壕裡。」

「你說我是奇怪嚴肅的小孩，我猜我仍是這種人。比如我嚴肅看待我的康德：我認為從軍是道德上必須履行的事。如果每一個人都拋棄受到重創的祖國，我們的世界會變成什麼樣子？

當他呼喚，他的子孫就必須回應。」

「很奇怪，不是嗎？」弗瑞德里赫說：「我們波羅的海德國人是如此比德國人更像德國人。也許我們這些離鄉的德國人都像你一樣有著強烈的渴望，想要家，想要我們真正歸屬的地方。我們波羅的海德國人都在無根的災難裡。我此刻特別強烈感受到這一點，因為我父親這個星期才剛過世，這是我在雷末爾的原因。現在我也不知道自己屬於哪裡。我的外祖父母是瑞士人，但我其實也不屬於那裡。」

「請接受我的慰問，」阿弗瑞德說。

「謝謝你。從許多方面來看，我比你容易度過：我父親已快八十歲，我整個人生都有他完全健康的陪伴。母親仍健在，我在這裡協助她搬到她妹妹家。事實上，我是趁她小睡離開，不久就必須回去陪她。但我離開之前想告訴你，我相信家的議題對你是深刻而急切的。如果你想再多探索一點，我還可以再留一會兒。」

「我不知道如何探索。其實你如此自在地深入談論私人事情的能力，讓我非常驚訝。我不曾聽過任何人像你這樣如此開放地表達內心的想法。」

「你想要我幫你嗎？」

「什麼意思？」

「我是指幫你辨識並了解你對家的感受。」

阿弗瑞德顯得很謹慎，但喝下一大口拉脫維亞麥酒後，表示同意。

「試試這個。照我剛才挖取關於你童年回憶的方法來做。以下是我的建議：想著『不在家』這句話，然後對自己說幾次『不在家』，『不在家』，『不在家』。」

阿弗瑞德的嘴唇不出聲地說了一、兩分鐘，然後搖頭說：「什麼都沒有，我的腦袋在罷工。」

「腦袋永遠不會罷工，它一直在運作，只是往往有某種東西妨礙我們認識它，通常是因為不自在。在這種情形，我猜是因為我而不自在。再試一次，我建議你閉上眼睛，忘掉我，忘掉我會怎麼看你，而且請記得，我保證這段對話只會留在我心裡，就連尤金都不會告訴他。現在閉上你的眼睛，讓你的思緒跳進腦海中的『不在家』，把它們說出來，不管有沒有意義，只管把腦海浮現的東西說出來。」

阿弗瑞德再度閉上眼睛，但仍沒有說任何話。

「聽不到，大聲一點，請大聲一點。」

阿弗瑞德開始輕聲說：「不在家，無處可去，沒有卡西莉姑姑或莉蒂亞姑姑，沒有屬於我的地方，不在學校，不在其他男孩，不在我太太的家庭，不在建築學，不在工程學，不在愛沙尼亞，不在俄國……俄國母親，真是笑話……」

「很好，很好，繼續，」弗瑞德里赫鼓勵他。

「總是在外面，向裡面看，總是想表現給他們看。」阿弗瑞德沉默了，張開眼睛說：「沒別的了……」

「你說你想表現給他們看。阿弗瑞德，表現給誰看？」

「所有那些嘲笑我的人，鄰居、中學、科技大學，每一個地方。」

「阿弗瑞德，你會怎麼表現給他們看？請留在腦中散漫的架構裡。不需要有意義。」

「不知道，我會以某種方式讓他們注意我。」

「如果他們注意你，你就會有回家的感覺嗎？」

「家並不存在。你想嘗試讓我知道這個嗎？」

「我沒有預定的計畫，但我現在確實有個想法，只是一種猜測，但我懷疑你是否能在任何地方有回家的感覺，因為家並不是一個地方，而是一種心理狀態。真正的回家是在自己身上覺得回家。阿弗瑞德，我不認為你在自己身上覺得回到家，也許你不曾擁有，也許你整個人生一直都在錯誤的地方尋找家。」

阿弗瑞德好像被雷打到一樣，垂著下巴，雙眼盯著弗瑞德里赫：「你的話直接打到我的心。你怎麼會知道這種事，這種神奇的事？你說你是哲學家，這是來自哲學嗎？我一定要讀這種哲學。」

「我只是業餘的。就像你一樣，我喜歡耗在哲學裡，但我必須混口飯吃。我在蘇黎士讀醫學系，學了許多幫助別人談論困難事情的東西。至於現在，」弗瑞德里赫站起來：「我必須離開。母親在等我，我後天必須回到蘇黎士。」

「真可惜，這對我很有啟發，我覺得我們好像才剛開始。你離開雷未爾之前，我們有沒有時間再碰面？」

「只剩下明天。我母親總是在下午休息，也許用同樣的時段？我們在這裡碰頭嗎？」

阿弗瑞德遏止自己大叫「好，好」的貪婪與渴望，只以適當的禮貌點頭說：「我期待明天相見。」

〔第十一章〕

阿姆斯特丹

——一六五六年

隔天晚上，在安登學院，克拉拉．瑪麗亞一絲不苟的拉丁文訓練被父親打斷，他正式向女兒鞠躬說：「安登小姐，請原諒我的打擾，但我必須和斯賓諾莎先生說句話。」他轉向班托說：「一個小時後請到大教室參加希臘文課程，我們要討論亞理斯多德和伊比鳩魯的文章。雖然你的希臘文還很粗淺，但這兩位紳士有重要的話對你說。」他對德克說：「我知道你對希臘文沒什麼興趣，因為很可惜這不再是讀醫學院的必要條件，但你可能在這場討論中，發現一些對你將來治療病人有用的東西。」

安登再度正式向女兒鞠躬說：「現在，小姐，我要讓你繼續帶領他們完成拉丁文的進度。」克拉拉．瑪麗亞繼續朗讀西塞羅的短文，班托和德克輪流翻譯成荷蘭文。她數度用尺敲桌子，警告不專心的班托，他沒有注意西塞羅，完全沉浸在克拉拉．瑪麗亞以mulra、pater、puer來發m、p的音時，雙唇可愛的動作，他覺得最美妙的就是praestantissimum這個字。

「班托．斯賓諾莎，你今天的專注力跑哪兒去了？」克拉拉．瑪麗亞努力在自己討人喜歡的十三歲、梨形臉蛋上顯現出嚴峻的不悅之色。

「抱歉，我有一陣子掉到別的思緒，安登小姐。」

「毫無疑問是在想我父親的希臘文研討會？」

「毫無疑問，」掩飾實情的班托想的其實是女兒遠多於父親。接下來，一個小時前雅各憤怒的話又縈繞心頭，預測他的命運是寂寞、孤獨的人。雅各是堅持己見、心胸狹窄的人，對許多事的判斷都是錯誤的，但這件事他是對的。班托將來不會有妻子、沒有家庭、沒有社群。理性告訴他，自由才應該是他的目標，如果他只是把宗教迷信的限制換成妻子與家庭的束縛，那他釋放自己，脫離猶太社群迷信束縛的努力，就成了一場鬧劇。自由是他追求的唯一目標，自由地思考、分析，把心中迴盪的重要思緒記錄下來。但這真是困難，想讓注意力脫離克拉拉．瑪麗亞可愛的雙唇，竟是如此困難。

安登在希臘文討論的開場白是大聲說：「Eudaimonia，讓我們先檢視兩個字根：eu是什麼意思？」他把手貼在耳後，等待答案。學生順從地回答：「好的」、「正常的」、「愉快的」。安登點頭，接著問daimon的意思，得到更熱烈的回應：「精靈」、「小魔鬼」、「次要的神明」。

「對，對。都很正確，但和eu結合起來，意思就變成『好運』，所以eudaimonia通常意味著『福祉』（well-being）、『幸福』（happiness）或『興旺』（flourishing）。這三個名詞是同義詞嗎？乍看好像是，但其實有數不清的哲學家曾討論過它們的細微差異。Eudaimonia是一種心理狀態嗎？一種生活方式嗎？」不等回答，安登又補充說：「或是一種純粹快樂主義的享樂？或是關係到arete的概念，這個字是什麼意思？」他把手貼在耳後，等待回答，直到兩位學生同時說出：「美德」。

「對，完全正確，許多古希臘哲學家把美德加入eudaimonia的概念，把它從主觀感到快樂的狀態提升到更美好的層面：活出合乎道德、具有美德、值得嚮往的人生。蘇格拉底在這方面有強烈的情操，請回想你們上週閱讀的柏拉圖的《答辯書》（*Apologia*），他在裡面和一位雅典人攀談，以這些話提出arete的問題……」安登這時擺出戲劇性的姿勢，以希臘文朗誦柏拉圖的話，然後為德克和班托，慢慢把內容翻譯成拉丁文：「你努力擁有更多財富、名聲和榮譽，卻完全不在意也不關心智慧、真理或靈魂可能達到的最佳狀態，難道不覺得羞愧嗎？」

「現在，請記得柏拉圖最早期的作品反映出他的老師蘇格拉底的觀念，但在後來的作品，比如《共和國》（*Republic*），我們就看到柏拉圖出現自己的觀念，強調正義和其他美德在形而上領域的絕對標準。柏拉圖對我們人生根本目標的看法是什麼？是得到最高的知識形式，而他認為那就是『善』的觀念，所有其他美德都是由此衍生出來的價值。柏拉圖說，直到那時，我們才能達到eudemonia，他認為這是一種靈魂的和諧狀態。我們來重複這句話：『靈魂的和諧』。這句話值得背起來；它對你的人生可能非常有用。

「現在我們來看看下一位偉大的哲學家亞理斯多德，他向柏拉圖學習了大約二十年。二十年。你們這些抱怨我的課程既困難又耗時的傢伙，請記得這個時間。

「你們這個星期會讀到《尼卡馬科倫理學》，裡面可以看到亞理斯多德對美好的人生也有一些強烈的看法，他很確定這不包含感官享樂、名聲或財富。亞理斯多德認為我們的人生目的是什麼呢？他認為是實現我們最深處的獨特功能。他問：『使我們不同於其他生命形式的，是什麼？』我也要拿這個問題問你們。」

班上沒有人立刻回答。最後，一位學生說：「我們可以開懷大笑，其他動物不能，」引發同學之間的竊笑。

另一位說：「我們用兩隻腳走路。」

「大笑與雙腳，這是你們最好的答案嗎？」安登大聲說：「這種愚蠢的答案使這項討論變得平凡無奇。想一下！使我們不同於低等生命形式的主要特質是什麼？」他突然轉向班托：「班托．斯賓諾莎，我向你提出這個問題。」

班托不假思索地說：「我相信是我們獨特的理性能力。」

「完全正確。亞理斯多德因此主張最快樂的人就是最能實現這項功能的人。」

「所以最高級和最快樂的努力是成為哲學家嗎？」艾爾方斯發問，他是希臘文班級裡最聰明的學生，因為班托快速的回答而感到氣餒。「哲學家提出這種主張，豈不像是自吹自擂嗎？」

「是的，艾爾方斯，你不是第一個得到這種結論的思想家。正是這項觀察讓我們接下去看另一位重要的希臘思想家伊比鳩魯，他對eudemonia與哲學家的使命，加入了完全不同的觀念。你們在接下來兩週閱讀一些伊比鳩魯的作品後，就會看到他也在談美好的生活，但用的是另一個完全不同的字眼。他常常談到ataraxia，這個字怎麼翻譯？」安登再次用手貼住耳後。

艾爾方斯立刻說「不動心」，別的學生也很快地補充「平靜」和「心靈的安詳」。

「對，對，」安登說，顯然對班上的表現越來越高興。「對伊比鳩魯而言，ataraxia是唯一真正的快樂。我們要如何得到它呢？不是透過柏拉圖的靈魂的和諧，也不是亞理斯多德的理性的實現，而是單純地透過擔心或焦慮的消除。如果伊比鳩魯在此刻對你說話，他會鼓勵你們把生活簡單化。他今天若是站在這裡，會說出如下的話。」

安登清清嗓子，以學究的口氣說：「小伙子們，你們的需要很少，很容易達到，而任何無法避免的痛苦都很容易忍受。不要讓財富和名聲之類瑣碎的目標把你們的生活複雜化，它們都是ataraxia的敵人。舉例來說，名聲來自別人的看法，要求我們必須按照別人的期望來過生活。若要得到和保有名聲，就必須喜歡別人所喜歡的，迴避別人所避開的一切。所以，有名望的生活或政治人物的生活？逃離它吧。財富呢？避開它吧！它是陷阱。我們得到的越多，就有更多渴望，當我們的渴望不被滿足，我們的哀愁就越深。小伙子呀，聽我說：如果你渴望快樂，就不要把你的人生浪費在努力得到你其實不需要的東西。」

「現在，」安登恢復自己的聲音，繼續說：「請注意伊比鳩魯和前人之間的差異。伊比鳩魯認為最偉大的善是透過免除所有焦慮而得到ataraxia。現在有任何意見或問題嗎？啊，好，斯賓諾莎先生。有問題嗎？」

「伊比鳩魯只提出消極的方法嗎？我的意思是他說消除苦惱是人所需要的全部，沒有額外憂慮的人就是完美、自然達到善、快樂的嗎？有沒有任何我們必須努力的積極特質呢？」

「很棒的問題。我選的文章會說明他的回答。斯賓諾莎先生，你很幸運，不需要等到你精通希臘文，因為你可以閱讀羅馬詩人盧克雷修斯（Lucretius）以拉丁文寫的伊比鳩魯的觀念，他是兩百年後的人。我會在適當時機選出恰當的文章給你讀。我今天只想談論可以區分他和別人的核心觀念：美好的生活是由移除焦慮形成的。但即使是輕鬆的讀品都會顯示伊比鳩魯是非常複雜的，他鼓吹知識、友誼，以及美德、有節制的生活。對了，德克，你有問題嗎？對於這些希臘人，我的拉丁文學生好像比希臘文班級更好問。」

「在漢堡，」德克說：「我知道有一間小酒館叫『伊比鳩魯的樂趣』，所以好酒和麥酒也是他美好生活的一部分嗎？」

「我正在等這個問題，必然會有這種疑問。許多人誤用他的名字來表示美食或好酒。如果伊比鳩魯知道的話，一定會很驚訝。我相信這個有趣的錯誤來自他嚴謹的實利主義。他相信沒有來世，既然此生就是一切，我們當然要追求世俗的快樂。但我不會錯誤地推論伊比鳩魯建議我們應該把人生耗費在縱情於感官或貪欲的活動。絕對不是，他的生活和主張都是近乎禁欲的生活。我重複一次：他相信我們可以藉著把痛苦減到最少，而得到最好、最大的快樂。他的主要推論之一就是死亡恐懼是痛苦的主要來源，他花許多時間，想要以哲學方法減輕死亡恐懼。

其他問題，請說。」

「他談到服務別人和社會，或是愛嗎？」德克問。

「來自未來醫生的貼切問題。你會很有興趣知道他認為自己是醫療哲學家，照顧靈魂的疾病，就像醫生照顧身體的疾病一樣。他曾說無法治療靈魂的哲學就像無法治療身體的藥物一樣沒有價值。我已經談到一些靈魂的疾病起源於名聲、權力、財富和性欲的追求，但這些都只是續發的問題。隱藏在所有其他憂慮之下，並餵養這些憂慮的焦慮怪獸（behemoth），就是對死亡和來世的恐懼。事實上，他的學生必須研讀的『問答錄』裡面的首要原則，就是我們都是必死的，沒有來世，所以我們不需要害怕死後的神明。德克，你很快就會在盧克雷修斯讀到更多這方面的東西。現在我已忘了你的其他問題是什麼？」

「首先，」德克說：「我必須承認我不知道behemoth這個字的意思。」

「好問題，這裡有誰知道這個字？」只有班托舉手。

「斯賓諾莎先生，請告訴我們。」

「可怕的野獸，」班托說：「來自希伯來文的ɔ'hëmhá，見於創世記與約伯記。」

「約伯記，唉，我也不知道。謝謝。現在回到你的問題，德克。」

「我問到愛與服務社會。」

「就我所知，伊比鳩魯並沒有結婚，但他相信婚姻和家庭是為了那些準備好承擔責任的人。但他堅定地反對非理性的激情之愛，因為這會奴役情人，最終導致更多痛苦，遠甚於快樂。他說充滿貪欲的熱戀一旦得到實現，情人會經驗到無聊或嫉妒，或兩者都有。但他很看重一種較高層次的愛，朋友之愛，這能使我們認識一種幸福狀態。有件事很有意思，他接納所有人的靈魂，並一視同仁，他的學校是雅典唯一歡迎女人和奴隸的學校。

「德克，不過你提到的服務是很重要的。他的立場是我們應該活出一種安靜、隱居的生活，避免公共責任，也避免擁有辦公室或可能威脅我們ataraxia的任何其他形式的責任。」

「我完全沒聽到宗教，」一位天主教學生愛德華說，他的伯父是安特衛普（Antwerp）的主教：「他的快樂架構中，我聽到朋友之愛，但完全沒有談到上帝的愛或上帝的目的。」

「愛德華，你指出一個重點。伊比鳩魯對今日的讀者會造成很大的震撼，因為他的快樂處方不太注意神聖面。他相信快樂只出於我們自己的心，完全不重視我們與任何超自然界的關係。」

「你是說，」愛德華問：「他否認上帝（God）的存在？」

「你是指眾神（gods），複數？請記得時間點，愛德華。那是紀元前第四世紀，而且希臘文化就像希伯來文化以外的所有早期文化，是多神崇拜的，」安登說。

愛德華點頭，改變措辭重述他的問題：「伊比鳩魯否認神性的存在嗎？」

「沒有，他很大膽，但並不是有勇無謀。他出生在蘇格拉底因異端邪說而被處死之後六十年，他知道不相信神明有可能對健康不好。他採取一種較安全的立場，認為神明存在，幸福地住在奧林帕斯山，但完全不在意人類的生活。」

「但那是什麼樣的神呀？人怎麼能想像神不會想要我們根據祂的計畫生活？」愛德華問：

「我實在無法想像一位神會為我們犧牲自己的兒子，卻無意要我們以特別神聖的方式來生活。」

「許多文化發明出許多不同的神明觀念，」班托插嘴。

「但我以最深的確信知道基督我們的主愛我們，在祂心裡為我們準備了一個地方，也對我們有一個計劃，」愛德華眼睛看著上面說。

「信仰的力量和它的真實性毫無關係，」班托回嘴：「每一位神都有深刻、狂熱的信徒。」

「紳士們，紳士們，」安登介入說：「容我們暫緩這場討論，直到我們閱讀並精熟內容。但我要告訴你，愛德華，伊比鳩魯對神明並不是輕率無禮的，他把祂們吸納到ataraxia的觀點裡，鼓勵我們透過模仿祂們，以祂們為無憂無慮、不動心的榜樣，而使神明貼近我們的心。此外，為了避免困擾，」安登這時往班托的方向看了一眼：「他強烈建議他的追隨者平靜地參加社群的所有活動，包括宗教禮拜儀式。」

愛德華仍然不服：「但禱告若只是為了避免困擾，似乎是虛假的儀式。」

「愛德華，許多人都說過這種看法，但伊比鳩魯也談到我們必須尊敬神明是完美的存有。此外，我們也從默想祂們完美的存在而得到美學的愉悅。時間已晚，紳士們，這些都是絕佳的問題，等我們讀過他的著作，會來討論每一個問題。」

這一天結束在班托和他的老師們轉換角色。他向這對父女提供一次半小時的希伯來文課程，之後，安登請他留久一點，有私事要討論。

「你記得我們第一次會面時的談話嗎？」

「我記得非常清楚，你確實為我介紹了志趣相投的同伴。」

「毫無疑問你有注意到伊比鳩魯的一些談話，正適合你目前在社群遇到的困境。」

「我想知道你是不是對著我說到他關於平靜地參加社區宗教儀式的話。」

「正是如此，那些話有達到目的嗎？」

「幾乎，但這些話因為自相矛盾而減少份量，以至於未達目的。」

「怎麼說？」

「我無法想像從偽善的土壤長出來的寧靜。」

「我猜你是指伊比鳩魯勸人要去做一切與社群一致所不可避免的事，包括參加公眾禱告。」

「是的，我稱之為偽善。愛德華對此也有所回應。如果一個人對自己都不誠實，如何能有內在的和諧？」

「我特別想和你談一談愛德華。你猜猜看他對我們的討論，以及對你，會有何感受。」

班托對這個問題感到驚訝，遲疑地說：「我不知道答案。」

「我請你猜一猜。」

「嗯，他對我不高興。我猜他生氣，可能覺得受到威脅。」

「對，猜得很好。我會說很有可能。現在請回答這個問題，那是你想要的嗎？」

班托搖頭。

「伊比鳩魯會認為你的行事方式會導向美好的生活嗎？」

「我必須同意他不會這麼認為。可是，此刻的我相信我的行事很明智地克制了其他言論。」

「比如說？」

「上帝沒有照祂的形像造人，而是我們以自己的形像造了祂。我們想像祂是像我們一樣的生命，會聽我們喃喃的禱告、關心我們的願望……」

「天啊！如果這是你幾乎脫口而出的話，那我看出你的問題了。容我這麼說，你的行事並不明智，但並非全然愚蠢。愛德華是虔誠的天主教徒，他伯父是天主教的主教。若你期望他根據幾句話，即使是理性的話，就放下他的信仰，是非常不理性且可能很危險的。阿姆斯特丹目前是歐洲有名的最寬容的城市，但請記得『寬容』這個詞的意義，它意味著我們都必須容忍別人的信仰，即使我們認為是不理性的信仰。」

班托說：「我越來越相信一個人如果活在信仰非常不同的人之間，若不極力改變自己，就無法適應他們。」

「我現在開始了解我的密探關於你在猶太社群裡很不安全的報告了。你有把你的所有觀念向其他猶太人表達嗎？」

「大約一年前，我在靜修中決定隨時保持誠實……」

「啊，」安登插嘴說：「我現在知道你的生意為什麼那麼差了，說實話的生意人是矛盾式（oxymoron）。」

班托搖頭說：「矛盾式？」

「這個字來自希臘文：oxys的意思是精明的，moros的意思是愚蠢的，所以oxymoron表示一種內在的矛盾。想像一位說實話的商人可能告訴顧客：『請買這些葡萄乾，這對我是一大恩惠，它們放了好幾年，已經乾癟了，我必須在下星期運送新鮮葡萄乾的貨船抵達前，把它們清光。』」

安登在班托臉上沒有看到一絲笑意，想起他原本已經發現的情形——班托．斯賓諾莎沒有幽默感，於是回頭說：「但我不是看輕你告訴我的嚴肅事情。」

「你要我在我的社群裡小心。我一直對我的觀點保持沉默，除了我弟弟和兩位來自葡萄牙向我尋求忠告的陌生人。事實上，幾個小時前我才和他們見面，我努力幫助其中一位表明自己陷入靈性危機的人，沒有隱瞞自己對迷信形成的信仰所抱持的意見，我和那兩位訪客一起閱讀希伯來文聖經的關鍵內容。自從我向他們說出自己的心聲，就體驗到你所說的『內在和諧』。」

「聽起來你好像壓抑很久了。」

「對我的家人或拉比而言，我壓抑得還不夠徹底，拉比對我非常不高興。我渴望有一個不被錯誤信仰奴役的社群。」

「你可以尋遍全世界，卻找不到一個不迷信的社群。只要有無知，就一定有迷信。消除無知是唯一的解決之道。這就是我教學的原因。」

「我擔心這是一場失敗的戰爭，」班托回答：「無知和迷信像野火一樣蔓延，我相信宗教領袖加重火勢，以確保他們的地位。」

「這些話很危險，這是超過你時代的話。我要再次告訴你，若要留在任何社群裡面，謹慎都是必要的。」

「我相信自己必須自由。如果找不到這種社群，那我也許就必須不靠社群而活。」

「請記得我談到的『小心』，如果你不小心，你的願望，或許也是你的恐懼，很可能會實現。」

「現在已超過『可能』的範圍，我相信我已開始這個歷程，」班托回答。

〔第十二章〕愛沙尼亞

——一九一八年

他們第一次見面的隔天，阿弗瑞德很早就到啤酒店，坐著凝視入口，直到看見弗瑞德里赫。他跳起來打招呼：「弗瑞德里赫，真高興見到你。謝謝你為我騰出時間。」

他們從櫃檯取得啤酒後，再次坐到同一張坐落在安靜角落的餐桌。阿弗瑞德決定不要再度成為整個談話的焦點，於是開口：「你和你媽媽都好嗎？」

「我母親仍在震驚之中，還在試圖理解我的父親已不復存在。她有時似乎會忘了他已離世。她有兩次認為自己在外面的人群中看到他，還有在夢裡否認他的死亡，阿弗瑞德，真的很特別！她今天早上醒來時談到睜開眼睛好恐怖，因為她如此快樂地和我父親在夢中散步聊天，她痛恨醒來加入他依舊已死的現實。」

「至於我，」弗瑞德里赫繼續說：「我在兩條戰線中掙扎，就像德軍一樣。我不但必須面對他死亡的事實，而且在這裡的這段短短時間中，還必須幫助我母親。這是很難處理的。」

「你所謂很難處理是什麼意思？」阿弗瑞德問。

「要幫助某個人，我相信必須進入那個人的世界。但每當我嘗試進入母親的世界，我的心就飛走了，不一會兒就突然想到完全無關的事。不久前，我母親正在流淚，我摟著她、安慰她，卻發現思緒飄到今天要與你見面。我有一會兒覺得內疚，然後就提醒自己，我只是凡人，人都有天生內建的傾向，以分心來保護自己。我曾仔細思考自己為什麼無法專注在父親的死亡，我相信原因是它使我面對自己的死亡，但這種景象實在太可怕而不想看到。我想不到其他解釋。你認為呢？」弗瑞德里赫停下來，轉而直視阿弗瑞德的眼睛。

「我不懂這些事，但你的推論似乎很有道理。我也不曾讓自己深入思考死亡。我父親堅持帶我去母親的墳墓時，我總是很不喜歡。」

弗瑞德里赫保持沉默，直到確定阿弗瑞德不想再說什麼，於是說：「所以，阿弗瑞德，這是對你禮貌性詢問我好不好的非常冗長的回答，但你可以看得出來，我喜愛觀察和討論內心所有的密謀。我給的回答是否遠遠超出你的預期或你想知道的？」

「對我的詢問來說，確實是超過我預期的冗長回答，但很真實、深入，而且是真誠的。我欣賞你如此避免膚淺，你是多麼願意如此誠實、自在地分享你的想法。」

「至於你，阿弗瑞德，你昨天談話結束時過於深入自己內心，有沒有什麼後續作用？」

「我承認自己不太穩定，我仍在嘗試理解我們的談話。」

「哪個部分不清楚？」

「我不是指觀念的澄清，而是和你談話時的奇怪感覺。我是指我們只談了很短的時間，也許只有四十五分鐘？但我坦露了這麼多，覺得如此投入、如此奇怪的親近，好像與你熟識了一輩子。」

「那是不舒服的感覺嗎？」

「混雜的感覺。由於它移除我失根、無家的刺痛，所以是好的感覺。但因為昨天的對話實在太奇怪了，所以也覺得不自在。就像我一直對你說的，我不曾與人有過像昨天那樣親近的談話，也不曾那麼快就信任陌生人。」

「可是因為尤金的關係，我不是陌生人。或是這麼說吧，我是個熟悉的陌生人，曾經進入你童年家中的臥房。」

「弗瑞德里赫，從昨天開始，我心裡就一直想到你。我想到一件事，不知道你是否允許私密的問題……」

「當然，當然。不需要問，我**喜歡**私密的問題。」

「我問你如何得到談心和探索內心的技巧時，你的回答是你的醫學訓練。但我想到我認識的每一位醫生，沒有人表現過一絲像你一樣的投入態度，連一個也沒有。他們都是在盡義務：匆匆問幾個問題，從來不問私人問題，然後潦草寫下一些我看不懂的拉丁文處方，接著喊『下一位病人，請進。』弗瑞德里赫，你為什麼如此不同？」

「阿弗瑞德，我沒有坦承全部原因，」弗瑞德里赫回答，以他慣有的直率眼神看著阿弗瑞德的眼睛說：「我確實是醫生，但保留了一部分沒說。我也在精神醫學接受完整的訓練，是這個經驗塑造了我思考和談話的方式。」

「這個事實看起來……沒什麼害處，為什麼刻意隱瞞？」

「現在越來越多人在知道我是精神科醫師時，變得緊張、退卻、找藉口離開。他們有種可笑的觀念，以為精神科醫師有讀心術，知道他們所有陰暗的祕密。」

阿弗瑞德點頭：「嗯，也許不是那麼可笑。你昨天就好像可以讀懂我的心。」

「不，不。但我正在學習讀懂自己的心，藉著那個經驗，我可以引導你讀懂自己的心。這是我的領域主要的新方向。」

「我必須承認你是我遇到的第一位精神科醫師，我對你的領域一無所知。」

「嗯，好幾世紀以來，精神科醫師原本是住院精神病患的診斷家和照顧者，這些病人幾乎一直都是無法治癒的，但最近十年，一切都改變了。改變始於維也納的西格蒙．佛洛伊德，他發明一種談話治療，稱為精神分析，讓我們能幫助病人克服心理問題。現在的我們可以治療極度的焦慮，或是棘手的悲傷，或是我們稱之為歇斯底里的疾病，這種病人因為心理因素造成身體症狀，比如癱瘓或甚至眼盲。我在蘇黎士的老師卡爾．榮格和尤金．布魯勒都是這個領域的先驅。我被這種方法吸引，不久就要到柏林接受卡爾．亞伯拉罕的精神分析進階訓練，他是風評極佳的老師。」

「我聽過一些關於精神分析的事，有人說它是猶太人的另一種陰謀。你的老師都是猶太人嗎？」

「我很確定榮格或布魯勒都不是。」

「可是，弗瑞德里赫，為什麼要捲入猶太人的領域？」

「如果我們德國人都不參加，它**就會**變成猶太人的領域。或是換個方式來說：它太棒了，不能都留給猶太人。」

「但為什麼要讓你自己被污染呢？為什麼要成為猶太人的學生？」

「它是科學的領域。你看，阿弗瑞德，想想另一位科學家的例子，德國猶太人亞伯特．愛因斯坦。全歐洲都在談論他，他的研究成果會永遠改變物理學的面貌，但你不能說現代物理學是猶太人的物理學，科學就是科學。我在醫學院有一位解剖學老師是瑞士猶太人，但他教我的不是猶太人的解剖學。如果偉大的威廉．哈維是猶太人，你還是會相信血液的循環，對吧？如果克卜勒是猶太人，你是不是仍然相信地球繞著太陽旋轉？不論發現者是誰，科學就是科學。」

「但猶太人就不同了，」阿弗瑞德插嘴說：「他們是墮落的，壟斷一切，吸乾每一種領域。以政治為例，我親眼看見猶太布爾什維克暗中破壞整個俄國政府，我在莫斯科街道看見混亂失序的樣子。再以銀行為例，你已看見羅特希爾德家族（Rothschilds）在這場戰爭的角色：他們一拉動細線，整個歐洲就在跳舞。再以劇院為例，一旦被他們接管，就只讓猶太人工作。」

「阿弗瑞德，我們都樂於痛恨猶太人，但你……太過強烈了。我們短短的談話，就不斷出現這個話題。我們看看有什麼……企圖從軍時遇到的猶太中士，還有胡塞爾、佛洛伊德和布爾什維克。何不讓我們針對這種強烈的程度做哲學的探討，你覺得呢？」

「你是什麼意思？」

「我熱愛精神醫學的原因之一，就是它不像醫學的任何其他領域，它很接近哲學。我們精神科醫師就像哲學家一樣，依據的是合乎邏輯的探索。我們不但幫助病人辨識並表達感受，也會問『為什麼？』，它們的來源是什麼？為什麼心裡會生起某些情結？我有時認為我們的領域其實起於斯賓諾莎，他相信每一件事，包括感受和思緒，都有原因，而且可以用適當的方法來探索。」

弗瑞德里赫看見阿弗瑞德臉上困惑的表情，繼續說：「你似乎很困惑，容我試著說明。比如我們簡短的探討縈繞著你的問題——不在家的感覺。昨天，只花了幾分鐘非正式的聊天，就發現你無根的感覺有好幾個來源，想想看，包括你母親的缺席，還有你生病又疏離的父親，然後你談到選錯了專業領域，你現在缺乏自我價值感，導致你不在家的感覺，對嗎？你懂我的意思嗎？」

阿弗瑞德點頭。

「現在，想像一下，如果我們用好幾個星期討論許多小時，更徹底的探討這些來源，我們的探索會有多麼豐富？你懂了嗎？」

「是的，我了解。」

「這就是我的領域在做的事。我先前建議的就是你對猶太人特別強烈的怨恨，必然有心理或哲學的根源。」

阿弗瑞德的身體微微退後，說：「我們對此的看法不同。我寧可說我比較幸運，得到足夠的啟蒙，了解猶太人加諸我們種族的危險，以及他們曾對昔日偉大文明造成的傷害。」

「阿弗瑞德，請你了解，你不需要和我爭辯你的結論。我們兩人對猶太人都有這種感覺。我的重點只是你對他們的感覺過於強烈，帶著非常不尋常的激烈情緒。而我和你對哲學共同的熱愛，顯示我們可以檢視所有想法和信念的邏輯基礎。不是嗎？」

「對此我無法同意你，弗瑞德里赫，我不會跟隨你。把如此明顯的結論拿來做哲學探討，實在是太褻瀆了。就好像分析你為什麼覺得天空是藍色的，或是你為什麼喜愛啤酒或糖果。」

「啊，對，阿弗瑞德，你可能是對的。」他想到布魯勒不只一次告誡他：「年輕人，精神分析不是不斷撞擊的攻門槌：除非筋疲力竭的自我豎起投降的白旗，否則就不要一味鍾打。耐性，耐性，贏得病人的信任，要分析和了解抗拒，抗拒遲早會消散，通往真相的道路就會開啟。」弗瑞德里赫知道他必須停止這個話題，但他內心非知道不可的衝動惡魔卻無法停下來。

「阿弗瑞德，容我提出最後一點，想想你哥哥尤金的例子。你必然同意他非常聰明，成長於和你完全相同的文化，同樣的遺傳與環境，周遭有相同的親人，但他並沒有把太多情緒投注在猶太人的問題。他沒有因德國而陶醉，寧可認為比利時是他真正的家。這太讓人困惑了，擁有相同環境的兄弟，卻有如此不同的觀點。」

「我們只有相似而非完全一樣的環境。首先，尤金沒有我這麼倒霉，竟然在中學遇見喜愛猶太人的校長。」

「什麼？派特森校長？不可能吧。我讀過那所學校，很了解他。」

「不，不是派特森。他在我高年級時休年假，他的位置被艾普斯坦先生取代。」

「等一下，阿弗瑞德，我剛好想到尤金告訴我一件關於你和艾普斯坦先生的事，你在畢業前遇到某件嚴重的問題。到底發生了什麼事？」

阿弗瑞德把整個故事告訴弗瑞德里赫：他的反猶演講、艾普斯坦的震怒、他沉浸在錢伯倫的書、被迫閱讀歌德對斯賓諾莎評論的作業，以及他承諾閱讀斯賓諾莎的書。

「好特別的故事，阿弗瑞德，我很想看看歌德自傳的那幾章，答應我有一天要指給我看。請告訴我，你是否信守你要閱讀斯賓諾莎的承諾？」

「我試了一次又一次，但讀不懂。它是如此深奧的東西。一開頭難以理解的定義與公理就像無法跨越的障礙。」

「啊，你從《倫理學》開始，一大錯誤，它是很難閱讀的作品，必須有人指導。你應該從較簡單的《神學政治論》（*The Theological and Political Treatise*）開始。斯賓諾莎是邏輯的典範，我把他和蘇格拉底、亞理斯多德和康德這些一流哲學家並列。我們有一天必定會在祖國再度相會，如果你願意的話，我會協助你閱讀《倫理學》。」

「你也想像得到，我對於閱讀這位猶太人的作品，已有非常激烈的反應。但偉大的歌德崇拜他，我也確實向校長發誓會閱讀他。所以你願意協助我了解斯賓諾莎？你的提議太體貼了，甚至很有誘惑力。我會嘗試到德國找你。我期待向你學習斯賓諾莎。」

「阿弗瑞德，我必須回去陪母親了，你也知道，我明天就要離開，前去瑞士。但我想在分手前和你說最後一件事。我覺得有點兩難。一方面，我很關心你，只希望你快樂，但另一方面，我又背負著可能讓你痛苦的消息，但我認為這個消息最終會引導你得到一些關於自己的真相。」

「身為哲學家，我怎麼能拒絕追求真相？」

「阿弗瑞德，我期待的正是這麼高貴的答案。我必須告訴你的就是過去幾年，甚至包括上個月，你哥哥花了數個小時和我討論他母親的祖母，也就是你的外曾祖母，是猶太人的事實。他說他曾到俄國拜訪她，雖然她在童年就已改信基督教，但仍承認她的猶太血統。」

阿弗瑞德靜靜凝視遠方。

「阿弗瑞德？」

「我否認這件事。這是流傳已久的下流謠言，我對你散播這件事感到憤慨。我否認它。我的父親否認它。我的阿姨，就是我母親的姊妹，也否認它。我哥哥是昏了頭的笨蛋！」阿弗瑞德一臉憤怒，拒絕迎向弗瑞德里赫的目光，補充說：「我無法想像尤金為什麼接受這種謊言，為什麼告訴別人，而你為什麼要告訴我。」

「拜託，阿弗瑞德。」弗瑞德里赫把聲音壓低到接近耳語的音量：「首先，我向你保證我沒有散播這件事，你是我唯一提到這件事的人，而且我不會再告訴任何人。我向你發誓，我的德國誓言。至於為什麼告訴你，請容我說明。我已先告訴你我遇到兩難：告訴你似乎會造成痛苦，但不告訴你卻似乎更糟。我怎麼能假裝是你的朋友卻不告訴你？你哥哥告訴我這件事，而這似乎與我們的討論有關。好朋友，更不要說是哲學家同伴了，可以也必須談論每一件事。你對我的怨恨很強烈？」

「我對你告訴我這件事，感到震驚。」

弗瑞德里赫想到布魯勒的督導，他已告誡他許多次：「菲斯特醫師，你不需要把你想的每一件事都說出來。心理治療不是把令人煩惱的想法排放出來而讓自己覺得好過一點的場所，你要學著保留它們，學習成為任性思緒的承載者。時機才是最重要的。」於是他轉向阿弗瑞德說：「我也許錯了，應該閉口不談。我必須學習有些事應該是不能說的。請原諒我，阿弗瑞德。我告訴你是出於友誼，以及我認為你不受拘束的激烈情緒最終可能造成自我傷害。瞧你差一點就被中學退學，你未來的教育、你的學位、你明亮的前途，有可能全部被犧牲。我想確定這種事不會在未來發生。」

阿弗瑞德看起來並沒有被說服：「讓我想一想，我知道你現在必須趕回去。」

弗瑞德里赫從上衣口袋掏出一張摺起來的紙片，交給阿弗瑞德說：「如果你出於任何理由想再看到我——延續我們討論的任何部分、閱讀斯賓諾莎的指導，任何事——這是我目前在蘇黎士的地址，以及我在柏林的聯絡資訊，三個月之後，我應該會在那裡。阿弗瑞德，我真希望我們能再會面。再見。」

阿弗瑞德悶悶不樂地坐了十五分鐘，喝完他的啤酒，然後起身離開。他打開弗瑞德里赫留給他的紙張，凝視他的住址，然後撕成四片，丟到地上，頭也不回地走向外面。可是，走到出口時，他停下來重新考慮了一下，又走回餐桌，彎身拾起撕碎的紙片。

一六五六年

阿姆斯特丹

〔第十三章〕

隔天早上大約十點左右，斯賓諾莎兄弟在商店認真工作，班托在打掃，蓋伯瑞正打開剛送來的一大箱無花果乾。他們的工作被店門前出現的法蘭科和雅各打斷，兩人猶豫地站著，直到法蘭科說：「如果你的邀請仍然有效，我們想繼續與你討論。只要你方便，我們任何時間都可以。」

「我很樂意繼續下去，」班托說，但轉向雅各問：「雅各，你也要參加嗎？」

「我想要的只是對法蘭科最好的。」

班托對這樣的回應考慮了一下，然後回答：「請等一下。」接著在店後頭與弟弟低聲討論之後，說：「我現在可以為你們效勞。我們可以走到我家，繼續經文的研究嗎？」

厚重的聖經放在桌上，椅子已就位，好像班托原本就期待他們到來。「我們要從哪裡開始？上次談到許多問題。」

「你當時說到摩西沒有寫道拉經，」雅各用比昨天更輕柔、和好的態度說話。

「我研究這件事已許多年，相信以仔細、開放的心胸閱讀摩西的經書，就會發現裡面有許多證據指出摩西不可能是作者。」

「裡面有證據？請解釋給我聽。」法蘭科說。

「摩西的故事有許多前後矛盾的地方；道拉經有些部分與其他部分抵觸，許多經文也不符合簡單的邏輯。我會舉例子，就從明顯的開始，在我之前已有人注意到了。

「道拉經不但描述摩西的死亡和埋葬的方式，以及希伯來人三十天的哀悼期，還以他和後來的所有先知比較，說他優於所有人。一個人顯然無法寫下自己死後發生的事，也無法拿自己和其他尚未出生的先知比較。所以道拉經的這個部分當然不可能是由他寫的。不是嗎？」

法蘭科點頭。雅各聳聳肩。

「或是看這裡。」班托打開聖經，翻到一根線做記號的地方，指著創世記第二十二章的經文：「你看這裡，『摩利亞山被稱為上帝的山』。歷史學家告訴我們，這個地方是在聖殿被蓋好之後才取這個名字，那時已是摩西**死後**好幾世紀的事。雅各，請看這段經文，摩西說的顯然是上帝會在未來某個時候選一個地點，而這個地點被稱為這個名字。所以它先前是一種說法，後來又是不同的說法。法蘭科，你看見內在的矛盾了嗎？」

法蘭科和雅各都點頭。

「我可以再提一個例子嗎？」班托詢問，他仍然對雅各上次見面時大發脾氣的情形感到困擾。對他而言，當面對質一直是不舒服的事，但他此時為了終於可以向人分享他的想法而感到激動。他讓自己鎮定下來；他知道要做的是什麼──溫和地送出並呈現出無可否認的證據。「摩西時代的希伯來人當然知道哪些領土屬於猶大族人，但絕對不知道它們的名字是聖經所引用的亞珥歌伯（Argob）或巨人之地（Land of the Giants）。換句話說，道拉經用的名字當時並不存在，而是在摩西之後許多世紀才有的名字。」

班托看見兩人點頭，繼續說：「同樣地，在創世記裡，我們來看這段經文。」班托翻到另一頁用紅線標記的地方，為雅各讀希伯來經文：「『迦南人那時在這塊土地』。這段經文不可能是由摩西寫的，因為迦南人是在摩西死後才被趕走，必然是由事後回顧當時的某個人寫的，這個人知道迦南人後來被趕走了。」

聽眾點頭後，班托接著說：「這裡有另一個明顯的問題。摩西被認為是作者，但內文不但用第三人稱談論摩西，還目擊許多談到他的細節；例如『摩西與上帝談話』；『摩西是最溫和的人』；還有我昨天引用的經文『上主與摩西面對面談話。』

「這就是我所說的內在矛盾。道拉經充滿如此多這種情形，所以比中午的太陽更清楚，摩西的經書不可能是摩西寫的，一再宣稱摩西本人是作者，實在是不合理。你們聽懂我的論點嗎？」

法蘭科和雅各再度點頭。

「士師記也有同樣的情形。沒有理由相信各個士師寫了冠上自己名字的書。好幾本書彼此相關的方式，暗示它們都是相同的作者。」

「若是如此，是誰寫的，在什麼時候寫的？」雅各問。

「類似這句話的敘述有助於年代的研究。」他翻到列王記讓雅各看：「『那時還沒有國王。』雅各，你看見它的措辭了嗎？表示這段經文必然是在王國建立後寫出來的。我猜最可能是列王記的主要作者兼編輯，名叫伊本．以斯拉（Ibn Ezra）。」

「他是誰？」雅各問。

「他是公元前五世紀抄寫經文的祭司，帶領五千位被巴比倫王國放逐的希伯來人回到故鄉耶路撒冷。」

「整本聖經是在什麼時候編輯完成的？」法蘭科問。

「我認為可以確定的是，在瑪加伯（Maccabees）時代之前，也就是大約公元前兩百年的時候，還沒有被稱為聖經的正式神聖經典集。它似乎是由法利賽人從大量文獻中彙編而成的，時間是在重建聖殿的時期。所以請記住，什麼是神聖的，什麼不是神聖的，其實只是幾位也是凡人的拉比和抄寫員集體的意見，其中有些是熱心、虔誠的人，但其他人可能包括為了自己的地位而努力的人，與宗派裡傲慢的人爭戰的人，肚子餓壞了、考慮晚餐，並為妻兒擔心的人。**聖經是由人的手組合起來的**。不可能有別的解釋可以說明這許多矛盾的地方。理性的人不會想像有一個神聖的全知作者故意寫出大量自相矛盾的作品。」

雅各看起來不知所措，想要迴避這個問題：「不必然如此。不是有博學的卡巴拉教徒認為道拉經有許多故意的錯誤，其實暗藏許多祕密，而上帝在聖經的每一個字，甚至每一個字母，都沒有錯誤嗎？」

班托點頭說：「我研究過卡巴拉教派，相信他們想表明只有他們擁有上帝的祕密。但我在他們的著作裡，找不到一絲一毫神聖的祕密，只有幼稚的冥思苦想。我希望我們檢視道拉經本身的內容，而不是輕浮的詮釋。」

經過短暫的沉默，他問：「我是否已經把我對經文作者的思考都說清楚了呢？」

「你說得很清楚，」雅各說：「也許我們應該進行其他主題。比如說，請回答法蘭科關於奇蹟的問題。他想知道為什麼聖經充滿奇蹟，但此後就沒有了。請告訴我們，你對奇蹟的看法。」

「奇蹟只有透過人的無知才會存在。古時候，任何無法用自然原因解釋的事，都被認為是奇蹟，群眾對自然的運作越無知，奇蹟的數目就越多。」

「但有許多人看見偉大的奇蹟：摩西分開紅海，太陽為約書亞停止移動。」

「『許多人看見』只是一種說法，試圖宣稱不可信事件存在的真實性。關於奇蹟，我的看法是，宣稱有越多人看見它，可信度就越低。」

「那你怎麼解釋不尋常的事件正好發生在適當的時刻，就是猶太人陷入危險的時候？」

「我要先提醒你，有千百萬的適當時刻沒有發生奇蹟，最虔誠、正直的人陷入極大的危險，迫切需要幫助時，得到的回答只是一片沉默。法蘭科，你在我們第一次見面時談到這一點，你那時詢問你父親被火焚時，奇蹟在哪裡，對嗎？」

「是的，」法蘭科輕聲表示同意，看一眼雅各說：「我說過這句話，而且我要再說一次，葡萄牙的猶太人陷入危險時，奇蹟在哪裡？上帝為什麼保持沉默？」

「這種問題**應該**要被提出來，」班托表示鼓勵，繼續說：「容我提供一些關於奇蹟更深一層的想法。我們必須記得，奇蹟被報告時，總是伴隨有被忽略的自然環境。例如，出埃及記告訴我們『摩西伸出手，海水就復原了⋯⋯』，但後來在摩西的歌頌中，又讀到更多資料：『你叫風一吹，海水就把他們淹沒。』換句話說，有些描述刪掉了大自然的因素，風。所以，我們看見經文會以最能感動人奉獻自己的順序來敘述，特別是針對無知的人。」

「太陽為約書亞的偉大勝利而靜止不動呢？也是虛構的嗎？」盡力保持鎮靜的雅各問。

「那個奇蹟是最不可靠的。首先，請記得古人都相信太陽會移動，而地球保持靜止。我們現在知道是地球繞著太陽旋轉。那個錯誤本身就是證據，說明聖經結構的背後是人的手。此外，特殊形式的奇蹟會被政治動機引導而成形，約書亞的敵人不是崇拜太陽神嗎？所以這個奇蹟是大力宣傳希伯來人的神比外邦人的神更有能力的訊息。」

「解釋的真精采，」法蘭科說。

「法蘭科，不要相信你從他聽來的每一件事，」雅各說，接著問：「所以，班托，這是你對約書亞奇蹟的整個解釋嗎？」

「這只是一部分，其餘解釋在於當時的慣用語。許多所謂的奇蹟只是表達的方式，是那些時代的人談話和書寫的方式。約書亞記的作者說太陽靜止不動時，可能只是指戰爭那一天似乎很長。聖經說上帝使法老王的心變硬時，只是指法老王的固執。它說上帝為希伯來人敲開岩石，讓水湧出時，只是指希伯來人發現泉水，得以解渴。經文幾乎把所有不尋常的事都歸因於上帝的行動，即使是體積不尋常的樹也被稱為上帝之樹。」

雅各問：「那麼，猶太人存活下來，而其他民族卻滅亡的奇蹟呢？」

「我看不出有什麼奇蹟，沒有什麼是不能以自然因素解釋的。自從大流亡之後，猶太人能存活下來，是因為他們一直拒絕和其他文化混雜。他們透過奉行不渝的複雜儀式、飲食規矩、割禮標誌，而保持區隔，於是他們存活下來，但也付出代價：他們頑固地堅持與眾不同，而招來普遍的敵意。」

班托稍停下來，看著法蘭科和雅各兩人震驚的臉孔說：「我讓你們吞下太多困難的東西，也許會讓你們消化不良？」

「不用擔心我，班托．斯賓諾莎，」雅各說：「你當然知道聆聽和吞嚥是不同的。」

「我也許錯了，但我相信你對我的話至少點了三次頭。我說對了嗎？」

「我聽到的大部分是傲慢自大。你相信自己知道的比無數世代的拉比更多，比拉許〔譯注一〕，傑松耐德斯〔譯注二〕更多，比邁蒙尼德更多。」

〔譯注一〕　Rashi，1040-1105，著名猶太拉比，全名為Rabbi Shlomo Itzhaki。

〔譯注二〕　Gersonides，1288-1344，猶太哲學家。

「但你點頭了。」

「當你展示證據，顯示創世記有兩段話彼此牴觸時，我無法否認。但即使如此，我很確信一定有超過你知識範圍的解釋。我確信犯錯的是你，不是道拉經。」

「你的話沒有矛盾嗎？一方面，你尊重證據，同時又確信某種沒有證據的事。」班托轉向法蘭科說：「你呢？你一直安靜得不太尋常。消化不良嗎？」

「沒有，不是消化不良，巴魯赫，你介意我用你的希伯來名字稱呼你，而不用你的葡萄牙名字嗎？不知道為什麼，我比較喜歡它。也許是因為你不像我曾見過的任何葡萄牙人。我沒有消化不良，剛好相反，要怎麼說呢？我認為是安慰，腹部得到安慰，靈魂也得到安慰。」

「我還記得你在第一次談話時有多麼害怕。你冒如此大的風險，說出你對會堂和天主教堂儀式的反應。你說它們都是瘋狂的，還記得嗎？」

「我怎麼會忘記？但知道我並不孤單，知道別人——特別是你——也共有這種感覺，是拯救我保持神智清明的禮物。」

「法蘭科，你的回答讓我有力量談得更深，教你更多有關儀式的事。我得到的結論是我們社群的儀式和神聖的律法毫無關係，和祝福、美德與愛也毫無關係，有關係的是群眾的穩定和拉比權威的永存……」

「再一次，」雅各插嘴，他提高音量說：「你太過分了，你的傲慢沒有限度嗎？連小學生都知道經文教導我們，奉行儀式是上帝的律法。」

「我們不同意，再一次，雅各，我沒有要你相信我。我訴求的是你的理性，只是要你用自己的眼睛看聖經怎麼說。道拉經有許多地方告訴我們，要遵循你的心，不要太嚴肅看待儀式。我們來看看以賽亞書，它以最明確的方式教導神聖律法的意思是指一種正確的生活方式，而不是奉行儀式的生活。以賽亞明確告訴我們，要放棄獻祭與節日，用幾句簡單的話總結整個神聖律法，」班托打開聖經，翻到以賽亞書中書籤標示的地方，朗讀出來：「停止作惡，學習行善；尋求上帝的審判，解救被欺壓的人。」

「所以你是說拉比的律法不是道拉經的律法？」法蘭科問。

「我是說道拉經包括兩種律法：一種是道德的律法，還有設計來讓以色列人凝聚成神權國家而與鄰國區隔的律法。不幸的是，法利賽人出於他們的無知，不了解兩者的差異，認為奉行國家的律法就等於道德，但這種律法只是為了社會的安定，並不是用來指導猶太人，而是讓他們接受控制。兩種律法的目標有一項根本的差異：奉行儀式的律法只會導致民眾的穩定，但奉行神聖或道德的律法會導向幸福。」

「所以，」雅各說：「我有沒有聽錯？你是勸法蘭科不要管儀式的律法嗎？不要參加會堂聚會，不要禱告，不要奉行猶太教的飲食規定嗎？」

「你誤解我了，」班托運用最近從伊比鳩魯觀點得到的知識說：「我不否定民眾穩定的重要性，但我確實認為那不等於真正的幸福。」班托轉向法蘭科說：「如果你愛你的社群，想成為其中的一分子，想要在這裡養育你的家庭，想要與家人住在一起，你就必須欣然參與社群的活動，包括宗教儀式。」

班托回頭轉向雅各問：「我說得夠清楚了嗎？」

「我聽到你說我們必須遵行儀式的律法只是為了表面工夫，它其實沒有什麼價值，因為唯一重要的是你還沒有說明的神聖律法。」雅各說。

「所謂神聖律法，我是指最崇高的善，關於上帝與愛的真知識。」

「這是很模糊的答案。什麼是『真知識』？」

「真知識是指理智的完善，使我們更充分地認識上帝。猶太社群有不遵守儀式律法的處罰：被會眾和拉比公開批評，或是在極端的情形下，被趕出教會或流放。有沒有不遵守神聖律法的處罰呢？有的，但不是某種特定的懲罰；而是善的缺乏。我愛所羅門的話，他說：『當智慧進入你的心，知識取悅你的靈魂，你就必定了解正直、正義、公平，甚至每一種善的道路。』」

雅各搖頭說：「這些唱高調的話無法掩藏你質疑猶太基本律法的事實。邁蒙尼德親自教導說，凡是遵行道拉經戒律的人就會被上帝賞賜來世的福氣與快樂。我親耳聽過莫泰瑞拉比斷然強調任何否定道拉經神聖性的人，就會與上帝永恆的生命斷絕。」

「我要說他的措辭──『來世』和『上帝永恆的生命』──都是人的話，不是神聖的話。此外，這些話在道拉經裡是找不到的；它們是拉比寫注釋的注解時所用的措辭。」

「所以，」雅各堅持：「我是否聽到你否認來世的存在？」

「來世，永恆的生命，喜樂的來生，我重覆一次，所有這些措辭都是拉比發明的。」

雅各持續說：「你否認義人會找到永遠的喜樂和上帝的同在，而惡人會被譴責、注定受到永遠的懲罰？」

「認為今天的我們會延續到死後，是違反理性的。身體和心靈是人的兩面，心靈無法在身體死後延續下去。」

「可是，」雅各現在顯然很激動，大聲說：「我們知道身體會復活，所有拉比都這樣教導我們。邁蒙尼德說得很清楚，這是猶太教十三條信仰中的一條，這是我們信仰的基礎。」

「雅各，我一定是差勁的指導者。我想我已徹底解釋過這種事是不可能的，但現在的你再度徘徊於奇蹟之地。我要再次提醒你，這些都是人的意見；它們與自然的法則完全無關，沒有任何一件事可以違反自然的定律。自然是無限而永恆的，包含宇宙裡的所有實體，根據有條理的法則運作，這些法則是不會被超自然的手段壓制的。腐壞的身體回歸塵土，是無法重新組合的。創世記非常清楚地告訴我們這一點：『你必汗流滿面才得餬口，直到回歸塵土，因為你是從土而出的，你本是塵土，仍要歸於塵土。』」

「這表示我永遠無法和殉道的父親重新結合嗎？」法蘭科問。

「我就像你一樣，渴望再度見到慈愛的父親。但是自然的法則就是如此。法蘭科，我和你一樣渴望，當我還小的時候，我也相信時間會有終點，死後的某一天我們必定會重新結合，我與父親和母親，即使她在我如此幼小時過世，我根本不記得她的樣子。而他們也當然會與他們的父母和子孫重新結合，直到永永遠遠。」

「可是現在，」班托繼續以溫和、教誨的口氣說：「我已經放棄這些幼稚的盼望，代之以確定的知識，就是我內心保有的父親——他的面容、他的愛、他的智慧——我用這種方式仍然與他結合。幸福的重新結合必然發生在此生，因為此生是我們擁有的一切。沒有來世的永恆幸福，因為根本沒有來世。我們的任務就是在現在活出愛的生活，以及學習認識上帝的生活，而在此生得到幸福。真正的虔誠在於正義、慈悲，以及愛你的鄰居。」

雅各起身，粗魯地把椅子推到一旁說：「夠了！我已經聽夠一整天的異端邪說了。只有一生，真是夠了。我們要走了。走吧，法蘭科。」

雅各抓住法蘭科的手時，班托說：「不，還沒有。雅各，還有一個重要的問題，我很驚訝你竟然沒有問。」

雅各放開法蘭科的手，小心翼翼地看著班托：「什麼問題？」

「我已告訴你自然是永恆、無限的，包含所有實體，以及隨著它的律則產生的一切。」

「對？」雅各皺著臉，懷疑地問：「什麼問題？」

「我是否還沒有告訴你，上帝是永恆、無限的，包含所有實體？」

雅各點頭，一臉困惑。

「你說你一直聆聽，也說你已經聽夠了，但你還沒有問我最根本的問題。」

「什麼根本問題？」

「如果上帝和自然具有完全相同的性質，那麼，上帝和自然有什麼不同呢？」

「好吧，」雅各說：「我問你：上帝和自然有什麼不同？」

「我給你的答案是你已經知道的：沒有不同。上帝就是自然，自然就是上帝。」

雅各和法蘭科都盯著班托，雅各不發一言，使勁拉住法蘭科，把他拖到街上。

離開班托的視線後，雅各摟著法蘭科，緊抱著他說：「太好了，太好了，法蘭科，我們已完全得到我們需要的。你認為他是智者？他根本就是笨蛋！」

法蘭科猛然甩開雅各的摟抱說：「事情並不總是像表面看到的情形。認為他是笨蛋的你，也許才是笨蛋呢！」

〔第十四章〕

慕尼黑

——一九一八——一九一九年

性格決定命運。弗瑞德里赫所擁抱的精神分析浪潮同意斯賓諾莎的觀點，認為未來是由以前發生的事決定的，由我們的生理與心理結構決定的，包括我們的熱情、恐懼、目標；我們的氣質、對自己的愛、對別人的態度。

但以阿弗瑞德・羅森堡為例，一位自負、疏離、不愛人也不可愛、想當哲學家而未能如願的人，對自己缺乏好奇心，儘管有著虛張聲勢的自我感，卻帶著自以為了不起的優越感走進人間。弗瑞德里赫或任何研究人性的學生，有可能預測到阿弗瑞德・羅森堡會迅速成名嗎？不，只憑性格仍不足以預言，還有別的核心與無法預測的要素。我們要怎麼稱呼它呢？命運？機遇？純屬在適當時間與適當地點的好運？

什麼是適當的時間？一九一八年十一月。戰爭結束，挫敗而哭泣、搖晃的德國陷入混亂，等待救星的出現。什麼是適當的地點？慕尼黑。阿弗瑞德・羅森堡很快就要前往命定的地點，那裡的後街與廣受歡迎的啤酒店正醞釀一齣重要的劇碼，只等著不可思議的邪惡陣容的到來。

阿弗瑞德在雷未爾多留了幾個星期，在說德語的學校教藝術以餬口。有一次，他意外靠著兩幅圖畫贏得一個小獎，這是他第一次也是唯一一次靠藝術得到的錢。隔天傍晚，他帶著慶祝的心情閒逛，進入市民會議，他著迷地站在聽眾後面，聆聽一場關於愛沙尼亞未來的辯論。突然間，他好像著魔似的，衝動地跨越人群，來到講堂前面，發表一段慷慨激昂的簡短演講，談到鄰近的俄國因猶太布爾什維克逼近而造成的危險。一間大型批發店的猶太籍老闆打斷他，並帶領一大群猶太人離開以示抗議時，他覺得不安嗎？完全沒有，阿弗瑞德得意的微笑，他完全相信清除聽眾的雜質是件好事。他不要那些猶太禍害，希望他們溫暖快樂的留在自家廚房，他只想要他們離開雷未爾。一個偉大想法的種子逐漸萌芽：不只是離開雷未爾，不只是離開愛沙尼亞，而是離開整個歐洲。只有在每一位猶太人都離開歐洲時，祖國才能安全、興盛。

日復一日，他逐漸決定移居德國；他不願再住在不重要的邊緣國家。愛沙尼亞的德國人越來越少，動盪的未來若不是成為軟弱的獨立國家，更糟的就是立刻被俄國的猶太布爾什維克黨徒接管。但如何離開呢？愛沙尼亞出境的道路全被封鎖，所有火車都被軍隊徵收，運送沮喪的部隊返回德國。阿弗瑞德陷入困境、沒有方向的時候，幸運天使首度造訪。

阿弗瑞德在他常常用餐的勞工階級飲食店裡，一面啜飲啤酒吃香腸，一面閱讀《卡拉馬助夫兄弟們》。他讀的是俄文版，但桌上放了一本打開的德文版，他不時停下來對照翻譯的正確性。不久，他因為被鄰桌喧鬧的歡樂聲干擾，起身尋找較安靜的地方，他審視四周時，偶然聽到別桌的德語對話。

「對，對，我要離開雷未爾，」一位中年麵包師傅穿著勉強容納巨大腹部、滿是麵粉的白色圍裙，他滿面笑容地為三位同伴打開一瓶慶祝的烈酒，倒了一杯後，高舉過頭向他們敬酒：「我要向你們告別了，親愛的朋友，希望我們在祖國重逢。我的一生終於做了一件高明的事，成了高明的麵包師傅。」

他先指著自己的頭，然後指著肚子說：「我為軍隊指揮官帶了兩條親手烘焙的德國麵包，還有最好的蘋果葡萄餡餅，剛從烤箱拿出來，仍熱熱的。他的侍從官裝出兇狠的樣子，從我手中拿走這些食物，說他會交給指揮官，但我的目光壓倒他，答應稍後會拿一個現在正在烤箱裡的餡餅給他。我還告訴他，指揮官要求我親自送到，這是我當場編出來的理由。於是我走進指揮官的辦公室，展示我送他的禮物，懇求他讓我去柏林，我告訴他：『一旦軍隊離開我就慘了，愛沙尼亞人會把我當成賣國賊，因為我為部隊烘烤美味的德國麵包和餡餅。請看看這個麵包，又重又脆，聞一下，嚐嚐看。』我剝下一大塊，放進他張開的嘴，他咀嚼時，雙眼充滿喜悅。『現在請聞一聞餡餅，』我邊說邊拿到他鼻子前面，他聞了又聞，吸入餡餅散發的香氣，他很快就陶醉了，雙眼發昏，兩腳開始搖晃。『現在請張嘴品嚐天堂的味道。』他張開嘴，我像母鳥一樣餵他吃餡餅，選了滿是葡萄乾的部分，他咀嚼時開始喜悅的呻吟：『太好了，太好了，』他不再多說一句話，就為我簽了一張去德國的通行證。所以我明天早上就要上火車了，而你們，我的朋友，歡迎你們來品嚐我們說話時，在烤箱裡膨脹的麵團。」

三天來，阿弗瑞德反覆思考他聽到的話，一天早上醒來時，決定模仿麵包師傅的大膽行為。他帶著三張自己最好的雷未爾素描，來到德軍總部，像麵包師傅一樣告訴侍從官，他想把禮物直接交給指揮官。當阿弗瑞德把其中一張素描送給侍從官時，他的反對就煙消雲散了。被引到指揮官面前時，阿弗瑞德拿出他的素描說：「這是您在雷未爾時光的小小紀念，我一直在教德國人繪畫，現在希望的只是能把我的手藝傳給柏林人。」指揮官審視阿弗瑞德的作品，突起下唇表示欣賞。當阿弗瑞德描述他在市民集會的演講，以及聽眾裡的猶太人離開時，指揮官變得越加熱心，主動表示德軍撤退後，阿弗瑞德在愛沙尼亞可能不安全，並為他提供當天午夜離開，通往柏林的火車的最後一個位子。

故鄉！終於返鄉通往祖國！這是他不曾認識的故鄉。他在通往柏林、快被凍僵的七天火車之旅中，在全身不舒服的感覺中擠出這些思緒。一旦抵達柏林，他生氣勃勃的行動被眼前的景象潑了一盆冷水，戰敗的德國軍隊垂頭喪氣地在菩提大道（Unter den Linden）行走。阿弗瑞德很快就知道柏林不是他喜歡的地方，他比以前更覺孤單，他在寄住的移民救濟站不跟任何人說話，但飢渴地聆聽別人談話，每一個人口中都掛著「慕尼黑」，前衛藝術家在那裡，反猶政治組織也在那裡，而慕尼黑也是激進的白種俄國反布爾什維克鼓動者聚會的地方。慕尼黑的魅力難以抗拒，阿弗瑞德相信自己的命運就在那裡，不到一個星期就搭便車坐上運送牛隻的卡車，前往慕尼黑。

阿弗瑞德的現金越來越少，所以在慕尼黑移民中心吃免費的午餐和晚餐，這裡提供還不錯的飲食，但輕蔑無禮地要求自備湯匙。慕尼黑是寬敞開闊、陽光充足、人群熙攘的地方，到處都是美術館和街頭藝術家。他檢視街頭藝術家的水彩畫，懊惱地發現他們的作品都比他的好很多，而他們的還賣不出去。焦慮感偶爾浮現，他要如何謀生？他可以到哪兒找到工作？但大部分時候他毫不擔心，確信自己在正確的地方，他知道他的前途遲早會顯現眼前。當他等待時，白天就待在美術館，或到圖書館閱讀所有他能找到關於猶太歷史和文學的書籍，並開始草擬一本書的大綱：《猶太人的蹤跡》（*The Trace of the Jew*）。

他閱讀猶太歷史時，斯賓諾莎的名字一次又一次地出現。他離開雷未爾時，雖然只帶了一只手提箱的東西，但仍保有斯賓諾莎的《倫理學》，不過想到弗瑞德里赫的忠告，並沒有再次嘗試閱讀它，而是向圖書館預約斯賓諾莎的另一本書《神學政治論》。

他在慕尼黑街道上漫步，嘗試兜售一些素描卻不成功時，好運再度降臨，他抬頭看見一棟建築物掛的招牌：「艾迪絲．許蘭克：舞蹈教學」。艾迪絲．許蘭克（Edith Schrenk），他認得這個名字，他的分居妻子希爾達（Hilda）多年前和艾迪絲在莫斯科同一間教室當舞蹈學生。雖然他生性羞怯，且只和艾迪絲聊過一、兩次話，但他渴望看到熟悉的臉孔，於是輕敲她的門。艾迪絲穿著黑色的緊身舞蹈服，頸上圍著一條時髦的水綠色絲巾，熱誠招呼他，請他坐下，為他送上咖啡，並詢問希爾達的近況，她一直很喜歡希爾達。長久的談話過程中，阿弗瑞德談到他對未來的不確定感、他對猶太人問題的興趣，以及他在俄國革命期間的經驗。當他提到自己正在寫一篇關於猶太布爾什維克主義危險的報導時，艾迪絲把手放到他的手上。

「哦，阿弗瑞德，你一定要拜訪我的朋友狄特里希．埃卡特（Dietrich Eckart），他是每週出刊一次的《德國真言報》（Auf gut Deutsch）編輯。他有類似的看法，可能對你關於俄國革命的觀察有興趣，這是他的地址。你見他的時候一定要報我的名字。」

阿弗瑞德毫不遲疑，匆匆趕往改變一生的會談。走向埃卡特辦公室的路上，他在兩家售報攤尋找《德國真言報》，卻都已售完。當他爬上通往埃卡特三樓辦公室的階梯時，想到弗瑞德里赫曾經警告他，衝動狂熱的行動可能使他毀滅。但他把忠告當耳邊風，阿弗瑞德打開門，向狄特里希．埃卡特自我介紹，提到艾迪絲的名字，並衝動地脫口說：「你願意使用一個對抗耶路撒冷的鬥士嗎？我獻出自己，願意奮戰，至死方休。」

〔第十五章〕

阿姆斯特丹

——一六五六年七月

兩天後，班托和蓋伯瑞打開店門要做生意時，一位戴著無邊軟帽的年輕男孩跑向他們，停下來喘著氣說：「班托，拉比有事找你。就是現在，他正在會堂等你。」

班托並不驚訝，他一直期待這次傳喚。他把掃帚放好，喝下杯中最後一口咖啡，向蓋伯瑞告別，靜靜跟著小男孩走向會堂。蓋伯瑞站在外面，臉上露出關切的嚴肅表情，看著兩人消失在遠方。

掃羅·利未·莫泰瑞拉比在會堂二樓專屬於他的書房，穿著華麗的荷蘭中產階級款式的衣服，駱駝絨褲子和夾克，以及銀色飾扣的皮鞋，焦躁地用筆敲打書桌，等待巴魯赫·斯賓諾莎。莫泰瑞拉比是高大莊嚴的六十歲男子，有著剃刀般銳利的鼻子、懾人的雙眼、嚴厲的嘴唇和修剪整齊的灰色山羊鬍子，他具有許多身分——受人敬重的學者、多產的作家、凶猛的知性戰士、與眾多拉比激烈競爭的存活者、神聖道拉經的英勇捍衛者——但他不是有耐性的人。他派出信使，一位接受成年禮訓練的男孩，去找倔強的前任學生，已經過了幾乎三十分鐘。

掃羅・莫泰瑞威嚴地看顧阿姆斯特丹猶太社群已經三十七年。他在一六一九年被任命的第一個職位是貝斯雅各會堂的拉比，這是城裡三個小型南歐系猶太會堂中的一個。他的會眾在一六三九年與尼未夏隆會堂和貝斯以色列會堂合併時，掃羅・莫泰瑞從眾多候選人中出線，成為新的塔木德道拉會堂的首席拉比。他是傳統猶太教律法強而有力的捍衛者，數十年來保護他的社群不受葡萄牙移民的懷疑主義和世俗主義浪潮所影響，這些移民有許多被迫改信基督教，很少人還保有傳統的猶太教育。他覺得厭倦，向成人灌輸古老的方式是很艱難的工作。他非常能體會所有宗教老師終究都會領會的教訓：趁學生還非常年輕時就抓住他們，是非常必要的。

身為孜孜不倦的教育家，他發展出一套全面性的課程，聘請許多老師，每天親自向資深學生提供希伯來文、道拉經和塔木德經課程，並與其他拉比無止境地鬥爭，以維護他對道拉經律法的詮釋。最艱苦的一次鬥爭發生在十四年前，與他的助理兼對手以撒・阿勃布・迪・方塞卡拉比（Rabbi Isaac Aboab de Fonseca），他們爭辯的問題是不悔改的猶太罪人，即使是在宗教法庭以死相逼的痛苦下改信基督教的猶太人，是否會在來世得到永恆的生命。阿勃布拉比就像許多會眾一樣，有一些仍留在葡萄牙而改變信仰的親戚，他認為猶太人永遠是猶太人，所有猶太人最終都會得到來世的祝福。他堅持猶太人的血統會得到保存，沒有任何東西可以抹滅，即使改信別的宗教也不受影響。矛盾的是，他引用猶太人最大的敵人西班牙伊莎貝拉女王的話來支持他的主張，女王制訂血統純淨法（Estaturos de Limpieza de Sangre）時，承認猶太人的血統是無法去除的，血統的定律使「新基督徒」（就是猶太的皈依者）無法得到重要的公民和軍職地位。

莫泰瑞拉比毫不妥協的立場與他的體格一致，堅挺不屈、絕不讓步、對抗到底。他堅持所有不悔改的猶太人都破壞了猶太律法，永遠被拒於來世祝福的門外，必須面對永恆的刑罰。律法就是律法，沒有例外，即使是在葡萄牙與西班牙宗教法庭的死亡威脅下屈服的猶太人也是如此。所有不接受割禮、破壞飲食律法、不奉行安息日或大量宗教律法中任何一種的猶太人，都注定失去來世的一切。

莫泰瑞無情的聲明觸怒了阿姆斯特丹的猶太人，許多人都有仍然住在葡萄牙和西班牙的親戚，但他不肯讓步。接下來的辯論是如此激烈而引起分裂，以至於會堂的長老請求威尼斯的拉比博士介入，提供確切的律法詮釋。威尼斯的拉比勉強同意，為無法解決爭議的雙方，聆聽代表團的論點，這些論據往往是以尖銳的聲音陳述。兩小時後，他們仔細思量大家的反應，胃部劇烈翻騰，晚餐延遲，最後得到全體一致的決定，就是不做決定：他們不想介入這種棘手的爭議，裁定這個問題必須由阿姆斯特丹自己的會眾來解決。

可是阿姆斯特丹社群無法達成協議，為了避免教會的分裂，緊急派出第二個代表團到威尼斯，更強烈地訴求外來的介入。最後，威尼斯的拉比博士做出決定，支持掃羅．莫泰瑞的觀點（順帶提一下，他曾在威尼斯的正統猶太小學接受教育）。代表團帶著拉比專家的決議，趕回阿姆斯特丹，四週後，許多會眾悶悶不樂地站在港口揮別垂頭喪氣的阿勃布拉比和他的家人，看著他們的家當被裝載到前往巴西的船隻，他要到遠方海邊的瑞西腓〔譯注〕任職拉比。從此以後，阿姆斯特丹再也沒有拉比挑戰莫泰瑞拉比。

掃羅．莫泰瑞今天面對更為痛苦的危機。會堂長老團昨晚開會，對斯賓諾莎問題做出決議，指示拉比通知巴魯赫被逐出教會，從現在起，兩天後就要在塔木德道拉會堂舉行儀式。巴魯赫的父親米迦勒．斯賓諾莎是掃羅．莫泰瑞四十年的摯友與支持者，米迦勒曾列名最初購買貝斯雅各會堂的信託契約，幾十年來慷慨資助會堂的基金（拉比的薪水由此支付），以及其他會堂的慈善事業。在那段時間，米迦勒很少錯過律法榮冠的課程，這是莫泰瑞拉比在家裡舉辦的成人學習團體，而且他數不清米迦勒有多少次在他的餐桌與多達四十人共進晚餐，有時還帶著他的天才兒子巴魯赫。此外，米迦勒和他哥哥亞伯拉罕還常常擔任長老，就是管理委員會的成員，這是會堂管理的最終權威。

但拉比現在憂悶的沉思。今天，每一分鐘都想著巴魯赫到底在哪裡？他必須告訴摯友的兒子，災難正等著他。掃羅．莫泰瑞在巴魯赫的割禮中祝禱，為他指導完美無瑕的成年禮，看著他一年又一年地長大。這男孩擁有驚人的天賦，沒有人比得上！每一堂課對他而言都像是小學課程，因為他像海綿一樣吸收資訊，每一位老師都把進階的課文分配給他，而其他同學還在為

〔譯注〕Recife，巴西第五大城市。

普通課業掙扎。莫泰瑞拉比有時擔心其他學生的嫉妒會變成對巴魯赫的怨恨，但不曾發生這種情形，他的能力如此明顯，遠遠超過別人，使他得到其他學生的敬重和友誼，他們常常為了某些翻譯或詮釋的疑難問題請教他，而不是問老師。莫泰瑞拉比還記得他多麼欣賞巴魯赫，多次要求米迦勒帶巴魯赫來共進晚餐，以取悅知名的客人。可是現在，掃羅．莫泰瑞嘆了口氣，巴魯赫從四歲到十四歲的黃金時期早已過去。小伙子變了，轉到錯誤的方向；現在整個社群面臨的危險是天才變成吞噬自己的怪獸。

腳步聲在樓梯響起，巴魯赫接近了。莫泰瑞拉比仍然坐著，直到巴魯赫在門口出現，他沒有轉身問候，而是指著桌邊一張矮小不舒適的椅子，嚴厲地說：「坐下。我要告訴你悲慘的消息，永遠改變你人生的消息。」他用的是不流利但還可以的葡萄牙語。雖然莫泰瑞拉比的出身是中歐系猶太人，不是南歐系猶太人，雖然他在義大利出生、接受教育，但他娶了馬拉諾人，並學習葡萄牙語，足以向基本上出身於葡萄牙的會眾發表數百篇安息日佈道。

班托以平靜的語氣說：「應該是事情發生了，長老團已決定把我逐出教會，並指示你要儘快在會堂的公開儀式中宣布流放？」

「你還是像以往一樣傲慢。我現在應該已經習慣了，但我一直對聰慧的小孩變成愚蠢的大人感到震驚。巴魯赫，你的猜測是正確的，他們對我的指示正是如此。你明天確實就會被放入流放的名單，永遠逐出這個社群。但我反對你草率的使用『發生』這個動詞，不要落入這種心情，以為流放只是某種發生在你身上的事，其實是你自己的行為導致你的流放。」

巴魯赫張口想回答，但拉比急著說：「可是，也許一切都還來得及。我是忠誠的人，我與你受祝福的父親長久的友誼，會讓我用一切力量為你提供保護和指引。現在此刻，我希望你單單坐著聽就好了。我從你五歲就開始指導你，你也還沒有老到不能再接受額外的指導。我要給你一堂特殊的歷史課。」

掃羅．莫泰瑞開始用非常權威的拉比口氣說：「讓我們回到古代的西班牙，你祖先所在的土地。你知道猶太人最早可能是一千年前到達西班牙，儘管猶太人在別的地方遇到敵意，但與摩爾人和基督徒和平共處了幾百年？」

巴魯赫轉動眼珠，不耐煩地點頭。

莫泰瑞拉比注意到他的樣子，但不受影響地說：「在十三到十四世紀，我們被一個又一個國家驅離，先是英格蘭，應受詛咒的血液毀謗的來源，他們指控我們用異族小孩的血製作逾越節麵包；接著是法國排斥我們，然後是德國、義大利和西西里諸城市，整個西歐，只剩下西班牙可以持續『和平共存』（La Convivencia），猶太人、基督徒和摩爾人彼此友善共處。但基督徒再度從摩爾人手中征服西班牙，使這段黃金時期受到玷污。你知道『和平共存』在一三九一年的結局嗎？」

「是，我知道驅逐的事，也知道一三九一年在卡斯提亞（Castile）和亞拉岡（Aragon）的大屠殺。我知道這一切，你也知道我都知道，今天為什麼要告訴我這件事？」

「我知道**你認為**你知道。但除了知道，還有真正的知道，用你的心知道，而你還沒有達到那個階段。我現在要求你的就只是聆聽，別無所求。不久一切就會明朗。」

拉比繼續說：「一三九一年真正不同的是，在大屠殺之後，猶太人有史以來首度開始皈依基督教，而且是成群的、數以千計、數以萬計的改變信仰。西班牙的猶太人放棄了，他們軟弱了，判定道拉經──上帝直接說出的話──還有我們三千年的遺產都比不上持續受到騷擾的代價。

「猶太人這種大規模改變信仰的情形具有撼動世界的意義；我們猶太人以前在歷史上不曾放棄信仰。以此和一〇九六年猶太人的反應相比較，你知道那個年代嗎？巴魯赫，你知道我在指什麼事嗎？」

「毫無疑問地你是指猶太人在十字軍時期的大屠殺中被殺戮──一〇九六年在美茵茲（Mainz）的大屠殺。」

「美茵茲和萊茵地區的所有其他地方。對，殺戮，你知道是誰帶領殺戮者嗎？修道士！每當猶太人被殺害，就可以看見領頭的人身上戴著十字架。沒錯，美茵茲那些優秀的猶太人，那些動人的殉道者，選擇死亡而不願改變信仰，許多人向謀殺者伸出脖子，還有許多人殺死自己的家人，不願讓他們被外邦人的劍玷污。他們寧死也不改變信仰。」

班托不可置信地看著他說：「你為他們喝采？你認為結束自己的生命是值得稱讚的，順便問一下，殺害自己的孩子只為了……」

「巴魯赫，如果你認為沒有任何理由值得你放下自己無意義的生命，你還有很多要學習的，但現在沒有時間教你這種事。你今天在這裡不是要展現自己的傲慢，你以後有的是時間。不論你是否能體會，你正站在人生重大的十字路口，我試圖幫助你選擇你的道路。我要你專心而安靜地聆聽我的敘述，談到我們整個猶太文明現在是怎麼會陷入危險的。」

班托抬高頭，輕鬆的呼吸，注意拉比嚴厲的聲音曾經使他多麼害怕，而今天的他卻毫不畏懼。

莫泰瑞拉比深吸一口氣，繼續說：「十五世紀時，西班牙持續有成千上萬的人改變信仰，包括你的家族成員。但天主教會嗜血的胃口仍不滿足，他們主張皈依者仍不算基督徒，有些人仍心懷猶太情操，於是決定送出宗教審訊者追查猶太人的一切。他們會詢問：『你在星期五、星期六做些什麼？』『你有點蠟燭嗎？』『你在哪一天換床單？』『你用什麼方法煮湯？』如果審訊者發現任何與猶太特徵或猶太習俗或猶太烹飪習俗有關的蛛絲馬跡，親切的神父就會讓他們活活燒死在火刑柱上。即使如此，他們仍不確信皈依者的乾淨程度，所有猶太教的痕跡都必須擦得一乾二淨。他們不希望皈依者的眼睛偶然看見真正奉行的猶太人，深怕會喚起舊有的習慣，於是在一四九二年把所有猶太人驅離西班牙，每一個人。許多人來到葡萄牙，包括你的祖先，但在那裡只享受到短暫的喘息，五年後，葡萄牙國王堅持要每一位猶太人選擇皈依或驅逐，於是再度有成千上萬人選擇皈依，失去信仰。這是猶太教在歷史上的低潮，包括我在內的許多人都相信這種最低潮的時候表示救主彌賽亞的降臨即將到來。你記得我借你的三大冊以撒・亞伯班挪（Isaac Abrabanel）寫的彌賽亞三部曲就是假設這件事嗎？」

「我記得亞伯班挪沒有合理地說明猶太人為什麼必須在最低潮的時候，才會讓那件神話般的事發生。也沒有解釋全能的上帝為什麼無法保護他的選民，而讓他們走到那種最低潮的狀況，也沒有說明為什麼……」

「安靜。巴魯赫，今天光聽我說就好，」拉比厲聲說：「就這麼一次，也許是最後一次，**完全照我說的做**。當我提出問題，只要回答是或不是。我只剩幾件事要告訴你。我在談的是猶太人歷史上最低潮的時刻。十五世紀末到十六世紀的猶太人要到哪裡尋找庇護？**整個世界**有哪裡是安全的避難所？有些人往東到奧圖曼帝國或到義大利的利佛諾（Livorno），那裡因為他們擁有珍貴的國際貿易網絡而容許他們的存在。然後，在一五七九年之後，荷蘭北方的省分宣布獨立，脫離天主教的西班牙，有些猶太人就來到阿姆斯特丹。

「荷蘭人怎麼歡迎我們？**完全不像世上的其他人**。他們對宗教完全容忍，沒有人調查宗教信仰。他們是喀爾文教徒，但准許每一個人都有權利以自己的方式敬拜上帝，只除了天主教，他們對天主教徒就沒那麼容忍了。但那不是我們的事。我們在這裡不但不會受到騷擾，甚至被人歡迎，因為荷蘭想要成為重要的商業中心，他們知道馬拉諾商人有助於商業的建立。越來越多來自葡萄牙的移民很快就抵達這裡，享受幾世紀以來在別的地方所沒有的包容。其他猶太人也過來：貧窮的中歐系猶太人也如浪潮從德國和東歐湧來，以逃離那裡對猶太人瘋狂的逼迫。當然了，那些中歐系猶太人缺少南歐系猶太人的文化：他們沒有接受教育，也沒有技能，大多成為小販、舊衣商和商店老闆，但我們**仍然**歡迎他們，並提供救濟。你知道你父親在我們會堂的中歐系猶太人慈善捐款箱做了多少次慷慨的捐獻嗎？」

巴魯赫點頭，保持沉默。

「然後，」莫泰瑞拉比繼續說：「幾年後，阿姆斯特丹當局與大法官格勞秀斯（Grotius）商議後，正式承認我們住在阿姆斯特丹的權利。我們一開始只是溫順地遵循舊有的方式，保持低調，所以沒有在四座會堂外面放招牌，只在外觀像民宅的建築裡舉行禱告儀式。直到多年沒有受到騷擾之後，我們才真的了解可以公開奉行我們的信仰，並確信政府會保障我們的生命與財產。我們在阿姆斯特丹的猶太人擁有絕佳的好運，**可以在這個世界找到一個落腳處**，猶太人在這裡可以是自由的。你能體會在這個世界終於找到容身之處的感覺嗎？」

巴魯赫不舒服的在木椅上移動，敷衍地點頭。

「耐心，耐心，巴魯赫。再聆聽一會兒，我現在要轉向與你密切相關的急迫問題。我們可貴的自由伴隨一些義務，這是阿姆斯特丹市議會做出明確聲明的，你毫無疑問知道那些義務是什麼吧？」

「我們不能誹謗基督徒的信仰，也不能嘗試改變基督徒的信仰或與他們結婚，」巴魯赫回答。

「還有別的義務。你的記性很了不起，卻不記得別的義務。為什麼？也許是因為它們令你為難。容我提醒你，格勞秀斯也裁定所有超過十四歲的猶太人都必須聲明他們對上帝、摩西、先知和來世的信仰，而我們的宗教和民間管理機構必須擔保我們的會眾不會有人說出或做出任何挑戰或傷害基督教教義的事，否則我們就會失去自由。」

莫泰瑞拉比停頓了一下，一面搖動食指一面緩慢而堅定地說：「巴魯赫，容我向你強調最後這一點，這是你必須領會的關鍵。**無神論或藐視宗教的律法與權威，不論是猶太教或基督教，都是明確被禁止的**。如果我們向荷蘭市政當局顯示**我們無法管理自己，就會喪失珍貴的自由，再度屈服於基督教當局的統治**。」

莫泰瑞拉比再次停頓，然後說：「我已上完我的歷史課，我最大的希望是你能了解我們仍然是被排斥的民族，我們今天雖然有一些有限的自由，但**我們永遠無法完全自主**。即使是今天，要支持我們做自由人也不是容易的事，因為許多專業不讓我們進入。巴魯赫，當你思量沒有這個社群的人生時，請牢記這一點。你選擇的很可能是活活餓死。」

巴魯赫開始想回應，但拉比搖擺右手食指請他保持安靜。「我還要強調另一件事。今天，**我們宗教文化的基礎受到攻擊**，不斷從葡萄牙移民進來的猶太人都沒有受過猶太教育，他們一直被禁止學希伯來文，他們被迫學習天主教教義，奉行天主教。他們在兩個世界之間，不論是對天主教教義或猶太信念，他們的信仰都不穩固。我的使命是感化他們，帶他們回家，回到猶太人的根。我們的社群既興旺又不斷成長，已經產生許多學者、詩人、劇作家、卡巴拉信徒、醫生和印刷業者。我們站在偉大復興的邊緣，這裡可以為你留下一席之地。你的學問、敏銳的心智，還有教學的天賦，都是極大的助力。如果你在我身旁協助教學，如果你在我離開這裡時接管我的工作，就可以實現你父親對你的夢想，也是我的夢想。」

巴魯赫震驚地看著拉比的雙眼：「『和你一起工作』是什麼意思？你的話令我困惑，請記得我是開商店的人，而且要被**流放**。」

「**流放**只是即將發生，只要我還未在會堂公開宣布，它就還不是事實。沒錯，長老團擁有最終的權力，但我對他們很有影響力。兩個剛來的馬拉諾人，法蘭科．貝尼泰茲和雅各．曼多札，昨天向長老團做證，他們是具有高度殺傷力的證人，說你相信上帝只是自然，而且沒有來世。對，這種話很有殺傷力，但在你我之間，我不相信他們的證詞，我知道他們扭曲了你的話。他們是杜阿泰．羅德里奎茲的侄兒，他仍對你求助荷蘭法院而迴避債務的事感到憤怒，我能說服大家相信是他要他們說謊。而且，相信我，不是只有我這麼相信。」

「拉比，他們沒有說謊。」

「巴魯赫，恢復你的理智。我從你出生就認識你，我知道你就像任何人一樣，不時會有愚蠢的想法。我懇求你，跟我學習，讓我淨化你的心靈。請聽我說，我現在要給你一個機會，全世界沒有任何別的人有這種機會。我可以很確定地授予你**持續終身的津貼，讓你永遠脫離進出口生意，進入學者的人生**。你聽見了嗎？我給你的是學術生涯的禮物，閱讀與思考的人生。你在拉比的學術生活中尋找確定或否定的證據時，甚至可以思考被禁止的思想。考慮這個提議：完全自由的一生。只有一條規定：**沉默**。你必須同意把所有會傷害我們民族的想法留在自己心裡。」

巴魯赫似乎陷入思考。沉默許久後，拉比說：「巴魯赫，你認為呢？現在是你說話的時候，你卻保持沉默。」

「我回想到有許多次，」巴魯赫以平靜的聲音回答：「我父親談到他與你的友誼，以及他對你高度的敬重。他也談到你對我的頭腦高度的評價——他說你用的字眼是『無限的智力』。你真的用這些字眼嗎？他是否正確引用你的話？」

「這是我用的字眼。」

「我相信世界和其中的一切會根據自然律運行，假如我以理性的方式使用我的智力，就可以用它發現上帝與實相的本質，以及通往神聖生活的道路。我曾告訴你這件事，有沒有呢？」

莫泰瑞拉比把頭埋入雙手，緩緩點頭。

「但你今天卻建議我考慮拉比的學術生活，把人生耗費在確認或否定我的觀點。這不是我的道路，現在不是，將來也不是。拉比的權威不是根據純粹的真理，而是依據歷代迷信的學者表達的意見，這些學者相信地球是平的、太陽環繞地球旋轉、一位名叫亞當的男人突然出現成為人類的始祖。」

「你否定創世記的神學？」

「你否定在以色列人之前已有許多文明的證據？在中國、埃及？」

「如此褻瀆。你不了解你如何危及自己在來世的地位嗎？」

「其實沒有來世存在的理性證據。」

莫泰瑞拉比看起來嚇壞了：「這正是杜阿泰．羅德里奎茲的侄子引述的話，我原本以為他們是在叔叔的指示下撒謊。」

「拉比，我相信先前告訴你『他們沒有撒謊』時，你沒有聽進去，或是你不想聽進去。」

「他們提出的其他指控呢？他們說你否認道拉經的神聖來源，摩西並沒有寫道拉經，上帝只是在哲學上存在，還有儀式並不神聖？」

「拉比，這對侄兒沒有說謊。」

莫泰瑞拉比對巴魯赫怒目而視，他的苦惱轉成憤怒：「這些指控中的任何一項都會造成流放；合在一起就會造成有史以來最嚴酷的流放。」

「你一直是我的希伯來文老師，你把我教得很好。請允許我為你獻上流放，以回報你。你曾告訴我，維也納社群頒布過的最殘酷的流放，我記得你說過的每一個字。」

「我先前說你會有足夠的傲慢時間，現在看來已經開始了。」莫泰瑞拉比停頓一下，把思緒集中起來：「你想害死我，你想徹底毀掉我的成果。你知道我一生的成果就是來世在猶太思想和文化中的關鍵角色。你知道我的書《靈魂的遺緒》（*The Survival of the Soul*），我在你成年禮時放入你的雙手。你知道我與阿勃布拉比對這個問題的大辯論，以及我的勝利嗎？」

「是的，我當然知道。」

「你輕蔑地置之不理。你知道牽涉到多大的賭注嗎？如果我輸了那場辯論，如果裁定所有猶太人在來世都有相同的地位，而美德沒有獎賞，罪過沒有懲罰，你可以預見整個社群會受到多大的影響嗎？如果他們確保來世的身分，還有什麼轉回猶太信仰的動機呢？如果做錯事沒有懲罰，你能想像荷蘭喀爾文教徒會怎麼看我們嗎？我們的自由還能持續多久？你認為我在玩小孩的遊戲嗎？想想這些牽連吧。」

「是的，我知道那場大辯論，你的話正顯示那不是屬靈真理的辯論，難怪威尼斯的拉比博士會不知所措。你們雙方對來世不同觀點的爭辯理由，都與來世的真實性無關。你試圖透過恐懼和希望的力量來控制民眾，這是歷代宗教領導者的傳統方法。你們這些在各地的拉比權威，宣稱握有來世的鑰匙，利用這些鑰匙達到政治控制。阿勃布拉比的立場是照顧會眾的苦惱，他們想要為改變信仰的家人提供協助。這不是屬靈的爭論，而是偽裝成宗教辯論的政治辯論。你們都沒有提出任何關於來世存在的證據，不論是理性的證據，或甚至來自道拉經的證據。我向你保證，道拉經裡找不到證據，而你也知道這一點。」

「你顯然不懂我剛才告訴你的，我對上帝和種族延續下去的責任，」莫泰瑞拉比說。

「宗教領袖做的大多與上帝無關，」班托回答：「你去年**流放**一個人，他向符合猶太教規的中歐系肉販買肉，而沒有向南歐系肉販買肉。你認為這與上帝有關嗎？」

「那是短期**流放**，對於社群的凝聚力有高度的教育意義。」

「我上個月得知你告訴一位來自沒有猶太麵包師傅的小村莊的婦女，她可以向異教的麵包師傅買麵包，只要她在他的烤箱丟進一塊木片，表示她參與了烘焙。」

「她來找我時很苦惱，離開時輕鬆而開心。」

「她離開時是心智比以前更發育不良的婦人，更不能為自己思考、發展理性能力的婦人。這正是我的重點：各式各樣的宗教權威都企圖妨礙我們理性能力的發展。」

「如果你認為我們的人可以沒有控制和權威而活下去，你就是笨蛋。」

「我認為宗教領袖因為涉入政治事務而失去自己的屬靈方向。你的權威或領地應該限制在內心虔誠的忠告。」

「政治事務？你還不了解西班牙和葡萄牙發生的事嗎？」

「那正是我的重點：他們是宗教國家。宗教和國家必須分開。最理想的統治者是人民自由選出的領導者，權力被另外選出的議會所限制，且其作為要根據公眾秩序與安全，還有社會的福祉。」

「巴魯赫，你現在已成功說服我，你將過著寂寞的生活。決定你未來的，不但有褻瀆，還有背叛。你走吧。」

莫泰瑞拉比聽著巴魯赫在樓梯發出的腳步聲，雙眼朝上，口中咕噥著：「米迦勒，吾友，我已為你兒子盡力了。我還有太多別的靈魂要保護。」

〔第十六章〕慕尼黑

——一九一九年

請想像這個場景：一位衣衫襤褸、失業、未出版過作品的外來移民年輕人，口袋裡放著飲食用的湯匙，闖入知名記者、詩人兼政治家的辦公室，脫口說：「你願意使用一個對抗耶路撒冷的鬥士嗎？」

就面試工作而言，這當然是壞的開始！任何負責任、有教養、老於世故的主編都會立刻打發這個闖入者，認為他是不成熟、怪異的人，甚至可能有危險。但當時並非如此，時間是一九一九年，地點是慕尼黑，狄特里希．埃卡特被年輕人優美的用字吸引。

「好，年輕的戰士，讓我看看你的武器。」

「腦袋就是我的弓，文字就是……」阿弗瑞德從口袋掏出鉛筆，把它舉高揮動著，大聲說：「文字就是我的箭！」

「說得好，年輕的戰士，請說說你的功績，你對耶路撒冷的攻擊。」

阿弗瑞德興奮地顫抖，敘述他對抗耶路撒冷的功績：他幾乎能熟背赫斯頓·史都華·錢伯倫的書、十六歲時反猶太的選舉演說、對抗疑似猶太人的艾普斯頓校長（省略了斯賓諾莎的部分）、他看到猶太布爾什維克革命景象時的反感、最近在雷未爾市民會議激勵反猶太的演講、他計畫寫一本猶太布爾什維克叛變的目擊記錄、他關於猶太血統造成威脅的歷史研究。

「很好的開始，但只是一個開始。我們接下來必須檢查你的武器達到什麼水準。二十四小時內，給我看一千字你對布爾什維克革命的目擊記錄，我們會看看是否值得出版。」

阿弗瑞德沒有離開的意思，他再次看著狄特里希·埃卡特，他是莊嚴的人，有著修剪整齊的頭髮、黑邊眼鏡遮住藍色的眼睛、肥短的鼻子，以及寬闊、有點冷酷的下巴。

「二十四小時，年輕人，開始計時。」

阿弗瑞德四下環顧，顯然不願離開埃卡特的辦公室，接著怯生生地說：「有沒有可以讓我使用的書桌、一個角落和一些紙？我只能去圖書館，但那裡擠滿了沒受過教育、想要取暖的難民。」

狄特里希·埃卡特向他的祕書比手勢說：「帶這位應徵的先生到辦公室後面，給他一些紙和鑰匙。」然後對阿弗瑞德說：「這裡不夠暖，但很安靜，還有獨立的入口，如果有需要的話，你可以整夜工作。再會，明天這個時間準時見。」

狄特里希·埃卡特把腳翹到桌上，在煙灰缸上熄滅雪茄，坐在椅子上後仰假寐。他雖然才五十出頭，卻沒有善待自己的身體，肥肉沉重地懸在身上。他出身富裕家庭，是皇家公證人兼律師的兒子，他在童年喪母，幾年後父親也過世，他不到二十歲就過著飄泊的波希米亞式生活，沉溺在藥物中，不久就花光父親留下的財產。歷經一連串失敗的藝術嘗試和激進的政治運動後，他讀了一年的醫學系，接著染上嚴重的嗎啡癮，被迫在精神病院住了幾個月。他接著成為劇作家，但沒有一部作品登上舞臺。他全然相信自己的文學長才，把失敗怪罪給猶太人，他相信是猶太人控制了德國的劇院，而他的政治觀點得罪了他們。他的報復欲望使他從事專業的反猶事業：重生為新聞記者，開辦《德國真言報》，這是一連串反對猶太人權力的出版品中，最新上市的刊物。一九一九年正是時候，他的報導風格引人注目，他的報紙很快就成為對惡毒的猶太陰謀有興趣的人必讀的刊物。

雖然狄特里希的身體不好、精力有限，但他對改變的飢渴非常強烈，熱烈等待德國救星的來臨：一個有絕佳影響力與領袖魅力的人，可以帶領德國達到應有的榮耀地位。他立刻看出年輕英俊的羅森堡不是這個人：羅森堡倉促的自我介紹太明顯地流露出想得到肯定的可憐渴望。但在預備救星來臨的路上，他或許可以占有一席之地。

阿弗瑞德隔天坐在埃卡特的辦公室，緊張的翹腳又放下，看著發行人閱讀他的千字文章。

埃卡特拿掉眼鏡，看著阿弗瑞德說：「對一個具有工程學位、以前不曾寫過這種文章的人，我會說這篇文章並非一無是處。沒錯，這一千字裡沒有一個文法正確的句子，但除了這個令人為難的事實，你的文章具有某種力量，裡面有張力，有才華與複雜度，甚至還有一些生動的意象，但這些還不夠。我特此宣布你的新聞工作處女秀已經結束，我會出版這篇文章，但眼前還有工作要做：每一個句子都需要協助。阿弗瑞德，把你的椅子拉過來這裡，我們一行一行來檢查。」

阿弗瑞德熱切地把椅子搬到埃卡特身旁。

「這是你新聞工作的第一課，」埃卡特繼續說：「作家的職責是與人溝通。唉，你的句子有許多地方都不符合這個簡單的名言，而是企圖模糊焦點，或表達作者知道的遠比他願意說的更多。每一句話都被切斷了，看看這裡，還有這裡和那裡。」隨著狄特里希．埃卡特的紅筆四處揮動，阿弗瑞德的學徒階段於焉開始。

阿弗瑞德修改後的文章成為「透視猶太人」（Jewry Within Us and Without）系列的一部分，他很快寫出幾篇布爾什維克暴行的目擊記錄，每一篇都顯示文體逐漸進步。不出幾星期，他已成為領固定薪水的助理，幾個月後，埃卡特對他非常滿意，請他為埃卡特的書《俄羅斯掘墓人》寫簡介，這本書以恐怖的細節描述猶太人如何暗中破壞俄國沙皇的政權。

這是阿弗瑞德幸福美好的時光。直到生命結束前，每當回想自己與埃卡特並肩工作，陪他坐計程車走遍慕尼黑，散發埃卡特的激昂小冊子《致所有勞工》，他就洋溢喜悅的神色。阿弗瑞德終於有了家、父親與目標。

在埃卡特的鼓勵之下，他完成了猶太人的歷史研究，不到一年就出版第一本書《歷代猶太人的蹤跡》。這本書的內容是日後納粹反猶太主義中心思想的種子：猶太人是破壞性唯物主義的來源、猶太共濟會的危險、從以斯拉與以西結到馬克斯與托洛斯基的猶太哲學家的邪惡夢想，以及最重要的，猶太血統的污染對高等文明造成的威脅。

透過埃卡特的教導，阿弗瑞德益發了解德國勞工在猶太金融界的壓力下，更加受到基督教意識形態的束縛。埃卡特越來越信任阿弗瑞德的歷史觀，不只是他的反猶太主義，還有追溯耶穌會教義的發展來自猶太教的塔木德經，而產生的強烈反天主教情懷。

埃卡特把這位年輕的門徒帶入激進的政治集會，引薦給具有影響力的政治人物，不久又資助他成為圖勒學社（Thule Society）的會員，且在他第一次參加會議時，陪他出席這個威嚴的祕密會社。

在圖勒學社的會議中，埃卡特向數位會員介紹阿弗瑞德後，就與幾位同仁進行私下商談，留下他獨處。阿弗瑞德環顧四周，這是個新世界，不是啤酒店，而是豪華的慕尼黑四季飯店會議室。他不曾待在這種房間，他試了試舊鞋下面的紅色厚重地毯，抬頭看著彩繪柔雲和肥胖小天使的華麗天花板。眼前沒有啤酒，於是他走到餐桌旁，自己倒了一杯德國甜葡萄酒，環顧其他成員，大約有一百五十人，顯然都是富裕、穿好、吃好的人，阿弗瑞德意識到自己的穿著，每一件都是從二手店買來的。

他發現自己顯然是房間裡最貧窮、寒酸的人，於是努力嘗試融入圖勒會員，甚至嘗試表明自己與眾不同，只要有機會，就說自己是哲學家兼作家。獨自一人時，他就忙著練習新的表情，稍稍捲起雙唇，閉著眼微微點頭，他希望藉此傳達「對，我完全了解你的意思，我不但了解，而且我知道的比你以為的更多。」當夜稍後，他在洗手間的鏡子前檢查表情，並感到滿意。不久之後，這就成為他的招牌笑臉。

「哈囉！你是狄特里希．埃卡特的客人？」一位長臉、蓄髭、戴著黑框眼鏡的熱情男子說：「我是安東．德瑞克斯勒，招待委員會的一員。」

「是的，我是阿弗瑞德．羅森堡。《德國真言報》的作家兼哲學家。對，我是狄特里希．埃卡特的客人。」

「他談到你的許多優點。你第一次來這裡，一定有許多疑問，需要知道什麼有關我們組織的事嗎？」

「許多事。首先，我對『圖勒』這個名稱很好奇。」

「要回答這個問題，我必須先告訴你，我們最初的名稱是『古代德國研究社』，許多人相信圖勒是現在已消失的陸塊，原本在冰島或格陵蘭島附近，是亞利安民族的發源地。」

「圖勒……我從赫斯頓．史都華．錢伯倫知道詳細的亞利安歷史，但不記得任何有關圖勒的事。」

「啊，錢伯倫是歷史學家，而且是最優秀的一位，但這是在錢伯倫的歷史之前，史前時代，是神話的領域。我們的組織想向偉大的祖先致敬，只有透過口傳歷史才知道他們。」

「所有這些令人欽佩的人今晚聚在這裡，是因為對神話、遠古歷史的興趣？我不是質疑這一點，事實上，在德國如此動盪，隨時可能分崩離析的時候，看見這麼冷靜與好學的奉獻，我認為是值得讚揚的。」

「羅森堡先生，會議還沒開始。你很快就會知道圖勒學社為什麼高度看重你在《德國真言報》的文章。沒錯，我們對遠古歷史有強烈的興趣，但更有興趣的是我們戰後的歷史，我們的子孫有一天會讀到的正在寫的歷史。」

演講使阿弗瑞德振奮，一位又一位講者警告德國正面對來自布爾什維克和猶太人的重大危險。每一位講者都強調迫切需要展開行動。晚會即將結束時，不斷喝葡萄酒而微醉的埃卡特摟著阿弗瑞德的肩膀歡呼：「羅森堡，興奮的時刻！還會更令人興奮。寫出新聞，改變態度，帶領公眾意見，一切崇高的努力。誰能否認呢？但要製造新聞，對，製造新聞，真正的榮耀就在其中！阿弗瑞德，你會和我們在一起。你會看見，你會看見。相信我，我知道未來即將發生什麼事。」

空氣中懸浮著某種重要的東西，阿弗瑞德敏銳地感覺到它。因為太激動而無法入眠，他和埃卡特分開後，在慕尼黑街道持續散步了一個小時。想起剛認識的朋友弗瑞德里赫・菲斯特的解除緊張的忠告，他從鼻孔又深又快地吸氣，閉氣幾秒鐘，然後緩緩從口中吐氣。經過幾次循環，他覺得比較好了，也對如此簡單的方法有這種效果感到驚訝。毫無疑問，弗瑞德里赫有點巫師的味道。他一直不喜歡他們的對話轉到他外祖母的家族可能有猶太血統，但他仍對弗瑞德里赫有好感。他希望兩人能再度相遇，他會讓這件事發生。

返家時，他發現一張從門縫塞入的便條，寫著：「慕尼黑公共圖書館會在櫃檯為你保留斯賓諾莎所著《神學政治論》一個星期。」阿弗瑞德讀了好幾遍，這張又薄又小的便條，經過紛亂、危險的慕尼黑街道，進入他的小公寓，竟帶來多麼奇特的安慰啊！

〔第十七章〕

阿姆斯特丹

——一六五六年

班托在弗羅印堡（Vlooyenburg）街頭漫步，這是阿姆斯特丹最多南歐系猶太人聚居的地區，他沉痛地看著每一件東西，對每一個影像注視良久，好像要在裡面注入永恆，好在未來可以喚回，即使理性的聲音呢喃著，一切都會消逝，生命必須活在當下。

班托回到店裡時，雙眼充滿擔憂的蓋伯瑞丟下手中的掃帚，衝向他說：「班托，你去哪裡了？一直和拉比談話嗎？」

「我們有一段冗長而不友善的談話，之後我在城裡四處散步，想讓自己安定下來。我會告訴你一切，但我想同時告訴你和蕾貝卡。」

「班托，她不會來的。現在不只是她對你的怒氣，還有姊大的怒氣，撒姆耳自從去年上完拉比的課程，就採取越來越強烈的立場。現在他完全禁止蕾貝卡見你。」

「如果你告訴她，事情有多麼嚴重，她會過來的。」班托雙手緊扣著蓋伯瑞雙肩，看著他的雙眼說：「我知道她會過來。請喚起我們受祝福家族的記憶，提醒她，只剩下我們幾個人還活著。如果你告訴她，這是我們最後一次的談話，她會過來的。」

蓋伯瑞顯然非常驚慌：「發生了什麼事？班托，你嚇到我了。」

「蓋伯瑞，拜託。我不想說兩次，太困難了。拜託，帶蕾貝卡來這裡。你會找到方法的。這是我對你最後的請求。」

蓋伯瑞扯下圍裙丟到櫃檯上，然後衝出店舖。二十分鐘後，他拖著一臉惱怒的蕾貝卡回來。她無法拒絕蓋伯瑞的懇求，畢竟在母親漢娜過世到父親再娶愛斯特之間的三年，班托是由她來照顧的。蕾貝卡滿臉怒氣地進入店裡，以冷若冰霜的點頭和攤向兩側的雙手問班托：「什麼事？」

班托已經在店門貼上以葡萄牙文和荷蘭文書寫的便條，說明商店暫時關閉，他回答：「我們到家裡私下談一談。」

一回到家，班托就關上前門，示意蓋伯瑞和蕾貝卡坐下，而他站著踱步說：「雖然我很希望這只是我個人的事，但我知道不是。蓋伯瑞說得很清楚，我的事對整個家族有很大的影響。我怕我接下來要說的話會使你們震驚。很困難，但我必須告訴你們一切。我希望對於即將發生的事，社群裡完全沒有人知道的比你們多。」

班托停下來，像花崗石一樣坐著的弟弟和姊姊對他全神貫注，班托深吸一口氣說：「我直接說重點。今天早上，莫泰瑞拉比告訴我，長老團已開會，流放迫在眉睫。我明天就會被逐出教會。」

「流放？」蓋伯瑞和蕾貝卡同時大喊，兩人的臉色慘白。

「沒有辦法阻止嗎？」蕾貝卡問：「莫泰瑞拉比沒有幫你嗎？父親是他的好友！」

「我剛和莫泰瑞拉比談了一個小時，他告訴我，這不是他能控制的，長老團是由社群選出來的，握有權力。他沒得選擇，只能照他們的命令行事。但他也說他同意他們的決定。」

班托猶豫了一下說：「我必須毫不隱瞞。」他看著姊姊和弟弟的眼睛，承認說：「他**確實**說可能有一個機會，如果我轉變自己的觀點，如果我公開撤消我的主張，聲明我從現在開始接受邁蒙尼德的十三條信念，他就會用他的一切力量請求長老團重新討論流放的決定。事實上，我不確定他是否願意讓人知道這件事，因為他輕聲告訴我，他要從會堂的基金為我提供終身的津貼，只要我發誓一生安靜地奉獻給受人敬重的道拉經和塔木德經的研究。」

「然後呢？」蕾貝卡直勾勾地看著班托的眼睛。

「然後……」班托看著地板說：「我拒絕了。對我來說，自由是無價的。」

「你這個笨蛋！看看你幹了什麼事。」蕾貝卡尖聲說：「我的天呀！老弟，你有什麼毛病？你瘋了嗎？」她傾身向前，好像要衝出房間。

「蕾貝卡……」班托努力保持平靜的音調說：「這是最後一次，真的是我們最後一次的會面。**流放**是指全然的放逐，你再也不能和我說話或以任何方式和我接觸。再也不能。想想看，如果我們最後一次會面是如此難堪而沒有愛，我們二人會做何感受？」

蓋伯瑞過於激動而坐不住，也起身踱步：「班托，你為什麼一直說『最後一次』？我們最後一次見到你，最後的請求，最後的會面？流放會持續多久？什麼時候結束？我聽過一天的流放或一週的流放。」

班托吞了一下口水，看著弟弟和姊姊的眼睛說：「這是不同的流放。我了解流放，如果他們嚴格執行，這是沒有期限的流放，是終身的，而且無可挽回。」

「回去找拉比，」蕾貝卡說：「接受他的提議，班托，求求你。我們年輕時都會犯錯。重新加入我們，尊敬上帝，當你的猶太人，做父親的兒子。莫泰瑞拉比會付你一輩子的薪水，你可以閱讀、研究、做你想做的任何事、思考你想思考的任何東西。你可以不與人往來。班托，接受他的提議，你看不見他是為了父親的緣故才付錢給你，不希望你毀滅自己嗎？」

「拜託，」蓋伯瑞緊握班托的手說：「接受他的提議，重新開始。」

「他付錢給我，是要我做我辦不到的事。我想追求真理，我要奉獻一生來認識上帝，但拉比的提議要求我不誠實地活著，這是侮辱上帝。我絕不這樣做。除了我自己的良知，我不會跟隨世上的任何權力。」

蕾貝卡開始啜泣，她把臉埋在雙手裡搖頭說：「我不了解你，不了解，不了解。」

班托走向她，把手放在她的肩膀，她甩掉他的手，然後抬頭轉向蓋伯瑞說：「你那時還太小，但我記得就像昨天一樣，我們受祝福的父親誇口說莫泰瑞拉比認為班托是他看過最優秀的學生。」

她看著班托，淚如雨下說：「他說你是最聰明、最有深度的學生。聽到你可能是下一個偉大的學者，可能是下一個傑松耐德斯時，我們的父親有多麼高興啊！你可能寫出最偉大的十七世紀道拉經注釋！拉比相信你。他說你的腦袋記得住每一件事，會堂的長老沒有一位能辯得過你。儘管如此，你現在卻**枉費**上帝賜給你的天賦，看看你做了什麼。你怎麼能拋下一切？」蕾貝卡接下蓋伯瑞給她的手帕。

班托俯身直視她的眼睛說：「蕾貝卡，請試著了解。也許不是現在，但可能是未來的某個時候，你會了解這些話：我走自己的路正是**因為**我的天賦，而不是我**枉費**它們。你能了解嗎？這是因為我的天賦，我沒有浪費它們。」

「不，我不了解，我也**永遠**不會了解你，雖然我從你出生就認識你，雖然在媽媽過世後，我們三人在同一張床睡了那麼多年。」

蓋伯瑞說：「我記得我們睡在一起，班托，你為我們朗讀聖經故事，也偷偷教蕾貝卡和蜜利安閱讀。我記得你說，女孩不能學習閱讀是多麼不公平的事。」

「我告訴丈夫那件事，」蕾貝卡說：「我告訴他每一件事。我告訴他，你如何教我們，為我們朗讀，質疑每一件事、所有奇蹟。還有你是怎麼跑去問父親：『爸爸，真的發生那件事嗎？』我記得你為我們讀挪亞和洪水的故事，並詢問父親，上帝是不是真的那麼殘忍。你問：『祂為什麼淹沒一切？人類是怎麼重新開始的？』還有『挪亞的子女可以和誰結婚？』你對該隱和亞伯的故事也提出同樣的問題。撒姆耳認為這些是你有毛病的早期跡象，出生就有的詛咒。我有時認為要歸咎於我。我向丈夫承認，對於你說的一切，你所有褻瀆的話，我一向都覺得很有意思。也許是我鼓勵你用那種方式思考。」

班托搖頭說：「不，蕾貝卡，不要為了我的好奇心自責，那是我的天性。我們為什麼要為外在原因造成的事而自責？記得父親為了哥哥的死而自責嗎？我們聽見他說過多少次，如果他沒有派以撒送咖啡豆給鄰居，就不會染上黑死病。那是大自然造成的，我們無力控制，自責只是欺騙自己，以為我們有足夠的力量控制自然。還有，蕾貝卡，請了解我尊重你丈夫，撒姆耳是好人，只是我們對知識的來源有不同的看法。我不認為質疑是毛病，盲從而不質疑才是毛病。」

蕾貝卡沒有回答，三個人陷入沉默，直到蓋伯瑞詢問：「班托，永遠的流放？竟然有這種事？我不曾聽過。」

「我確信這是他們要做的，蓋伯瑞。莫泰瑞拉比說他們必須這麼做，以向荷蘭政府顯示我們能治理自己。這也許對每一個人都是最好的，可以讓你和蕾貝卡與你們的社群重新結合起來。你必須加入其他人，遵守流放的規定。你必須迴避我，就像每一個人一樣，都必須遵守律法，避開我。」

「班托，對每一個人都是最好的？」蓋伯瑞問：「你怎麼能說這種話？對你怎麼可能是最好的？住在輕視你的人群中，怎麼會是最好的？」

「我不會留在這裡，我會住到別的地方。」

「你能住哪裡？」蕾貝卡問：「你打算皈依基督教嗎？」

「不，請放心。我在耶穌的話裡發現許多智慧，類似我們聖經的核心訊息。但我絕不會歸屬於任何迷信的觀點，認為上帝就像人一樣，有個兒子，還派他來拯救我們。基督教就像所有宗教一樣，包括我們自己的宗教，想像上帝擁有人的特質，以及人的欲望和需求。」

「但你如果仍保持猶太人的身分，要住哪裡呢？」蕾貝卡問：「猶太人只能和猶太人住在一起。」

「我會找到不與猶太社群同住的方法。」

「班托，你可能很有大賦，但你也是個單純的小孩，」蕾貝卡說：「你真的仔細想過嗎？你忘了烏瑞爾．達．柯斯塔（Uriel da Costa）嗎？」

「那是誰啊？」蓋伯瑞問。

「達．柯斯塔是相信異端的人，被莫泰瑞拉比的老師摩迪納拉比（Rabbi Modena）流放。」蕾貝卡說：「蓋伯瑞，你那時還是嬰兒。達．柯斯塔質疑我們的所有律法——道拉經、無邊軟帽、經文匣、割禮，甚至門上的經文——就像你哥哥一樣。最糟的是，他否認靈魂的不朽和身體的復活。德國和義大利的其他猶太社群也一個接一個用流放驅逐他。沒有人要他，但他一直懇求能回來，我們最後接受了他。然後他又開始發神經，然後再度乞求寬恕，會堂舉辦了一次懺悔儀式。蓋伯瑞，你那時還太小，但班托和我一起觀看那場儀式，你還記得嗎？」

班托點頭，蕾貝卡繼續說：「他在會堂裡必須脫去衣服，在背部接受三十九下可怕的鞭打。儀式結束後，他必須躺在門口，讓所有會眾在離去時踩過他身上，所有小孩都追著他吐口水。我們沒有加入他們，爸爸不允許。不久後，他拿了一把槍，轟自己的腦袋。」

「這是事情經過，」她轉向班托說：「在社群之外，沒有生活可言。他做不到，你也做不到。你要怎麼生活？你沒有錢，不會被允許在這個社群做生意，蓋伯瑞和我也會被禁止幫助你。蜜利安和我對母親發誓會照顧你們，蜜利安臨死時，還要求我照顧你和蓋伯瑞。但我現在不能再做什麼了。你要怎麼生活？」

「蕾貝卡，我不知道。我的需求很少，你知道的。看看四周。」他伸手指著房間四周：「我幾乎沒有什麼需求。」

「可是，回答我，你要怎麼生活？沒有錢、沒有朋友？」

「我在考慮以玻璃為生。磨鏡片。我想我會做得很好。」

「做什麼用的玻璃？」

「眼鏡，放大鏡，也許包括望遠鏡。」

蕾貝卡詫異地看著弟弟：「磨玻璃的猶太人。班托，你是怎麼了？你為什麼這麼奇怪？你對真實生活毫無興趣，對女人、妻子、家庭都沒有興趣。我們小時候，你總是說想娶我，但好多年來，自從你的成年禮以來，你再也沒談過婚姻，我也不曾聽說你對任何女人有興趣。這很不合常理。你知道我在想什麼嗎？我認為你還沒有從母親過世所造成的痛苦走出來。你看著她死去，在氣喘中掙扎著要呼吸。很可怕。我記得你在出殯的馬船上牽著我的手，把她的遺體送到奧德柯克（Ouderkerk）的貝斯海姆墓園，你整天都沒說一個字，只是注視沿著運河拖拉馬船的馬。鄰居和朋友慟哭和唱輓歌的聲音太大，以至於荷蘭警察舉牌要我們安靜。整個喪禮中，你都閉著眼睛，好像站著睡覺，你沒有看見他們如何繞行母親的遺體七次。她被放入墓地時，我掐了你一下，你張開眼睛，很害怕地想逃開，這時所有人正開始丟一把土到她身上。也許太沉重了，也許你因為她的死而太難受，你在這之後有好幾個星期都不說話，也許你不曾克服這件事，而不願冒險愛另一位女人，不願冒險承受另一次失落、另一次類似的死亡。也許這就是你不讓任何人進入你生命的原因。」

班托搖頭說：「蕾貝卡，不是這樣，你對我很重要，蓋伯瑞對我也很重要。再也看不到你們是很痛苦的事。你的說法好像我沒有人性。」

蕾貝卡好像沒有聽到他的話，繼續說：「我相信你還沒有從所有死亡恢復過來。你對哥哥以撒的死，幾乎沒有流露什麼感受，好像你還不了解這件事。然後是父親告訴你，你必須停止拉比的學業，接管店舖，你只是點頭答應。你的整個人生瞬間改變，你卻只是點頭，好像它一點也不重要。」

「你的話沒道理，」蓋伯瑞說：「失去雙親無法解釋這種情形。我也住在這個家裡，承受同樣的死亡，但我的想法和班托不同。我想要當猶太人，我想要妻子和家庭。」

「還有，」班托說：「你什麼時候聽我說過家庭並不重要？蓋伯瑞，我非常為你高興，我喜歡你想成家的念頭。想到我永遠看不到你的子女，讓我深感痛苦。」

「但你喜愛觀念，而不是人，」蕾貝卡插嘴：「也許是出於父親撫養你的方式。你記得蜂蜜板嗎？」

班托點頭。

「什麼呀？」蓋伯瑞問。

「班托很小的時候，大約三、四歲，我不確定，父親教他如何用一種奇怪的方法閱讀。後來他告訴我，這是幾百年前常見的教學方法。他給班托一塊板子，上面畫了所有希伯來字母，用蜂蜜蓋住它。他要班托舔掉所有蜂蜜，父親認為這樣可以幫助班托喜愛希伯來字母和語言。」

「也許它的效果太好了，」蕾貝卡繼續說：「也許這就是你比較在乎書籍和觀念，而不關心人的原因。」

班托猶豫著，他說的任何話都只會讓事情更糟。姊姊和弟弟都無法對他的想法敞開心胸，也許這樣才是最好的。如果他成功幫助他們看見盲目服從拉比權威的問題，就會危及他們滿足於婚姻和社群的希望。他必須在不受他們祝福的情形下離開他們。

「蕾貝卡，我知道你很生氣，蓋伯瑞，你也是。當我從你們的角度看這件事，我可以了解為什麼。但你們無法從我的角度來看這件事，我很難過我們必須在不了解的情形下分開。我告別的話也許是一點安慰：我向你們保證我會過神聖的生活，遵循道拉經的話，愛人、不做壞事、跟隨善的道路，並把我的思想導向我們無限而永恆的上帝。」

但蕾貝卡沒有聆聽，她還有話要說：「班托，想想你的父親。他不是葬在妻子旁邊，不是我們的母親，也不是愛斯特，他葬在聖人旁的聖地，他處於永恆的睡眠，因為他對會堂和律法的奉獻而受尊敬。我們的父親知道彌賽亞即將來臨，也知道靈魂的不朽。請想想他對兒子巴魯赫會做何感受，想想他現在的感受，因為他的靈魂不死，它盤旋、觀看，它知道愛子的異端邪說。他此刻正詛咒你！」

班托無法自制：「你所做的正是拉比和學者所做的，這也正是他們和我分道揚鑣的地方。你如此確信地宣稱父親的靈魂看著我、詛咒我。你的確信從哪裡來的？不是來自道拉經！我背得很熟，裡面沒有這種話。你關於父親靈魂的主張完全沒有證據。我知道你從我們的拉比聽到這種童話，但你看不見它是為了滿足他們的目的嗎？他們以恐懼和希望控制我們：恐懼死後會發生的事，希望我們如果以某種特別的方式生活，就可以在來世享受極樂的生活。這種方式有利於會眾，也有利於拉比權威的延續。」

蕾貝卡用雙手摀住耳朵，但班托更大聲地說：「我告訴你，身體死亡時，靈魂也死去了。根本沒有來世。我不會讓拉比或任何人禁止我去思考，因為只有透過理性，我們才能認識上帝，這種探索才是今生幸福的唯一真正來源。」

蕾貝卡站起來，準備離開，她走近班托，看著他的眼睛說：「我愛你，因為你曾是我的家人，」然後擁抱他，接著說：「然而現在」——她狠狠甩了他一耳光——「我恨你。」她抓住蓋伯瑞的手，把他拖出房間。

〔第十八章〕

慕尼黑

——一九一九年

隔天早晨，阿弗瑞德在圖書館排隊等候斯賓諾莎的書時，腦中浮現昨夜的夢：我和弗瑞德里赫在森林散步談話，他突然消失，我獨自一人，經過其他似乎看不見我的人。我覺得自己是無形的，無法被看見。然後森林逐漸變暗，我感到害怕。他記得的就是這些，他知道還有別的夢境，但想不起來。他想著，轉瞬即逝的夢竟然可以這麼奇怪。事實上，這個夢的片斷突然出現腦海前，他根本不記得自己有做夢。這段回憶必然是被斯賓諾莎和弗瑞德里赫之間的關聯引發的。他在此排隊以取得斯賓諾莎的《神學政治論》，這是弗瑞德里赫建議他嘗試閱讀《倫理學》之前要先讀的書。真奇怪，弗瑞德里赫這麼常浮現腦海，畢竟，他們只見過兩次。不，這不全然是事實，弗瑞德里赫在他小時候就認識他。也許這只是因為他們的對話具有獨特、怪異的私密性質。

阿弗瑞德抵達辦公室時，埃卡特還沒出現。這並不罕見，因為埃卡特每天晚上都酒醉，所以早上的辦公時間並不固定。阿弗瑞德開始瀏覽斯賓諾莎的序言，談到他想證明什麼。讀這本書沒有問題，文體非常清晰。弗瑞德里赫是對的，先讀《倫理學》是錯的。這本書的第一頁就強烈吸引阿弗瑞德的注意力，他讀到：「恐懼滋生迷信，」然後是：「軟弱、貪婪的人陷入逆境時，用禱告和柔弱的眼淚懇求上帝的幫助。」十七世紀的猶太人怎麼會寫出這些話？這是二十世紀德國人說的話！

下一頁談到「宗教投入的典禮和儀式會如何以武斷的教條妨礙人的心智，排擠健全的理性，甚至連一絲懷疑的空間也沒有。」真是驚人！它還不止於此！斯賓諾莎繼續談到宗教就像「一整套荒謬的神蹟劇」，吸引「斷然輕視理性的人」。阿弗瑞德倒抽一口氣，雙眼睜得越來越大。

希伯來人是上帝的「選民」？斯賓諾莎說是「無稽之談」。斯賓諾莎堅信，詳細而誠實地閱讀摩西的律法，就會發現上帝對猶太人的恩惠只是為他們選擇一條細長的領土，可以在其中和平生活。

聖經是「上帝的話」嗎？斯賓諾莎強而有力的文句使這個觀念消散於風中，他主張聖經只包含屬靈的真理，也就是實行公義與慈愛，並沒有塵世的真理。斯賓諾莎強調，所有在聖經中發現塵世律法與真理的人，都是出於誤解或私利。

序言結束於一段警語：「我請求大眾不要讀我的書，」接著解釋：「迷信、無知的群眾，認為理性只不過是神學的佣人，將無法從本書得到任何收穫，甚至可能干擾他們的信仰。」

這些話令阿弗瑞德目瞪口呆，忍不住讚嘆斯賓諾莎的大膽。簡短的傳記式導論談到這本書雖然在一六七〇年以匿名的方式出版（斯賓諾莎當時三十八歲），但作者的身分是廣為人知的。在一六七〇年說這些話需要很大的勇氣：一六七〇年距離布魯諾（Giordano Bruno）因為異端邪說而被火刑柱焚死，只隔了兩代，距離伽利略被梵蒂岡教庭審判，只隔了一代。介紹文提到這本書很快就被政府、天主教會、猶太人列為禁書，不久也被喀爾文教派禁止。這一切正說明了本書的價值。

作者超凡的智慧是無可否認的。現在，他終於了解偉大的歌德和所有其他被他熱愛的德國人——謝林、席勒、黑格爾、萊辛、尼采——為什麼推崇這個人。他們怎麼能不稱讚這樣的頭腦？可是，當然了，他們活在另一世紀，完全不知道新的種族科學觀，不知道有毒血統的危險，他們只是稱讚這個變種，這個從爛泥長出來的例外之花。阿弗瑞德看著封面：「班尼迪克特斯．斯賓諾莎」，嗯，班尼迪克特斯，距離猶太名字非常遙遠的名字。概略的傳記提到他在二十幾歲被猶太人逐出教會，再也沒有與任何猶太人接觸。所以他不是真的猶太人，他是變種，猶太人不認為他是猶太人，他會採用這個名字，必然也了解這一點。

狄特里希在十一點出現，一整天大部分用來教阿弗瑞德如何成為更有效率的編輯。他很快就承接雜誌大部分的編輯工作。不出幾個星期，阿弗瑞德的紅筆已快如閃電，熟練地提升別人文章的風格和強度。阿弗瑞德覺得很幸運；他不但有位一流的老師，還是狄特里希唯一的「孩子」。可是不久就發生了變化，阿弗瑞德即將有一位同儕出現，那個人將會佔用這整個房間。

變化出現在幾週後，一九一九年九月，歡迎阿弗瑞德進入圖勒學社的安東・德瑞克斯勒興奮地在辦公室出現，狄特里希正要關門與他進行私下談話時，德瑞克斯勒在狄特里希的同意下，招手請阿弗瑞德進來。

「阿弗瑞德，容我向你說明，」德瑞克斯勒說：「你知道嗎？我很確定，你第一次參加圖勒學社不久後，我們之中有幾個人成立一個新政黨，德國勞工黨。我記得你參加了最初幾次會議中的一次，很小的一次。但我們現在準備擴張，狄特里希和我想邀請你參加下次會議，並寫一篇這個政黨的重要文章。我們只是眾多政黨中的一個，需要讓自己更顯眼。」

阿弗瑞德看了一眼埃卡特，他慎重點頭，表示這個邀請不是普通的邀請，於是回答：「我會讓下次會議成為焦點。」

德瑞克斯勒似乎很滿意，他關上門，示意阿弗瑞德坐下。「狄特里希，我認為我已找到你一直等待的人。容我告訴你詳細經過。你記得我們決定把圖勒成員的討論社團轉成公開聚會的積極政黨時，必需向軍方申請許可嗎？而且我們被告知，軍方的觀察員會定期參加我們的集會？」

「我記得，也完全同意這項規定。這是為了約束共產黨徒。」

「嗯，」德瑞克斯勒繼續說：「上週的集會大約有二十五到三十人參加，這位外表粗魯、穿著隨便的人來晚了，坐在最後一排。我們的保鏢卡爾私下告訴我，他是穿便服的軍方觀察員，曾在其他政治集會出現過，還有戲院和俱樂部，尋找危險的煽動者。」

「這位觀察員的名字是希特勒，是軍中的下士，但再幾個月就要退伍。主要講員發表驅逐資本主義的乏味言論時，他原本沉默不語，但在接下來的討論時間，狀況變熱烈了。聽眾裡有人冗長地談到贊成謠傳的愚蠢計劃，讓巴伐利亞州脫離德國，和奧地利合併成南德國，希特勒這時立刻被激怒，猛然站起來，走到前面，強烈抨擊有意削弱德國的想法或任何提議。他持續幾分鐘痛責德國的敵人，那些與凡爾賽罪犯結盟的人試圖謀殺我國、分化我們、剝奪我們光榮的天命，諸如此類。

「那真是狂烈的暴怒，他看起來像面臨失控邊緣的瘋子。聽眾被攪動得很不安，我幾乎要請卡爾帶走他，我猶豫只是因為他是軍方派來的人。但就在那時，他好像知道我在想什麼，突然克制自己，收斂起來，發表了十五分鐘精彩、涉獵廣泛的即席演說，沒有什麼原創的內容，他的觀點——反猶太、支持軍隊、反共產主義——與我們的觀點一致。但他演講的姿態令人激賞，幾分鐘後，每一個人，我指的是真的包括每一個人，都怔住不動，注意力全都集中在他熾熱的藍眼珠與他說的每一個字。我立刻發現這個人擁有天賦，集會後，我追上他，給了他一本我的小冊子《我的政治覺醒》，也給了我的名片，並邀請他與我聯繫，以更了解這個政黨。」

「然後呢？」埃卡特問。

「他昨晚來找我，我們長談政黨行動與奮鬥的目標，他現在是第五百五十五號會員，會在下次政黨集會致辭。」

「五百五十五號？」阿弗瑞德插嘴：「太驚人了！你已擴張到這麼大？」

「阿弗瑞德，我們只能私下說，其實是五十五人，」德瑞克斯勒輕聲說：「我們希望你在發表刊物時增加一個數字，成為五百五十五。如果別人以為我們大一點，會更認真看待我們。」

幾天後，埃卡特和阿弗瑞德一起聆聽希特勒下士演說，之後預定到埃卡特家共進晚餐。希特勒自信地走到四十名聽眾面前，沒有引言就快速展開激動的警告，談到猶太人對德國造成的危險。他脫口就說：「我來這裡是警告你們猶太人的危險，主張一種新的反猶太主義。我主張反猶太主義是基於事實，不是出於情緒。情緒化的反猶太主義只會造成無效的集體屠殺，這不是解決之道，我們需要的遠遠不只於此。我們需要理性的反猶太主義，理性引導我們得到唯一絕對無可動搖的結論：把猶太人完全逐出德國。」

然後他提出另一項警告：「掃除德國君主權力的革命，絕對不能對猶太—布爾什維克主義打開大門。」

希特勒的「猶太—布爾什維克主義」用語使阿弗瑞德嚇了一跳。他曾數度用過這句話，而這位下士用相同的方式思考，使用相同的字眼。這有壞處，也有好處。壞處是因為他覺得自己擁有這個用語的專利權，好處是因為知道他擁有堅強的同盟。

「容我告訴你們更多猶太人造成的危險，」希特勒繼續說：「容我告訴你們更多有關理性反猶太主義的事。這不是因為猶太人的宗教，他們的宗教不比其他宗教差——它們都是同一個偉大宗教詐騙行為的一部分。也不是因為他們的歷史或可惡的寄生文化——雖然他們歷代以來不利於德國的罪孽可說是罄竹難書。不，這些事都不是原因，真正的問題在於他們的種族，他們腐敗的血統，每一天、每個小時、每一分鐘都在削弱、威脅德國。

「腐敗的血統永遠無法變純淨，容我告訴你們，選擇洗禮的猶太人，就是皈依基督教的猶太人，他們是最壞的人，造成最大的危險。他們會在暗中逐漸污染、破壞我們偉大的文化，就像他們曾摧毀每一個偉大的文明一樣。」

聽到這句話，阿弗瑞德猛然抬頭，想著：他是對的，他是對的。這位希特勒使他想起自己知道的事。血統是無法改變的。一旦身為猶太人，就永遠是猶太人。阿弗瑞德需要重新思考他對斯賓諾莎問題的整個態度。

「而現在，今天，」——希特勒繼續說，開始在每一個重點拍打自己的胸膛——「你們必需了解你們無法閉眼不看這個問題，小小的措施也無法解決這個問題——這個問題關乎我們的國家是否能恢復健康。猶太病菌必須被消滅。不要誤以為你可以對抗疾病而不用殺死帶原者、不用摧毀病菌。不要以為你可以對抗種族的結核病而不去清除國家裡具有種族結核菌的帶原者。」

希特勒談到每一個重點時的聲音越來越刺耳，每一句話的強度越來越高，直到他的聲音幾乎嘶啞，但不曾發生這種情形。當他結束於嘶吼：「這個猶太的污染不會平息，對國家的這種毒害不會結束，除非帶原者本身，猶太人，從我們之中消除。」全場聽眾跳起來熱烈鼓掌。

埃卡特家裡的晚餐非常融洽，只有四個人在場：阿弗瑞德、德瑞克斯勒、埃卡特和希特勒，但這是另一個希特勒，不是拍打胸膛、怒氣沖沖的希特勒，而是親切有禮的希特勒。

埃卡特的妻子羅莎是位優雅的女子，陪伴大家進入起居室，但幾分鐘後就周到地退開，留下四個男人進行私密的談話。埃卡特親切地揮舞著從酒窖拿出來的上等好酒，但他的興致馬上被澆了一盆冷水，希特勒是絕對不喝酒的人，而阿弗瑞德只要喝一杯就醉了；更沮喪的是他發現希特勒是素食者，不會嚐一口女管家自豪地拿進餐廳的烤鵝。管家急忙為希特勒準備好一盤炒蛋與馬鈴薯後，四個人邊吃邊談了三個小時。

「希特勒先生，請告訴我們，你目前的任務和你在軍中的未來。」埃卡特提議。

「我在軍中沒有什麼未來，因為凡爾賽和約限定我們只能有十萬軍人，卻完全沒有限制我們的敵人，願它永遠受到詛咒。這項縮減意味著我將在六個月後退伍。目前除了觀察慕尼黑正在運作的五十個政黨中最具威脅性的政黨集會，我沒有什麼任務。」

「為什麼德國勞工黨被認為有威脅性？」埃卡特問。

「因為你們用的字眼『勞工』會引起別人懷疑有共產主義的影響。可是，埃卡特先生，我保證在我提出報告後，軍隊只會支持你們。對我們所有人來說，現在都是危險的處境。布爾什維克黨人要為俄國在戰爭中投降負責，現在他們致力於滲透德國，想要把我們轉變成布爾什維克國家。」

「昨天你和我談到，」德瑞克斯勒說：「最近暗殺左翼領袖的浪潮。你願意向埃卡特先生和羅森堡先生複述你認為軍隊和警察應該如何回應嗎？」

「我認為暗殺太少了，若是交給我處理，我會為暗殺者提供更多子彈。」

埃卡特和德瑞克斯勒都對這個答案露出笑容，埃卡特詢問：「到目前為止，你對我們的政黨有什麼看法？」

「我喜歡我所看到的。我完全同意黨綱，仔細思考後，我會毫無疑慮地全心投入你們的政黨。」

「但我們的規模很小？」德瑞克斯勒問。「阿弗瑞德是我們在這裡的記者，當他知道我們的前五百位戰士還在虛無飄渺之中時，感到有點驚訝。」

「啊，身為記者，」希特勒轉向阿弗瑞德說：「我希望你會同意真理就是公眾相信的任何事。坦白說，德瑞克斯勒先生，規模小對我來說是優點，不是缺點。我有軍隊的薪水，指揮官對我沒什麼要求，接下來六個月，我打算持續不斷為黨工作，希望很快能把我烙印在黨裡面。」

「希特勒先生，請容許我詢問你在軍隊裡的職務？」埃卡特問：「特別讓我感興趣的是你的階級，你具有如此明顯的領導潛力，應該有更高的階級，但你只是下士？」

「你應該把這個問題拿去問我的上級長官，我猜他們會說我有潛力成為偉大的領導者，但我太強烈地拒絕成為追隨者。從下述事實可以證明。」他轉向阿弗瑞德，確定他正在寫筆記。「我因為英勇作戰得到兩次鐵十字勳章。羅森堡先生，你可以向軍隊查證。好記者需要核對事實，即使他有時候可能選擇不這麼做。我在前線作戰時兩度受傷，第一次是腿部被炸彈炸傷，我不願享受長時間的恢復期，堅持立刻回到部隊。第二次則是來自大英帝國朋友的禮物——芥氣。我們有幾個人暫時瞎眼，能活著是因為其中一個人只有半瞎，他帶領我們手牽手連成一列，離開前線接受醫療。我在派斯渥克醫院接受治療，一年前出院，但聲帶受到一些損傷。」

忙著寫筆記的阿弗瑞德抬頭說：「你的聲帶今晚聽起來精力充沛。」

「對，我也這麼認為。很奇怪，但在我受傷前就認識我的人說，芥氣似乎使我的聲音更強壯。相信我，我會成功地用它對抗法國和英國的罪犯。」

「希特勒先生，你是絕佳的演說家，」埃卡特說：「我認為你會成為我們政黨的無價之寶。請告訴我，你曾接受任何公開演說的專業訓練嗎？」

「只有很短的訓練，在軍隊裡。基於我對其他軍人的幾次即席演說，我接受了幾小時的訓練，被指派對返國的戰俘談論德國的主要危險：共產主義者、猶太人，以及和平主義。我的軍隊記錄包括一份指揮官稱呼我為『天生演說家』的報告。我也這麼相信。我擁有天賦，也想用它來服務我們的黨。」

埃卡特繼續詢問希特勒的教育和學識。阿弗瑞德驚訝地知道他曾是畫家，並能了解他對猶太人控制威尼斯藝術學院、拒絕他進入美術系的憤怒。他們同意找個時間一起素描。結束時，客人準備離開，埃卡特請阿弗瑞德留下來討論一些工作問題。只剩下他們兩人時，埃卡特不管阿弗瑞德的拒絕，倒了兩杯白蘭地，並說：「阿弗瑞德，他來了。我相信我們今晚看到了德國的未來。我知道他是粗野的人，有許多缺點，但他有力量，巨大的力量！還有適當的情操。你同不同意？」

阿弗瑞德遲疑地說：「我看見你所看見的，但我一想到選舉，就可以想見許多德國人可能不會支持。他們可以接受一個不曾讀過一天大學的人嗎？」

「每個人一祟，大多數人像希特勒一樣，也是在街頭學習的。」

阿弗瑞德大膽問下去：「可是我相信德國的偉大源於偉大的靈魂——歌德、康德、黑格爾、席勒、萊布尼茲。你不同意嗎？」

「這正是我請你留下來的原因。他需要……我該怎麼說呢？化妝、成全。他是讀書人，但對書的選擇性很高，我們需要填補落差。羅森堡，這是我們的職責——你和我的職責。但我們必須靈巧而細膩。我覺得他很自負，我們面前的艱鉅任務是要教育他，又不讓他知道。」

阿弗瑞德腳步沉重地走回家，未來已越來越明朗，舞臺上正展開新的戲碼，雖然他現在確定自己是演員之一，但他被指派的角色卻不是原本夢想的角色。

〔第十九章〕

阿姆斯特丹

——一六五六年七月二十七日

塔木德道拉會堂是南歐系猶太人最重要的會堂，它的外觀就像豪特河道旁任何房子的外觀一樣，這是一條寬大忙碌的大道，阿姆斯特丹許多南歐系猶太人都住在這裡。但摩爾式奢華陳設的會堂內部卻屬於另一個世界，最接近耶路撒冷的側牆豎立著精雕細琢的聖櫃，裡面放著道拉經卷，隱藏在暗紅色天鵝絨製的刺繡帷幔後面。聖櫃前面是木製的講壇，這裡是拉比、領唱者、當日講員和其他要人站立的平台。所有窗戶都以繡上鳥與藤蔓的厚重窗簾遮掩，避免任何行人看見會堂內部。

會堂的用途是猶太人的社區中心、希伯來文學校，以及禱告的地方，包括簡單的晨間聚會、較長的安息日儀式，以及特殊節日的慶典。

很少人定期參加簡短的日常禱告儀式；往往只有十個人，這是最低要求，如果不到十個人，就會馬上派人到街上找人。女人當然不能參加。可是，一六五六年七月二十七日星期四早晨，並不是只有十位安靜虔誠的禮拜者，而是將近三百位喧鬧的會眾占據每一張椅子和每一吋站立的空間。出現的人不只是日常定期參加的禮拜者和安息日才來的猶太人，也包括很少出現的「特別節日才來的猶太人」。

騷動和大量出席的原因是什麼？激起這種狂熱的理由，正是歷代以來引燃群眾衝去目睹釘十字架、吊刑、砍頭和火刑的同樣悸動、同樣恐怖而陰暗的誘惑。整個阿姆斯特丹猶太社群迅速散布巴魯赫．斯賓諾莎要被逐出教會的消息。

流放是十七世紀阿姆斯特丹猶太社群司空見慣的事，每隔幾個月就會頒布一次流放，每一位成年猶太人都目睹過好幾次。但七月二十七日大量的人潮所期待的不是普通的流放，斯賓諾莎家族是每一位阿姆斯丹猶太人都知道的，巴魯赫的父親和伯父亞伯拉罕以前常常任職於會堂的管理委員會，兩人都葬在墓園最崇高的位置。但最使群眾興奮的，正是從最高處的恩典墜落下來：讚美的陰暗面就是夾雜著對自身的平庸感到不滿的嫉妒。在古老的世系，最早談到流放的是紀元前兩世紀的《米示拿》〔譯注〕，這是口傳拉比傳統思想最早的文字記錄。十五世紀的約瑟夫．卡羅拉比（Rabbi Joseph Caro）在他很有影響力的書《擺設的筵席》（*The prepared table*）中，有系統的列出需要流放的過錯，這本書發行很廣，十七世紀阿姆斯特丹的猶太人都知之甚詳。卡羅拉比列出許多需要流放的過錯，包括賭博、行為淫蕩、不付稅、公開侮辱社群同仁、結婚卻未經父母許可、重婚或通姦、不遵守管理委員會的決定、不尊敬拉比、參加外邦人的神學討論、否認拉比口傳律法的效力、質疑靈魂的不朽或道拉經的神聖性。

即將發生的流放會引來塔木德道拉會堂群眾的好奇心，不只是因為對象和理由，而且謠傳是非常嚴重的流放。大部分流放都是輕微、公開的訓斥，判定一筆罰金或被眾人迴避數天到數週。對上帝較嚴重的褻瀆，會判處較長的時間，有個例子是十一年，但恢復原狀總是有可能的，只要當事人願意悔改，接受某種規定的處罰，通常是一大筆罰金，或是像惡性重大的烏瑞爾・達・柯斯塔的情形是接受公開的鞭打，但在一六五六年七月二十七日之前幾天，四處謠傳這次流放的嚴重性是前所未有的。

根據流放的慣例，會堂內部只點燃黑蠟燭，七支放在大型的樹枝狀吊燈上，十二支放在四周牆上的壁龕。莫泰瑞拉比和在巴西待了十三年後返回的助手阿勃布拉比並肩站在聖櫃前的講壇，兩側是六位管理委員會的成員。莫泰瑞拉比嚴肅地等候，直到會眾都安靜下來之後，他高舉一張希伯來文件，沒有任何問候語或開場白，就以宏亮的聲音朗讀希伯來文公告，大部分會眾沉默的聆聽，少數了解希伯來語的人以葡萄牙語向旁人交頭接耳，後者再把訊息一路傳下去。莫泰瑞拉比朗讀結束時，會眾的心情越來越嚴肅，近乎冷酷。

莫泰瑞拉比退後兩步，阿勃布拉比上前，開始把希伯來文的流放內容逐字翻譯成葡萄牙文。

〔譯注〕Mishnah，意為需要重複背誦的事。

管理委員會眾委員宣布，長久以來就知道巴魯赫·斯賓諾莎的邪惡觀點與行為，他們努力用各種方法和承諾，想使他轉離邪惡的道路，卻無法糾正他脫離邪惡的道路，剛好相反，每天都有越來越嚴重的消息，提到他奉行並教導可惡的異端邪說，以及駭人聽聞的行為，還有許多可靠的證人宣誓親眼目擊上述斯賓諾莎在場的影響，他們被說服，相信這種事的真實性；整件事在可敬的拉比親自調查後，他們決定以上所說的斯賓諾莎必須被逐出教會，從以色的子民中除名。

「可惡的異端邪說？」「邪惡的行為？」「駭人聽聞的行為？」會眾竊竊私語，驚訝的人群面面相覷，許多人都認識巴魯赫·斯賓諾莎這個人，大部分人都稱讚他，沒有人知道他牽涉到任何邪惡、可怕的行為，或可惡的異端邪說。阿勃布拉比繼續說：

根據天使的律令和聖人的命令，我們在神聖上帝的同意下，還有整個神聖會眾的同意下，在載明六一三條戒律的神聖經卷面前，把巴魯赫·斯賓諾莎逐出教會，驅逐他、詛咒他、指責他；像律法書中的約書亞詛咒耶利歌、以利沙申斥並詛咒一群男孩一樣，以逐出教會詛咒他。

蓋伯瑞從會眾的男生區尋找女生區的蕾貝卡，想評估她對他們的兄弟面臨這種激烈的詛咒有什麼反應。蓋伯瑞以前見過流放，但不曾見過這麼強烈的流放。而且馬上就有更猛烈的詛咒。阿勃布拉比繼續說：

白天詛咒巴魯赫．斯賓諾莎，晚上詛咒他；他躺下時詛咒他，他起身時詛咒他。他出門時詛咒他，他進門時詛咒他。上主不會赦免他，上主的憤怒會臨到他，他要時時戒備，上主將把他的名字趕出天堂。上主將把他移出以色列的所有部族，丟入邪惡之中，根據的是這本律法書記載的所有詛咒。但你們這些忠於上主你們的上帝的每一個人，在這一天都是活著的。

阿勃布拉比退下時，莫泰瑞拉比上前注視著會眾，好像盯著每一個成員的眼睛，然後他在每一個音節加重語氣，緩緩宣布迴避事項。

我們命令任何人都不可以和巴魯赫．斯賓諾莎接觸，不能寫信給他，不能給他任何恩惠，不能和他在同一個屋頂之下，不能在距離他四個腕尺以內的地方，也不能閱讀他書寫或編纂的任何文章。

莫泰瑞拉比向阿勃布拉比點頭，兩人不發一語，雙手交叉，一起離開講壇，接下來是管理委員會的六位成員，跨步從迴廊離開會堂。會眾爆發出喧鬧聲，就連最年老的成員也沒聽過如此嚴厲的流放，遑論沒有提到悔改或復原的可能。每一位會眾都了解拉比的話有什麼意含，這個流放是永遠的。

〔第二十章〕慕尼黑

——一九二二年三月

幾週後，阿弗瑞德對自己被指定的角色改變了看法，它不再是繁重的角色，而是光榮的機會、完美的演出，可以讓他對祖國的命運發揮巨大的影響力。黨仍然很小，但阿弗瑞德知道它充滿前途。

希特勒住在辦公室附近的小公寓，幾乎每天拜訪埃卡特，埃卡特協助他擁有更銳利的反猶太主義、拓展他的政治視野、引介他認識著名的右翼德國人。三年後，希特勒把《我的奮鬥》第二冊獻給狄特里希．埃卡特，提字說「這個人奉獻他的一生，以他的著作、思想、行為來喚醒我們。」阿弗瑞德也常與希特勒會面，總是在午後或傍晚，因為希特勒習慣晚睡，直到中午才起床。他們一起討論、散步、參觀美術館和博物館。

有兩個希特勒。一個希特勒是強悍的演說家，使每一個聽眾受到激勵、如癡如醉。阿弗瑞德不曾見過這種情形，安東．德瑞克斯勒和狄特里希．埃卡特也欣喜若狂，終於找到能領導他們的黨進入未來的人。阿弗瑞德出席多次演講，人數眾多。希特勒有無窮的精力，不管在哪裡，只要有一個人願意聽，他就隨時開講，不論是忙碌的街角、擁擠的電車，但主要是在啤酒店。他的演說名聲迅速傳開來，聽眾越來越多，有時超過一千人。此外，為了讓黨吸收更多人，希特勒建議把名稱從德國勞工黨改成國家社會主義德國勞工黨（簡稱NSDAP，國社黨，又名納粹黨）。

阿弗瑞德偶爾向黨員演說，希特勒通常都會出席，總是熱烈鼓掌。希特勒總是說：「思想很清晰、很棒，但要更火熱，更火熱。」

還有另一位希特勒，親切的希特勒，輕鬆、有禮的希特勒，聆聽阿弗瑞德對歷史、美學、德國文學的沉思。希特勒常常興奮地說：「我們的想法一樣」，卻不知道事實是阿弗瑞德在他心裡埋下種子，而現在發芽了。

一天，希特勒到他位於《人民觀察家報》的新辦公室拜訪他，交給他一篇酗酒的文章，希望能出版。納粹黨在當年稍早前買下圖勒學社的報紙《慕尼黑觀察家報》，立刻改名，交給狄特里希．埃卡特，他結束原有的報社，把整個團隊搬到新報社。阿弗瑞德閱讀這篇文章時，等待的希特勒驚訝地看著阿弗瑞德打開抽屜，取出一篇文章的草稿，剛巧也是討論酗酒。

希特勒快速閱讀阿弗瑞德的文意，抬頭表示：「它們是雙胞胎。」

「對，它們如此相似，我會撤回我的文章。」阿弗瑞德回答。

「不，我堅持不要，兩篇都出版。如果在同一本刊物出版它們，會造成很大的衝擊。」

隨著希特勒在黨裡取得更多管理權力，他要求所有黨的演講者在演說前要先把講稿給他看。他稍後又要阿弗瑞德不用給他過目，他說沒有必要，因為兩人的談話太相近了。但阿弗瑞德發現兩人仍有差異。首先，雖然希特勒接受的正式教育很有限，知識的落差很大，卻有絕佳的自信。希特勒一再使用「堅定不移」之類的字眼，表示完全確定他的信念，且絕對堅持在任何環境下，都不改變信念的任何部分。阿弗瑞德聆聽希特勒先生說話時，總是感到驚訝，這種自信是從哪兒來的？阿弗瑞德發現自己永遠在尋找別人的同意與肯定，對自己的卑躬屈膝感到厭惡，寧可用靈魂交換這種自信。

還有另一項差異，雖然阿弗瑞德常常談到必須讓猶太人「離開」歐洲，或是「重新安頓」、「重新安置」、「驅逐」猶太人，希特勒卻用不同的語言。他會談到「根除」或「消滅」猶太人，甚至把所有猶太人吊死在街燈上。但這當然是修辭的問題，為的是激勵聽眾。

幾個月後，阿弗瑞德才知道他低估了希特勒。這個人絕頂聰明，是拚命啃書、博聞強記的自學者，熱愛藝術和華格納的音樂。即使如此，少了系統化的大學教育，他的知識基礎並不穩固，包含許多無知造成的斷層。阿弗瑞德盡可能教導他，但任務非常艱鉅。希特勒如此自負，阿弗瑞德絕不能直接告訴他讀什麼書，他學會間接的指導，因為他發現每當他談到，比如席勒，幾天後，希特勒就能詳細談論席勒，且對席勒的劇作非常有把握。

這一年春天的某個早晨，狄特里希．埃卡特走近阿弗瑞德的辦公室，隔著玻璃窺看了一會兒，看著他的門徒忙碌地編輯一篇故事，然後搖搖頭，敲敲玻璃，示意阿弗瑞德跟著他，進入他的辦公室後，要阿弗瑞德坐下。

「我要告訴你一件事，看在老天的份上，阿弗瑞德，不要再那麼煩惱。你做得很好，我對你的勤奮感到非常滿意。若要給你任何建議，就是少一點勤奮，多一點啤酒，好好聊天。太多工作並不總是美德，但這以後再說。聽好，你對我們的黨越來越重要，我想加速你的發展。出版自己知道的東西，對編輯是有益的，你是否同意？」

「當然。」阿弗瑞德勉強擠出一絲笑容，但對接下來的談話感到不安。埃卡特是完全無法預測的人。

「你去過歐洲很多地方嗎？」

「很少。」

「你怎麼能描寫我們的敵人，卻沒有親眼見過他們？好戰士有時必須停下來讓他的武器更鋒利，不是嗎？」

「毫無疑問。」阿弗瑞德謹慎地表示同意。

「那就去打包行李。你到巴黎的飛機再三個小時就起飛了。」

「巴黎？飛機？三個小時？」

「對，狄米崔．帕伯夫（Dimitri Popoff），黨的主要俄國金主之一，他在那裡有一場重要的商務會議。他今天和兩位合夥人一起上飛機，已同意從那裡的白俄羅斯社群提高捐款。他要坐的是全新的容克F13飛機，可以容納四名乘客。我本來打算陪他，但昨天的胸痛讓我無法成行。醫生和太太都禁止我去。我希望你代替我去。」

「埃卡特先生，真遺憾聽到你生病。但如果醫生建議你休息，我怎麼能離開，讓你獨自處理接下來的兩期刊物……」

「醫生沒有叫我休息，他只是要我小心，因為他不知道飛行對這種問題有什麼影響。刊物幾乎已寫好了，我會好好處理。去巴黎吧。」

「你希望我在那裡做什麼？」

「我希望你陪帕伯夫先生去見潛在的金主。如果他願意的話，你還可以向金主自我介紹。現在是你學習如何和有錢人談話的時候了。之後，你要坐火車旅行，慢慢回來，用一整週或十天，當個自由人。到你想去的任何地方旅行，只要觀察就好。看看我們的敵人如何享受凡爾賽和約。記得做筆記，你觀察到的每一件事對報紙都是有用的。此外，帕伯夫先生已同意提供你大量法郎，你會需要這筆錢。拜通貨膨脹之賜，德國馬克在國外幾乎毫無價值。它在這裡也幾乎毫無價值了！」

「麵包一天比一天貴。」阿弗瑞德表示同意。

「對呀！我正為下一期寫一篇文章，解釋為什麼報紙又要漲價。」

起飛時，阿弗瑞德緊握扶手，目不轉睛看著窗外的慕尼黑瞬間變得越來越小。阿弗瑞德的驚恐把帕伯夫先生逗笑了，他露出閃亮的金牙，在隆隆的引擎聲中高聲說：「第一次坐飛機？」阿弗瑞德點頭，看著窗外，還好噪音很大，帕伯夫先生和另兩位乘客無法繼續說話。他想到埃卡特對聊天的看法……他為什麼如此不擅於輕鬆的談話？為什麼這麼躲躲藏藏的？為什麼他沒有告訴埃卡特，他曾和姑姑到瑞士旅行，幾年後，在戰爭爆發前，他和未婚妻希爾達去過巴黎？也許他只是想抹除波羅的海的過去，在祖國重生為德國公民。不，不，不，他知道還有更深的原因，他一直覺得敞開自己是充滿危險的事。正因為如此，他與弗瑞德里赫在啤酒店那兩次談話才會顯得如此特別、如此輕鬆。他嘗試更深入探索自己，但總是失去方向。**我必須改變……我要再次拜訪弗瑞德里赫。**

帕伯夫先生隔天就放手讓阿弗瑞德談論黨的政見，並解釋黨為什麼是唯一能阻止猶太—布爾什維克人的黨。一位小指戴著閃亮鑽戒的銀行家對阿弗瑞德說：「據我了解，你們的正式黨名現在是國家社會主義德國勞工黨？」

「對。」

「為什麼要用這麼冗長而令人困惑的名稱？『國家』指的是『右派』，『社會主義』是左派，『德國』是右派，而『勞工』是左派！這不可能嘛！你的黨怎麼可能同時容納一切？」

「這正是希特勒想要的，成為所有人的一切，當然除了猶太人和布爾什維克主義者。我們有一個長期計劃，首要任務是在未來數年以多數黨進入國會。」

「國會？你相信無知的群眾可以統治國家？」

「不，但我們必須先得到權力。由於布爾什維克主義的入侵，我們的議會民主政體被嚴重的削弱，我向你保證，我們最終會完全廢除這個議會體制。希特勒數度對我說過這些話。他在新的黨綱很清楚地提出黨的目標，我帶了幾份新的二十五點綱領。」

訪談結束後，帕伯夫先生交給阿弗瑞德一份鼓起來的信封，裡面裝滿了法郎。「羅森堡先生，幹得好。這些法郎應該足夠應付你的歐洲旅行。你的表現非常優秀，就像埃卡特先生向我保證的一樣。而且是以這麼優美的俄語，流暢的俄語。每一個人都對你留下美好的印象。」

他眼前有一週的空閒！到自己想去的任何地方逛一逛，是多麼愉快呀！埃卡特是對的，他太努力工作了。阿弗瑞德在巴黎街道散步時，把各處的華麗富足對照柏林的蒼涼景象與慕尼黑的貧窮不安。巴黎沒有多少戰爭的傷痕，市民似乎衣食無憂，餐廳擠滿了人，而法國卻和英國與比利時以嚴苛的戰敗賠款要求，繼續吸吮德國人的鮮血。阿弗瑞德決定在巴黎住兩天，看看誘人的美術館和藝品店，然後坐火車北上比利時，最後到荷蘭，斯賓諾莎的國家。他準備從那裡搭長途火車回家，經過柏林時，他會順道拜訪弗瑞德里赫。

到比利時後，阿弗瑞德覺得布魯塞爾不合他的喜好，他厭惡比利時的國會大樓，德國的敵人永不休止地在那裡制定新的方法，以掠奪他的祖國。隔天參訪伊普爾（Ypres）的德軍墓園，德國人在世界大戰時，在這裡承受可怕的損失，也是希特勒英勇服役的地方。接著北上阿姆斯特丹。

阿弗瑞德不知道自己在找什麼，他只知道斯賓諾莎問題在腦後嗡嗡作響。他一直對猶太人斯賓諾莎感到好奇。不，他告訴自己，不是好奇；坦白說，你欣賞他，就像歌德欣賞他一樣。阿弗瑞德沒有歸還圖書館借來的斯賓諾莎的《神學政治論》，晚上常常在床上閱讀幾段。他不易入眠；出於莫明所以的原因，只要一上床，他就開始焦慮，好像在抗拒睡眠。這是另一件要找弗瑞德里赫討論的事。

他在火車上打開《神學政治論》，翻到前夜睡前所讀的地方，再次因斯賓諾莎的勇敢而感動，他竟敢在十七世紀質疑宗教權威。他指出經文前後矛盾之處，並認為一本充斥人類所犯錯誤的書竟被視為上帝的著作，實在荒謬至極。他覺得特別好笑的，就是斯賓諾莎蔑視自認擁有解讀神意特權的神父和拉比的段落。

> 如果主張經文有任何錯誤，就是褻瀆上帝，那我們應該如何稱呼那些偷偷加入自己幻想的人，那些把神聖作者降級到似乎寫出胡言亂語的人呢？

瞧瞧斯賓諾莎如何輕輕一揮手，就迅速了結猶太神祕主義狂熱者：「我曾讀過並熟知卡巴拉教徒的玩意，他們的瘋狂引起我無盡的訝異。」

多麼矛盾！既勇敢又有智慧的猶太人。赫斯頓．史都華．錢伯倫會怎麼回應斯賓諾莎問題呢？何不到拜羅伊特（Bayreuth）拜訪他，問他斯賓諾莎問題？對，我會這麼做，還會邀希特勒同行。畢竟，我們兩人不就是他智慧的繼承人嗎？錢伯倫很可能推斷斯賓諾莎不是猶太人。

他一定是對的，斯賓諾莎怎麼可能是猶太人？那麼多日以繼夜寫出的反對宗教的教導，他還否定猶太人的上帝和猶太民族。斯賓諾莎有心靈的智慧，他身上必然沒有猶太人的血統。

但他的族譜研究到目前只找到斯賓諾莎的父親，米迦勒．斯賓諾莎，有可能來自西班牙，移民到葡萄牙，然後在十七世紀初期搬到阿姆斯特丹。不過他的調查產生出乎意料的有趣結果。一週前，他發現伊莎貝拉女王在十五世紀頒布血統法，禁止皈依的猶太人取得政府和軍隊中的重要職位。她非常聰明，知道猶太惡瘤不是來自宗教的意識形態，而是血統本身。她為此立法！向伊莎貝拉女王脫帽致敬！他現在修正他對她的看法。他先前總是只把她聯想到發現美洲這個種族混雜的糞坑。

阿姆斯特丹似乎比布魯塞爾更舒適，也許是因為荷蘭在世界大戰保持中立。阿弗瑞德參加半日觀光團，但不與人來往，他在運河上航行，停下來參訪有趣的地點。最後一站是喬登布里街，參觀南歐裔猶太人的大會堂，龐大而醜陋，可以容納兩千人，並展示猶太人最惡劣的種族混雜特質，把希臘的柱子、天主教的拱形窗戶和摩爾人的木雕混雜在一起。阿弗瑞德想像斯賓諾莎站在中央講台前，被無知的拉比詛咒、斥責，然後走出去，心中可能為自己的解放竊喜。但幾分鐘後，他就不得不抹去這個影像，因為從導覽書得知斯賓諾莎不曾走進這間會堂。它建於一七六五年，斯賓諾莎被逐出教會後二十年，阿弗瑞德知道他再也不能走進任何會堂，甚至不能和任何猶太人交談。

對面是一間大型的中歐系猶太會堂，比較隱祕、堅固，也較不華麗。兩間會堂外的一個街區就是斯賓諾莎誕生的地方，房子在很久以前就被拆除，被魁偉的摩西艾倫天主教會取代。阿弗瑞德等不及想告訴希特勒這件事，這是兩人都非常敏銳感覺到的事情的實例——猶太教和基督教是一體的兩面。阿弗瑞德想到希特勒的貼切說法，忍不住微笑，那位令人驚奇的男子會這麼說：「猶太教、天主教、基督新教，有什麼差別呢？**它們都是同一種宗教詐騙行為。**」

隔天早晨，他搭乘蒸氣火車到萊茵斯堡（Rijnsburg）——斯賓諾莎博物館所在地。雖然只是兩個鐘頭的旅程，但又長又硬、可以坐六個人的木椅，使旅程變得好像很久。最接近萊茵斯堡小鎮的車站距離他的目的地還有三公里，他轉乘馬車抵達。博物館是小磚房，地址是二十九號，外牆有兩張牌子。

斯賓諾莎之家

一六六〇年以來的學者之家

哲學家斯賓諾莎自一六六〇年至一六六三年居住於此

第二張牌子寫著：

唉，如果所有人類都有智慧

並有更多善意

世界會成為樂園
現在卻成為地獄

廢話，阿弗瑞德想著。斯賓諾莎周圍是一群白痴。阿弗瑞德從建築物外圍發現房子只有一半是博物館，另一半住著一家村民，使用側面的不同出入口。馬路上一具舊犁顯示他們可能是農夫。博物館的門很低，阿弗瑞德必須低頭才能進入，接下來必須付入場費給一位衣衫襤褸的猶太守衛，他看起來才剛從打盹中醒來。這位守衛真是個奇觀！他顯然好幾天沒刮鬍子，矇矓的雙眼下懸著厚重的眼袋。

阿弗瑞德是唯一的訪客，他失望地四下環顧，整座博物館只有兩間八呎乘十呎見方的小房間，都有小小的鑲嵌玻璃，望出去是後面的蘋果園。其中一間毫無趣味，放著十七世紀的磨鏡片設備，但另一間卻使阿弗瑞德非常興奮，裡面有貼滿側面牆壁的六呎高書櫃，置放斯賓諾莎的私人藏書，書櫃的玻璃片非常需要清洗。四根直立的架子支撐住粗厚的紅色流蘇繩欄，以避免訪客接近書櫃。架上擠滿了厚重的書冊，大多直放，但較大的書橫躺著，都以堅固耐用的封面裝訂，年份是十七世紀或更早的年代。這裡確實是寶藏。阿弗瑞德努力計算數量，超過一百冊的書。守衛坐在角落的椅子上看報紙，用荷蘭話說：「一百五十一本」。

「我不懂荷蘭語，只會說德語和俄語。」阿弗瑞德回答，守衛立刻轉成流俐的德語說：「一百五十一本」，然後繼續看報紙。

鄰牆有一個小玻璃櫃，展示五本初版（一六七〇年）的《神學政治論》，正是阿弗瑞德放在小背包裡的書。每一本都打開到書名頁，分別以荷蘭文、法文、英文和德文說明出版商認為本書過於煽動，所以未註明作者和出版公司。此外，五本書分別自稱在不同的城市出版。

守衛示意阿弗瑞德到書桌前，請他在訪客記錄簿簽名。簽名後，阿弗瑞德翻閱其他訪客的名字。守衛伸手往回翻了幾頁，指著亞伯特．愛因斯坦的簽名（日期是一九二〇年十一月二日），輕輕拍著那一頁，自豪地說：「諾貝爾物理獎得主，著名的科學家。他幾乎花了一整天在這間藏書室閱讀，並寫了一首向斯賓諾莎致意的詩。瞧那裡。」他指著後方牆上懸掛的一小張裱框的紙。「這是他的手稿，他為我們抄了一份。這是他的詩的第一節。」

阿弗瑞德靠過去讀著：

我多麼愛這位高貴的人
無法用語言表達。
然而，我怕他仍然孤獨
戴著他的閃亮光環。

阿弗瑞德覺得想吐。又是廢話。猶太的偽科學家把猶太光環加在一位排斥所有猶太事物的人身上。「誰負責這間博物館？」阿弗瑞德問：「荷蘭政府嗎？」

「不，這是私人博物館。」

「誰贊助的？由誰出錢？」

「斯賓諾莎學會。共濟會員。私人的猶太捐助者。這個人負擔房租和圖書館的大部分開銷。」守衛把龐大的訪客名冊翻到最前面，指著一八九九年的第一個簽名：喬治・羅森索（George Rosenthal）。

「可是斯賓諾莎不是猶太人，他被猶太人逐出教會。」

「一日為猶太人，終身為猶太人。為什麼那麼多問題？」

「我是一間德國報社的作家和編輯。」

守衛彎身近看他的簽名說：「啊，羅森堡？」然後用意第緒語問：「你是猶太人嗎？」

「你在說什麼？我聽不懂。」

「意第緒語。我問你是不是猶太人。」

阿弗瑞德靠近他說：「看清楚，我像猶太人嗎？」

守衛上下打量他說：「不夠清楚。」然後漫步回到他的椅子。

阿弗瑞德暗暗咒罵，轉回書櫃，傾身越過紅色流蘇繩欄，盡可能察看斯賓諾莎藏書的書名。有點太遠了，他失去平衡，重重跌倒，撞到書櫃。坐在角落椅子上的守衛丟下報紙，衝過來確定他沒有損害藏書。他說：「你在幹什麼？你瘋了嗎？這些書是無價之寶。」

「我想要看清書名。」

「你為什麼需要知道？」

「我是哲學家，想看看他的觀念是從哪裡來的。」

「啊，你先是記者，現在又是哲學家？」

「兩者都是，我既是哲學家，又是報社編輯，懂嗎？」

守衛狠狠瞪了他一眼。

阿弗瑞德回瞪他下垂的雙唇、肥胖畸形的鼻子、骯髒的肉耳冒出的毛髮，說：「這麼難了解嗎？」

「我了解很多事。」

「你了解斯賓諾莎是重要的哲學家嗎？為什麼把他的書放那麼遠？為什麼不展示書籍的目錄？真正的博物館是要展示事物，不是把它們藏起來。」

「你來這裡不是想更了解斯賓諾莎，你在這裡是要破壞他，想證明他的想法是從別的地方偷來的。」

「如果你對整個世界有一點了解，就會知道每一位哲學家都受到先前哲學家的影響與啟發。康德影響黑格爾；叔本華影響尼采；柏拉圖影響每一個人。這是常識……」

「影響、啟發。這就是重點：你之前沒有說『影響』，也沒說『啟發』，你的用字是『他的觀念是從哪裡來的』，這是不一樣的。」

「啊哈，這是猶太人的塔木德式辯論？你這種人就是喜歡做這種事，你很清楚我的意思……」

「我完全清楚你的意思。」

「一個博物館。你讓愛因斯坦，你們其中的一份子，花一整天研讀藏書，卻讓別人站在三呎外？」

「哲學家兼編輯的羅森堡先生，我向你保證，只要你獲得諾貝爾獎，就可以擁抱這裡的每一本書。博物館現在要關門了。你走吧。」

阿弗瑞德看見地獄的樣子：猶太守衛以權威支配亞利安人，猶太人擋住非猶太人的路，猶太人禁錮輕視猶太人的偉大哲學家。他永遠忘不了這一天。

〔第二十一章〕

阿姆斯特丹

——一六五六年七月二十七日

距離塔木德道拉會堂兩個街區外，班托在凡．丹．安登學院的同學德克的協助下，把十四冊藏書打包到大型木箱裡，然後拆卸斯賓諾莎家族的四柱床，兩人把床和書搬到紐威赫倫運河上的馬船，以運到凡．丹．安登的家，班托暫時寄住在那裡。德克伴隨貨物上到馬船，班托則留下來打包其他物品——兩條褲子、銅扣鞋、三件襯衫、兩對白衣領、內衣、煙斗和煙草，他放入袋子，準備帶到安登家。袋子很輕，班托慶幸自己只有這麼少的物品。若沒有床和書，他就可以像流浪者一樣完全自由自在地生活。

班托最後一次環顧房間，收拾刮鬍刀、肥皂和毛巾，然後看見一張高架子上的經文匣，自從父親過世那一天起，他就再也沒碰過他的經文匣。他伸手撫摸兩個小皮盒的皮帶，溫柔地握著它們，他想這也許是最後一次了。多麼奇怪的東西啊！他想著，更奇怪的是它們既讓他覺得反感，又對他有吸引力。他舉起皮盒，分別檢視它們，盒子的頭部附著兩條皮帶，把手附著一條長帶子，中空的盒子放著寫在羊皮紙上的經文。當然了，製作盒子的皮、捆紮用的帶子、羊皮紙、皮帶，都來自潔淨過的動物。

十五年前的記憶飄過腦海。他在兒時常常帶著永無止盡的好奇心看著父親披上晨禱披肩，在早餐前開始戴經文匣，這是父親在一生中每個非假日早晨都會做的事。（經文匣絕不用於安息日。）有一天，父親轉向他說：「你想知道我在做什麼，對嗎？」

「對啊！」班托回答。

「這件事就像所有事情一樣，」父親回覆：「我遵守道拉經。申命記指示我們：『你必須把它們綁在手上做為記號，它們必須成為你雙眼中的額飾。』」

幾天後，父親帶一個禮物回家，就是班托現在握在手中的這套經文匣。

「巴魯赫，這是給你的，但不是今天。我們要好好保管它，直到你十二歲，然後在你成年禮前幾個星期，你要和我開始一起戴經文匣。」班托非常興奮地期待與父親一起戴經文匣，常常纏著父親詢問確切的程序，不消幾天，父親就默許他了。「今天我們要一起演練，就這麼一次，然後我們就要收好經文匣，直到你的時候到來。同意嗎？」班托熱切點頭。

父親繼續說：「我們一起練習，你完全照我的方式來做。把臂盒放在左上臂，面對你的心臟，然後用皮帶纏繞手臂七圈，結束在手肘。看著我，巴魯赫，記得要正好七圈，不是六圈或八圈，這是拉比教我們的。」

父親接著吟誦規定的禱告辭：

讚美上帝，我們的上帝，世界的主宰，以戒律使我們神聖，命令我們戴上經文匣。

父親打開禱告書，交給班托說：「這裡，你來讀禱告辭。」但班托沒有接下書，而是抬起頭，讓父親看到他的雙眼是閉著的；然後精確地複述父親剛才讀的內容。班托只要聽見一段禱告辭或是任何其他經文，他就不會忘記。父親愉快地親吻他的兩頰，「啊，何等的戒律，何等的聰明，在我心目中，知道你會成為最了不起的猶太人。」

班托暫停回憶，品嚐「最了不起的猶太人」這幾個字。淚水流過他的臉頰，他繼續回想著。

「現在，我們繼續戴經文匣的頭盒。」父親說：「像我這樣放到你的前額，高高的，剛好在髮線以上、雙眼的正中間。然後在頸背繫好，像我現在做的方式。現在說接下來的禱告辭。」

讚美上帝，我們的上帝，世界的主宰，以戒律使我們神聖，命令我們尊重經文匣。

父親再一次喜悅地看著班托逐字背誦禱告辭。

「接下來把兩條吊帶放在雙肩前，確定黑色那一側向外，左邊的帶子必須到右邊這裡。」——父親用手指在班托的肚臍搔癢。「然後你要確定讓右邊的帶子拉到低幾寸的地方——小雞雞的右邊。」

「現在回到經文匣的帶子，把它在你的中指緊緊纏繞三次，看見我怎麼做了嗎？然後纏繞手掌，有沒有看見它環繞我的中指形成shin這個字母的形狀？我知道很難看得出來。shin代表什麼意思？」

班托搖搖頭。

「shin是shaddai（全能的上帝）的第一個字母。」

班托憶起皮帶纏繞他的頭和雙臂時產生的不尋常的平靜狀態。這種滿足感、結合感使他非常快樂，覺得以同樣方式纏繞皮帶的父親與他幾乎融合在一起。

父親結束這堂課時說：「班托，我知道你不會忘記這件事的任何步驟，但你必須忍耐不要戴經文匣，直到你成年禮前的正式演練。成年禮之後，你就可以在你餘生的每一天早晨戴上經文匣，除了什麼時候呢？」

「節日和安息日。」

「對。」父親親吻他的雙頰說：「就像我一樣，像每一位猶太人一樣。」

班托讓父親的影像消失，回到現在，凝視著奇異的小盒子，有一會兒為了自己再也不會戴上經文匣、再也不會感覺到滿足與融合的愉悅感而心痛。他沒有聽從父親的願望，是不是可恥的行為呢？他搖搖頭。他的父親，受祝福的名字，來自被迷信捆縛的年代。班托再次看著頭盒與臂盒不可思議地糾纏起來的皮帶，他知道已為自己做出了正確的決定。但父親送他的禮物，他的經文匣，該怎麼處理呢？他不能只是丟下來讓蓋伯瑞處理，這會大大傷害他的弟弟。他必須帶著它們，以後再處理。就目前而言，他把小盒子放入背包，放在刮鬍刀和肥皂旁，然後坐下來寫一封充滿愛意的長信給蓋伯瑞。

寫到一半，班托才發現自己在做蠢事。從現在開始，包括蓋伯瑞在內的整個會眾都被禁止閱讀任何他寫的東西。班托不想造成弟弟更大的痛苦，快速寫下幾行說明必要資訊的便條，放在餐桌上：

> 蓋伯瑞——唉，最後的話。我帶走父親在遺囑中留給我的床，還有我的衣服、肥皂和書籍。其他一切都留給你，包括我們的整個生意，不怎麼樣的生意。

攜帶他的床和書的馬船會沿途在每一站停靠，所以班托知道它要花兩個小時才抵達凡．丹．安登的家。這個距離，徒步走過去只要半小時，所以他有時間在過去一生待過的猶太街坊做最後的巡禮。他放下背包，以理性的平靜、輕快的步伐動身，但平靜得異乎尋常的街道很快就使他有壓迫感，提醒他，幾乎每一個他認識的人，此刻都在會堂聆聽莫泰瑞拉比詛咒巴魯赫．斯賓諾莎的名字，並命令他們永遠迴避他。班托想像自己明天走在這條街上的景象：所有眼睛都避開他，身邊的群眾會繞道而行，好像為痲瘋病人讓路一樣。

雖然他已為這一刻做了好幾個月的準備，仍然意外而震驚地發現痛楚流遍全身——無家的痛楚、失落的痛楚、再也不能走上這些充滿幼時記憶的街道的痛楚，這是有著蓋伯瑞和蕾貝卡和所有童年朋友與鄰居的街道，這是他親愛的人曾走過的街道，這些人再也不可能走在世上的任何街道——他的父親米迦勒和母親漢娜，他的繼母愛斯特，還有死去的哥哥和姊姊，以撒和蜜利安。班托繼續經過一小排商店，這些街道是他與死者最後的有形連結。他們與他都曾走在這些相同的街道上，都曾看見相同的景象：曼多札的符合教規的肉舖、馬紐爾的麵包店、西蒙的鮭魚店。但連結現在被斷絕了；他再也看不到過世的父親、母親與繼母也曾看過的事物。孤獨，他以前不曾如此了解它。

班托幾乎立刻觀察到內心浮現一種對立的心情。「自由，」他對自己低語：「多麼有趣啊！」他不是用意志力引發這種想法，它是自然浮現而抵消孤獨的痛楚。好像他的內心自動爭取平衡。怎麼會這樣呢？他內心深處是不是有一種獨立於意識意願的力量，能製造想法，提供保護，並允許他豐盛地成長呢？

「是的，自由，」他說——班托很久以來就有長時間與自己對話的習慣——「自由是解藥。你終於脫離傳統的枷鎖。記住你如何渴望自由、為自由努力，脫離禱告、儀式和迷信。記住你的人生曾經多麼被儀式束縛。無數的時間奉獻給經文匣。每天在會堂三度誦讀規定的禱告文，每當喝水或吃蘋果或任何一點食物時，每當從事人生的任何大事時，也都要如此。記住你曾用無數時間背誦按照字母順序列表的罪過、捶打完全無辜的胸膛，並禱告祈求寬恕。」

班托停在維瓦爾斯（Verwers）運河上的橋，傾身靠在冰冷的石欄，凝視橋下漆黑的河水，回想他對宗教注釋書的研究。他那時除了奉行儀式，其他時間都投入注釋書的研讀。日復一日，夜復一夜，難以計數的時間，他用來默想大批學者的字句，有些很平庸，有些很精彩，這些人耗費一生寫出聖經裡上帝話語的意義與意含，以及規定的六一三條戒律的正當性與含意，這些戒律控制猶太人生活的每一面。直到他開始和阿勃布拉比研讀卡巴拉教義，他的課程變得神祕而令人難以相信，他要面對每一個字的隱祕意義和每一個字所代表的數字的衍生意含。

但他的拉比老師或古代學者，不曾有一位質疑這些基本課文的正確性，或摩西的經書是否確實是上帝的話語。十二年前上猶太歷史課時，他大膽詢問上帝怎麼會寫出有這麼多矛盾之處的文章，莫泰瑞拉比緩緩抬頭，難以置信地怒視著他，然後回答：「你只是個小孩，微不足道的靈魂，怎麼能質疑上帝的作者身分，自以為了解上帝無限的知識和上帝的意圖？你難道不知道上帝與摩西的聖約有多少人、千百人、整個以色列民族見證嗎？整個歷史沒有其他事件是有這麼多人看見的。」

拉比的語氣向課堂傳遞出沒有學生可以再提出這種愚蠢問題的期待，而且再也沒有人這麼做，班托也覺得除了自己以外，沒有人看見以色列人對道拉經的虔誠姿態已集體犯了上帝透過摩西警告他們不要觸犯的罪：偶像崇拜。各地的猶太人崇拜的不是黃金製作的偶像，而是紙張和墨水製作的偶像。

他看著小船消失在運河支流時，聽見有人走近他。他抬頭看見曼寧，是麵包店主的兒子，矮胖又有點遲鈍，卻是忠實的同班同學與終身的好友。班托反射性地微笑，停下來打招呼。但曼寧沒有停下腳步，一副不認識的模樣，快步經過他，走過橋，往父親麵包店的方向走去。

班托忍不住顫抖，流放已經真的發生了！他當然知道它是真的，莫泰瑞拉比的怒目已經告訴他，空蕩蕩的街道與蕾貝卡的耳光也已告訴他，他的臉頰仍覺刺痛。但使現實碎裂的，卻是曼寧對他的視而不見。他忍受下來，想著，**這樣比較好，他們迫使我不要再做自己不想做的事。我擔心流言蜚語，但既然他們想要這樣，我就高高興興走上向我敞開的道路。**

「我再也不是猶太人，」班托喃喃自語，聆聽這句話的聲音。他重複了一次又一次，**我再也不是猶太人，我再也不是猶太人，我再也不是猶太人**。他顫抖著，人生變得冷酷無情。但在父親和繼母過世後，人生就已變得冷酷無情。從今以後，他再也不是猶太人。也許現在，身為被流放猶太人的他，可以按照自己的意願思考、寫作，可以和外邦人交換意見。

幾個月前，班托默默發誓要在誠實與愛中，過著神聖的生活，現在成為非猶太人，他可以更平靜地生活。在上帝祝福的道路上，不透過先知摩西的經典，卻堅持透過理性得到人生真實見解與真正計畫的猶太人，是沒有一席之地的。對班托而言，責怪理性是毫無道理的，現在他成了非猶太人，難道不應該活出理性的生活嗎？

班托從橋上走下時，突然想到，**我是什麼？如果不是猶太人，我是什麼人？**他伸手到口袋拿出隨身攜帶的筆記本，就是凡．丹．安登在初次見面時看見他在書寫的筆記本。他向右轉入一條小街，坐在運河邊，試圖從他過去兩年寫下的記錄尋找答案，重讀特別能使他加強決心的話。

如果處於完全不贊同我本性的人群裡，想要適應他們而不大幅改變自己，是很困難的事。住在無知者之間的自由人，會盡他所能，努力避免他們的贊同。

自由的人誠實地行事為人，不虛偽欺詐。

只有自由的人才是真正對彼此有益，而且可以形成真正的友誼。

根據大自然的最高正當性，每一個人都絕對被允許用清明的理性來決定如何以一種能讓自己茂盛成長的方式來生活。

班托闔起筆記本，站起身來，轉身走過空無一人的街道，回家收拾東西。突然間，他身後響起極度痛苦的聲音：「巴魯赫．斯賓諾莎，巴魯赫．斯賓諾莎。」

〔第二十二章〕柏林

——一九二二年

春季第一天的柏林——如阿弗瑞德一九一九年冬季來此短暫停留的記憶，嚴峻的天空下，帶著刺骨的寒風與似乎永遠不會落到地上的連綿細雨，包裹著好幾層衣服的陰鬱店員坐在冷清的店裡。菩堤大道上空無一人，但每一個街角都有站崗的軍人。柏林非常危險，每天都有共產黨人和社會民主黨人的激烈政治示威活動與暗殺事件。

四年前最後一次見面時，弗瑞德里赫寫下「柏林，夏瑞特醫院（Charité Hosptial）」的便條被阿弗瑞德撕碎丟棄，又在幾分鐘後被他撿回來。阿弗瑞德接近一位站崗的軍人，詢問醫院的方向。對方從腳到頭打量他，咆哮問：「你選誰？」

阿弗瑞德困惑地問：「什麼？」

「你以前把選票投給誰？」

「喔。」阿弗瑞德昂首挺胸說：「我會告訴你，未來的選舉我會把票投給誰：阿道夫・希特勒和整個反猶太—布爾什維克的國社黨黨綱。」

「沒聽過什麼希特勒，」軍人回答：「也沒聽過國社黨，但我喜歡這個黨綱。夏瑞特嗎？你一定找得到，它是柏林最大的醫院。」他指向左邊的一條街道說：「沿著那條街一直走下去。」

「謝謝你。還有，先生，請記住希特勒的名字。過不了多久，你就會把票投給阿道夫．希特勒。」

會客室的辦事員一聽見弗瑞德里赫．菲斯特的名字，就知道是找什麼人。「啊，是的，菲斯特醫師是神經精神疾病門診部的會診醫師。走到大廳向右轉，出門後，直接到下一棟建築物就是了。」

下一棟建築物的候診室擠滿了仍舊穿著灰色軍人外套的年輕與中年男子，阿弗瑞德花了十五分鐘才擠到前面的桌子旁，終於取得忙亂接待員的注意，他禮貌地微笑說：「拜託，拜託，我是菲斯特醫師的好朋友，我保證他一定想見我。」

她直勾勾地看著他的雙眼，阿弗瑞德是英俊的年輕男子，「你的名字？」

「阿弗瑞德．羅森堡。」

「等他看完診，我會立刻讓他知道你在這裡。」二十分鐘後，她給阿弗瑞德一個溫暖的微笑，請他跟著她來到一間大辦公室。弗瑞德里赫頭上戴著附有鏡子的皮帶，白袍的口袋裝滿了手電筒、筆、眼底鏡、壓舌板和聽診器。

「阿弗瑞德，多麼難得！真是驚喜。我沒想到會再見到你。你好嗎？我們在愛沙尼亞相遇之後，你過得如何？什麼風把你吹到柏林？還是你住在這裡？你可以看出我有點忙亂，才會可笑地向你丟出一堆問題，卻沒時間聽你回答。門診一向如此繁忙，不過我七點半就下班了，你那時有空嗎？」

「完全有空，我只是經過柏林。想試試看能不能找到你。」阿弗瑞德說，心裡卻默默責備自己，**你為什麼不告訴他，你來這裡的真正理由？**

「很好，很好。我們一起吃晚餐，聊一聊。很高興和你相聚。」

「我也是。」

「我們七點半在接待員的辦公桌前會合。」

阿弗瑞德在城裡逛了一整個下午，把俗氣的柏林街道和巴黎的華麗林蔭大道做比較。寒氣過於逼人時，他就在沒有暖氣的博物館裡最溫暖的房間逗留。七點時，他回到醫院已近乎空蕩蕩的候診室。弗瑞德里赫在七點半準時到達，然後帶著阿弗瑞德到醫師的餐廳，這是寬大、沒有窗戶、充滿德國泡菜味的房間，許多侍應生匆忙地服務穿著白袍的顧客。「阿弗瑞德，你瞧，這裡就像整個德國一樣：有許多餐桌、許多人的服務，卻沒什麼可吃的。」

醫院的晚餐總是冷掉的食物，包括一些薄薄的燻火腿片、肝腸、鄉村起司、煮熟的冷馬鈴薯，以及泡菜與醃製食物。弗瑞德里赫道歉說：「很抱歉，這是我能提供的最佳食物了。希望你今天吃過熱食？」

阿弗瑞德點頭說：「火車上吃過香腸，還不錯。」

「我們會有甜點。我已經請廚師做一點特別的東西。他兒子是我的病人，所以常常為我烘烤一些特別的東西。現在，」弗瑞德里赫靠著椅背喘一口氣，顯然很疲累的樣子：「我們終於能輕鬆地聊一聊。首先，容我告訴你一些你哥哥的事。尤金剛寫信問我是否有你的消息。我們在柏林常見面，但大約六個月前，他搬到布魯塞爾，在比利時銀行得到一個好職位。他的癆病一直在減輕。」

「喔，不。」阿弗瑞德咕噥著。

「怎麼了？減輕是好消息啊。」

「是，當然了。我是因為聽到『布魯塞爾』。早知道就好了，我才在那裡待了一天。」

「但你怎麼會知道呢？整個德國一片混亂。尤金寫信說他完全不知道你住哪裡、生活得如何。我能告訴他的，只有我們在雷末爾見面時，你說希望搬到德國。如果你願意的話，我可以當中間人，讓你們知道彼此的住址。」

「好，我想寫信給他。」

「晚餐後，我去拿他的地址，在我房間裡。不過，你到布魯塞爾做什麼呢？」

「詳細說還是簡單說？」

「詳細說，我現在有的是時間。」

「但你一定很累了。你不是才傾聽了別人一整天？你今天早上什麼時候開始上班？」

「七點開始。可是和病人談話與和你談話，是不一樣的。你和尤金是我在愛沙尼亞的生活僅存的部分。我是獨子，你可能還記得，我父親在我們上次見面前才剛過世，母親在兩年前過世。我很珍惜過去，可能已到了非理性的程度。我非常遺憾上次分開得那麼不愉快，都是因為我的輕率。所以，請詳細說。」

阿弗瑞德樂意地談起過去三年的生活。不，不只是樂意，他談話時，從骨頭裡滲出一股暖意，這是與某個真正想聽的人分享自己生活時，散發出的溫暖。他談到自己坐上最後一班開往柏林的火車，逃離雷未爾，然後是通往慕尼黑的運牛卡車，與狄特里希·埃卡特偶遇，報紙編輯的工作，加入國社黨，他與希特勒的熱烈關係。還談到重要的成就——寫出《猶太人的蹤跡》，以及前一年出版了《錫安長老的協議》（*The Protocols of the Elders of Zion*）。

《錫安長老的協議》抓住弗瑞德里赫的注意，幾星期前，他才在柏林精神分析學會一場由著名歷史學者談到人類永遠需要代罪羔羊的演講中，聽到這本著作。他原本已知道《錫安長老的協議》被視為一本把一八九七年在巴塞爾舉辦的第一屆討論猶太復國主義大會的演講做一番總結的著作，這場大會揭露國際性的猶太陰謀，想要暗中破壞基督教組織、引發俄國革命，並為猶太人支配全世界做準備。精神分析大會的演講者說這本著作最近被一家不擇手段的慕尼黑報紙重新出版，卻忽視許多重要學術機構已經證實所謂錫安協議是一場騙局的事實。弗瑞德里赫很納悶，阿弗瑞德是否知道它是一場騙局？即使如此，他是否仍會出版呢？但他對此隻字不提。他在過去三年密集接受的個人精神分析中，已學會如何傾聽，也學會在發言前先思考一番。

「埃卡特的健康狀況越來越差，」阿弗瑞德繼續說，轉而談論他的雄心壯志：「我很難過，因為他一直是非比尋常的良師，但我同時也知道，他即將來臨的退休，會使我成為國社黨黨報《人民觀察家報》的主編。希特勒親口告訴我，我顯然是最佳候選人。這份報紙日益茁壯，很快就會成為每日發行的報紙。不只如此，我希望我的編輯地位，加上我與希特勒的親近，最終會使我在黨裡扮演重要的角色。」

阿弗瑞德結束這段話前，分享了一個大祕密：「我現在正計畫寫一本非常重要的書，書名是《二十世紀的神話》（*The Myth of the Twentieth Century*）。我希望它能讓每一位理性的人了解猶太人對西方文明造成威脅的嚴重性。這本書要花好幾年來寫，但我期望它最終能成為赫斯頓．史都華．錢伯倫的偉大著作《十九世紀的基礎》的繼承者。這就是我在一九二三年之前的故事。」

「阿弗瑞德，你在這麼短時間內的成就，實在令我印象深刻。但你還沒說完，談談現在吧，布魯塞爾怎麼樣？」

「喔，對，我說了一切，就是沒談到你問的事！」阿弗瑞德接著詳細描述他在巴黎、比利時和荷蘭的旅行。出於他自己也不清楚的理由，他完全沒有提到造訪萊茵斯堡的斯賓諾莎博物館的事。

「阿弗瑞德，多麼豐富的三年啊！你一定非常以自己的成就自豪。我很榮幸你這麼信任我。直覺告訴我，你以前還不曾向任何人分享這些事，特別是你的抱負。對嗎？」

「對，你說得一點也沒錯。自從我們上次談話後，我還不曾與人有這麼私密的談話。弗瑞德里赫，你一定有某種東西鼓勵我敞開自己。」阿弗瑞德覺得自己幾乎要告訴弗瑞德里赫，他想改變自己人格中某些很基本的東西，廚師在這時出現，慷慨端出溫熱的果仁蛋糕。

「菲斯特醫師，這是剛為你和你的客人烘焙好的。」

「史坦納先生，你人真好。你的兒子漢斯還好嗎？他這個星期過得如何？」

「他白天比較好，但晚上的惡夢一直很可怕。我幾乎每天晚上都聽到他尖叫。他的惡夢已成為我的惡夢。」

「惡夢在他的情形是正常的。史坦納先生，要有耐心，它們會逐漸消失，一向都是如此。」

廚師離開後，阿弗瑞德詢問：「他的兒子怎麼了？」

「阿弗瑞德，我不能向你談任何特定的病人，這是醫生的守密規定。但我可以告訴你這件事：記得你在候診室看到的人群嗎？他們每一個人都患有同一個問題——炮彈驚嚇症。德國每一間醫院的每一個精神疾病候診室都是如此。他們都很痛苦，煩躁易怒、無法專心，動不動就發作焦慮和憂鬱。他們的創傷會不斷重演，白天會有可怕的影像闖入腦海，晚上會在惡夢中看見同伴被炸裂，以及自己的死亡逐漸逼近。雖然他們覺得自己幸運逃過死亡，但都承受倖存者的罪惡感，因為許多人死去而自己卻活下來的罪惡感。他們反覆沉思自己原本可以做什麼來挽救死去的同伴，以及死去的有可能是自己。他們不覺得自豪，許多人覺得自己像懦夫。這是很巨大的問題，阿弗瑞德，我談的是一整個世代被折磨的德國人。當然了，除了這個，還有家人的哀傷。我們在戰爭中失去了三百萬人，德國幾乎每一個家庭都失去了兒子或父親。」

「還有，」阿弗瑞德立刻補充說：「邪惡的凡爾賽和約造成的悲劇可能使這一切變得更慘，這項和約使他們的苦難變得毫無意義。」

弗瑞德里赫發現阿弗瑞德多麼善於把討論的內容轉到他在政治上的知識基礎，但決定不談這個部分。「阿弗瑞德，有趣的推測。要討論這一點，我們必須知道巴黎和倫敦的軍醫院候診室是什麼情形。你也許具有很好的身分，可以為你的報紙探討這個問題，坦白說，我希望你會寫這件事，所有我們能得到的宣傳都會有幫助。德國需要更嚴肅地看待這件事，我們需要更多資源。」

「我向你保證，我一回去就立刻為它寫故事。」

他們慢慢享用果仁蛋糕時，阿弗瑞德轉向弗瑞德里赫說：「你現在已經完成你的訓練？」

「對，大部分的正式訓練。但精神醫學是個奇怪的領域，因為你永遠無法真正完成，這和任何其他醫學領域都不一樣。你最重要的裝備就是你，你自己，而自我了解的功課是沒有止境的。我仍在學習，如果你看見任何我的情形，可以幫助我更認識自己，請毫不遲疑地指出來。」

「我難以想像。我能看見什麼？我能告訴你什麼？」

「你注意到的任何事，也許你發現我用奇怪的方式看著你，或是打斷你，或是用了不恰當的字眼。也許我會誤解你，或是提出愚蠢或惱人的疑問……任何事。阿弗瑞德，我是當真的，我願意聽這些。」

阿弗瑞德無言以對，幾乎崩潰。又來了，他再次進入弗瑞德里赫奇怪的世界，有著完全不同的談話規則，這是他在別的地方不曾遇到的世界。

弗瑞德里赫繼續說：「你說你之前在阿姆斯特丹，然後必須回到慕尼黑，可是柏林並不順路。」

阿弗瑞德伸手到大衣口袋，拿出斯賓諾莎的《神學政治論》。「長途火車之旅正是閱讀這本書的良機。」他把書舉到弗瑞德里赫面前。「我在火車上讀完這本書，你建議我讀它，實在太正確了。」

「不得了，阿弗瑞德，你**真是**認真的學者。我周圍很少有像你這樣的人。除了專業哲學家，很少有人在大學畢業後閱讀斯賓諾莎。我原本以為你有了現在的新職業，加上歐洲的動盪不安，早已忘了以前的班尼迪克特斯。請說說你對這本書的看法？」

「頭腦清楚，勇氣十足，絕頂聰明。它對猶太教和基督教，或是套用我的朋友希特勒的話『整個宗教詐騙行為』，提出了致命的批評。不過，我仍懷疑斯賓諾莎的政治觀點，毫無疑問的，他支持民主政體和個人自由，實在太天真了。只要看看這些觀念把現在的德國帶往哪裡就知道了。他幾乎是美國體制的擁護者，而我們都知道美國往哪裡去——產生半階級制度的混血悲劇國家。」

阿弗瑞德稍停下來，兩人吃下最後一口果仁蛋糕，在如此匱乏的時代，這是貨真價實的奢侈品。

「請告訴我更多與《倫理學》有關的事，」他繼續說：「這本書為歌德提供了如此多的平靜與洞見，他整整一年把它放在口袋裡。你還記得你提議當我的指導者，幫助我學習如何閱讀它嗎？」

「我記得，提議仍然有效。我只希望我有能力這麼做，因為我滿腦子都是工作中大大小小的想法。上次遇見你之後，我還沒想到過斯賓諾莎。從哪裡開始呢？」弗瑞德里赫閉上雙眼：「我正把自己送回大學時代，聆聽哲學教授的課程。我記得他說斯賓諾莎是知識史的傑出人物。他是孤獨的人，被猶太人逐出教會，他的書被基督教列為禁書，他是改變世界的人。教授聲稱斯賓諾莎引發現代紀元，啟蒙時代和自然科學的興起都開始於他。有些人認為斯賓諾莎是第一位公然不靠任何宗教聯繫而生活的歐洲人。我記得你父親如何公開對教會表示輕蔑，尤金說他拒絕走進教會，甚至在復活節或聖誕節也是如此。真的嗎？」

他看著阿弗瑞德的眼睛，阿弗瑞德點頭說：「真的。」

「所以你父親以某種實際的方式受惠於斯賓諾莎。在斯賓諾莎之前，這種公然與教會對立的做法會被視為不可思議的事。你也敏感地覺察到他在美國民主政治的興起所扮演的角色。美國的獨立宣言受到英國哲學家約翰．洛克的啟發，洛克則受到斯賓諾莎的啟發。我們看看還有什麼？啊，我想起我的哲學教授特別強調斯賓諾莎堅信的『內存』（immanence）。你知道我的意思嗎？」

阿弗瑞德疑惑地轉動手掌，看起來不確定的樣子。

「『內存』和『超越』（transcendence）形成對比，意指這個塵世的存在就是既有的一切，自然律掌管一切，而上帝完全等同於自然。斯賓諾莎否定任何來世，這對接下來的哲學非常重要，因為它意味所有倫理學、所有人生意義與行為的規範，都必須始於這個世界和這個存在。」弗瑞德里赫停頓了一下：「我想到的就是這些……喔，對了，還有一件事。我的教授認為斯賓諾莎是有史以來最聰明的人。」

「我了解這個說法。不論你是否贊同他，他確實非常傑出。我確信歌德、黑格爾和所有偉大的思想家都能體認這一點。」

可是這種思想怎麼會來自一個猶太人？阿弗瑞德想補充這句話，但克制了下來。兩個人可能都很小心避免上次會面時造成如此激烈對立的話題。

「阿弗瑞德，你仍然有《倫理學》那本書嗎？」

廚師來到餐桌旁，為他們倒茶。

「我們是不是讓你無法下班？」弗瑞德里赫環顧四周，發現餐廳只剩他們兩個用餐的顧客後，提出詢問。

「不，不，菲斯特醫師。我有許多事要做，還要在這裡待好幾個小時。」

廚師離開後，阿弗瑞德說：「我有《倫理學》那本書，但好幾年沒打開了。」

弗瑞德里赫吹吹熱茶，啜飲一小口，轉向阿弗瑞德說：「我認為現在是開始閱讀的時候了。它不好讀，我上了整整一年的課來讀它，在課堂上，我們往往花一整個小時來討論一頁。我的建議是慢慢讀，它的豐富是難以形容的，幾乎談到哲學的每一個重要面向，德行、自由、決定論、上帝的本質、善與惡、人的同一性、身－心關係。可能只有柏拉圖的《共和國》具有這麼寬廣的範圍。」

弗瑞德里赫再次環顧沒有其他顧客的餐廳。「雖然史坦納先生客氣的說沒關係，我還是擔心延誤他的下班時間。我們去我的寢室，我可以快速瀏覽我的斯賓諾莎筆記，喚醒我的記憶，也可以把尤金的地址給你。」

弗瑞德里赫在醫師宿舍的寢室非常簡樸，只有一個書架、書桌、椅子和收拾整齊的床。弗瑞德里赫請阿弗瑞德坐下後，交給他一本《倫理學》，讓他翻閱，自己則坐在床上翻閱一本舊筆記。十分鐘後，他開始說：「有幾個整體性的評論。首先，也是最重要的，不要因為幾何學文體而感到氣餒。我不相信曾有任何讀者覺得這種文體很好讀。它類似歐幾里德幾何學，有精確的定義、公理、命題、證明和推論，極為難讀，沒有人確知他為什麼選擇用這種方式寫書。我還記得你的話，你說你放棄嘗試，因為它似乎無法理解，但我勸你堅持下去。我的教授懷疑斯賓諾莎是真的用這種方式思考，或只是視之為優秀的教學工具。也許它是呈現他基本觀念最自然的方式，因為他認為沒有一件事是偶然發生的，自然的每一件事都是有次序的、可了解的，而且是由其他原因促成現在的樣子。也可能是他想讓邏輯來支配，讓自己完全隱藏起來，使他的結論是由邏輯來辯護，而不是由辯才或權威的方式辯論，也不會因為他的猶太背景而有成見。他想要這本書被當成數學教科書來評斷，也就是純粹根據他的方法中的邏輯來評斷。」

弗瑞德里赫從阿弗瑞德手中拿回他的書，一面翻閱一面說：「這本書分成五個部分，」他指出：「『論上帝』、『論心靈的本質與起源』、『論情感的起源與本質』、『論人的束縛』、『論人的自由』。最讓我感興趣的是第四部分『論人的束縛』，因為它與我的領域最有關聯。我先前談到，我們上次相遇後，我都沒有想到他，但透過今天的談話，我現在知道那不是真的。當我閱讀或聆聽精神醫學演講，或與病人談話時，常常沉思斯賓諾莎對精神醫學領域深遠卻不為人知的影響。而第五部分『論理智的力量，或人的自由』與我的工作也有關，應該也會讓你有興趣。我猜就是這個部分最讓歌德受惠。」

「關於前兩部分，我有一些想法……」弗瑞德里赫看看手錶，「對我而言，它們是最困難、最深奧的章節，我還無法理解每一項概念。重點在宇宙的每一件事都是獨一永恆的實體，自然或上帝。永遠不要忘記，他把這兩個名詞交替使用。」

「每一頁都提到『上帝』？」阿弗瑞德問：「我不認為他是信徒。」

「關於這一點有許多爭議。許多人說他是泛神論者。我的教授喜歡說他是迂迴的無神論者，不斷引用『上帝』這個字，能促使十七世紀的讀者繼續讀下去。也避免他的書和人被丟到火裡。可以確定的是，他並不是以慣常的意義使用『上帝』這個字眼。他批評人類天真地宣稱人是按上帝的形像造的。在某個地方，我想是在他的信件裡，他說如果三角形會思考的話，就會創造三角形的上帝。所有擬人化的神都只是迷信的發明。對斯賓諾莎而言，自然和上帝是同義詞；你也可以說他把上帝化為自然了。」

「到目前為止，我還沒聽到任何與倫理學有關的事。」

「你必須等到第四和第五部分。他先證實我們生活在決定論的世界，這個世界充滿妨礙我們福祉的障礙。不論發生什麼事，都是不變的自然律的結果，我們是自然的一部分，受制於這些決定的律則。此外，自然是無窮無盡的複合體，根據他的說法，自然具有無限數目的形式或屬性，我們人類只能理解其中兩種：思想和物質。」

阿弗瑞德又問了幾個關於《倫理學》的問題，但弗瑞德里赫發現他似乎很勉強地讓對話繼續下去，於是小心選擇時機，大膽提出他的看法：「阿弗瑞德，我很高興能和你一起回憶和討論斯賓諾莎。但我想確定自己沒有忽略任何東西。身為治療師，我學會注意腦中閃過的直覺，而我對你有個直覺。」

阿弗瑞德抬高眉毛，期待地等他說下去。

「我的直覺是你來找我不只是要談斯賓諾莎，也有別的理由。」

告訴他真話，阿弗瑞德告訴自己。**讓他知道你的緊繃、你無法睡覺、你覺得自己不被愛、你一直是被排斥的局外人，而不是其中的一份子。**但他卻說：「不，很高興看到你，還能與你敘舊，懂更多斯賓諾莎——畢竟，遇到教斯賓諾莎的老師是多麼難得的事！此外，我也有一個好故事可以寫。如果你能提供一些炮彈驚嚇症的醫學讀物，我會在通往慕尼黑的火車上寫故事，登在下週出版的刊物。我會寄給你。」

弗瑞德里赫走到書桌前，迅速翻閱幾本期刊。「《神經疾病期刊》裡有一篇很好的評論，你帶著這本刊物，看完再寄回給我。還有這是尤金的地址。」

阿弗瑞德有點不情願地緩緩起身，弗瑞德里赫決定再試一件事，這是他從自己的精神分析師學到的方法，常常用在病人身上，很少失敗。

「阿弗瑞德，等一下，我還有最後一個問題。容我請你想像某個東西。閉上眼睛，想像你現在正離開我，想像你遠離我們的談話，然後想像你坐在通往慕尼黑的長途火車裡。當你想像到那裡的時候，請讓我知道。」

阿弗瑞德閉上眼睛，很快就點頭表示進入狀況。

「現在，這是我想要你做的，回顧我們今晚的談話，問自己這些問題：我和弗瑞德里赫的談話，有沒有什麼遺憾？有沒有什麼重要的議題，是我沒有提出的？」

阿弗瑞德一直閉著雙眼，經過長久的沉默之後，緩緩點頭說：「有一件事……」

〔第二十三章〕

阿姆斯特丹

——一六五六年七月二十七日

班托聽到有人叫他的名字，轉過身來，看見衣著凌亂、淚流滿面的法蘭科。法蘭科立刻跪下雙膝、低下頭來，直到眉毛碰到地面。

「法蘭科？你在這裡幹嘛？你在地上做什麼？」

「我必須見你一面，警告你，乞求原諒。請原諒我，請讓我解釋。」

「法蘭科，站起來。若被人看見你與我講話，對你不安全。我正要回家，你隔一段距離跟著我，然後不要敲門，直接進來，但要先確定沒有被任何人看見。」

幾分鐘後，法蘭科在班托的書房，繼續以顫抖的聲音說：「我剛從會堂過來。拉比在詛咒你，很惡毒，他們很惡毒。我能聽懂所有內容，因為有人翻譯成葡萄牙文，我從沒想到他們會這麼惡毒。他們指示任何人都不能和你說話，或看著你，或……」

「所以我才會告訴你，若被人看見你和我在一起，是不安全的。」

「你已經知道了?怎麼會呢?我才剛離開會堂,儀式一結束,我就立刻跑出來。」

「我知道即將發生這種情形。這是注定的。」

「但你是好人,你向我提供協助,你確實幫助了我。但看看他們對你做了什麼,一切都是我的錯。」法蘭科再度跪下,抓住班托的手,放在自己的前額說:「這是十字架的苦刑,而我是背叛你的猶大。」

班托挪開手,放在法蘭科頭上一會兒,說:「請站起來。我有一些事要告訴你。首先,你必須知道,這不是你的錯。他們只是在找藉口。」

「不,有些事情是你不知道的。現在是時候了,我必須懺悔。我們背叛了你,雅各和我。我們去了長老團,雅各把你對我們說的一切都告訴他們,我沒有阻止他,只是站在那裡一面聽他說一面點頭。每次點頭都像敲打一下把你釘在十字架上的釘子。但我必須如此。我沒得選擇……相信我,我沒得選擇。」

「法蘭科,永遠都有選擇。」

「聽起來很好,但事實並非如此。真實生活太複雜了。」

班托驚訝之餘,深深看了法蘭科一眼,這是個有點不同的法蘭科。「為什麼並非如此?」

「如果你面對的只有兩種選擇,而且兩者都會致命呢?」

「致命?」

法蘭科迴避班托的眼睛說:「杜阿泰.羅德里奎茲這個名字,對你有任何意義嗎?」

班托點頭說：「這個人想要竊取我家族的全部財產。這個人不需要拉比的宣布就已痛恨我。」

「他是我叔叔。」

「我知道，法蘭科。莫泰瑞拉比昨天告訴我了。」

「他有告訴你，叔叔給我兩個選擇嗎？如果我同意背叛你，他就把我從葡萄牙救出來，然後等我履行協議後，他會立刻送一艘船到葡萄牙救我的母親、姊姊和我阿姨，就是雅各的母親。他們都躲起來了，因為宗教審判而陷入極大的危險。如果我拒絕，他就會把他們丟在葡萄牙。」

「我了解，你做了正確的選擇。你救了你的家人。」

「即使如此，仍無法抹除我的羞愧。我打算等家人安全的時候，就回到長老團，承認是我們引誘你說出那些事。」

「不，不要這樣做，法蘭科。你現在能送我的最好禮物就是沉默。」

「沉默？」

「這對我，對所有人，都是最好的。」

「為什麼是最好的？我們確實誘使你說出那些話。」

「但那不是事實，我是自由說我想說的話。」

「不，你出於對我的同情，想減輕我的痛苦。我一直覺得內疚。那全是演出來的，都是計劃好的。我犯罪了，我欺騙了你，我造成你極大的傷害。」

「法蘭科，你沒有欺騙我。我知道你會做證反對我。我故意魯莽說話，我想要你做證。我才是犯了欺騙之罪的人。」

「你？」

「對，我利用了你。最糟的是，即使我隱約覺得你和我可能是志趣相投的人，我還是這麼做了。」

「你的看法是正確的。但我們的相同看法夾雜了我的罪過。雅各向長老團描述你的觀點時，我保持沉默，雖然我應該發自肺腑大喊：『我贊同巴魯赫．斯賓諾莎，他的觀點也是我的觀點。』」

「如果你這麼做，就會產生最糟的後果。你叔叔會報復你，你的家人會陷入危險，而我仍然會被逐出教會，長老團將把你和我一起逐出教會。」

「巴魯赫．斯賓諾莎……」

「現在請叫我班托，再也沒有巴魯赫．斯賓諾莎了。」

「好吧，班托。班托．斯賓諾莎，你就像謎一樣。今天發生的事完全沒道理。請回答我一個簡單的問題：如果你想脫離這個社群，為什麼不自己選擇離開就好了？為什麼要給自己帶來這麼大的恥辱和災難？為什麼不搬走就好了？到其他地方呢？」

「去哪裡？我看起來像荷蘭人嗎？猶太人不可能突然離開就沒事了。想想我的弟弟和姊姊，離開他們，然後要一再決定遠離他們，是多麼困難的事。這個方式比較好，對我的家人也比較好，他們現在不需要一次又一次地選擇不和我說話。拉比的流放為我和他們做了一勞永逸的決定。」

「所以你是說，最好把你自己的命運交到別人手上。最好不要選擇，而是迫使別人為你做出選擇嗎？你剛才不是才說，總是有選擇的嗎？」

震驚的班托再次看著這個不同的法蘭科，深思熟慮、直截了當的法蘭科，完全沒有先前會面時那個靦腆、滑稽的法蘭科的痕跡。「你的話很有道理，你怎麼會用這種方式思考？」

「我那位被宗教法庭燒死的父親是博學的人，他被強迫皈依之前是我們社群最重要的拉比與指導者。我們成為基督徒後，村民仍會找他討論嚴重的人生問題。我常常坐在他旁邊，學到許多與罪過、恥辱、選擇和哀傷有關的事。」

「你是博學拉比的兒子？所以你在我們與雅各的會面中，隱藏了自己的知識和你真正的想法。我談論道拉經的內容時，你假裝很無知。」

法蘭科低下頭，點頭說：「我承認我扮演欺騙的角色。但我對猶太教的事情確實很無知。我父親基於他的智慧以及對我的愛，希望我不要接受傳統教育。我們若想活下去，就必須成為基督徒。他故意不教我猶太人的語言或習俗，因為狡猾的宗教審判者太擅長發現猶太觀念的任何痕跡。」

「你對瘋狂的宗教所爆發出的憤怒呢？也是假裝的嗎？」

「絕對不是！雅各的計畫確實是要我說出對宗教的巨大懷疑，以促使你說錯話。但那個角色對我太容易了，沒有任何演員扮演過這麼簡單的角色。班托，事實上，說出那些話對我是很大的解放，我先前一直隱藏自己的感受。我被迫學習越多的基督教教條和神蹟故事，就越知道基督教和猶太教信仰都是基於幼稚、不可思議的幻想。但我從來沒有向父親表達這一點，我不能這麼傷他。接下來，他因為私藏他相信包含上帝話語的道拉經而被謀殺，我也什麼都沒說。你的想法對我真是一種解脫，減輕了我欺騙別人的感覺，雖然我對你的誠實分享，本身是為了達到欺騙的目的。真是複雜的矛盾。」

「我完全了解。我們談話時，我對於終於能說出真實的信念也覺得興奮。即使我知道雅各感到震驚，也絲毫不能阻止我。剛好相反，我承認，即使我知道陰暗的後果會隨之而來，仍然喜歡讓他震驚。」

兩人陷入沉默。麵包師父的兒子曼尼迴避班托時產生的絕對孤獨感開始消退。這場會面，與法蘭科誠實以對的這一刻，令他感動而溫暖。他像平常的習慣一樣，沒有久久逗留在感受中，而是轉到觀察者的角色，檢視自己的想法，特別注意到遍布全身的柔和感，即使全然覺察到它轉瞬即逝的本質，也沒有影響它的愉悅感。啊，友誼！所以這是使人連結起來的黏著劑——這種溫暖，這種驅除寂寞的心境。這麼多的懷疑，這麼多的恐懼，這麼少的坦露，他的人生太少品嚐到友誼了。

法蘭科瞥一眼班托的背包，打破沉默說：「你今天要離開？」

班托點頭。

「去哪裡？你準備做什麼？你怎麼養活自己？」

「希望我能走向不受打擾的默想生活。我在過去一年接受了當地磨製鏡片師傅的訓練，可以把鏡片做成眼鏡，以及我更有興趣的光學儀器，包括望遠鏡和顯微鏡。我的需求很少，應該能輕易養活自己。」

「你會留在阿姆斯特丹？」

「暫時如此，在法蘭西斯科．凡．丹．安登的家，他在辛傑爾運河附近經營一間學校。我最後可能會搬到較小型的社區，以便在更安靜的環境從事我的研究。」

「你會獨自生活？我猜逐出教會的污名會讓別人對你保持距離？」

「剛好相反，身為被逐出教會的猶太人，反而更容易活在異教徒之中。特別是永遠被逐出教會的猶太人，而不是想要與異教徒為伍的叛教猶太人。」

「這是你欣然接受流放的另一個原因嗎？」

「對，我承認這一點，還有就是我計劃終身寫作，被流放的猶太人的著作可能有更好的機會讓整個世界閱讀，而不會被人視為猶太社群成員的著作。」

「你很確定嗎？」

「只是猜測，但我已經和幾個志同道合的朋友建立關係，他們鼓勵我寫出自己的想法。」

「那些人是基督徒嗎？」

「是，但不同於你遇到的狂熱的伊伯利亞天主教徒，他們不相信復活的神蹟，或在彌撒中喝下耶穌的血，或是活活燒死其他信仰的人。他們是思想自由的基督徒，自稱為社友會（Collegiants），認為自己不需要傳教士或教堂。」

「你打算皈依他們？」

「永遠不會。我打算活出宗教生活，但沒有任何宗教的干擾。我相信所有宗教——天主教、新教、伊斯蘭教，以及猶太教——都只會妨礙我們看見宗教的核心真理。我期望有朝一日能有一個沒有宗教的世界，有一個普世宗教的世界，每一個人在其中都可以用他們的理性來經驗和崇敬上帝。」

「這表示你期望猶太教結束嗎？」

「我期望結束的是妨礙人思考權利的**所有**傳統。」

法蘭科沉默了好一會兒說：「班托，你好極端，這好嚇人。想像我們的傳統在存活數千後卻應該消失，這讓我喘不過氣來。」

「我們應該珍惜的是真實的事，而不是古老的事。古老的宗教使我們落入陷阱，它們堅持我們如果背棄傳統就是不尊敬所有過去的崇敬者。如果有一位先人曾經殉道，我們就陷得更深，因為我們會覺得必須透過尊敬，使殉道者的信仰永恆不朽，即使我們知道他們充斥錯誤和迷信。你不覺得你對父親殉道的結果，帶有某些這種感覺嗎？」

「對，如果我否定他以身相殉的東西，會使他的生命變得沒有意義。」

「但如果把你自己唯一的生命投入錯誤而迷信的體制，這個體制只選擇一個民族，排除其他所有人，不也是沒有意義嗎？」

「班托．斯賓諾莎，你使我的腦袋達到極限了，再多一點它就要粉碎了。我從來不敢去想這種事。我無法想像沒有歸屬於我的社群、我自己的團體而活著的情形。對你怎麼這麼容易？」

「容易？並不容易，但如果摯愛的人死去會比較容易。永久逐出教會所給我的任務是重組我整個身分感，並學習以不是猶太人或基督徒或任何教徒的方式來生活。也許我將成為第一個這種族類的人。」

「要小心！你的永久逐出教會可能不會真的是永久的。在別人眼中，你可能沒有成為非猶太人的特權。巴魯赫，你知道血統純淨法嗎？」

「伊伯利亞的血統法律？不太了解，只知道西班牙實施這些法律，以避免皈依的猶太人得到太多權力。」

「父親告訴我，它們始於大審判長托奎馬達（Torquemada），他在兩百年前說服伊莎貝拉女王相信即使猶太人皈依基督教，血液裡仍有猶太污點。由於托奎馬達本人在四代前有猶太祖先，所以他讓血緣法回溯二代，只要是最近的皈依者，或是已經皈依兩代或三代的人，仍然深受懷疑，不能加入許多職業，包括教會、軍隊、許多同業公會和政府官員的職位。」

「像『三代而不是四代』這種明顯有誤的信念，顯然是根據制訂者的利益發明的。就像貧窮的問題一樣，錯誤的信念會一直存在，這是我無法控制的。我現在只努力關心那些我能控制的事情。」

「比如什麼事？」

「我認為我真正能控制的只有一件事：增進我的理解力。」

「班托，我非常想告訴你一件事，但我知道是不可能的。」

「也不可能說出來嗎？」

「我知道它是不可能的，但我想要和你一起走！你思考偉大的思想，我知道你會想出更偉大的思想。我想追隨你，成為你的學生、你的僕人，參與你即將去做的事，成為你手稿的抄寫員，使你的生活輕鬆一點。」

班托猶豫了片刻，然後微笑地搖頭。

「我發現你的話討人喜歡，甚至有誘惑力。容我從內在和外在來回答你。」

「首先是內在。雖然我渴望堅持過孤獨的生活，以進行我的默想，但我也知道另一部分的我渴望與人親近。我有時會不知不覺陷入強烈的渴望，想要被親愛家人呵護、擁抱的感覺，那個部分的我——渴望的部分——歡迎你的願望，也讓我想抱著你回答：『好呀，好呀！』但同時有另一部分的我，較強壯且崇高的部分，卻呼求著自由。我為消逝、再也不會回來的過去感到心痛，想到曾經呵護我的人已死去，也覺得心痛，我也痛恨這種心痛會束縛我、使我退縮。我不能影響過去的事件，但已決定避免未來的強烈依附。我再也不會用童年被呵護的渴望來纏裹自己。你了解嗎？」

「是，太了解了。」

「這是內在的部分。現在容我從外在來回答。我假定你說的『不可能』是指不可能放棄你的家庭。如果是我在你的處境，也會覺得不可能。我放棄自己的弟弟就已經很困難了。我姊姊有自己的家庭，比較不擔心她。可是，法蘭科，阻止你加入我的，不只是你的家人，還有其他障礙。沒幾分鐘前，你告訴我，你無法想像沒有社群的生活，而我的方式是孤獨的方式，渴望的只有絕對沉浸在上帝裡面，而不要社群。我永遠不會結婚，即使我渴望婚姻，但這也是不可能的。身為孤獨的怪人，我也許可以不加入宗教而生活，但即使是全世界最有包容力的荷蘭，我也懷疑這個國家會允許一對夫妻以這種方式生活，且撫養小孩卻不加入宗教組織。而且我的孤獨生活意味著沒有任何親戚、沒有家庭節慶、沒有逾越節的餐點、沒有猶太新年。只有孤獨。」

「班托，我了解。我知道我比較需要群居，也可能有更多的需求。你絕佳的自足感令我驚訝，你似乎不想要或不需要任何人。」

「太多人告訴過我，連我自己都開始相信了。但我並不是不喜歡別人的陪伴，法蘭科，此刻我就很珍惜我們的談話。不過，你是對的，社交生活對我並不是不可或缺的，至少不像別人那麼不可或缺。我記得我的姊姊和弟弟在節日沒有受到朋友邀請時，覺得多麼丟臉，那種事情對我從來就沒有一丁點兒影響。」

「是的，」法蘭科點頭說：「這是真的：我無法以你的方式生活。對我確實太遙遠了。可是，班托，想想看我的另一種選擇，我這個人如此了解你的懷疑，以及你渴望不憑迷信而生活，而我卻注定坐在會堂裡向聽不見我說話的上帝禱告，遵循愚蠢的儀式，像偽君子一樣活著，接受毫無意義的生活。那是我僅存的嗎？生活就只有這樣嗎？即使在人群之間，難道我不會被迫進入另一種孤獨的生活嗎？」

「不，法蘭科，沒有那麼淒涼。我曾長時間觀察這個社群，那裡仍有你可以生活的方式。每天都有來自葡萄牙和西班牙的改變信仰者大量湧入阿姆斯特丹，許多人確實早已渴望回到祖先的猶太根源，由於他們都沒有受過猶太教育，就必須像小孩子一樣開始學習希伯來文和猶太律法，而莫泰瑞拉比會日以繼夜的工作，把他們帶回猶太教的家。許多人會模仿他，成為比拉比更虔誠的人，可是，相信我，還有其他人會像你一樣，因為被迫皈依基督教而對所有宗教都失去興趣，雖然加入猶太社群，卻沒有宗教熱忱。法蘭科，你注意的話，就會發現他們。」

「但仍然要假裝，偽君子……」

「容我告訴你一些伊比鳩魯的觀念，他是充滿智慧的古希臘思想家。他相信沒有來世，就像任何理性的人都必然這樣相信一樣，而我們必須盡可能平靜、喜樂地度過我們唯一的人生。什麼是人生目的？他的答案是我們必須追尋內在的不動心，可以翻譯成『寧靜』或『免除情緒困擾』。他認為智者的需求很少，很容易滿足，而永無止境地渴求權力或財富的人，也許像你的叔叔一樣，永遠無法得到內心的平安，因為渴求會繁殖。你擁有的越多，就越被它們占有。當你考慮在這裡形成你的生活，請試試看達到內心的平安。把自己藏在社群中最不讓你有壓力的部分。娶一位情操與你相似的人，你會發現許多改變信仰的人就像你一樣，依附猶太教只是為了歸屬於一個社群的舒適感。如果社群其他的人每年要舉辦幾次禱告儀式，就和他們一起禱告，並知道你這樣做只是為了內在的不動心，為了避免不參與而造成的混亂與苦惱。」

「班托，你在對我說教嗎？**我**應該為了內心的平安而安頓下來，而**你**卻追尋更崇高的東西？還是你也在尋找內在的不動心？」

「很難回答的問題，我認為……」教堂的鐘聲突然響起。班托停下來聆聽了一會兒，看一眼自己的背包，然後繼續說：「唉，可以深思的時間太短了。我必須在街上擠滿人群之前儘速離開。我說快一點，我沒有刻意選擇內在的不動心做為我的目標，而是朝向使我的理性更完美的目標。可是，目標也許是相同的，只是方法不同。理性帶領我得到特殊的結論，認為世上的一切事物都是一個實體，就是自然，或是你想要的話，也可以說是上帝，而一切事物都可以透過自然律的闡明而得到理解。當我對現實的本質更清楚時，知道自己只是上帝表層的一道漣漪，有時會體驗到喜樂或幸福的狀態。也許這是內在不動心的另一種形式。也許伊比鳩魯勸我們以寧靜為目標是對的。但每一個人會根據他的外在環境和自己的本質傾向，以及內在的精神特徵，而必須以自己的特殊方式來追求它。」

鐘聲再度響起。

「法蘭科，我們分開前，我對你有一項最後的請求。」

「告訴我，我欠你太多了。」

「我的請求只是請你保持沉默。我今天對你說的事，仍是不成熟的思想，我面前還有許多要思考的。請答應我，我們今天說過的一切內容都是我們之間的祕密。永遠不讓長老團、雅各或任何人知道的祕密。」

「我向你保證會把你的祕密帶到墳墓。我的父親教導我許多關於靜默的神聖性的事，願他受到祝福。」

「法蘭科，我們必須互相告別了。」

「等一下，班托・斯賓諾莎，我也有一個最後的請求。你剛才說我們有類似的人生目標和類似的懷疑，但我們必須走不同的道路。因此我們可說是過著朝向相同目標的不同生活。假如命運和時空剛好有些轉換，改變我們的外在環境和內在氣質，你也可能過我的生活，而我過著你的生活。以下是我的請求：我想每隔一陣子知道你的生活狀況，即使只是一年一次或兩、三年一次也好。我也想讓你知道我的生活如何展現。這樣我們就可以各自看見我們**可能過的另一種生活**是什麼樣子。你願意與我保持聯絡嗎？我還不知道技術上如何進行，不過，你會讓我知道你的生活嗎？」

「法蘭科，我和你一樣願意。我的頭腦很清楚我必須離開家，但我的心比我以為的更猶豫不決，我欣然接受你誘人的邀請，讓你知道我的另一種生活。有兩個人會一直知道我的下落，一位是法蘭西斯卡斯・凡・丹・安登，另一位朋友是住在辛傑爾運河旁的朋友西蒙・迪・弗瑞斯（Simon de Vries）。我會想辦法透過他們與你聯絡，可能是透過書信或私下會面。你現在必須離開了，小心不要被人看見。」

法蘭科打開門，看看四周，然後快步離開。班托最後一次環顧自己的家，把他寫給蓋伯瑞的便條放在入口附近的椅子上，更容易被看見，然後提著背包，打開門，走出去，邁向新的生活。

〔第二十四章〕柏林

——一九二三年

「嗯……」阿弗瑞德吞吞吐吐地說：「有一件事如果沒和你討論的話，我會遺憾，可是……嗯……提這件事，我有困難。我整個晚上都無法提這件事。」

弗瑞德里赫耐心等待，腦海閃過他的督導卡爾．亞伯拉罕說的話：「遇到僵局時，忘掉內容，聚焦於抗拒。你會發現你能從病人學到更多東西。」弗瑞德里赫牢記這一點，開始說：「阿弗瑞德，我認為我可以協助你，以下是我的建議。暫時忘掉你想告訴我的事，讓我們探討說這件事的所有障礙。」

「障礙？」

「任何妨礙你告訴我這件事的東西。例如，假如你說出你想說的，會有什麼後果？」

「後果？我不確定你的意思。」

弗瑞德里赫很有耐心，他知道必須巧妙地從所有層面來處理抗拒。「容我用這個方式說，你有某件事是很想說卻不能說的，如果你說出來，會發生什麼負面的情形？請記住我是這種情形的核心部分。你並不是嘗試在空無一人的房間說某件事，而是想對我說這件事。對嗎？」

阿弗瑞德勉強點頭。弗瑞德里赫繼續說：「所以現在試著想像你剛才向我坦露心裡的事，你猜我會怎麼看你？」

「我不知道你會怎麼反應。我猜我只是覺得不好意思。」

「可是總是需要有另一個人在才會不好意思，今天這個人是我，某個從你小時候就認識你的人。」弗瑞德里赫對自己溫和的聲音感到自豪，亞伯拉罕醫師教他不要像狂怒的公牛衝向抗拒，這個告誡產生了作用。

「嗯，」阿弗瑞德吸一口氣，脫口說：「一方面，你可能會覺得我利用你得到協助，要求你提供免費的專業服務，我覺得不好意思。還有就是這讓我覺得自己是弱者，而你是強者。」

「阿弗瑞德，這是很好的開始。正是我剛才表達的意思。我現在可以看見你的困境，你一定覺得很不對等。換做是我，也不願這樣欠別人的情。不過，你先前同意為我寫一篇故事登報，已經回報我了。」

「這不一樣，你沒有接受個人的東西。」

「我了解。但請告訴我，你認為我提供一些東西給你，我會覺得不滿嗎？」

「不知道，也許會。畢竟，你的時間很寶貴。你整天做這件事是有薪水的。」

「我把你當成家人，這樣也不合理嗎？」

「對，這句話好像在討好我。」

「告訴我，我們討論斯賓諾莎、討論哲學時，你覺得怎麼樣？我覺得你那時比較輕鬆。」

「對，那不一樣。雖然你在教我，但我記得哲學談話是你覺得有趣的。」

「對，你說得很正確。但聆聽你談論自己，是我覺得無趣的嗎？」

「我無法想像這為什麼會有趣。」

「我有個想法，只是純粹猜想。也許你對自己有一些負面的感覺，而且認為你如果敞開來，我也會對你有負面的感覺？」

阿弗瑞德看起來很困惑：「我猜有可能，但若是如此，也不是主要因素。我就是無法想像自己對別人會有這種興趣。」

「這聽起來很重要，我猜你若對我說出來，是一種冒險。阿弗瑞德，告訴我，這種情形是否很接近你今天沒說出來就會感到遺憾的事呢？」

阿弗瑞德露出微笑：「天啊！弗瑞德里赫，你真行！對，不只是接近，就是這件事。」

「多說一點。」弗瑞德里赫鬆了一口氣，他現在航行在熟悉的水域了。

「嗯，我離開前，我的老闆狄特里希．埃卡特找我到他的辦公室，他只是想告訴我巴黎之旅，可是我不知道，我到他辦公室時，他做的第一件事是責怪我看起來過於憂慮，然後向我保證我做得很好，他說我最好能少一點勤奮，多喝一點酒、多很多閒聊。」

「這句話正中紅心。」

「對，因為它是事實，已經用別種方式對我說過許多次了。我對自己這麼說。但我就是無法坐下來和腦袋空空的人閒聊。」

弗瑞德里赫腦中浮現一個畫面：二十五年前，他想把阿弗瑞德扛在肩上卻不成功的景象。他們上次會面時，他曾向阿弗瑞德描述這個場景，並說：「你不喜歡玩耍。」特質會持續一生的這種情形，強烈地吸引弗瑞德里赫。多麼難得的機會，可以研究人格形成的起源！這可能是重大的專業突破。其他精神分析師能有機會分析自己從兒時就認識的人嗎？此外，他私下也認識病人生命中的重要成人：阿弗瑞德的父親、哥哥、繼母、卡西莉姑姑，甚至阿弗瑞德的醫生。他也熟悉相同的外在環境：阿弗瑞德的家、遊戲場，他們去過相同的學校，有相同的老師。多麼可惜，阿弗瑞德不住在柏林，否則就可以為他做徹底的精神分析。

「就在狄特里希．埃卡特提出意見之後，」阿弗瑞德繼續說：「我決定找你。我知道他是對的。因為沒幾天前，我無意中聽到幾位僱員講到我，他們說我好像獅身人面像（sphinx）。」

「你聽了有什麼感受？」

「混雜的感受。他們不是重要的人，只是打掃和送貨的，我通常不注意這類人的任何意見。但他們這次抓住我的注意，因為他們說得很正確。我既封閉又緊繃，我知道如果我想在國社黨成功，就必須改變這個部分。」

「你說『混雜的感覺』，獅身人面像有什麼**正面**的特質？」

「嗯，不確定，也許是……」

「等一下，阿弗瑞德，我們暫停一分鐘。我跑太快了，這對你不公平。我向你丟出私人的問題，但我們其實還沒有對現在做的事達成協定。或是從專業的術語來說，我們還沒有界定彼此關係的架構，對嗎？」

阿弗瑞德似乎很困惑：「架構？」

「容我們退回去，對我們現在所做的事建立協定。我假定你想要透過治療工作改變自己。對嗎？」

「我不確定治療工作是什麼意思。」

「就是你過去十分鐘做得很好的事：誠實而開放地談論你關心的事。」

「我當然想要改變自己。所以，對，我想要治療。我也想要由你治療。」

「可是，阿弗瑞德，改變需要許多次會談，我們今晚只是預備性地聊一聊，我明天就要離開，參加一場為期三天的精神分析討論會。我在想的是未來的情形，柏林距離慕尼黑很遠，如果在慕尼黑找一個你可以常常見到的精神分析師，是不是比較合理？我可以推薦很好的……」

阿弗瑞德用力搖頭說：「不，不要別人。我不可能信賴任何別的人，慕尼黑當然也沒有。我相信，非常強烈地相信，我有一天會在這個國家擁有很大的權力。我會有許多敵人，我可能被任何知道我祕密的人毀滅。我知道和你在一起很安全。」

「對，你和我在一起很安全。嗯，我們來看看彼此的行程表，你下次可能什麼時候來柏林？」

「我不確定，但我知道《人民觀察家報》不久就會成為每日發行的報紙，我們會採訪更多全國性和國際性的新聞，我未來可能會常常來柏林，希望每次來的時候，可以見你一、兩次。」

「如果你提早通知，我會想辦法為你挪出時間。我要你知道，你所說的一切，我會全然且絕對地保守祕密。」

「我確信你會。對我而言，這是最重要的。當你拒絕告訴我任何與你的病人，廚師的兒子，有關的私事，我就覺得非常放心。」

「我也向你保證，即使你沒有接受我的治療，我也絕不會把你的祕密告訴世界上的任何人，包括你哥哥。守密在我的領域是非常重要的，我向你發誓。」

阿弗瑞德輕拍自己的胸口，以嘴形表示：「謝謝你，非常謝謝你。」

「你知道，」弗瑞德里赫說：「也許你是對的，我想我們的安排如果不是不對等的，會有更好的效果。我想我必須從下一次開始向你收取精神分析的標準費用。我相信你一定負擔得起。你認為呢？」

「太好了。」

「好，現在回來進行下去，我們繼續。幾分鐘前，我們談到你被稱為獅身人面像，你說你有『混雜』的感受。現在我要你對『獅身人面像』做自由聯想，意思就是你必須嘗試讓自己關於『獅身人面像』的想法自由進入腦海，而且把你想到的大聲說出來。有可能是沒有意義的想法。」

「現在嗎？」

「對，只要幾分鐘就好了。」

「獅身人面像……沙漠，巨大的，神祕的，強而有力的，像謎一樣難以理解的，保有自己的計劃……危險的，獅身人面像會勒死那些答不出謎語的人。」阿弗瑞德停下來。

「繼續下去。」

「你知道『扼殺者』或是勒索者的希臘文字根嗎？『Sphincter』（括約肌）和Sphinx（獅身人面像）有關，身體的所有括約肌都會緊緊……縮住……縮緊屁股〔譯注〕。」

弗瑞德里赫問：「所以你的『混雜』是表示你不喜歡被認為是如此沉默寡言、冷漠離群、嚴謹拘泥，但你喜歡被認為是難解如謎、神祕難測、強而有力、具威脅性嗎？」

「對，沒錯，完全正確。」

「那麼，也許正面的部分，你自豪於強而有力、神祕難測，甚至有危險性，會妨礙你與人閒聊、敞開自己。這表示你有選擇權，或是與人閒聊、成為局內人，或是保持神祕、危險，成為局外人。」

「我了解你的意思，真是複雜。」

「阿弗瑞德，就我記憶所及，你在青春期也是局外人嗎？」

「一直是獨行俠，不屬於任何團體。」

「但你也談到你與黨的領導者希特勒先生非常親近，這一定是很好的感覺，請談談你們的友誼。」

「我花許多時間陪他，一起喝咖啡，談論政治、文學和哲學；參觀美術館，去年秋天有一次還一起去瑪麗恩廣場（Marienplatz），你知道這個地方嗎？」

「知道，慕尼黑的主要廣場。」

「對，那裡的光線很棒，我們豎起畫架，一起畫了幾個小時的素描。那一天非常特別，是我最美好的日子之一。我們的素描很棒；彼此稱讚一番，並發現我們的作品有很多相似的地方，兩人都擅長畫建築的細節，而且都不擅於畫人物。我一直懷疑自己無法畫人物是否有象徵意義，看到他也有同樣的限制才鬆了一口氣。對希特勒而言，當然沒有象徵意義，沒有人具有比他更好的與人建立關係的技巧。」

「聽起來很享受。你後來有再度和他一起畫素描嗎？」

「他沒有提議。」

「談談你和他在一起的其他好時光。」

「我人生最美好的日子發生在三週前。希特勒帶我出去購物，為我的新辦公室買書桌。他有一個錢包，塞滿瑞士法郎，我不知道他哪來的錢，我從來不打聽。我喜歡讓他照自己的方式

〔譯注〕 tight-assed，意指嚴謹拘泥的人。

告訴我細節。有一天早上，他走進《人民觀察家報》說：『我們來買東西，你可以買你想要的任何書桌，也可以買你想放到書桌上的任何東西。』接下來兩個小時，我們逛遍了慕尼黑所有最昂貴的傢俱店。」

「你人生最美好的日子！這很重要，請多說一些。」

「一部分純粹是禮物帶來的悸動。想像有人帶你出去，並說：『買你要的任何書桌，不管價錢。』再來就是希特勒花那麼多時間陪我、注意我，實在是福氣。」

「他對你為什麼那麼重要？」

「從實際的角度來看，他現在是黨的領袖，我的報紙是黨報，所以他是我真正的老闆。但我不認為你是指這個部分。」

「我所謂的『重要』是指更深層的個人意義。」

「很難說清楚。希特勒對你、對每一個人就是有那種影響力。」

「帶你出去大採購。聽起來像是你會希望父親為你做的事。」

「你認識我父親！你能想像他帶我出去，並給我任何東西嗎，就算是一顆糖果也好？對，他失去妻子，他的健康狀況很差，他有很大的財務問題，但我沒有從他得到任何東西，完全沒有。」

「這些話裡有許多感受。」

「一輩子的感受。」

「我認識他，我知道你很少得到父親的照顧。況且，當然了，你甚至不曾見過你母親。」

「卡西莉姑姑盡她所能了，我不曾怪她，她有自己的小孩，太多人需要她抱了。」

「也許你對希特勒的興奮有一部分來自你終於得到真正的父愛。他幾歲？」

「喔，他比我大幾歲。他不像我以前遇見的人，他本來默默無聞，像我一樣，出身自平凡、未受教育的家庭。他在戰時只是下士，不過得到很多勳章。他沒有財產、沒有文化、沒有大學教育。即使如此，他卻迷倒每一個人。不只是我，大家都圍繞著他，每一個人都想得到他的友情和忠告，每一個人都覺得他是德國未來的命運、救星。」

「所以你覺得享有和他在一起的特權，你們的關係是不是進展成親近的友誼？」

「這就是重點，沒有進展。除了『書桌日』，希特勒沒有找我出去。我認為他喜歡我，但並不愛我。他從沒有找我一起吃飯，他和別人比較親近。我上星期看到他和赫曼．戈林（Hermann Göring）親密交談，他們的頭接近到碰在一起，他們才剛認識，但他們會開懷大笑、開玩笑、挽著手臂走路、戳彼此的肚子，好像認識了一輩子。為什麼他從來沒有這樣對我？」

「你的措辭『他並不愛我』，想想看，讓你的腦袋在這句話漫遊，大聲說出你的想法。」

阿弗瑞德閉上眼睛。

「我完全聽不見，」弗瑞德里赫說。

阿弗瑞德微笑說：「愛，有人說，『我愛你』，這幾個字，我只聽過一次，是希爾達在我們結婚前在巴黎說的。」

「你結婚了！對，我幾乎忘了。你很少提到妻子。」

「我應該說我**以前**結婚了。我猜官方的記錄仍是已婚。那時是一九一五年，非常短暫的婚姻。希爾達·萊絲曼。我們一起在巴黎待了幾星期，她在那裡上課，想成為芭蕾舞演員，然後到俄國，至多三、四個月，然後得了嚴重的癆病。」

「好可怕，像你哥哥、母親和父親一樣。然後呢？」

「我們很久沒聯絡了。我上次聽說她家人讓她住進黑森林的療養院。我不知道她是否還活著。你說『好可怕』時，我裡面抽動了一下，因為我沒有這種感覺，我從來沒有想念她，也懷疑她會想念我。我們形同陌路。我記得她告訴我的最後一件事，竟然是我從來沒有詢問她的生活，從來沒有問她是怎麼度過一天的。」

「所以，」弗瑞德里赫看看手錶說：「我們繞了一圈，回到你來找我的原因。我們開始於沒有閒聊、對別人沒有興趣，接下來我們看了你想成為像獅身人面像的部分，然後回到你渴望希特勒的愛與注意，以及看到他喜歡別人，而你卻留在外面旁觀，這種感覺是多麼痛苦。接下來我們談到你和妻子間的距離。我們花一點時間看看你和我在這裡的親近與距離，你剛才說到你覺得在這裡是安全的？」

阿弗瑞德點頭。

「你對我有什麼感覺呢？」

「非常安全，也非常被了解。」

「你有親近的感覺嗎？喜歡我嗎？」

「兩者都是。」

「我們今天偉大的探索就在這裡。我認為你確實喜歡我，主要的原因是我對你有興趣。我要提醒你先前說的話，你不認為自己對別人有興趣。但人都喜歡對自己有興趣的人。這是我今天給你的最重要的訊息。我再說一次：**人都喜歡對自己有興趣的人。**

「我們今天做了既美好又辛苦的工作。這是我們第一次的會談，你全心投入。但很抱歉必須結束在這裡，今天是漫長的一天，我的體力不濟了。我非常希望你會常常來見我，我覺得可以幫助你。」

〔第二十五章〕阿姆斯特丹——一六五八年

接下來一年，斯賓諾莎——他的名字不再是巴魯赫，自此以後都稱為班托（或是在他的著作中稱為班尼迪克特斯）——與法蘭科維持一種奇特的夜間關係。幾乎每一個夜晚，班托在安登的房子裡，躺在小閣樓裡的四柱床上，焦慮地等待入睡時，法蘭科的影像就會進入腦海。他的到來是如此自然而不知不覺，以至於班托從來沒有嘗試了解他為什麼這麼常想到法蘭科，這不是他的典型反應。

不過，班托不會在其他時間想到法蘭科，他的清醒時刻充滿了知性的努力，讓他得到不曾在其他事情經驗到的快樂。每當他想像自己變成回顧一生的乾癟老頭時，就知道他會將這些日子視為最好的時光，這些日子有安登和其他學生的情誼相伴，精通拉丁文和希臘文，品嚐古典世界的偉大主題——德謨克利圖斯的原子論宇宙、柏拉圖的善觀念、亞里斯多德的不動的推動者，還有斯多噶學派的免除激情。

他的生活簡單而美好，班托完全同意伊比鳩魯堅信的人的需求很少、很容易滿足。他需要的只是房間和膳食，幾本書，紙張和墨水，每週只要花兩天磨眼鏡的鏡片和教導渴望閱讀原文經典的社友會員學習希伯來文，就能賺取必須的花費。

學院不但提供工作和住所，也有社交生活，有時還超出班托想要的。他可以與安登一家人和住在學院的學生一起用晚餐，但他常常選擇端著一盤麵包和荷蘭起司，帶著蠟燭到房間讀書。他在晚餐的缺席讓安登夫人失望，她覺得他有生動的口才，嘗試增加他的社交活動，卻不成功；她甚至會烹調他最喜歡的菜餚，並避免不符合猶太教規的食物。但班托向她保證，自己絕不是嚴守教規，只是對食物沒有興趣，他相當滿足於最簡單的伙食——麵包、起司、每天一杯麥芽啤酒，然後抽一管煙斗。

課堂之外，他避免和同學社交，只除了即將離開去醫學院就讀的德克，當然還有早熟、可愛的克拉拉．瑪麗亞。但一般說來，即使是他們，他沒多久仍會悄悄離開，因為他更喜歡與安登圖書館裡兩百本厚重、發霉的書籍作伴。

班托除了對市政廳兩側小街的藝品販賣店展示的精緻畫作有興趣之外，對藝術品沒什麼喜好，並抗拒安登想要提升他在音樂、詩詞和小說的美學鑑賞力的企圖，但他抗拒不了校長對戲劇的熱情投入。安登堅持古典戲劇只有大聲唸出來才能體會，班托盡責地和其他學生參加戲劇化的朗讀課，不過他太不自在而無法以充分的情感來朗讀。阿姆斯特丹市立劇院的院長是安登的好朋友，通常每年會有兩次讓學院使用舞臺發表成果，讓親友組成的少量觀眾欣賞。

一六五八年冬天，逐出教會兩年之後，學院發表泰倫斯的作品《閹人》（*Eunuchus*），班托被指定的角色是帕曼紐（Parmenu），一位早熟的奴隸。他初次細讀自己的台詞時，看到如下這一段，不禁苦笑：

> 如果你認為不確定的事可以透過理性而變得確定，你將一無所成，因為這就像是努力透過健全的腦袋而變得瘋狂。

安登指定他扮演這個角色，班托知道這毫無疑問是安登的諷刺幽默感在作祟。他一再責怪班托過於肥大的理性沒有為美學鑑賞力留下任何空間。

公演非常精采，學生帶著熱情扮演角色，觀眾常常大笑、鼓掌良久（雖然聽不太懂拉丁文對話），班托興高采烈地離開劇院，與兩位朋友克拉拉．瑪麗亞（扮演妓女泰絲〔Thais〕）和德克（扮演費卓亞〔Phaedria〕）挽著手臂走出去。突然間一位狂怒、瞪大雙眼的男子從陰暗處衝出來，他揮舞一把長長的切肉刀，以葡萄牙語大叫：「異教徒，異教徒！」他刺向班托，在腹部連揮兩刀。德克與攻擊者扭打，把他打倒，克拉拉．瑪麗亞則趕緊救助班托，把他的頭放在雙臂裡。由於德克的體型瘦小，比不上攻擊者，對方把德克摔到一旁後，手拿著刀快速逃入黑暗之中。原本是醫生的安登趕緊來檢查班托，看見厚重的黑外套有兩處切口，他立刻將鈕扣解開，看到襯衫也被割破，被血沾染，但傷口本身只到表皮的深度。

受到驚嚇的班托在安登和德克的扶持下，還能走過三條街回家，並上樓到自己的房間。他勉強吞下校長醫生調配的纈草鎮靜劑，然後癱倒在床上，克拉拉．瑪麗亞坐在床邊握著他的手，他很快就進入十二個小時的沉睡。

隔天家中一團混亂，市政官員一大早就出現在門口，想要取得攻擊者的資料。接著來了兩位公務員，拿著憤怒家長的申訴書，批評安登不但上演一場關於性欲和變裝的戲劇，還讓年輕女子（他的女兒）登臺演出，而且演的竟然是妓女的角色。可是校長非常沉著，不，不只是沉著，他還因為這些信件覺得有趣，笑著說，不知杢倫斯會怎麼被這些憤怒的喀爾文教派家長逗得發笑。他的詼諧很快就使家人平靜下來，校長繼續教導他的希臘文和古典文學課程。

樓上的閣樓裡，班托仍被焦慮折磨，幾乎無法忍受胸中的沉重壓力，他一次又一次地承受著攻擊、「異教徒」的叫罵、閃現的刀子、刀子刺穿外套的壓迫感、他被攻擊者壓倒的各種影像。為了使自己平靜，他訴諸自己常用的武器，理性的劍，但在這一天，它無法勝過他的驚恐。

班托堅持下去，嘗試用刻意加深、拉長的氣息放慢呼吸，並刻意讓腦海浮現攻擊者臉孔的可怕影像——濃密的鬍鬚、憤怒的大眼、像瘋狗一樣流出口沫——直接凝視著他，直到影像消失。他低聲說：「鎮靜下來，只想著此刻，不要把精力浪費在你無法控制的事，你無法控制過去的事。你會害怕是因為把這件過去的事想像成現在正發生的事。你的大腦創造出影像，你的大腦對這些影像創造出你的感受。只要專注在控制你的大腦。」

但所有這些以前被他寫在筆記本中的精良方案，都無法改善砰砰作響的心跳。他繼續嘗試以理性安撫自己：「記住大自然裡的每一件事都有原因。你，班托．斯賓諾莎，只是這個浩瀚因果網絡裡無足輕重的一小部分。思考一下刺客形成的漫長軌跡，包括一長串事件，無可避免地導致他的攻擊。」什麼事件？班托自問，也許是拉比煽動人心的演講？也許是刺客過去或現在生活中的某種不幸？班托在房間來回走動，沉思所有這些想法。

接著響起一陣輕柔的敲門聲，他離門口很近，立刻伸手開門，發現克拉拉．瑪麗亞和德克正站在門口，兩人雙手相觸、十指交纏。他們立刻抽回手，進入他的房間。

「班托，」慌亂的克拉拉．瑪麗亞說：「喔，你起來走動了？一小時前我們敲門，你沒有開門，我們進來看到你仍在沉睡。」

「啊，對，看到你起來真好，」德克說：「他們還沒抓到那個瘋子，但我把他看得很清楚，他們抓到他之後我會指認他。希望他們把他關很久。」

班托什麼也沒說。

德克指著班托的肚子說：「讓我們看看傷口，安登要求我檢查一下。」德克靠近他，示意克拉拉．瑪麗亞離開他們。

但班托立刻退後，搖頭說：「不，我很好。不要現在，我希望再獨處久一點。」

「好吧，我們一個小時後回來。」德克和克拉拉．瑪麗亞離開房間時，疑惑地互看了一眼。

班托現在覺得更不舒服了：相觸的雙手立刻分開，以免被他看見；兩人親密的眼神。只不過幾分鐘前，他們還是他最親近的朋友。德克昨晚才救了他一命；他昨晚還很喜歡克拉拉．瑪麗亞的表演，陶醉於她的每一個動作，她雙唇的每一個挑逗姿勢和眼皮的眨動。他現在突然對兩人感到怨恨，他無法感謝德克或甚至叫他的名字，或感謝克拉拉．瑪麗亞昨晚坐著陪他。

「慢下來，」班托低聲告訴自己：「退開來，從遠方看著自己，看看你的感受是怎麼樣瘋狂的旋轉——先是愛，然後是恨，現在是憤怒。情感是多麼善變、多麼任性。看看你自己是怎麼樣被別人的行為翻過來又翻過去。如果你想要成長，就必須克服自己的情感，把你的感受停泊在某種不會改變、永遠持續的東西。」

又響起一陣敲門聲，同樣輕柔的聲響，會是她嗎？接著是她悅耳的聲音：「班托，班托，我可以進來嗎？」

希望與情感被攪動，班托立刻覺得飄飄然，忘記所有永恆與不變的事。也許克拉拉．瑪麗亞是獨自過來，也許她改變心意、感到後悔了。也許她會再次握著他的手。

「請進。」

克拉拉．瑪麗亞獨自進來，手上拿著一張便條：「班托，有人拿著這張紙條要我轉交給你。一位陌生、激動、有點矮的男士，帶著濃厚的葡萄牙口音，一直向兩邊張望馬路。我猜他是猶太人，他在運河前等待回音。」

班托從她手中接下紙條，攤開來，快速閱讀。克拉拉．瑪麗亞好奇地看著，她以前不曾見過班托對任何事如此急切。他把葡萄牙文翻譯成荷蘭文，大聲唸給她聽。

班托，我聽說昨晚的事。所有會眾都知道這件事。我希望今天見你一面，有重要的事。我就站在你家附近辛傑爾運河的紅色船屋前面。你能來一趟嗎？

法蘭科

「克拉拉．瑪麗亞，」班托說：「他是我的朋友。我昔日生活剩下的唯一朋友。我必須去見他，我可以自己下樓。」

「不行，爸爸說你今天不能走樓梯。我會告訴你的朋友，請他過一、兩天再來。」

「但他強調『今天』，一定是和昨夜的事有關。我的傷只是皮肉傷，沒問題的。」

「不行，爸爸要我照顧你。我說不行就是不行。我會帶他上來，我相信爸爸會同意的。」

班托點頭：「謝謝你，但請注意馬路沒有別人，不能被任何人看見他進來。把我逐出教會的命令禁止任何猶太人和我說話，他來見我是不能被人看見的。」

十分鐘後，克拉拉．瑪麗亞帶著法蘭科進來。「班托，我什麼時候過來帶他離開？」兩個男人全神貫注凝視對方的眼睛，沒有回答她，她靜靜地離開，說：「我在隔壁房間。」

房門一關上，法蘭科就上前緊緊抱住班托的雙肩：「班托，你還好嗎？她告訴我，你的傷不嚴重。」

「不重，法蘭科，只是這裡有一些皮肉傷，」——他指著自己的肚子——「但**這裡**有很深的創傷。」他指著自己的腦袋。

「能看見你真好。」

「我也是，我們坐下吧。」他指著床，兩人坐下時，法蘭科繼續說下去。「一開始，傳遍會眾的消息說你死了，被上帝擊倒。我跑到會堂，那裡歡欣鼓舞，大家都在說上帝聽到他們的呼求，實行祂的審判。我獨自在一旁感到痛苦，直到聽說警察在附近搜尋刺客，我才知道你的傷不是來自上帝，當然了，而是一位瘋狂的猶太人。」

「他是誰？」

「沒有人知道，至少沒有人說他知道。我聽說是一位剛抵達阿姆斯特丹的猶太人。」

「是的，他是葡萄牙人，他攻擊我時用葡萄牙語大喊『異教徒』。」

「我聽說他的家人被宗教法庭害死，也許他對前猶太人特別不滿。西班牙和葡萄牙有許多前猶太人成為猶太人最大的敵人：神職人員幫助宗教法庭看穿猶太人的掩飾，而得以快速升遷。」

「因果網絡現在變得更清楚了。」

「因果網絡？」

「法蘭科，能再見到你真好。我一直很喜歡你要我停下來，請我澄清的方式。我的意思只是每件事都有原因。」

「即使是這次攻擊？」

「對，每一件事！一切都被自然律支配，透過我們的理性，有可能了解這個因果鏈。我相信不只物體是如此，與人有關的每一件事也是如此，我現在進行的計劃是用線條、平面和立體的方式來處理人的行為、想法和欲望。」

「你是說我們可以知道每一個想法、欲望、幻想、夢境的原因嗎？」

班托點頭。

「這意思是說我們無法單純地決定自己有某些想法嗎？我不能決定把我的頭轉到一邊，然後轉到另一邊嗎？我們沒有單純的自由選擇權嗎？」

「我不是指這個意思。人是自然的一部分，所以受到自然因果網絡的支配。自然裡沒有任何東西可以自己任意選擇啟動某種行為。在一個領域裡不可能有另一個獨立的領域。」

「在一個領域裡不可能有另一個獨立的領域？我又聽不懂了。」

「法蘭科，自從上次談話到現在已經超過一年了，我一下子就去談哲學，卻沒去了解你的生活。」

「不，對我而言，沒有什麼比這樣與你談話更重要的了。我就像快要渴死的人來到綠洲。其他東西都可以放到一旁。請告訴我什麼是一個領域裡的另一個領域。」

「我是指人既然從各方面來看都是自然的一部分，以為人會妨礙而不是遵循自然的秩序，就是不正確的。我們做的每一件事都是由外在或內在的原因決定的。記得我以前是怎麼向你證明上帝或自然並沒有選擇猶太人嗎？」

法蘭科點頭。

「所以，同樣地，上帝也沒有選擇人類可以特別自外於自然律。我相信這個觀念和自然秩序無關，而是出於我們內心深處想要特別、想要不朽的需要。」

「我想我懂你的意思，這是很巨大的思想。沒有自由意志嗎？我要質疑這一點。你看，我認為我可以自由決定說：『我要質疑它』，可是我提不出論證。下次見面時，我會想出一些。不過我在你談論刺客和因果網絡時打斷了你，請繼續。」

「我認為是自然律以同樣的方式回應整件事。這位刺客可能因為哀悼家人而發瘋，他聽說我是前猶太人，於是把我歸類為傷害他家人的其他前猶太人。」

「你的推理路線很合理，但應該也包括其他鼓勵他這麼做的人所造成的影響。」

「那些『其他人』也受到因果網絡的支配，」班托說。

法蘭科停下來，點頭說：「班托，你知道我在想什麼嗎？」

班托抬高眉毛，看著他。

「我認為這是一項終身的計劃。」

「我完全同意。我也樂意，極度樂意，把我的人生投入這個計劃。但你剛才要說的是不是其他人對刺客的影響？」

「我相信拉比們煽動這件事，塑造出攻擊者的想法和行動。據說他現在躲在會堂的地窖裡。我相信拉比們想要你的命，用來警告會眾質疑拉比的權威是有危險的。我打算通知警方，他可能躲在哪裡。」

「不，法蘭科，不要這樣做。請想想後果。哀傷、憤怒、復仇、懲罰、報應的循環會永不休止，最後會吞噬你和你的家人。選擇宗教的道路吧。」

法蘭科看起來很驚訝：「宗教？你怎麼可以用『宗教』這個字眼？」

「我是指道德之路，美德之路。如果你想改變這種痛苦的循環，就必須見這個刺客，」班托說：「安慰他，撫平他的哀傷，嘗試啟發他。」

法蘭科緩緩點頭，靜靜坐著咀嚼班托的話，然後說：「班托，我們回到你先前提到的腦袋的創傷。這個創傷有多嚴重？」

「法蘭科，坦白說，我因恐懼而癱瘓了。緊繃的胸膛好像快炸開了。即使我整個早上都在處理它，仍無法平靜下來。」

「你如何處理？」

「就像我剛才描述的，提醒自己每一件事都有原因，所有發生的事都是必然發生的。」

「『必然』是什麼意思？」

「考慮到所有因素都是先前已經發生的，這件事就**必然**發生，無法避免。最重要的一件事就是，我已了解，嘗試控制我們無法控制的事是不合理的。我相信這是正確的想法，但攻擊的景象一再回來纏著我。」班托停了一下，眼光偶然看到被割破的外套。「我突然想到，外套放在椅子上的影像可能會加重問題。把它留在那裡是一大錯誤。我應該徹底解決它。我突然想到可以送給你，但你當然不能被人看見這件外套，這是我父親的外套，很容易被人認出來。」

「我不同意。避而不見是壞主意。容我告訴你，我父親對遇到類似處境的人是怎麼說的，他說：『不要丟掉它，不要關掉腦袋的一部分，而是做剛好相反的事。』所以，班托，我建議你把它掛在明顯可見的地方，你總是看得到的地方，提醒你所面對的危險。」

「我了解這個建議的智慧，需要極大的勇氣才做得到。」

「班托，把外套放在看得到的地方是必要的。我認為你低估了你在現在這個世界的處境有多危險。昨天，你差點死掉。你當然害怕死亡吧？」

班托點頭說：「是的，雖然我想克服這種恐懼。」

「怎麼克服？每個人都怕死。」

「人怕死有不同的程度。我正在閱讀古代哲學家找到一些減輕死亡恐懼的方法。記得伊比鳩魯嗎？我們曾談到他。」

法蘭科點頭說：「是，這個人說人生的目的是活在寧靜的狀態。他用的是什麼字眼？」

「內在的不動心。伊比鳩魯相信妨礙內在不動心的主要因素就是我們對死亡的恐懼，他教導學生幾個強而有力的論證來減輕它。」

「比如說？」

「他的出發點是沒有來世，所以不需要害怕死後的神明。他接著說，死亡和生命永遠無法同時存在，換句話說，有生命，就沒有死亡，有死亡，就沒有生命。」

「聽起來很合邏輯，但我懷疑一個人半夜從垂死的惡夢中醒來時，這句話可以提供平靜。」

「伊比鳩魯還有另一個論證，對稱論證，可能比較有力。它假定死亡之後的不存在狀態和出生前的不存在狀態是完全相同的。我們雖然害怕死亡，但想到早先完全相同的狀態時，卻不害怕。所以也沒有害怕死亡的理由。」

法蘭科深吸一口氣說：「班托，這句話抓住我的注意了。你說得對，**這個**論證具有平靜的力量。」

「具有『平靜力量』的論證可以支持一個觀念，沒有一件事的本身或內容是真正好或壞、討喜或可怕的，**只是你的頭腦使它們成為如此**。法蘭科，想想這句話──只是你的頭腦使它們成為如此。這個觀念具有真正的力量，我相信它提供了療傷的鑰匙。我必須做的是改變頭腦對昨夜事件的反應，但我還沒有找到方法。」

「即使在恐慌之中，你仍持續思考哲學，實在令我感動。」

「我必須把它看成理解的機會。還有什麼事比親身學習如何減輕死亡恐懼更重要的呢？前幾天，我讀到羅馬哲學家塞內加的一段話，他說：『清除心中的死亡恐懼，其他懼怕就不敢進來了。』換句話說，你一旦克服死亡恐懼，就也克服了所有其他恐懼。」

「我開始更了解你對恐慌的著迷了。」

「問題越來越清楚，但解決的方法仍隱而未現。我懷疑現在對死亡恐懼特別敏銳，是不是因為我覺得如此豐富。」

「什麼意思？」

「我是指腦海裡的豐富。我腦中盤旋著許多還不成熟的想法，一想到這些想法可能胎死腹中，我就感到極度痛苦。」

「班托，那就小心一點，保護這些想法，也保護你自己。雖然你走在成為偉大老師的路上，但從某些角度來看，你還很不成熟。我認為你擁有太少的怨恨，以至於低估了別人心中存在的怨恨。請聽我說：**你身陷危險，必須離開阿姆斯特丹**。你必須離開猶太人的視線，躲藏起來，暗中進行你的思考和寫作。」

「我認為你裡面蘊藏了一位好老師。法蘭科，你給了我很好的建議，不久，很快，我就會遵循你的建議。但現在輪到你讓我了解你的生活了。」

「不，我有個想法，也許有助於你的驚恐。我有個疑問：如果刺客只是一般的瘋子，而不是對你特別不滿的猶太人，」法蘭科指著他的頭說：「你這裡還會這麼受傷嗎？」

班托點頭說：「非常好的問題。」他向後靠著床柱，閉上眼睛，沉思了幾分鐘，然後說：「我想我了解你的重點在哪裡，這是非常有洞察力的重點。不會，如果他不是猶太人，我確定腦袋裡的傷不會這麼嚴重。」

「啊，」法蘭科說：「這表示……」

「這必然表示我的恐慌**不只是**針對死亡，還有其他的成份，連結到我被迫流放，脫離猶太人的世界。」

「我也這麼認為。就現在而言，流放對你有多痛苦？我們上次談話時，你只表達脫離迷信世界的輕鬆感，對自由的前景非常高興。」

「確實如此。我現在仍有那種輕鬆和高興，但只在清醒的生活中。我現在過著兩種生活，白天是脫去舊皮的新人，研讀拉丁文和希臘文，思考令人興奮的自由思想。但在晚上，我是巴魯赫，是猶太流浪漢，仍然接受母親和姊姊的安慰，被前輩考問塔木德經，在燒毀的會堂廢墟裡徘徊。我越脫離完全清醒的意識，就越繞回原點，試圖抓住那些童年的幻象。法蘭科，下面這句話可能讓你吃驚：幾乎每一個晚上，我躺在床上等著入睡時，你都會在我面前出現。」

「希望我是好客人。」

「遠比你能想像的還要好。我邀請你進來是因為你為我帶來安慰。你今天也是好客人，即使在我們談話時，我也會感到內在的不動心滲入我裡面。還有比內在不動心更多的東西，你幫助我思考。你關於刺客的問題——如果他不是猶太人，我會做何反應——幫助我真正領會決定因素的複雜性。我現在知道我必須更深入去看先前的事件，思考還沒有完全意識到的想法，包括夜間和白天的想法。謝謝你。」

法蘭科露出笑容，緊握班托的肩膀。

「法蘭科，現在你**必須**對我說你的生活。」

「我發生了許多事，雖然我的生活不像你那麼有冒險性。我的母親和姊姊在你離開一個月後抵達，我們在會堂基金的協助下蓋了一間小房子，離你的進口商店不遠。我常經過那家店，並看到蓋伯瑞，他會向我點頭，但沒有說話。我猜是因為他像每一個人一樣，知道我在你的流放所扮演的角色。他結婚了，和妻子的家人住在一起。我在叔叔的運輸公司工作，為抵達的船隻盤點貨物。我認真學習，每週和其他移民一起上好幾堂希伯來文課。學希伯來文很煩人，但也令人興奮，它能安慰我，提供一條救生索，一種與我的父親和父親的父親，還有回溯幾百年的父親的延續感，這種延續感有很強的安定作用。

「你的姊夫撒姆耳現在是拉比，每週教導我們四次。其他拉比，包括莫泰瑞拉比，在其他時間輪流教我們。從撒姆耳的閒談所得到的印象是你姊姊蕾貝卡很好。還有別的嗎？」

「你的表哥雅各呢？」

「他已搬回鹿特丹，我很少見到他。」

「還有重要的問題：法蘭科，**你滿足嗎？**」

「是的，卻是帶著憂鬱感的滿足。因為知道你向我展示了另一種生活，是我無法全然體驗的精神生活。我很高興知道你會在那裡，並持續與我分享你的探索。我的世界比較狹小，已經能看見它未來的輪廓。我的母親和姊姊為我選了妻子，一位來自我們在葡萄牙村莊的十六歲女孩，我們再過幾星期就會結婚。我同意他們的選擇，她是漂亮、討人喜歡的人，能為我帶來笑容。她會成為好妻子。」

「你能和她談你的興趣嗎？」

「我相信可以，她也渴望知識。她就像大多數來自我們村莊的女孩一樣，連讀書都不會。我已開始教她。」

「希望不要教太多，可能會有危險。不過，告訴我，社群裡有人談到我嗎？」

「在這次事件之前，我沒有聽過。社群好像得到命令，不但要避開你，也不能談到你的名字。我沒有直接聽到，但門一關起來會說什麼，我當然就不知道了。也許只是我的想像，但我真的相信你的精神在社群裡飄動，有很大的影響。比如說，我們的希伯來文訓練課程非常緊張，不許提出任何問題，好像拉比要確定不會再產生另一位斯賓諾莎。」

班托低下頭。

「也許我不應該說這件事，班托，我太不體貼了。」

「只有不讓我知道事實，你才是不體貼。」

門上響起輕柔的叩門聲，然後是克拉拉．瑪麗亞的聲音：「班托。」

班托把門打開。

「班托，我不久就必須出門。你的朋友還會留多久？」

班托詢問地看著法蘭科，他輕聲說自己不久就必須離開，因為他沒有長時間離開工作的好理由。班托回答：「克拉拉．瑪麗亞，請再給我們幾分鐘就好了。」

「我在音樂室等待。」克拉拉．瑪麗亞輕輕關上門。

「班托，她是誰？」

「她是校長的女兒，也是我的老師。她教我拉丁文和希臘文。」

「你的**老師**？不可能，她才幾歲？」

「大約十六歲。她從十三歲就開始教我。她是天才，和其他女孩很不一樣。」

「她對你似乎很關愛、溫柔。」

「對，確實如此，我也如此待她，不過……」班托遲疑著；他不習慣與人分享自己內心深處的感受。「但她今天加重了我的苦惱，她對我的朋友兼同學展現出更溫柔的態度。」

「啊，嫉妒。那真的很痛苦。班托，很遺憾。但你上次不是對我談到要欣然接受孤獨的生活，摒棄擁有伴侶的想法嗎？你那時似乎全心獻身或可能是認命於獨自一人的生活。」

「既獻身又認命。我全然獻身於精神生活，知道自己永遠無法承擔家庭的責任。我也知道自己不可能合法地娶基督徒或猶太人，而克拉拉．瑪麗亞是天主教徒，迷信的天主教徒。」

「所以你很難放棄你其實不想要又不可能擁有的對象。」

「對！我喜歡你直接切入我荒謬核心的方式。」

「你愛她嗎？而她比較喜歡的那位好朋友呢？」

「在今天之前，我也愛他。流亡之後，他幫我搬家，昨晚還救了我一命。他是好人，正計畫成為醫生。」

「但你希望她喜歡你甚於他，即使你知道這會讓你們三人都不快樂。」

「對，你說得對。」

「她越喜歡你，就會因為不能擁有你而更失望。」

「對，我無法否認。」

「不過你愛她，你要她快樂。如果她痛苦，你也會難受？」

「對，對，對。你說的每一句話都是正確的。」

「最後一個問題。你說她是迷信的天主教徒？而天主教徒很喜歡儀式和奇蹟。那她怎麼看待你認為上帝就是自然的觀念，還有你排斥儀式和迷信的態度呢？」

「我永遠不會和她談論這些觀點。」

「因為她會排斥它們，也可能排斥你？」

班托點頭說：「法蘭科，你說的每一個字都是正確的。我如此努力，放棄那麼多東西以得到自由，現在卻放棄我的自由，被克拉拉·瑪麗亞吸引。當我想到她，就完全無法思考其他崇高的思想。這一點顯然表示我還不是自己的主人，而是情感的奴隸。雖然我知道理性比較好，卻被迫跟隨較不好的。」

「班托，這是非常古老的故事了。我們總是被愛情奴役。你要怎麼解放自己呢？」

「我能自由的唯一方法就是徹底切斷我與感官逸樂、財富和名聲的關係。如果我不聽從理性，就仍是情感的奴隸。」

「可是，班托，」法蘭科站起來準備離開：「我們知道理性不是情感的對手。」

「對，只有更強烈的情感才能克服情感。我的任務很清楚了，我必須把理性轉成熱烈的情感。」

「**把理性轉成熱烈的情感**，」法蘭科喃喃說著，兩人走向等待的克拉拉·瑪麗亞所在的音樂室。「驚人的任務。下次見面時，希望聽一聽你的進展。」

〔第二十六章〕

柏林

——一九二三年三月二十六日

我發現很難和我們的波羅的海夥伴相處，他們似乎擁有某種負面的特質，同時又表現出一種優越的態度，自認為是每一件事的主人，我在別的地方不曾見過這種情形。

阿道夫・希特勒致阿弗瑞德・羅森堡

親愛的弗瑞德里赫：

很遺憾，我必須取消預定的拜訪。雖然已經是第三次了，仍請你不要放棄我。我真的很想接受你的諮商，但需要我處理的事急速增加。希特勒上星期要我取代狄特里希・埃卡特，成為《人民觀察家報》的總編輯。希特勒現在和我更加親近，我出版的《錫安長老的協議》讓他非常高興。一個月前，在慷慨金主的協助下，《人民觀察家報》成為每日出刊的報紙，發行量現在已達到三萬三千份（順帶一提，你現在可以在柏林的書報攤買到了）。

每一天都有新的危機要報導，每一天，德國的命運似乎都不確定。比如說，我們此時必須決定如何對付法國，他們侵入魯爾（Ruhr），以取得可恥的賠款。每一天，不斷上升的通貨膨脹都把整個國家帶到災難的邊緣。你能相信一美元在一年前等於四百馬克，今天早上卻值兩萬馬克嗎？你能相信慕尼黑的雇主開始每天分三次付薪水給勞工嗎？柏林也是這樣嗎？妻子陪著丈夫上班，早上一拿到薪水，就在價格上漲前趕快去買早餐。她在中午再度出現，以收取薪資（現在提高了），然後必須再趕去買午餐，原本十萬馬克可以買四根香腸，現在只能買三根了。然後，一天結束時，她第三度過來，拿取再次上漲的薪資。由於金融市場已經關閉，直到隔天早上金融交易所開門前，錢暫時安全了。這是醜聞，這是悲劇。

狀況還會更糟。我相信這是有史以來最大幅的通貨膨脹：所有德國人都會成為貧民，當然了，除了猶太人，他們當然會從這個惡夢獲利，他們的公司保留了大量黃金和外國貨幣。

我的出版生活是如此忙亂，以至於無法離開辦公室吃午餐，更不可能搭上耗費十小時、兩千萬馬克的火車到柏林。如果有任何事情讓你來慕尼黑，請讓我知道，以便在這裡見面。我會非常感激。你曾考慮到慕尼黑執業嗎？我可以幫你，請考慮我可以為你提供完全免費的廣告。

卡爾·亞伯拉罕醫師讀完信，交還弗瑞德里赫說：「你打算怎麼回應？」

「不知道，我想用今天的督導時間討論它。你記得他嗎？我在幾個月前描述過我和他的談話。」

「《錫安協議》的出版者?我怎麼忘得了他?」

「從那次之後,我就沒見過羅森堡先生,只有幾封信。不過,這是他的《人民觀察家報》,昨天的報紙。請看看這個標題:

維也納妓院的虐童事件:

涉及眾多猶太人

亞伯拉罕醫師看一眼標題,厭惡地搖搖頭,然後問:「那本《協議》呢?你讀了嗎?」

「只看了摘要和一些稱它為騙局的討論。」

「明顯的騙局,卻很危險。我完全相信你的病人羅森堡知道這一點。我的社區裡的可靠猶太學者告訴我,那本《協議》是由聲名狼籍的俄國作家斯爾吉・奈魯斯(Serge Nilus)捏造的,他想說服沙皇相信猶太人試圖統治俄國。沙皇讀了《協議》之後,頒布了一系列血腥的方案。」

弗瑞德里赫說:「我的問題是如何治療一個做出這種劣行的病人?我知道他很危險。我要怎麼處理我的反移情作用呢?」

「我比較喜歡把反移情作用看成治療師對病人的精神官能症反應。在這個例子裡，你的感受有合理的基礎。更適當的問題應該是：『你如何處理一個從客觀標準來看，是可憎、惡質、有極大破壞能力的人？』」

弗瑞德里赫思考督導的話：「可憎、惡質。很強烈的字眼。」

「沒錯，菲斯特先生，那是我的用語，不是你的，我相信你在暗示另一個議題，相當正確，督導的反移情作用可能妨礙我教導你的能力。身為猶太人，我自己不可能治療這位危險的反猶分子，但讓我們看看我是否仍可以當督導者。請多談一些你對他的感受。」

「雖然我不是猶太人，他的反猶主義仍讓我覺得不舒服。畢竟，我在這裡最親近的人幾乎都是猶太人——我的分析師、你，以及學會裡大部分的工作人員。」弗瑞德里赫拿起阿弗瑞德的信說：「你看，他在信中對事業的進展表示自豪，期待我為他高興。但為了你、為了所有德國公民，我卻越來越生氣和害怕。我認為他很邪惡，而他的偶像希特勒可能是惡魔的化身。」

「這是一個部分，但另一部分的你卻想繼續見他。為什麼？」

「我們先前討論過，這是我在知性上的興趣，想分析某個我與他共有一段過去的人。我和他哥哥認識了一輩子，我從阿弗瑞德小時候就認識他。」

「可是，菲斯特醫師，顯然你永遠無法分析他。光是距離就不可能了。你至多只能零零星星見他幾次，根本不可能對他的過去做出深入的考察。」

「你說的對，我必須放下那個想法。一定有別的原因。」

「我記得你向我談到過去被毀滅的感覺。只有你的好朋友，他哥哥。我忘了了他的名字……」

「尤金。」

「對，只剩下尤金．羅森堡，還有份量少很多、一直無法靠近的阿弗瑞德，尤金的弟弟。你的父母過世了，沒有兄弟姊妹，你和早年生活中的人或地方都沒有其他聯繫。我覺得你似乎透過尋找某種不朽的東西，試圖否認年歲的增長或人生的無常。你在自己接受分析時，有處理這件事嗎？我希望有。」

「還沒有，但你的看法很有益。我無法靠尤金或阿弗瑞德來停止時間。亞伯拉罕醫師，你讓我清楚看見阿弗瑞德對我的內在衝突沒有幫助。」

「這很重要，菲斯特醫師，我要複述一次，**阿弗瑞德．羅森堡對你的內在衝突沒有幫助。**處理這件事的唯一方式就是你自己接受分析。對嗎？」

弗瑞德里赫順從地點頭。

「所以我要再問一次，你為什麼想見他？」

「我不確定，我同意他是危險的人、散播仇恨的人。但我仍把他當成隔壁的小男孩，而不是邪惡的大人。我認為他是受到誤導，而不是惡魔。他真的相信那些種族謬論，他的想法和行為都完全遵循赫斯頓．史都華．錢伯倫的假設。我不相信他是精神病人、虐待狂或暴力的人。他其實有點膽小，幾乎可說是懦弱、沒有安全感的人。他不會與人建立關係，幾乎完全寄託在他的領導者希特勒的愛。但他仍然知道自己的局限，也出乎意料之外地準備好接受一些治療。」

「所以，你的治療目標是……」

「也許我很天真，但如果我能把他變成更有道德的人，他是不是就比較不會成為世界的禍源呢？這總比什麼都不做來得好一點。也許我還能幫他處理強烈而不合理的反猶主義。」

「啊，如果能成功地分析反猶主義，你會得到佛洛伊德夢寐以求的諾貝爾獎。你有如何處理這件事的想法嗎？」

「還沒有，還遠得很，而且，這當然是**我的**目標，不是病人的目標。」

「他的目標呢？他想要什麼？」

「他的明確目標是與希特勒和其他黨員建立更深入的關係。我必須偷偷帶入任何比這個目標更崇高的東西。」

「你擅長偷偷帶入東西嗎？」

「我還是新手，但有個想法。我曾向你提到，我教過他斯賓諾莎。《倫理學》的第四部分──克服情感束縛的章節──裡面有一句話抓住我的注意力。斯賓諾莎說，理性比不過情感，我們必須做的是把理性轉成熱烈的情感。」

「嗯，有趣。你打算怎麼做？」

「我還沒想到確切的方法，但我知道必須讓他對自己充滿好奇。每一個人不是都對自己有強烈的興趣嗎？每一個人不是都想了解與自己有關的每一件事嗎？我知道我是如此。我要努力激發阿弗瑞德對自己的好奇。」

「菲斯特醫師，這是很有趣的治療構想，很新穎的方式。希望他會配合，我會盡我所能在督導時協助你。但我想知道你的論點是不是有個瑕疵。」

「哪一個？」

「過度推論。治療師是與眾不同的，我們是怪人。其他人人多不像我們那樣對心靈充滿好奇。到目前為止，我知道他的目標與你的目標非常不同：他想要的是讓自己更被他的納粹黨人所喜愛。所以請牢牢記住這個危險，治療可能對大家都更不好！容我說得更具體一點，如果你成功幫助羅森堡改變，使希特勒更喜歡他，你就會使他的邪惡變得更有影響力。」

「我了解。我的任務是幫助他接受另一個完全相反的目標，了解他為什麼迫切而非理性地需要希特勒的愛，並減少這個需要。」

亞伯拉罕醫師對他的年輕學生微笑：「完全正確。弗瑞德里赫，我喜歡你的熱誠。誰知道呢？也許你可以辦得到。我們來看看慕尼黑有什麼你可以參加的專業會議，讓你在那裡和他做幾次會談。」

拜羅伊特——一九二三年十月

儘管工作壓力很大，阿弗瑞德仍按計劃前去拜訪赫斯頓．史都華．錢伯倫，且輕易說服希特勒和他同行。希特勒也對錢伯倫的《十九世紀的基礎》異常激動，並在臨死前宣稱錢伯倫（以及狄特里希・埃卡特和理察・華格納）是他主要的知性導師。

錢伯倫住在拜羅伊特的瓦恩弗雷德別墅（Wahnfried），這是華格納的豪宅，錢伯倫和妻子伊娃（華格納的女兒）與華格納八十六歲的遺孀寇希瑪同住。阿弗瑞德非常喜歡前往拜羅伊特的一百五十英哩車程，他第一次坐上希特勒閃閃發亮的賓士新車，且能連續好幾個小時獨占希特勒的注意。

佣人迎接他們，帶他們上樓，錢伯倫坐在輪椅上，藍綠相間的格子紋毛毯整齊地蓋住雙腳，他面向大窗戶，向外凝視，眺望華格納的庭院。某種奇怪的神經疾病使他半癱，無法清楚說話，衰弱的身體使他看起來比實際年齡七十歲老很多：皮膚有很多斑點，眼神空洞，半張臉因為痙攣而扭曲。錢伯倫注視希特勒的臉孔，不時點頭，看起來好像了解希特勒的話。他完全不看羅森堡一眼。希特勒彎身向前，附在錢伯倫耳邊說：「我珍視你在《十九世紀的基礎》這本巨著裡寫的話：『日耳曼民族與猶太人陷入你死我活的掙扎，不只是用大炮交戰，更是用生命和社會的每一樣武器。』」錢伯倫點頭，希特勒繼續說：「錢伯倫先生，我保證會為你進行這場戰爭。」然後花很多時間描述他的二十五點計劃，以及他絕對無可動搖的決心，要讓歐洲沒有猶太人。錢伯倫用力點頭，不時用低沉的聲音說：「對，對。」

稍後，希特勒離開房間，私下謁見寇希瑪・華格納，留下羅森堡與錢伯倫單獨相處。於是羅森堡告訴錢伯倫，自己像希特勒一樣，在十六歲就被《十九世紀的基礎》吸引，也同樣長久受惠於他。然後像希特勒一樣彎身靠近錢伯倫的耳朵，向他透露：「我正開始寫一本書，希望能把你的成就延續到下一個世紀。」錢伯倫也許微笑了，他的臉如此扭曲，以至於難以辨識。阿弗瑞德繼續說：「你的觀念和你的話在我的書裡會隨處可見。我才剛開始，這是五年的計劃，有太多事要做了。不過，我已經為結語寫好一段話：『當覺醒的象徵，代表復活生命的納粹黨徽符號的旗幟，成為德意志唯一被奉行的信條時，德國的神聖時刻將會重現。』」錢伯倫咕噥兩聲，也許是說：「對，對。」

阿弗瑞德坐回椅子，環顧四周，希特勒還未回來。阿弗瑞德再度彎身靠近錢伯倫的耳朵說：「親愛的老師，我需要你幫忙一件事，就是斯賓諾莎問題。請告訴我，這個來自阿姆斯特丹的猶太人寫出的作品，為什麼被最偉大的德國思想家，包括不朽的歌德，如此推崇。怎麼可能這樣呢？」錢伯倫激動的搖晃腦袋，發出一些羅森堡聽不懂的怪聲，不久就沉沉睡去。

回程的路上，兩人不太談錢伯倫，因為阿弗瑞德有另一個議題：說服希特勒，黨行動的時刻已經來臨。阿弗瑞德提醒希特勒一些基本事實。「德國一片混亂，」阿弗瑞德說：「通貨膨脹已經失控。四個月前，一元美金等於七萬五德國馬克，昨天已經升值到一億五千萬德國馬克。昨天街角的雜貨店一磅馬鈴薯要價九千萬德國馬克。我知道一件事實，國庫的印刷廠不久就要印製面值一兆馬克的鈔票了。」

希特勒不耐煩地點頭，他已經聽阿弗瑞德說好幾遍了。

「再看看四處發生的政變，」阿弗瑞德繼續說：「共產黨在薩克森省暴動，國防軍（Reichswehr）準備在東普魯士暴動，柏林的卡普政變，萊茵地區的分離主義者政變。但隨時會爆炸的真正火藥庫是慕尼黑和整個巴伐利亞，慕尼黑擠滿了一大群反對柏林政府的右翼政黨，我們顯然是其中最強壯、最有力量、組織最完善的。我們的時機到了！我已經在我們的報紙上，用一篇又一篇的文章激勵群眾，讓他們做好準備，接受黨的重要行動。」

希特勒似乎仍不確定。阿弗瑞德極力勸說：「你的時機已到，現在必須行動，否則就會失去機會。」

汽車抵達《人民觀察家報》的辦公大樓時，希特勒只說：「羅森堡，我要仔細考慮。」

幾天後，希特勒來到阿弗瑞德的辦公室，高興地揮舞手中剛收到來自赫斯頓．史都華．錢伯倫的信，大聲讀出部分內容：

一九二三年九月二十三日

最可敬又親愛的希特勒先生：

你親眼見到說話對我是多麼困難之後，看到這封冒昧的信，想必非常驚訝。但我忍不住要告訴你一些事。

我一直納悶，在所有人裡面為什麼是你，你是如此擅長將人從睡眠和單調的日常工作喚醒，而也是你讓我最近睡得既長久又安穩，是我從一九一四年命中注定的那一天以來所沒有的經驗，我在那一天開始被這個逐漸加劇的疾病擊倒。我現在相信我了解這一點正是你存在的特徵與角色：真正的激勵者，同時也是帶來和平的人……

你能為我帶來平和的心，這與你的眼睛和姿勢非常有關。你的眼睛就像手掌一樣，可以緊緊抓住人；你的獨有特質就是能在任何時刻，把你的言語聚焦在特定的聽者身上。你的雙手也是如此，它們的動作具有如此豐富的情感，可以比美你的眼睛。這種人可以讓痛苦的靈魂感到安心！特別是當他獻身服務祖國時。

我對德意志民族的信仰從沒有一刻動搖過，但我承認，我的盼望已經退潮。你一下子就改變了我的靈魂狀態。在德國最需要的時候，出現了希特勒，正是生命力的明證；你的行動提供進一步的證明，因為人格和行動是休戚與共的。

我可以毫無掛慮地睡去，再也沒有別的能喚醒我。願上帝保佑你！

赫斯頓・史都華・錢伯倫

「了不起的信，他一定是恢復說話能力而口述的。」阿弗瑞德努力隱藏自己的羨慕，很快又補充說：「希特勒先生，這是你應得的。」

「我現在要告訴你真正的新聞，」希特勒說：「艾瑞希・魯登道夫（Erich Ludendorff）帶軍隊加入我們了！」

「太棒了！太棒了！」阿弗瑞德回答。用婉轉一點的方式來說，魯登道夫是怪人，但他身為第一次世界大戰的陸軍元帥，仍受到普遍的敬重。

「他同意我的政變想法，」希特勒繼續說：「他同意我們必須結合武力和其他右翼團體，甚至包括君主主義團體和巴伐利亞分離主義者，在十一月八日的夜間會議起義，劫持巴伐利亞州政府官員，強迫他們在槍口下接受我當他們的領導者。隔天我們就通過市中心到國防部，藉人質和魯登道夫元帥的名聲來說服德國軍隊。然後模仿墨索里尼把軍隊開進羅馬，我們要把軍隊開進紅色柏林，結束德國的民主政府。」

「太棒了！我們要上路了。」阿弗瑞德非常高興，並不怎麼在意希特勒忽略這個計劃是他提議的。他已習慣希特勒盜用他的想法，卻沒有歸功於他。

但整件事出了差錯，政變徹底失敗。十一月八日傍晚，希特勒和阿弗瑞德一起參加右翼政黨的聯合會議，這些政黨不曾一起協商，會議變得失控，以至於希特勒後來必須跳到桌上，拿手槍對天花板開槍，以建立秩序。接著納粹黨劫持了巴伐利亞州政府的代表，當成人質。可是劫持者以為人質已接受納粹的觀點，沒有好好看管他們，於是人質趁夜色逃走。雖然如此，希特勒仍同意魯登道夫的堅持，在清晨繼續進行大規模遊行，希望引發市民的暴動。魯登道夫堅信軍隊或警察都不敢對他開槍。羅森堡趕回辦公室，準備《人民觀察家報》的頭條，呼籲人民起義。一九二三年十一月九日一大清早，兩千人的隊伍開始向慕尼黑市中心遊行，許多人都有武器，包括希特勒和羅森堡。希特勒在第一排；魯登道夫元帥穿著全套軍服，戴著他在世界大戰用的鋼盔；世界大戰的名將赫曼．戈林穿上掛滿勳章的軍服，還有挽著密友希特勒的手臂前進的施伯納—里希特（Scheubner-Richter）。羅森堡在第二排，希特勒正後方。魯道夫．海斯（Rudolf Hess）在羅森堡後面，還有普茲．漢夫施丹格爾（Putzi Hanfstaengl）（使《人民觀察家報》成為日報的金主）。海因里赫．希姆萊（Heinrich Himmler）在幾排之後，手持納粹黨的旗幟。

走到開闊的廣場時，等待他們的軍隊形成路障。希特勒高喊，要軍隊投降，他們卻開火，持續了三分鐘的槍戰，遊行者立刻散去。死了十六位納粹黨人和三位軍人。魯登道夫元帥毫不畏縮，直直走向路障，推開來福槍，一位軍官禮貌地迎向他，為了必須對他進行保護性質的拘留而致歉。戈林鼠蹊部中了兩槍，爬到安全的地方，他被送到一位善心的猶太醫生那裡接受絕佳的治療，隨後被驅逐到國外。與希特勒挽著手臂的施伯納—里希特立刻被殺死，同時他讓希特勒拽倒在地，造成肩膀脫臼。一位保鑣烏利赫．葛拉夫（Ulrich Graf）趴在希特勒身上，挨了好幾顆子彈，救了希特勒的性命。

阿弗瑞德身邊的人雖然死了，但阿弗瑞德沒有受傷，他爬到人行道，遠離屠殺之處，然後逃入人群。他不敢回家或去辦公室——政府立刻無限期關閉《人民觀察家報》，並在辦公室前派人站崗。最後，阿弗瑞德說服一位老婦人，在她家躲藏了好幾天，但他在晚上會到慕尼黑市區遊蕩，想知道夥伴的命運。希特勒在劇痛中爬行了幾呎，被人拖進一輛等候的汽車，在黨的醫生的陪同下，開車到普茲．漢夫施丹格爾家，在那裡治療肩膀，並躲藏在閣樓裡。他被逮補前不久遼草寫了一張紙條，請漢夫施丹格爾夫人交給阿弗瑞德。她在隔天找到阿弗瑞德，把紙條交給他，他立刻打開並驚訝地讀著：

親愛的羅森堡，從現在開始，由你帶領這個運動。

阿道夫・希特勒

〈第二十七章〉萊茵斯堡

——一六六二年

不出幾天，班托的恐懼逐漸消退。狂跳的脈搏、緊繃的胸膛和不斷闖入的刺客攻擊景象都消失了。可以輕鬆呼吸、感覺身體的安全，是多麼幸福啊！他帶著客觀的態度，甚至能看見刺客的臉孔，並遵循法蘭科的建議，看著被刺破的黑外套掛在隨時可見的牆上。

刺殺事件與法蘭科來訪之後幾個星期，他沉思克服恐懼的歷程。他是如何恢復鎮定的？是不是因為他更了解促成刺殺的原因？班托傾向於這個解釋——感覺起來很充分、很合理。然而他開始懷疑自己對理解力的強烈依賴。畢竟，它一開始沒有幫到他；直到法蘭科出現後，觀念才獲得勝利。他越思考這件事，就越看清法蘭科提供了某種東西，是協助他復原所不可或缺的。班托知道法蘭科抵達時，他處於最糟的狀況，接下來很快就開始改善。但法蘭科提供的究竟是什麼呢？他的主要貢獻也許是仔細分析恐懼的組成要素，並說明班托特別不安的因素在於刺客是猶太人的事實。換句話說，恐懼被脫離族人的隱藏痛苦擴大了。這或許可以解釋法蘭科的療癒力量，他不但有助於推理的過程，而且，更重要的可能是他提供了自己的出現，猶太人的出現。

法蘭科也讓他面對自己的渴望，想得到既不是真正想要又不能擁有的東西，這敲醒了班托，讓他跳出痛苦的嫉妒。班托穩定地重拾平靜，不久就重建他與克拉拉・瑪麗亞和德克的情誼。然而，克拉拉・瑪麗亞戴上德克送的珍珠項鍊的那一天，烏雲再次籠罩他的腦海。幾天後，烏雲變成暴風雨，他們宣布訂婚。但這一次，理性獲勝了；班托保持自己的平衡，拒絕讓情緒破壞他與兩位好友的關係。

即使如此，班托仍依戀著克拉拉・瑪麗亞在攻擊之夜握著他手的美好回憶。他也會回想法蘭科緊握他肩膀的方式，以及他和弟弟蓋伯瑞常常牽手的情景。但不管他的身體多麼渴望，再也不可能有令人感動的身體接觸了。碰觸和擁抱克拉拉・瑪麗亞或她的阿姨瑪莎（他也覺得她有吸引力）的幻想，有時會偷偷潛入腦海，但都很輕易就被他掃除。夜間的渴望卻是另一回事，他無法鎖住夢的入口，也無法阻擋常常弄髒睡衣的夢遺。當然了，他把這些全部藏在最深的沉默地窖，但如果告訴法蘭科的話，他可以預期會有什麼回應：「一向都是如此，性欲的壓力是我們動物本質的一部分；它是讓人類得以延續下去的力量。」

班托雖然了解法蘭科勸他離開阿姆斯特丹的智慧，但他又在那裡流連了好幾個月。他的語言能力和邏輯能力使許多社友會員找他協助翻譯希伯來文和拉丁文的文章。不久，社友會組成哲學研討會，由他的朋友西蒙・迪・弗瑞斯帶領，他們定期聚會，常常討論班托構思的觀念。

這個由欣賞他的熟人形成的圈子逐漸擴大，雖然有益於他的自我價值感，卻也嚴重占據他的時間，使他很難全心投入內在迅速成長的思想。他告訴西蒙．迪．弗瑞斯，自己想要更安靜的生活，西蒙在其他哲學研討會成員的協助下，立刻在萊茵斯堡找到一間可供他居住的房子。萊茵斯堡是維麗特（Vliet）河邊的小鎮，距離阿姆斯特丹四十公里，不但是社友會運動的核心，也離萊登大學很近，便於讓現已精通拉丁文的班托參加哲學課程，享受其他學者的陪伴。

班托非常喜歡萊茵斯堡，房子是由堅固的石頭蓋成，有幾扇小型鑲嵌玻璃組成的窗戶，可以向外觀看照顧良好的蘋果園。入口的牆面漆著一段詩句，反映出許多社友會員對世界狀態的不滿：

唉！如果所有人都有智慧，
而且善良
地球就會成為樂園
現在卻常常是地獄！

班托的住處包括兩間在一樓的房間，一間是書房，很快就變成圖書館，還有一張四柱床；另一間是小型工作室，放置研磨鏡片的設備。外科醫生胡曼（Hooman）和妻子住在房子的另一邊——包括結合廚房和起居室的空間，以及要透過陡峭樓梯才上得去的樓上臥房。

班托額外付一些晚餐費用，常常和胡曼醫生及他最友善的妻子共進晚餐。有時候，在連續多日孤獨寫作和磨製鏡片之後，他會期待他們的陪伴，但他特別全神貫注於某個觀念時，就會恢復老習慣，連續好幾天在自己房間吃晚餐，並在思考和寫作時，凝視著後院盛產的蘋果樹。

一年的時間非常愉快地過去了。某個九月的早晨，班托醒來時覺得很不舒服、無精打采、全身痠痛。但他仍決定按照原來的安排到阿姆斯特丹，把一些精緻的望遠鏡片交給客戶。除此之外，他的朋友、社友會哲學會總幹事西蒙．迪．弗瑞斯也安排他出席一場會談，討論班托最新作品的第一部分。班托從袋子取出西蒙最近寫給他的信，重讀一遍。

最敬愛的朋友——我企盼你的到達。我有時會抱怨自己的命運，竟然與你分隔兩地如此之遠。快樂，對，最快樂的是胡曼醫師了，和你同住一個屋簷下，可以在晚餐和散步時，與你討論最棒的話題。不過，我的身體雖然與你分離，但你常常出現在我腦海裡，特別是你的作品，我會一讀再讀。但由於研討會的成員無法完全了解內容，因此已經展開一系列的新聚會，並期待你來解釋一些困難的內容，好讓我們更能在你的指導下，捍衛真理，對抗那些迷信宗教的人，承受全世界的攻擊。

你最忠實的
弗瑞斯

班托收好信，同時體驗到喜悅和不安——對西蒙的好話感到喜悅，但又懷疑自己渴望一群讚美他的聽眾。毫無疑問，搬到萊茵斯堡是明智的決定。但他猜測，更明智的是搬到離阿姆斯特丹更遠的地方。

他走一小段路到烏赫斯特（Oegstgeest），花二十一個斯圖瓦〔譯注〕搭乘晨間的馬船，順著最近挖好的小運河，可以直達阿姆斯特丹。再加幾個斯圖瓦，就可以坐進客艙，但今天是好天氣，於是他坐在甲板，重讀自己的文章《改造理智論》（*Treatise on the Emendation of the Intellect*）的開頭部分，這是西蒙的哲學研討會要討論的。他在全文一開始就描述自己對幸福的追求。

經驗教導我，社交生活所習見的一切都是空虛、無益的；我看見自己害怕的對象，本身並沒有包含任何善或惡的東西，只是頭腦受到它們的影響。在這之後，我終於決定探索是否可能有某種真正的善，具有傳達自己的力量，可以獨自影響心靈，而排除所有其他東西：是否可能有任何東西是在發現並獲得時，可以使我享有持續不斷、至高無上、永無止境的快樂。

〔譯注〕 stuiver，荷蘭舊幣制，一個基爾德相當於二十個斯圖瓦。

接下來描述當他仍抓著文化的信念，認為至高的善是由財富、名聲和感官逸樂構成時，就無法達到他的目標。他堅信這些東西對人的健康不好。他仔細閱讀他對這三件世間之物的限制所做的評論。

對於**感官逸樂**，心靈會著迷到靜止的程度，好像真的得到至高的善，以至於無法思考任何其他對象；這種快樂被滿足時，接下來是極度的憂鬱，心靈雖然不再著迷，卻變得混亂、遲鈍。

至於**名聲**，心靈會更受吸引，因為名聲本身總是被認為是好的，成為所有行為導向的終極目標。此外，得到**財富**和**名聲**之後，接下來不會有感官逸樂之後的懊悔，而是得到越多，快樂就越多，結果我們就更被激勵去增加這兩樣東西；另一方面，如果我們的期望遇到挫折，就會陷入最深的哀傷。

名聲還有另一個缺點，它會迫使崇拜者根據同伴的意見來生活，迴避他們平常所迴避的，追求他們平常所追求的。

班托點頭，對於自己關於名聲問題的描述感到特別滿意。接下來是藥方：他表達自己很難為了某種不確定的東西而放下可靠而慣常的善，接著他立刻調整這個觀念，既然他追求的是穩固的善、某種不變的東西，不確定的部分顯然不是它的本質，而是如何得到它。雖然他喜歡這個論證的進展，但越讀下去就越覺得不自在。在接下來幾段文字裡，他也許說了太多，過度坦露自己：

於是我了解自己在極度危險的狀態，我迫使自己盡全力追求藥方，卻不確定它的存在；好像病人和致命的疾病搏鬥，當他看見除非自己找到藥方，否則死亡必然臨到他，於是被迫盡全力尋找藥方，因為他的全部希望都在其中。

閱讀時，他臉紅了，開始喃喃自語：「這不是哲學，太涉及個人了。我做了什麼啊？這只是想要引發情緒的激昂論證。我決定……不，不只是決定，我發誓……在未來的日子，班托．斯賓諾莎和他的探索、他的恐懼、他的希望，都不會顯露出來。如果不能完全靠論證中的推理來說服讀者，我的文章就錯了。」

他一面點頭，一面繼續閱讀，接下來描述人如何犧牲一切，甚至包括他們的生命，以追求財富、名聲和感官逸樂的耽溺。然後以簡短有力的文字介紹藥方。

一、所有邪惡似乎都來自這樣的事實，把幸福或不幸福完全仰賴於我們所愛對象的特質。

二、當一件事不被愛時，就不會因它起爭執，感覺不到哀傷，沒有怨恨，簡言之，就是沒有心靈的混亂。

三、所有這一切都起於對容易毀壞的對象的愛，比如上文提及的對象。

四、但愛一件永恆而無限的東西，心靈會充滿喜悅，而且沒有混雜任何哀傷，因此非常值得用一切力量來渴望和追尋它。

他的頭開始抽痛，再也讀不下去，他今天顯然沒有感覺到自己的狀態。他閉上雙眼，打盹了大約一刻鐘，醒來時看見的第一件事就是一群在運河旁漫步的人，有二、三十人，他們是誰？要去哪裡呢？隨著馬船接近又越過這群人，他的目光一直無法離開他們。到下一站時，距離西蒙·迪·弗瑞斯在阿姆斯特丹的家還要走一小時的路程，他晚上要住在那裡，他連自己都感到驚訝地抓起袋子，跳下馬船，回頭走向那群漫步的人。

他很快就接近到可以看清楚那些人，他們穿著勞工階級的荷蘭服裝，戴著圓頂軟帽。沒錯，毫無疑問，他們是猶太人，卻是不認識他的中歐系猶太人。他逐漸靠近，那些人停在運河邊的一處空地，圍繞著他們的領導者，無疑是他們的拉比，拉比開始在河邊吟誦。班托逐漸靠近那些人，想聽清楚他說的話。一位矮小結實、肩上披著深黑色布巾的老婦人，看了班托幾分鐘，然後逐漸靠近他。班托看著她滿是皺紋的臉孔，如此親切而有母性，以至於他以為是自己的母親。不過，他的母親在比他現在還年輕的年紀就過世了。這位老婦人應該是他母親的母親的年紀。她靠近他用意第緒語說：「你是我們的一份子嗎？」

雖然班托從他與中歐系猶太人的商業往來中只學到一點意第緒語，但他完全聽得懂她的問題，卻無法回答。最後，他搖搖頭，輕聲說：「南歐系猶太人。」

「那你就是我們的一份子，來，這是瑞芙奇給你的禮物。」她把手伸進圍裙口袋，交給他一大片新鮮麵包，用手指著運河。

他點頭表達謝意，她離開時，班托拍打自己的前額，喃喃自語：「拋罪，真是驚訝……今天是猶太新年，我怎麼忘了？」他熟知拋罪（Tashlich）的儀式。幾世紀以來，猶太會眾會到河岸附近舉行新年聚會，結束時把麵包投入河水。他想起一段經文：「上主必再憐憫我們；將我們的罪孽踏在腳下。將我們的一切罪投於深海。」（彌迦書七章十九節）

他逐漸靠近，聆聽拉比的話，男人圍著他，女人在外圈，拉比力勸會眾要想一想過去一年的所有遺憾，所有不好的行為和可恥的想法，他們的嫉妒、驕傲與過錯，然後去除它們，把不好的想法丟掉，就像他們現在把麵包丟入河裡。拉比把自己的麵包丟入河裡，其他人立刻跟著做。班托也把手伸進剛才放麵包的口袋，但又把手縮回來。他不喜歡參加任何儀式，此外，他是旁觀者，距離運河太遠。拉比用希伯來文唱誦祈禱文，班托反射性地輕聲跟著他唱誦。整體說來，這是令人愉快、最合情理的儀式。當群眾轉身走回他們的會堂，許多人向他點頭說：「新年快樂。」他微笑回應：「你也新年快樂。」他喜歡他們的臉孔；他們看起來是好人。即使他們的外觀和他自己的西班牙猶太社群不一樣，但仍然很像他小時候認識的人，單純卻又體貼，安詳自在地彼此相待。他想念他們，喔，他想念他們。

他走向西蒙家時，輕輕啃著瑞芙奇的麵包，沉思他的經驗。他顯然低估了過去的力量，它的印記是難以抹除的；它會影響現在，對感受和行為有巨大的影響。他從來沒有這麼清楚地了解，非意識的想法和感受如何成為因果網絡的一部分，於是許多事情變清楚了：他歸功於法蘭科的療癒力量、拋罪儀式強烈而甜美的拉力，甚至他慢慢咀嚼瑞芙奇的麵包時，絕佳的風味都好像能萃取出味道中的每一顆粒子。此外，他很確定地知道他的心靈毫無疑問包含一份看不見的日曆，雖然他忘了猶太新年，但心靈中的某個部分仍記得把今天標記為新的一年的開始。折磨他一整天的倦怠感，其背後也許藏有這種隱藏的知識。想到這裡，他的痠痛和沉重感消失了。於是他加快步伐，走向阿姆斯特丹和西蒙．迪．弗瑞斯。

〔第二十八章〕

弗瑞德里赫的辦公室，奧莉薇廣場三號，柏林

——一九二五年

各位先生，可以審判我們的，並不是你們。審判我們的應該是永恆的歷史法庭……你們可以不只千次地宣布我們有罪，但永恆歷史法庭的女神會一笑置之，把檢察官的訴狀和法庭的判決書撕碎；因為她會宣判我們無罪。

——阿道夫·希特勒於一九二四年慕尼黑審判時演說的最後幾段話

一九二五年四月一日，《人民觀察家報》再度以日報現身。儘管我極力懇求、爭辯，希望不要用這個人，但誰會被再次指派為編輯呢？羅森堡，這個讓人難以忍受、心胸狹窄的人，假冒的神話學者，反猶的半個猶太人。我到現在還是要說，除了戈培爾（Goebbels），沒有人比他更危害到這個運動！

——恩斯特（普茲）·漢夫施丹格爾

「希特勒的紙條讓我嚇一大跳。弗瑞德里赫先生，我要你親眼看一看。我一直把它放在皮夾裡，現在則放到信封裡保存，它快要四分五裂了。」

弗瑞德里赫小心翼翼地接過來，打開信封，取出紙條。

親愛的羅森堡，從現在開始，由你帶領這個運動。

阿道夫・希特勒

「這是失敗的政變後不久交給你的，兩年前？」

「政變的隔天，他在一九二三年十一月十日寫的。」

「請多談談你的反應。」

「就如我說的，我嚇一大跳。完全沒有跡象顯示他會選擇我接替他。」

「繼續說。」

阿弗瑞德搖頭說：「我……」他有一會兒激動地說不出話來，然後恢復平靜，脫口而說：「我很震驚、困惑。怎麼可能呢？在這張紙條之前，希特勒不曾提到要我來領導黨。寫下這張紙條後，也沒有再談到這件事！」

希特勒在之前和之後都沒有談這件事。弗瑞德里赫試圖消化這個奇怪的想法，但仍持續注意阿弗瑞德的情緒。分析訓練使他更有耐心，他知道一切都會隨著時間展現出來。「阿弗瑞德，你的聲音裡有很強烈的情緒。跟隨感受是很重要的，你發生什麼事？」

「政變後，一切都破滅了。黨已被解散，領導者若不是像希特勒一樣入獄，就是像戈林一樣逃到國外，或是像我一樣躲起來。政府查禁我們的黨，長期關閉《人民觀察家報》。直到幾個月前才重新開張，我回到以前的工作。」

「我也想知道這些事，但目前先回到你對紙條的感受。照我們以前做過的方式：想像你第一次打開紙條時的場景，然後說出腦海裡浮現的任何事。」

阿弗瑞德閉上雙眼，集中注意力：「自豪，非常自豪。**他選擇了我，我勝過所有其他人**，他把衣缽傳給我。這就代表了一切。所以我一直帶著這張紙條，我完全不知道他如此信任我、重視我。還有什麼？非常高興，這可能是我一生最得意的時刻。不，不是可能，它就是我最得意的時刻。我為此多麼愛他。然後……然後……」

「然後什麼？阿弗瑞德，不要停下來。」

「然後全部變成屁！那張紙條，每一件事！我最大的快樂變成最大的……我人生最大的**悲哀**。」

「從快樂變成悲哀，請說說轉變的詳細內容。」弗瑞德里赫知道自己的話是多餘的，阿弗瑞德正要說話。

「回答細節會用掉太多時間，發生了太多事情。」阿弗瑞德看看手錶。

「我知道你無法說出過去三年的每一件事，但如果你想要我真的了解你的苦惱，我至少需要一些簡略的概要。」

阿弗瑞德看著弗瑞德里赫寬敞辦公室高聳的天花板，集中思緒：「怎麼說呢？基本上，那張紙條給我的是不可能的任務，我被要求帶領一群狠毒的人形成的差勁核心，他們要的只是權力，大家都有自己的目的，每個人都想打垮我。每個人都既膚淺又愚蠢，他們因為我優秀的才智和完全聽不懂我的話而覺得受到威脅。每個人都對黨擁護的原則一無所知。」

「希特勒呢？他要求你帶領黨，你沒有得到他的支持嗎？」

「希特勒？他完全讓人糊塗了，使我的生活變得更加困難。你沒有注意我們政黨的戲劇性變化？」

「抱歉，我沒有注意政治事件。我一直忙於專業的新發展和求診的病人——大多是退伍軍人。此外，我最好能從你的觀點來知道這些事。」

「概括說來，你可能知道，我們在一九二三年嘗試說服巴伐利亞州政府的領導者加入我們，用墨索里尼進軍羅馬的方式向柏林進軍，但我們的政變徹底失敗。每一個人都會認為是最糟糕的狀況，整件事沒有好好計畫，執行不當，一面對阻力就崩潰了。希特勒寫那張紙條給我時，躲在普茲．漢夫施丹格爾的閣樓，即將被逮捕，有可能被驅逐出境。漢夫施丹格爾夫人把紙條交給我時，告訴我事情經過，三輛警車來到房子前，希特勒發狂地揮舞手槍，說他被這些豬玀抓住前要自殺。還好漢夫施丹格爾夫人的丈夫曾教她柔道，肩膀受傷的希特勒打不過她，漢夫施丹格爾夫人奪下手槍，丟進重達兩百公斤的大型麵粉桶。希特勒匆匆寫下給我的紙條，順從地被帶進監獄。大家都認為他的生涯結束了，希特勒完蛋了，他成為全國的笑柄。

「大致如此。但就在最低潮的時候，他展現了真正的天賦，把一場敗仗轉變為輝煌的功績。我要誠實地說，他待我有如糞土。他對我做的事使我一蹶不振，但就是這種時刻，我比以前更相信他就是真命天子。」

「阿弗瑞德，請解釋一下。」

「他的救贖時刻發生在審判時。所有其他參與政變的人都低聲下氣地辯稱自己沒有犯下叛國罪，有些人從輕量刑，比如海斯只判了七個月。有些人，比如誰也碰不得的魯登道夫元帥，立刻無罪開釋。但只有希特勒堅持自己犯下叛國罪，在審判中以長達四小時奇蹟般的演說，讓法官、旁觀者、德國各大報紙的記者全都如痴如醉。那是他最偉大的時刻，使他成為所有德國人心目中的英雄的時刻。你當然知道這件事？」

「是，所有報紙都報導那場審判，但我沒有細讀演說內容。」

「他不像所有其他懦弱地辯稱無罪的人，反而一再聲明自己有罪。他說：『如果推翻這個由「十一月罪人」〔譯注一〕組成、在暗中誹謗英勇德國陸軍的政府是叛國，**那我就是有罪的**。

〔譯注一〕　希特勒用語，指第一次世界大戰德國於一九一八年十一月戰敗後，專制政體被廢除，簽訂投降協定的民主政府。

如果想要恢復德國的光榮與尊嚴是叛國，**那我就是有罪的**。如果想要恢復德國軍人的榮譽是叛國，**那我就是有罪的**。』法官如此感動，全都向他祝賀，和他握手，想要無罪釋放他，但他們不能這樣做，因為他堅持自己犯下叛國罪。最後，他們判他在不設防的蘭斯堡（Landsberg）監獄關五年，但保證他會得到特赦。於是，在一個非凡的午後，他突然從無足輕重的政客與笑柄，變成普遍受到稱讚的全國性風雲人物。」

「對，我注意到現在所有人都知道他。謝謝你告訴我細節。我腦海裡還卡著一件事，想回去談一談，你的強烈措辭『悲哀』，你和阿道夫．希特勒之間發生了什麼事呢？」

「有什麼事**沒**發生呢？最近一件事，我在這裡的真正原因，就是公開羞辱我。他大發脾氣，在暴怒中嚴厲指責我無能、不忠，還有日曆上的標語可以看到的所有過錯。不要問我更多細節，我已記不清楚，只記得一些片斷，這些印象就像一場快速掠過的惡夢。這是兩周前的事，我還沒有恢復過來。」

「我知道你有多麼震驚。什麼事引發這場怒氣？」

「政黨政治。我決定推出一些候選人參加一九二四年的國會選舉，我們的未來顯然在那個方向。下場悲慘的政變說明我們必須進入國會體制，沒有別的選擇。我們的黨被撕成碎片，若不這樣做就會完全消失了。由於國社黨被查禁，於是我提議讓我們的人加入另一個由魯登道夫帶領的政黨。我去蘭斯堡監獄探視希特勒時，曾與希特勒詳細討論，他一直拒絕做出決定，過了好幾個星期，才終於授權讓我決定。他就是這樣，很少對政策做決定，總是讓下屬去奮戰。

我做了選擇，選舉結果也有很好的表現。可是，魯登道夫後來想把他邊緣化，希特勒就公開指責我的決定，並宣稱沒有人可以為他代言，然後解除我的所有職權。」

「他對你的暴怒聽起來像是錯置的憤怒，也就是來自其他的來源，特別是看見他可能失去權力。」

「對，對，弗瑞德里赫，希特勒現在滿腦子想的只有一件事：他身為領導者的地位。其他事都沒有這麼重要，我們的基本原則當然也沒這麼重要。自從在蘭斯堡關了十三個月被特赦之後，他就變了，表現出一副高瞻遠矚的樣子，好像能看見別人看不到的，好像他遠遠超越世俗事務。他現在堅持要大家稱呼他『元首』，不能叫別的名稱。他對我越來越冷淡。」

「我記得你在上次會談中，談到你覺得他與你保持距離，你看到他和別人較親近時，有多麼懊惱。你那時談的是戈林嗎？」

「對，完全正確，但現在更是如此。他在公開場合對每一個人都保持距離。而戈林這個蠢蛋是個大問題，他不但油腔滑調、挑撥離間、對我辱罵，而且公然濫用藥物，非常丟臉。有人在公眾聚會告訴我，他每隔一個小時就拿出藥瓶，吞下一大把藥。我試圖把他踢出黨，但無法得到希特勒的同意。事實上，戈林是我今天來這裡的另一個主要原因。雖然他仍在國外，但我從可靠的來源聽說戈林正散播惡意的謠言，說希特勒**故意**在他不在時選擇我帶領黨，是**因為他知道我是最不適任的候選人**。換句話說，因為我非常不適任，所以不會威脅希特勒的地位和權力。我不知道怎麼辦，我嚇得魂不附體。」阿弗瑞德沉坐到椅子裡，雙手捂住眼睛說：「我需要你的協助，我一直想像自己在與你說話。」

「在你想像中，我說或做了什麼？」

「一片空白，我沒有想到那麼遠。」

「試著想像我對你談話的方式，可以解除你的痛苦，請告訴我，我說什麼是最適當的？」

這是弗瑞德里赫最喜歡的伎倆，總是可以藉此深入探討治療師與病人的關係。但今天沒有用。

「沒辦法，我做不到。我需要聽聽你的意見。」

看見阿弗瑞德太激動而無法深入省思，弗瑞德里赫盡可能提供支持：「阿弗瑞德，你一面說的時候，我一面在思考。首先，我感受到你沉重的負擔，這是很可怕的情況，你好像在毒蛇的巢穴，每一個人待你都不公平而惡毒。我雖然很仔細地聆聽，但沒有聽到來自任何一方對你的肯定。」

阿弗瑞德重重吐一口氣說：「你已經了解了，我就知道你能了解。沒有人肯定我做的任何事，我對選舉做了正確的決定，元首現在走的路完全和我的計劃一樣，我卻從來沒有聽到任何稱讚。」

「你的生活都沒有人稱讚你嗎？」

「我太太海薇格（Hedwig）會稱讚我，我最近剛結婚，但她的稱讚不重要。只有希特勒的話才算數。」

「阿弗瑞德，容我問你一件事。你為什麼要忍受不當的對待、惡意的謠言、希特勒貶抑你的言辭、他人對你的毫無感激？是什麼把你關在裡面、承受一切？你為什麼不對自己好一點？」

阿弗瑞德搖搖頭，好像本來就預期會有這種疑問。「我不喜歡說老套的話，可是我必須生活，我需要錢。我還能做什麼別的事？大家都知道我是激進的記者，沒有別的工作機會。工程師的專業訓練無法幫我找工作。我有沒有告訴過你，我的論文計劃是設計火葬場？」

弗瑞德里赫搖搖頭，阿弗瑞德繼續說：「信天主教的巴伐利亞州，恐怕沒有人會吵著要求蓋更多的火葬場。我沒有別的工作可以選擇。」

「不過，把你自己綁在希特勒身上，忍受這種不當的對待，讓你的整個自我價值感依賴他的情緒而上升或下沉，實在不是得到安定或幸福的好方法。為什麼他的愛對你如此重要？」

「我不是用這個角度看這件事，我追求的不只是他的愛，而是他能提供的好處。我的存在理由是種族淨化，我內心知道這是我一生的志業。如果我要德國再度興盛，如果我要一個沒有猶太人的德國和歐洲，就必須和希特勒在一起。我只有透過他，才能推動這些事。」

弗瑞德里赫看一眼時鐘，時間還很充裕，因為他們安排了雙倍的會談時間，明天還有一次雙倍時間的會談。「阿弗瑞德，關於希特勒對你的態度有所改變，我有一個想法，我認為這和他行為舉止的改變、擺出一副很有遠見的姿態有關，他似乎試圖重新塑造自己，變得比實際情形更大。我認為他想疏遠所有那些在他還是平凡人的時候就認識他的人。也許這是他與你疏離的原因。」

阿弗瑞德仔細考慮後，說：「我沒有從這個角度想過，但我認為你說的很對。他有一群新的親信，我們這些圈外人都必須努力工作才能得到他的注意。唯一的例外是戈林，他開除了整個舊有的護衛隊。有一位特別惡劣的新加入者，約瑟夫．戈培爾，我相信他會成為我們原本正直的運動中的麥菲斯特〔譯注二〕。我無法忍受他，他對我的感覺也完全一樣。戈培爾現在是柏林納粹日報的編輯，不久就會由他來管理納粹黨的所有選舉。還有一位親信是魯道夫．海斯，他已經加入一陣子，在政變中指揮一隊衝鋒隊員，但他仍比我晚很多才進入希特勒的生活。他曾被關在蘭斯堡鄰近希特勒的牢房，每天都會見到希特勒。由於他原本計畫加入父親的事業，曾接受速記員的訓練，於是開始記錄希特勒口述的《我的奮鬥》。我承認我妒忌海斯，如果可以每天見到希特勒，我會很願意坐牢。他們在獄中完成了第一冊，我相信海斯做了很多編寫工作，因為許多部分都很拙劣。到目前為止，我才是黨最主要的知識分子與最佳寫手，他應該讓我來編輯，我可以把它變得更好。當然了，我會刪掉他公開表示後悔寫出來的一些段落，關於梅毒莫名其妙的部分一定要刪掉。可是他沒有找我。」

「為什麼沒有找你？」

「我有一些直覺，除了你，不能告訴任何人。首先是我認為他知道我不是沒有偏見的編輯，因為他的想法都是從我盜取來的。你看，他入獄前，我是正式的黨哲學家，事實上，有些左派報紙經常出版這種言論：『希特勒是羅森堡的代言人』或『希特勒執行羅森堡的意志。』這些話一再讓他生氣，他現在想清楚表達他是黨思想體系的唯一作者，所以我不能在這本書扮演任何角色。他在《我的奮鬥》中非常明確的表達這一點。我還記得這段話：『人類進步的歷史長河中，偶爾會出現實務政治家和政治哲學家成為一體的情形。』他希望被視為這種罕見的領導者。」

阿弗瑞德靠在椅子上，把眼睛閉起來。

「阿弗瑞德，你看起來比較放鬆了。」

「和你談話，對我有幫助。」

「我們來探討這個部分，我如何幫助了你？」

「你給我新的角度來看我身上發生的事。和聰明的人談話真能減輕負擔。我周圍都是平庸的人。」

「好像在這個地方，這種談話方式，讓你可以從孤立中得到喘息。是嗎？」

阿弗瑞德點頭。

「好，」弗瑞德里赫繼續說：「我很樂於提供這個部分，但還不夠，我想知道有沒有什麼方式可以讓我提供比減輕負擔更實在的東西，某種更深入、更持久的東西。」

「我也希望如此，但要怎麼做呢？」

〔譯注二〕　Mephisto，浮士德傳說中的惡魔。

「讓我試試看，我要從一個問題開始。希特勒和其他許多人給你很多負面的感受，我的問題是：**你**在這個狀況中扮演什麼角色？」

「我已經談過了。我一再受到怨恨是因為我的優秀智力。我有很複雜的腦袋，大部分人跟不上我錯綜複雜的想法，這不是**我的**錯，但別人會覺得被我威脅。許多人因為無法完全了解我的想法而覺得自己很笨，於是猛烈抨擊我，好像是**我的**錯。」

「不，這不是我要的答案。我其實是嘗試詢問『你想改變自己的什麼部分？』因為我試著做的就是幫助我的病人改變。你說你的問題來自你優秀的腦袋，這會把我們帶進死胡同，因為你當然不想犧牲自己優秀的腦袋。沒有人會想這麼做。」

「弗瑞德里赫，我不懂。」

「我是指治療在於改變，我試圖幫助你知道你想改變自己的什麼部分。如果你說你的問題完全在於別人，我就沒有任何治療方法可用，只能安慰你，幫助你學習忍受不當的對待，或建議你找其他夥伴。」弗瑞德里赫嘗試另一個總是很有效的方法。「容我這麼說，你面對的問題，有多少百分比是別人造成的？百分之二十，或五十，或七十，或是九十？」

「沒辦法這樣計算。」

「當然了，但我要的不是準確性，只是要你大約估計。阿弗瑞德，遷就我一下。」

「好吧，大約百分之九十。」

「很好，這表示那些讓你不舒服的惱人事件，有百分之十是你的責任。這可以給我們一點方向。你和我需要探討這百分之十，看我們能否了解它，然後改變它。阿弗瑞德，你懂我的意思嗎？」

「我有一種奇怪的頭暈感，每次和你談話都有這種感覺。」

「這不見得是壞事。改變的過程往往會有不穩定的感覺。我們來處理這百分之十，我想知道別人以如此不當的方式對待你時，你扮演什麼角色。」

「我已經說過了，這是平凡人妒忌具有高度想像力和智力的人。」

「別人因為你的優秀而對你不好，這是屬於另外那百分之九十的範疇。我們要集中在這百分之十的部分，**你的**部分。你說你被排斥、不受喜愛，成為謠言的受害者。你做了什麼而造成這些事呢？」

「我盡可能說服希特勒擺脫那些廢物、沒遠見的人——戈林、施特萊歇爾（Streichers）、希姆萊、羅姆（Röhm）之類的人，但沒有用。」

「阿弗瑞德，你談到亞利安血統的優越性，但如果希特勒勝利的話，這些人會成為亞利安的統治者。如果他們是亞利安血統的一部分，怎麼會這樣呢？他們當然應該擁有**一些**力量、一**些**優點啊？」

「他們需要教育和啟發，我正在寫的書會為我們未來的亞利安領導者提供所需的教育。只要希特勒支持我，就可以提升和淨化他們的思想。」

弗瑞德里赫覺得頭暈目眩，他怎麼如此低估阿弗瑞德抗拒的力量？他再次嘗試：「阿弗瑞德，我們上次見面時，你談到辦公室裡的人認為你是『人面獅身像』，還有狄特里希．埃卡特對你的批評，並勸你做一些重大的改變。記得嗎？」

「那已經是過去式了。狄特里希．埃卡特的事蹟和影響力已經結束了。他在幾個月前過世了。」

「很遺憾聽到這件事，你覺得很失落？」

「混雜各種感覺。我欠他很多，但希特勒認定埃卡特病得太重、太虛弱，無法繼續當《人民觀察家報》的主編，並指派我代替他時，我們的關係就惡化了。這不是我的錯，但埃卡特怪罪到我身上。我雖然盡力了，還是無法讓他相信我沒有設計害他。直到他過世前，對我的憎恨才減少了。我最後一次拜訪他時，他要我坐到床邊，對我附耳說：『跟隨希特勒，他會出頭，但要記得是我發現他的。』他過世後，希特勒尊稱他為納粹運動的『北極星』。但就像對我一樣，希特勒不曾把任何從他學到的事歸功於他。」

弗瑞德里赫的精力衰退了，但仍繼續嘗試：「我們回到我要談的重點。你為埃卡特工作的時候，曾告訴我，你想要改變自己，不要那麼像人面獅身像，要多一點閒聊……」

「那是以前的事。我現在完全不想弱化自己，討好劣等人的口味。事實上，我現在厭惡那種想法。那種觀念正是我們國家必須面對的重大議題的縮影：**弱者不如強者**。如果強者減輕自己的意志和權力，如果背棄自己成為統治者的命運，或是因為異族婚姻而污染自己的血統，就埋沒了德國人民真正偉大之處。」

「阿弗瑞德，你只用強者或弱者的角度來看世界。當然還有其他的觀看方式……」

「整個歷史，」阿弗瑞德插嘴，語氣更強硬了：「就是強者與弱者的故事。容我直說，像希特勒、我和你，弗瑞德里赫，這種強者的任務就是強化優秀的亞利安種族的興旺。你建議用『其他方式』觀看歷史，毫無疑問，你是指教會的方式，教會試圖解除我們的血統關係以創造具有最高統治權的個體，但這種個體只不過是缺乏對立性或效力的抽象概念？所有平等的觀念都是幻想，違反自然。」

弗瑞德里赫今天看見一個不同的阿弗瑞德，身為納粹理論家、宣傳者、大型納粹集會演說家的阿弗瑞德．羅森堡。他不喜歡他所看到的，可是就像反射動作一樣，他留在自己的角色裡：「我記得我們成年後的第一次談話，你說你很高興能有哲學對話。你告訴我，你好多年都沒有這種機會了。」

「確實如此，現在仍是如此。」

「那麼，我可以對你的話提出一些哲學問題嗎？」

「歡迎。」

「你今天早上的所有論點，都是根據一個基本假設：亞利安種族是優秀的，應該以大量、激烈的努力來增加這個種族的純淨。對嗎？」

「請繼續。」

「我的問題很簡單，你的證據是什麼？我毫不懷疑其他種族被詢問時，也都會聲明自己的優越性。」

「證據？看看四周偉大的德國人。用你的眼睛、你的耳朵。聽聽貝多芬、巴哈、布拉姆斯、華格納。讀讀歌德、席勒、叔本華、尼采。看看我們的城市、建築，我們亞利安祖先開展出的偉大文明，最後被劣等的猶太血統污染而毀滅。」

「我相信你是引用赫士頓．史都華．錢伯倫的話。我正在讀他的著作，顯然沒有提出什麼證據，只不過要人去看看埃及、印度或羅馬宮廷人物畫作偶爾可見的藍眼金髮亞利安人。我詢問過許多歷史學家，他們都說錢伯倫只是杜撰歷史來支持他最初的主張。阿弗瑞德，請給我一些實在的證據，來支持你的假設。給我一些能讓康德、黑格爾或叔本華重視的證據。」

「證據？我血液中的感覺就是證據，我們真正的亞利安人信任自己的熱情，我們知道如何駕馭他們來重拾我們應有的統治地位。」

「我聽到熱情，但還是沒有聽到證據。在我的領域中，我們探索強烈熱情的原因。容我告訴你一個可能和我們的討論非常有關的精神醫學理論。阿弗瑞德．阿德勒（Alfred Adler）是維也納的醫生，寫了許多有關普遍可見的自卑感的文章，自卑感的來源是人在成長過程長期經歷到無助、軟弱、依賴的感覺，許多人難以忍受這種自卑感，於是發展出優越情結，做為補償，其實只是同一個銅板的另一面。阿弗瑞德，我相信這種心理動力有可能是你的情形。我們談到你在童年時並不快樂，到任何地方都沒有家的感覺，你不受歡迎而努力得到成功，有一部分是為了『讓人看見』。你記得嗎？」

阿弗瑞德沒有反應，坐著凝視他。弗瑞德里赫繼續說：「我相信你犯了和猶太人一樣的錯誤，他們兩千年來認為自己是優秀的民族，是上帝的選民。你和我都同意斯賓諾莎推翻了這個論點，我毫不懷疑，他如果仍活著，他的邏輯能力也會推翻你的亞利安論點。」

「我曾警告你不要進入這個猶太人的領域，精神分析懂什麼種族、血統和靈魂？我警告你，我擔心你已經墮落了。」

「我要告訴你，這種知識和這個方法實在太好、太有力了，不應該讓猶太人獨享。我和我的同事都用這個領域的原則，為許多受傷的亞利安人提供極大的協助。阿弗瑞德，你也受傷了，可是，儘管你想要得到幫助，卻不讓我幫助你。」

「我以為自己面對的是一位超人〔譯注三〕，我犯了多麼大的錯啊！」阿弗瑞德站起來，從口袋取出一個放了錢的信封袋，整齊地放在弗瑞德里赫的桌角，走向大門。

「我明天同樣的時間見你。」弗瑞德里赫跟在他後面大喊。

「我明天不見你，」阿弗瑞德從門廳回答：「再也不見！而且我要確定這些猶太思想會跟著猶太人一起離開歐洲。」

〔譯注三〕 übermensch，尼采所說的超人，意指超越一般人的人。

〔第二十九章〕

萊茵斯堡與阿姆斯特丹

——一六六二年

班托走向阿姆斯特丹時，主動把念頭轉離過去，離開中歐系猶太人觀看的拋罪儀式所引發他與家人共度新年的懷舊景象，轉向眼前的事。大約一個小時，他就能再次見到西蒙，親近又大方的西蒙，他最熱烈的支持者。還好西蒙住得不遠，可以偶爾拜訪，也還好西蒙沒有住得太近，因為西蒙有好幾次表現出想要過於親近的跡象。他的腦海浮現西蒙上次到萊茵斯堡拜訪他的景象。

「班托，」西蒙說：「雖然我們很親近，但我仍覺得很難了解你。我的朋友，請還就我一下，詳細告訴我，你如何過生活，以昨天為例好了。」

「昨天就像平常一樣，一開始先整理並寫下夜間出現的想法，接下來就磨了四個小時的鏡片。」

「你具體做了什麼事？請逐步告訴我過程。」

「我做給你看，比告訴你更好。但會花很多時間。」

「我只是想共享你的生活。」

「跟我來另一個房間。」

班托在工作室指著一大片厚玻璃說：「我從這裡開始，我昨天從僅僅一公里外的玻璃工廠撿來的。」他拿起一隻弓形鋸：「這隻鋸子很利，但還不夠，我正用油和鑽砂來磨它。」班托接著切下三公分的圓形坯片說：「下一步是把這個坯片磨成適當的曲面和角度，首先我會把它固定在壓模機的適當位置，就像這樣。」班托很小心地塗上黑瀝青，好讓坯片固定在適當位置。「接下來用車床，以長石和石英進行粗磨的部分。」磨了十分鐘後，班托把玻璃放入一具快速轉動的木製圓盤上的模子。「最後以細膩的精磨來完成，要用金剛砂和氧化錫的混合劑。我現在只做開頭的部分，免得冗長乏味的磨製過程讓你感到厭煩。」

他轉向西蒙說：「你現在知道我如何度過早晨的時光，也知道眼鏡是從哪裡來的了。」

西蒙回答：「班托，我看著你時，有兩個想法。一方面，請了解我非常讚賞你的技能和精細的技術。但另一方面是更重要的部分，我很想大喊：『把這件事交給技工吧。歐洲的每一個社區都有自己的技工，有無數的技工，但全世界還有另一個班托·斯賓諾莎嗎？』班托，去做只有你能做的事吧。完成全世界都在等待的哲學計劃。所有這些吵嘈的聲音，這裡的灰塵、壞空氣、各種味道，還有浪費掉的珍貴時間。拜託，我再次懇求你，讓我為你解除這種手藝的負擔，讓我提供終身的年俸——不論你想要的數字有多少——好讓你能運用所有時間進行哲學思考。這是我能力範圍內能做的事，而且，為你提供這種協助，會給我難以想像的快樂。」

「西蒙，你是大方的人，也知道我喜愛你的慷慨。但我的需求很少，也很容易滿足，過多的金錢會讓我分心，而不是幫助我專注。此外，西蒙，你可能不相信，但請相信我，磨鏡片有助於思考。沒錯，我努力專注於車床、玻璃的角度和半徑、細緻的磨光，但我做這件事時，我的思考會在背景萌芽，速度之快，以至於我常常在完成一面鏡片時，說也奇怪，竟會發現棘手的哲學論證的新的解決辦法已經唾手可得。我，或至少是專注的我，似乎不是必要的。很像許多古人提到在夢中解決問題的現象。除此之外，光學也讓我著迷，我目前正在發展一種完全不同的方法來磨製精細的望遠鏡片，我相信會是重大的進展。」

對話結束在西蒙用雙手抓住班托的手，握了很久之後才說：「你不要逃避我，我不會放棄促成你得到成果的企圖。請記住，不論我活多久，我的提議是一直有效的。」

就是這一刻讓班托覺得西蒙沒有住得太近是好事。

阿姆斯特丹辛傑爾運河旁的長椅上，西蒙．迪．弗瑞斯坐著等待朋友的來訪。西蒙是富商的兒子，住在距離安登家幾個街區的堅固四層樓房，面對運河的寬度是附近房屋的兩倍。西蒙不但崇拜班托，連外觀也類似他，身體虛弱、骨架小、美麗細緻的五官，以及非常高尚的舉止。

日落時，閃亮的橘色天空轉成暗灰色，西蒙在家門前不耐煩地踱步，越來越擔心朋友的下落。馬船應該在一個小時前就抵達了。他突然看見班托在兩個街區外的辛傑爾運河旁行走，西蒙揮舞雙手，衝過去與他相會，堅持幫他拿沉重的背包，裡面有筆記本和剛磨好的鏡片。進屋後，西蒙帶著客人到餐桌，桌上放著黑麥麵包和起司，以及剛烘焙好的香料蛋糕，這是一種用茴香製作的北荷蘭美食。

西蒙準備咖啡時，敘述明天的計劃：「哲學研討會晚上七點在這裡聚會，我希望會來十二個人，他們都讀過你寄給我的十頁內容，我製作了兩份，請他們用一天的時間閱讀，然後交給別人。下午有一份哲學研討會要送你的禮物，我相信你不會拒絕。我在兩家書店發現一些有趣的好書——魏斯公司和曼德茲公司——我會陪你到那裡，從維吉爾、霍布斯、歐幾里德和西塞羅的精彩書單中挑選你要的書。」

班托沒有拒絕這項提議，而是眼睛發亮地說：「西蒙，太感謝你了。你太慷慨了。」沒錯，班托有一項弱點，而且被西蒙發現了。班托熱愛書籍，不只是讀書，也包括擁有書。他雖然一直禮貌地拒絕所有其他的禮物，卻不曾回絕珍貴的書籍，於是西蒙和其他社友會員逐漸為他構築出一間精緻的圖書館，幾乎已經把位於萊茵斯堡起居室牆邊的大書櫃都塞滿了。深夜時，班托若無法入睡，就會走到書櫃前，微笑地凝視那些書。他有時會重新整理，有時按照大小或主題或只是字母順序來排列，有時會吸入書籍的香氣或撫摸它們，奢侈地享受它們在手掌上的重量，或是感覺書籍形形色色的裝訂。

「但在買書前，」西蒙繼續說：「還有一項驚喜。一位訪客！我希望是你歡迎的人。請看上星期收到的這封信。」

班托打開原本緊緊捲起、用細繩捆紮的信函，第一行是以葡萄牙文寫成的，班托立刻認出是法蘭科的筆跡：「親愛的朋友，時間又過了好久。」此時，大出班托的意料之外，字母轉成優美的希伯來文：「我有許多事要與你討論。首先是我現在是認真的學生，也當了爸爸。我避免寫太多內容，只希望你的朋友有辦法安排我們會面。」

「西蒙，這封信什麼時候寄到的？」

「大約一週前。送信者鬼鬼祟祟的，我一開門他就立刻鑽進來，馬上交給我這封信，然後把門打開一條縫，仔細打量街道，確定沒有人看見他後就很快溜出去了。他不肯留下姓名，但說你曾告訴他可以和我接觸。我猜他就是那位在刺殺事件後，對你很有幫助的人？」

「對，他的名字是法蘭科，但請務必保密。他承擔很大的危險，因為流放時明確禁止任何猶太人和我說話。他是我與過去之間的聯繫，你是我與他之間的聯繫。我非常想見他。」

「很好。我未經你許可就告訴他，你今天會到阿姆斯特丹，他的眼睛整個亮了起來，所以我建議他明天早上到這裡見你。」

「他的反應呢？」

「他說有困難，但他會盡可能想辦法在中午之前來這裡。」

「西蒙，謝謝你。」

隔天早上，響亮的敲門聲響遍整間房子，西蒙打開門，法蘭科立刻溜進來，他穿著長袍，以頭罩蓋住頭和大半個臉孔。西蒙帶他去見班托，班托在面對運河的會客室等候，西蒙慎重地離開，讓他們獨處。法蘭科開懷地用雙手抓住班托的雙肩說：「啊，班托，能見到你真好。」

「法蘭科，我也很高興能見到你，脫下你的斗篷，讓我看看你。」班托打量他說：「好，真好，你變了，變重了；你的臉更圓、更健壯了。不過鬍鬚和你的黑衣服——看起來好像塔木德的學生。你來這裡是多麼危險啊？婚姻怎麼樣？當爸爸了嗎？你滿意嗎？」

「好多問題！」法蘭科大笑：「先回答哪一個？我想是最後一個。你的朋友伊比鳩魯豈不是會先考慮主要的問題嗎？對，我非常滿意。我的生活變得越來越好。班托，你呢？你滿意嗎？」

「我也是，從來沒有這麼滿意。西蒙可能已告訴你，我住在萊茵斯堡，一個安靜的小村莊，完全照我想要的方式生活，獨自一人，沒有什麼干擾。我思考、寫作，沒有人會想刺我一刀。還有什麼更好的呢？但我的其他問題呢？」

「妻子和兒子真是我的福氣，她是我想要的靈魂伴侶，現在已成為受過教育的靈魂伴侶。我一直教她閱讀葡萄牙文和希伯來文，現在一起學荷蘭文。你還問了什麼？喔，我的衣服和鬍鬚？」法蘭科輕撫他的鬍子說：「這可能很意外，我是你以前那所學校皮耶拉學院（Pereira Yeshibah）的學生。莫泰瑞拉比從會堂撥出一筆豐厚的津貼給我，我不再需要為叔叔或任何人工作。」

「這很罕見。」

「據說你曾被提供這筆津貼，也許是命運使然，轉到我身上。也許我是因為背叛你而得到報酬。」

「莫泰瑞拉比的理由是什麼？」

「我問他『我怎麼夠資格？』他的回答令我驚訝，他說津貼是他和猶太社群尊敬我父親的方式，他的名聲和他的拉比祖先長久以來的聲譽是遠超過我所能想像的。但他又補充說，我是很有前途的學生，有朝一日可能跟隨父親的腳步。」

「然後……」班托深吸一口氣說：「你怎麼回答拉比？」

「感激。班托．斯賓諾莎，你曾使我對知識飢渴，拉比很高興我投入塔木德經和道拉經的快樂學習。」

「我懂了。嗯……好……你完成了許多事。信中的希伯來文非常優美。」

「對，我自己也很高興，而且我對學習的快樂與日俱增。」

接下來是短暫的沉默。兩人同時張口要說話，又停下來。又一次短暫的沉默之後，法蘭科問：「班托，我上次在你被攻擊後見你時，你極度苦惱。你恢復得很快？」

班托點頭說：「對，很大一部分要感謝你。應該讓你知道，即使現在住在萊茵斯堡，我仍一直把那件刺破的舊外套掛在明顯可見的地方。那是絕佳的建議。」

「談談你的生活。」

「嗯，要說什麼呢？白天有一半的時間在磨鏡片，剩下的時間就用來思考、閱讀、寫作。外在生活沒什麼好說的，我完全生活在腦袋裡。」

「那位帶我進你房間的年輕女孩呢？讓你非常痛苦的那一位？」

「她和我的朋友德克打算結婚。」

短暫的沉默後，法蘭科問：「然後呢？多說一點。」

「我們仍是朋友，但她是虔誠的天主教徒，德克也皈依天主教。我猜一旦出版了我對宗教的看法，我們的友誼就會受到考驗。」

「你對情感力量的擔心呢？」

「啊……」班托吞吞吐吐的說：「嗯，自從上次見到你之後，我很享受寧靜的生活。」

接下來又是一片沉默，法蘭科終於再度開口說話。

「你有沒有注意到我們之間有點不一樣。」

班托困惑地聳肩說：「你是指什麼意思？」

「我指沉默。我們以前從來沒有沉默過，總是有太多話要說，我們會喋喋不休，以前從來沒有沉默的時刻。」

班托點頭。

「我可敬的父親，」法蘭科接著說：「他總是說，當某件大事沒有講出來時，就無法說其他重要的事。你同意嗎？班托。」

「你父親是智者。某件大事？你認為是什麼？」

「毫無疑問和我的外觀與我對猶太教育的熱衷有關。我猜這件事讓你心神不寧，而你不知道要說什麼。」

「對，你說的是事實。可是……嗯……我不確定……」

「班托，我很不習慣聽到你吞吞吐吐地說話。如果我可以代你發言，我認為『某件大事』是你不贊同我修習的課程，但同時，你又關心我，想要尊重我的決定，不願說出使我不舒服的事。」

「法蘭科，說得好。我找不到適當的用字。你知道你很擅長這件事。」

「這件事？」

「我是指了解人與人之間說出來和沒說出來的話的細微差異。你的敏銳讓我驚訝。」

法蘭科鞠躬說：「班托，謝謝你。這是來自我可敬的父親的禮物，我在童年向他學的。」

又是一陣沉默。

「拜託，班托，試著分享你今天到目前為止對我們會面的想法。」

「我試試看。我同意，今天有點不一樣。我們都變了，我很罕見地不知道怎麼處理這種情形。你必須幫我整理。」

「最好只是談談我們有了什麼改變。我是指從你的觀點。」

「以前，**我**是老師，**你**是同意我觀點的學生，想要跟著我流放度日。現在完全變了。」

「因為我在學習道拉經和塔木德經？」

班托搖頭說：「不只是學習：你說的是『快樂學習』。你對我內心想法的判斷是正確的，我確實擔心會傷害或減少你的快樂。」

「你認為我們的路分開了？」

「不是嗎？無疑地，現在即使沒有家庭的牽絆，你還會選擇和我一起走我的道路嗎？」

法蘭科猶豫了，想了很久才回答：「班托，我的答案有是和不是，我認為我不會在生活中走你的道路。但即使如此，我們的道路並沒有分開。」

「怎麼會呢？請解釋。」

「我仍然完全接受你當初向我與雅各談話時，對宗教迷信的所有批評。就此而言，我與你是一致的。」

「但你現在從迷信經典的學習得到很大的快樂？」

「不，這是不正確的。我從學習的**過程**得到快樂，不完全是我學習的**內容**。你知道的，老師，兩者是不一樣的。」

「老師，請解釋。」班托現在放鬆了許多，露出笑容，伸手把法蘭科的頭髮弄亂。

法蘭科回以微笑，停頓了一會兒，享受班托的碰觸，然後接著說：「我所謂『過程』是指喜歡參與知性的學習，我欣賞希伯來文的學習，為了整個古代世界在我面前打開而快樂。塔木德經的課程遠比我想像的更為有趣。前幾天，我們才討論尤哈能拉比（Rabbi Yohanon）的故事……」

「關於他的哪一個故事？」

「他伸手治療另一位拉比的故事，後來他自己生病了，前往探訪另一位拉比，對方問他：『這些痛苦是你可以接受的嗎？』尤哈能拉比回答：『不，不論是它們或它們的報償，都不能接受。』於是另一位拉比伸手治療了尤哈能拉比。」

「對，我知道這個故事。你是怎麼覺得這個故事有趣呢？」

「討論時，我們提出許多問題。比如說，為什麼尤哈能拉比不能直接治療自己？」

「當然了，課堂討論的重點在於囚徒不能釋放自己，以及痛苦的報償在來世。」

「對，我知道這是耳熟能詳的，也許你聽膩了，但對我這樣的人，這種討論是令人振奮的。我在哪裡會有機會聽到這種探索靈魂的對話呢？有些同學提到一件事，別人不同意，又有人質疑為什麼用某些字眼，而不用其他更明確的字眼。老師鼓勵大家檢視經文中的每一個小訊息。」

「再舉一個例子，」法蘭科繼續說：「我們上週討論一位著名拉比的故事，他垂死時承受極大的痛苦，但靠著學生和其他拉比的禱告而活下來。他的侍女很同情他，於是把瓦罐從屋頂丟下來，砸碎時發出巨響，他們嚇一跳而停止禱告，拉比就在那一刻死去。」

「啊，對，耶胡達．哈拿西拉比（Rabbi Yehudah haNasi）。我相信你們一定討論到侍女是否做了正確的事，還是犯了殺人罪，還有其他拉比是不是欠缺同情心，才一直讓他活下來，延誤他抵達快樂來世的時間。」

「班托，我猜得到你對這件事的回答。我還清楚記得你對來世信念的態度。」

「完全正確，來世的基本假設是有瑕疵的，但你的課程不接受對這個假設的懷疑。」

「對，我同意，有許多限制。但即使如此，能和別人坐在一起幾個小時，討論這類重要的事，仍是莫大的榮幸與快樂。老師還指導我們如何辯論，如果某個論點看起來過於明顯，就教我們詢問作者為什麼要說這件事，也許在文字背後隱藏更深的論點。當我們完全滿意自己的理解時，就教我們探討背後的普遍原則。如果某個論點文不對題，就學著詢問作者為什麼納入這個論點。班托，簡單來說，塔木德經的研讀是教我如何思考，我相信以前對你可能也是如此。也許是塔木德經的學習把你的頭腦磨得如此銳利。」

班托點頭說：「法蘭科，我無法否認裡面有其價值。但回憶過往，我寧可選擇較不迂迴、較理性的途徑。比如說，歐幾里德會直指重點，不會用難以理解且往往自相矛盾的故事使人覺得撲朔迷離。」

「歐幾里德？幾何學的發明者？」

班托點頭。

「歐幾里德是我下個階段的課程，我的世俗教育。但現在的課程是塔木德經。不過，我**喜歡**故事，它們為課程添加生命和深度。每一個人都喜歡故事。」

「不，法蘭科，不是每一個人！想想你那句話的證據，那是沒有根據的推論，我自己就知道是錯的。」

「什麼，你不喜歡故事，連小時候也不喜歡？」

班托閉上眼背誦：「我作孩子的時候，話語像孩子、心思像孩子、意念像孩子……」

法蘭科打斷他的話，以相同的語氣接著說：「『既成了人，就把孩子的事丟棄了。』保羅，哥林多前書。」

「真驚人！法蘭科，你現在的反應好快，非常有自信。完全不同於當初那個來自葡萄牙，剛下船時衣著凌亂、未受教育的年輕人。」

「沒有接受猶太事務的教育，但不要忘了，改變信仰的人被迫接受完整的天主教教育，我讀遍新約聖經的每一個字。」

「我都忘了。這表示你已展開另一次教育。很好，舊約和新約都有許多智慧，特別是保羅。他在剛才那段經文之前的話，正好表達出我對故事的看法：『等那完全的來到，這有限的必歸於無有了。』」

法蘭科停下來，自言自語地重複：「『有限』？『完全』？」

班托說：「『完全』是指道德上的真理，『有限』是指包裝，在這個情形就是指一旦實現了真理，就不再需要故事了。」

「我不確定是否接受保羅做為生活的榜樣。根據以前所教導的，他的生活似乎失去平衡。他如此嚴厲、如此狂熱、如此沉悶無趣、如此咒罵所有世俗的樂趣。班托，你對自己好嚴格，為什麼要丟棄好故事的樂趣？這種樂趣看起來很有益、很普遍啊。什麼文化會沒有故事呢？」

「我記得曾有一位年輕人指責奇蹟和預言的故事。我還記得那位激動、易怒、叛逆的年輕人如此用力地推開雅各的正統說法。我記得他對會堂禮拜儀式的反應。雖然他不懂希伯來文，但聽見道拉經的葡萄牙文翻譯時，對道拉經的故事非常憤怒，認為猶太教和天主教的禮拜儀式都是愚蠢、無稽的東西。我記得他問：『為什麼奇蹟的時代結束了？為什麼上帝沒有施行奇蹟，拯救我父親？』由於父親為了充滿奇蹟和預言迷信的道拉經而犧牲性命，這位年輕人非常痛苦。」

「對，正是如此，我記得。」

「法蘭科，那些感受現在去哪裡了呢？你現在只談論研讀道拉經和塔木德經的喜悅，卻又說你仍完全接受我對迷信的批評。怎麼會這樣呢？」

「班托，同樣的答案，讓我快樂的是學習的**過程**。我沒有很認真地看待內容。我喜歡故事，但我沒有把它們當成歷史的事實。我注意道德觀，注意經文中關於愛、善行、仁慈和倫理行為的訊息，而把其他丟到腦後。此外，有許多故事，許多故事。正如你說的，有些奇蹟故事是理性的敵人。但有些故事會引發學生的注意，在我的學習和我正開始從事的教學中，我發現它們是有用的——學生總是對故事有興趣，反之卻不會有太多學生會想熱切地學習歐幾里德和幾何學。喔，提到我的教學，讓我想起一件急著要告訴你的事！我開始教導基礎的希伯來文，你猜誰是我的學生。你一定會嚇一跳——想要刺殺你的人！」

「喔！我的刺客！真的嚇一大跳！你是我的刺客的老師！你能透露些什麼嗎？」

「他的名字叫以撒．拉米瑞茲，你對他生長環境的猜測完全正確。他的家人被宗教法庭迫害，父母都被害死，他因為哀傷而發狂。正因為他的故事對我是如此熟悉，促使我志願教他，到目前為止，一切都很順利。你給了我很有力的建議，教我應該如何對待他，我永遠忘不了。你記得嗎？」

「我記得曾告訴你，不要告訴警方他在哪裡。」

「對，但你接著又說了別的事。你說：『採用宗教的道路。』記得嗎？當時那句話讓我感到迷惑。」

「也許我沒說清楚，我熱愛宗教，但痛恨迷信。」

法蘭科點頭說：「對，我就是這樣理解你的話，我應該展現了解、憐憫和寬恕。對嗎？」

班托點頭。

「所以道拉經也不是只有奇蹟故事，還有行為的道德準則。」

「法蘭科，毫無疑問是如此。我最喜歡的塔木德經故事講到一位異教徒走近希萊爾拉比（Rabbi Hillel），提議只要他能在他單腳站立的時間內，教導他整本道拉經，他就會改信猶太教。希萊爾回答：『你討厭的事，不要加在你的鄰人身上。這就是整個道拉經——其他都是注釋。去研讀它吧。』

「你看，你**確實**喜歡故事……」

班托正要回應，但法蘭科立刻自己修正：「至少有一個故事。故事有助於記憶。對許多人來說，故事比純粹的幾何學更有效。」

「法蘭科，我了解你強調的重點，也不懷疑你的學習使你思路敏捷，你正在變成傑出的辯論對手。莫泰瑞拉比選擇你的原因很明顯。我今晚要和哲學研討會的社友會成員討論我的著作，多麼希望這個世界能讓你來參加，我會注意你的評論勝於任何人的評論。」

「如果能閱讀你的東西，我會很榮幸。你用什麼語言寫的？我的荷蘭文進步很多了。」

「唉！是拉丁文。希望這是你第二階段教育的一部分，因為我不認為會有荷蘭文譯本。」

「我在天主教訓練中學過基礎拉丁文。」

「你要以完整的拉丁文教育為目標。曼納胥拉比和莫泰瑞拉比都受過良好的拉丁文訓練，或許會答應你，甚至可能鼓勵你。」

「曼納胥拉比去年過世，莫泰瑞拉比的健康恐怕也衰退得很快。」

「啊，悲哀的消息。但即使如此，你仍會找到別人來鼓勵你，也許有辦法到威尼斯猶太學校一年。非常重要：拉丁文能開啟全新的……」

法蘭科突然站起來，衝到窗邊觀察三個路過的人。返回時說：「班托，抱歉，我覺得看見會眾裡的某個人。我很怕被人看見我在這裡。」

「對，我們一直沒有談到風險的問題。法蘭科，告訴我，你的風險有多大？」

法蘭科低頭說：「非常大，大到不能告訴我太太。我不能告訴她我把我們在這個新世界努力建立的一切都置於險境。除了你，這個世界沒有任何人會讓我冒這種險。我必須儘快離開了，我找不出理由向妻子或拉比說明我為什麼不在。如果被人看見，我打算說謊，就說是西蒙找我學希伯來文。」

「對，我也是這麼想的。但不要用西蒙的名字，至少在異教徒的世界，很多人都知道我和他的關係。最好用其他可能在這裡出現的人的名字，也許用彼得·戴克的名字，他是哲學研討會的成員。」

法蘭科嘆口氣：「真遺憾要進入謊言的世界。班托，自從我背叛你之後，就沒有再踏入這個領域了。不過，在我離開前，請和我分享一些你在哲學上的進展。等我學會拉丁文，也許可以從西蒙取得你的著作。但就現在而言，我能得到的只有聽你來說。你的思想使我著迷，我仍為你對雅各和我所說的話感到困惑。」

班托疑惑地抬起下巴。

「我們第一次見面時，你說上帝是完整、完美的，沒有不足之處，不需要我們的讚美。」

「對，那是我的觀點，是我說的話。」

「接下來，我記得你對雅各說的下一句話，那句話讓我喜歡你。你說：『請讓我用我自己的方式愛上帝。』」

「對，你的困惑是什麼？」

「因為你，我知道上帝不是像我們一樣的存有，也不像任何其他存有。你斷然地說上帝就是自然，這對雅各是決定性的一擊。但請告訴我，教教我，你怎麼能愛自然？你怎麼能愛某種不是存有的東西？」

「法蘭科，首先，我是以特殊的方式使用『自然』這個名稱，我不是指樹、森林、草地、海洋或任何非人造的東西。我是指存在的一切：絕對必然、完美的合一體。我所謂『自然』是指無限、合一、完美、理性、合乎邏輯的東西，它是萬事萬物的內在原因。每一件存在的東西，毫無例外，都是根據自然律運作。所以當我談到愛自然，不是指你對妻子或孩子的愛，而是一種不一樣的愛，是知性之愛。用拉丁文來說，就是Amor dei intellectualis。」

「對上帝的知性之愛？」

「是的，對自然或上帝可能達到最充分認識的愛，理解各個有限事物在它與有限原因的關係中所在的位置。這是在可能的範圍內，對自然的普遍律則的認識。」

「所以你談到愛上帝的時候，是指認識自然律。」

「是的，自然律只是上帝永恆旨意的另一個更理性的名稱。」

「所以不同於人只包括一個對象的一般的愛？」

「完全正確。對某種不變、永恆東西的愛，意思就是你不會受制於被愛對象變幻無常的心意，或是其易變性或有限性。意思也是不需要嘗試靠另一個人使自己完整。」

「班托，如果我的理解正確的話，就必然也是指不應該期待愛的回報。」

「你又說對了，我們不能期待回報。我們因為瞥見、有幸認識浩瀚而無限複雜的自然體系，而產生喜悅的敬畏。」

「另一種終身的學習計劃？」

「是的，上帝或自然具有無限數目的屬性，是我永遠無法徹底認識的。但我有限的領會已經產生極大的敬畏和喜悅，有時甚至達到狂喜的程度。」

「如果它可以稱為宗教的話，真是奇怪的宗教。」法蘭科起身說：「我依然困惑，但必須離開了。再問最後一個問題：我想知道你是否把自然上帝化，或是把上帝自然化了？」

「法蘭科，說得好。我需要時間，要用很多時間，來思考我對這個問題的回應。」

〔第三十章〕柏林

——一九三六年

《二十世紀的神話》——沒有人能了解一個心胸狹窄的波羅的海人所寫的東西，他以複雜得可怕的方式思考。

——阿道夫·希特勒

黨的老成員很少是羅森堡著作的讀者。我自己只好奇瞄了一下，依我的意見，它的文體實在過於深奧難懂。

——阿道夫·希特勒

「西格蒙·佛洛伊德獲得歌德獎」

歌德獎是德國最偉大的科學（學術）和文學獎，於一九三〇年八月二十八日歌德生日那一天，在法蘭克福的盛大慶典中頒給佛洛伊德。猶太社群的報紙敲鑼打鼓地慶祝。獎金是一萬馬克……眾人皆知，著名的學者完全摒棄猶太人西格蒙·佛洛伊德的精神分析。反猶太的偉大歌德如果知道猶太人獲得以他為名的大獎，一定會在墳墓裡輾轉難眠。

——阿弗瑞德·羅森堡寫於《人民觀察家報》

「元首，請看這封與羅森堡領導有關的信，這是侯翰利欽（Hohenlychen）醫院的蓋巴哈特（Gebhardt）醫師寫的信。」

希特勒從魯道夫·海斯手中接過信，詳細看內容，特別注意海斯在下面畫線的部分。

我發現很難和羅森堡領導接觸……首先，身為醫師，我認為他遲遲沒有復原……大部分歸因於他的心理孤立……容我如此說，雖然我以各種專業的努力想建立橋樑，這些失敗……是因為領導的心理素質和他在政治生命中的特殊地位……他唯一能脫離束縛的方法，就是向那些至少能以平等立場與他談話，且具有相似智能的人，敞開自己的心，好讓他再次得到日常生活與行為所需的平靜與決心。

上個星期，我問他是否曾和任何人徹底分享過自己最深處的想法。出乎意料之外，他提出弗瑞德里赫·菲斯特的名字，這是他在愛沙尼亞的童年朋友。我後來知道這位弗瑞德里赫·菲斯特現在是菲斯特中尉，他是陸軍醫院派駐柏林的知名醫師。我是否能請求立刻派他來當羅森堡領導的醫師？

希特勒把信還給海斯：「這封信沒什麼特別的地方，但小心不要讓別人看見。立刻發文調派菲斯特中尉。羅森堡實在令人難以忍受，一向如此，我們都知道這一點。但他很忠誠，黨也仍需要他的才智。」

侯翰利欽醫院在柏林北方一百公里，由希姆萊所建，目的是照顧生病的納粹領導人和黨衛軍高階官員。阿弗瑞德在一九三五年已經因為激躁性憂鬱症在那裡住過三個月。一九三六年的現在又有相同的失能症狀：倦怠、激動和憂鬱。他無法專注於《人民觀察家報》的編輯工作，幾個星期來完全躲進自己的內在世界，很少與妻子和女兒說話。

住院後，他接受蓋巴哈特醫師的身體檢查，但一直拒絕回答任何與他的心理狀態或私人生活有關的問題。卡爾．蓋巴哈特是希姆萊的私人醫師兼好友，也治療其他納粹領導人（除了希特勒，他一直要私人醫生西奧多．莫瑞爾〔Theodor Morell〕隨侍在側）。阿弗瑞德毫不懷疑，自己對蓋巴哈特說出的任何話，都會立刻傳到所有納粹死對頭的耳裡。基於同樣的原因，阿弗瑞德也不肯和精神科醫師說話。陷入困境的蓋巴哈特醫師受夠了沉默坐著、面對阿弗瑞德輕蔑的凝視，一心希望把這位易怒的病人轉給別的醫師，於是費盡心力、字斟句酌地寫信給希特勒。誰也不知道希特勒為什麼非常重視羅森堡，不時會詢問他的病情。

蓋巴哈特醫師沒有接受心理學訓練，也不懂人的心理，但他很輕易就能辨識領導之間的不和──持續不斷的競爭、彼此的輕視、無情的手段、爭奪權力和希特勒的贊同。蓋巴哈特發現他們雖然對每一件事都意見不合，卻有一個共通點：大家都憎恨阿弗瑞德．羅森堡。他持續好幾星期每天探視阿弗瑞德之後，現在知道是什麼原因了。

雖然阿弗瑞德自己可能也知道這一點，但他仍保持沉默，一週又一週地在侯翰利欽醫院閱讀德國與俄國的古典文學，拒絕與工作人員或任何其他納粹病人交談。一天早上，已是他住院的第五周，他覺得極度激動，決定在醫院散步，當他發現自己疲倦到無法繫鞋帶時，忍不住咒罵自己，用力打自己的耳光，想要喚醒自己。他必須做些什麼來避免落入無法挽回的絕望。

絕望中，腦海浮現弗瑞德里赫的臉孔。弗瑞德里赫知道要做什麼，他會有什麼建議呢？毫無疑問，他會嘗試了解這個可惡的憂鬱症的原因。阿弗瑞德想像弗瑞德里赫會說：「這一切從什麼時候開始的？讓你的思緒自由奔馳，回到一開始陷進去的地方。只要觀察所有想法、所有流過腦海的影像。把它們記下來，可以的話，儘快寫下來。」

阿弗瑞德嘗試了，他閉上眼睛，觀察腦中掠過的影像。他在時間中飄移，突然出現一個場景。

幾年前，他在《人民觀察家報》的辦公室，坐在希特勒買給他的書桌前，正在為他的傑作《二十世紀的神話》的最後一頁進行最後的編輯，他放下紅筆，得意的露齒而笑，把七百頁的手稿排整齊，用兩條粗橡皮筋綁好，然後深情地抱在胸前。

對，即使是現在，想到他最美好的一刻，臉上還會流下一滴眼淚，也許是兩滴。阿弗瑞德對年輕的自己感到同情，那位知道此書會震驚全世界的年輕人。書的孕育耗費很久的努力，連續十年的星期天，加上週間空出來的每一個小時，但這個代價是值得的。對，對，他知道他忽略了妻子和女兒，但相較之下，這怎麼比得上創作一本燃燒世界的書，一本根據血統、種族和靈魂而提供嶄新歷史哲學的書，對德國人民和德國藝術、建築、文學與音樂提出新的評價，最重要的是，替未來德國的價值觀提出新的基礎。

阿弗瑞德伸手到床頭櫃拿那本書，隨意翻閱，某些段落立刻讓他想到啟發他的地方。他參觀科隆大教堂時，看見彩色玻璃上被釘十字架的基督，以及眾多消瘦、虛弱的殉道者，他產生一個靈感，羅馬天主教並沒有對抗猶太教，雖然教會公開宣稱反對猶太人，但其實它正是猶太思想感染健全的德國思想的主要管道。他愉快地閱讀自己的文章：

偉大的德國人與自然和諧共處，珍惜自己優雅的體格和陽剛之美。卻因天主教對肉體的敵意而受到暗中的破壞，還有感情用事的觀念，認為要保存殘障孩童的生命，又讓罪犯和有遺傳疾病的人把自己的缺陷傳遞到下一代。種族的純淨受到污染，造成性格的分裂、失去思想與方向感，產生內在的不確定感。德國人並非生而有罪，而是天生高貴……舊約是宗教教誨的書，必須被永遠清除，才能結束過去一千五百年來想要使我們全部成為精神上的猶太人的失敗嘗試……火的精神——英雄史詩必須取代十字架。

沒錯，他想著，這種文章導致《二十世紀的神話》在一九三四年被天主教列為禁書，但這並非不幸之事，反而是天賜良機，增加了銷售量，已賣出超過三十萬冊，使我的《二十世紀的神話》僅次於《我的奮鬥》。然而此時的我，卻情緒崩潰。

阿弗瑞德把書收好，頭靠在枕頭上，進入沉思。我的《二十世紀的神話》讓我如此快樂，卻也帶來如此大的折磨！那些白痴文評家，每一個都提到「難以理解」這種話。我為什麼不回應他們？為什麼不在公開的刊物問他們，是不是以前就知道我的文章對豬腦袋可能過於細膩複雜？我為什麼不提醒他們，平庸的腦袋撞到偉大著作時的結果：必然是劣等人攻擊優秀的思想家。大眾想要的是什麼？他們吵著要愚蠢粗俗的朱利斯．施特萊歇爾，就連希特勒也比較喜歡施特萊歇爾的散文。每當他提醒我，施特萊歇爾的爛貨《抨擊家周報》（Der Stürmer）總是賣得比我的《人民觀察家報》好時，就像用利劍在我裡面扭絞。

還有，那些納粹領導人裡面沒有一個讀過我的《二十世紀的神話》！只有海斯直截了當的道歉，他說自己努力試過，但實在看不懂艱深的文體。其他人甚至沒有向我談到這本書。想想看，一本偉大的暢銷書，這些妒忌的混蛋卻忽視我。但我為什麼會受到困擾呢？我能向那些傢伙期待什麼呢？問題在於希特勒，總是希特勒，我越思考這一點，就越確定我的陷落始於那一天聽到戈培爾告訴每一個人，希特勒讀了幾頁《二十世紀的神話》，就丟到一邊說：「誰看得懂這種東西？」對，那一刻就是致命的傷害。真正重要的只有希特勒的評斷。但如果他不喜歡它，為什麼要把它放在每一間圖書館，還列入納粹黨官方的必讀書單？甚至命令納粹青年軍讀它。為什麼在這麼做的同時，又完全拒絕好好推薦我的書呢？

我能了解他的公開立場，我知道天主教的支持對他的元首地位仍然很重要，當然了，他不能公開支持一本如此明顯反對天主教的書。當我年輕時，二十幾歲的時候，希特勒全心贊成我的反宗教立場，我知道他仍是如此。私底下，他比我更激進，我有多少次聽到他說要把神父和拉比一起吊死？我了解他的公開立場，但為什麼不私下對我說一些肯定的話呢？任何話都好。為什麼沒有邀我共進午餐、私下談話呢？海斯告訴我，科隆的樞機主機向希特勒抱怨《二十世紀的神話》時，希特勒回答：「我沒看那本書，羅森堡也知道，我告訴他了。我不想知道瓦坦教派之類的異教徒東西。」樞機主教反覆說這件事時，希特勒表明：「羅森堡是我們黨裡面的教條主義者。」接著責備樞機主教，因為如此激烈的攻擊這本書，反而使《二十世紀的神話》銷量激增。當我提議《二十世紀的神話》如果使他為難的話，我願意退黨，他卻只是置之不理，仍然沒有私下見面的意思。但希特勒總是與希姆萊私下見面，而希姆萊卻比我更公然、積極的反對天主教。

我知道他一定對我有一些尊重，才會給予我一個又一個重要的職位：倫敦的外交任務，然後是挪威，接著是國社黨、德國勞工陣線和所有相關機構的思想教育負責人。重要的位置，但我為什麼只從郵件得到派令？他為什麼不把我叫到辦公室，和我握手坐下來談呢？我這麼令人討厭嗎？

對，毫無疑問：希特勒就是問題所在，我想要的是他的注意，全世界任何東西都比不上。

我最怕的就是他不喜歡我。我經營德國最有影響力的報紙；我負責所有納粹的精神和哲學教育。但我需要的是寫出這些文章嗎？需要的是演說嗎？計畫課程嗎？監督德國所有年輕人的教育嗎？不，羅森堡領導滿腦子想的都是阿道夫・希特勒為什麼不對我露出關愛的微笑或點個頭，或邀請我吃午餐！

我厭惡自己。必須停止這種情形！

阿弗瑞德起身走到房間的書桌，伸手到公事包，取出「否定」的文書夾（他有兩個文書夾，一個是「肯定」的文書夾，包括正面的評論、書迷的信，以及報紙的文章，另一個是「否定」的文書夾，包括所有反對的意見。）「肯定」的文書夾已磨損了，阿弗瑞德每星期都會拿出來看好幾次，細讀稱讚的評論和書迷的信，有如每天的補藥，就像每天早上服用維他命。但補藥現在已失靈了，所有「肯定」的話很少打動他，至多一下下，然後很快就煙消雲散。另一方面，「否定」的文書夾是陌生的領域——很少拜訪的洞穴。今天！今天就是轉捩點！他要面對自己的惡魔。阿弗瑞德伸手進入未曾拜訪的文書夾時，想像信件和文章會吃驚地急忙躲起來，他欣賞自己有趣的幽默感，嘴角露出數週來的第一抹微笑。他隨意取出一件，現在是克服這種愚蠢的時候了，勇敢的人會每天強迫自己閱讀傷害人的東西，直到不再受傷。他看著它——希特勒在一九三一年八月二十四日寫的信：

親愛的羅森堡先生：我正在閱讀《人民觀察家》第235/236版第一頁，文章標題是「渥斯

（Wirth）想來訪嗎？」這篇文章的意圖是防止政府脫離現狀而崩潰。我自己走訪德國四境，卻得到完全相反的印象。所以我是不是可以要求自己的報紙不要用策略輕率的文章，從背後捅我一刀？

以德國精神致意的
阿道夫．希特勒

絕望的浪潮淹沒了他。這是五年前的信，但仍然強而有力，仍然有傷害性。希特勒用文字造成的傷害不曾得到療癒。阿弗瑞德用力搖搖頭，想整理思緒，他告訴自己，想想這個名叫希特勒的人，他畢竟只是人。他閉上眼睛，讓思緒流動。

我把德國文化的深度和寬度介紹給希特勒，我讓他看見猶太災禍的嚴重性，我為他擦亮種族和血統的觀念。他和我走在同樣的街道，坐在同樣的咖啡館，不停談話，一起處理《人民觀察家報》的文章，甚至曾一起畫素描。但不再如此，我現在只能驚愕地觀看他，好像母雞仰望老鷹。我親眼目睹他出獄時把四散的黨員聚集起來，目睹他進入國會，目睹他建立世界不曾有過的宣傳機器，這個機器發明直接投遞給廣大群眾的郵件，甚至在沒有選舉時仍繼續競選。我看見他不理會前幾年不到百分之五的支持率，然後支持率持續提高，直到一九三〇年取得百分之十八的選票，他的黨成為德國第二大黨。到一九三二年，我刊出巨幅頭條新聞，宣布納粹黨已成為全國第一大黨，取得百分之三十八的選票。有人說是因為戈培爾的策劃，但我知道是希特勒。希特勒隱身在每一件事的背後。我為《人民觀察家報》報導他的每一步腳印，看著他從這個城市飛到那個城市，在同一天出現在每一個縣市，讓民眾相信他是超人，能夠立刻出現在所有地方。我欽佩他的勇敢無畏，故意把集會安排在共產黨控制的危險區域，率領慷慨激昂的黨衛隊，與布爾什維克黨人在街頭搏鬥。我看著他拒絕我的勸告，在一九三二年與興登堡〔譯注〕競選，雖然只得到百分之三十七的選票，卻向我顯示他的競選是正確的：他知道沒有人能擊敗興登堡，但選舉使他成為家喻戶曉的人。幾個月後，他同意成立希特勒／帕潘聯合政府，不久就成為總理。我注視著他每一步政治腳印，卻仍不知道他如何辦到的。

還有德國國會縱火案。我記得他怎麼在清晨五點到我的辦公室怒目大喊：「大家去哪裡了？」然後要求大幅報導共產黨員燒毀德國國會。我依舊不認為共產黨員和那場大火有任何關聯，但這有什麼關係，他利用縱火案取締共產黨取得絕對的獨占權力，實在是天才之舉。他不曾得到多數票，不曾超過三十八個百分點，卻成為專制的統治者！他是怎麼辦到的？我仍然不知道！

阿弗瑞德的幻想被敲門聲打斷，蓋巴哈特醫師走進來，後面跟著弗瑞德里赫．菲斯特。「我要給你一個驚喜，羅森堡領導，我帶來一位老朋友，可能有助於治療你的狀況。我會離開，讓你們兩人自行討論。」

阿弗瑞德瞪著弗瑞德里赫好一會兒，才說：「你背叛了我。違反你對我的守密誓言，否則他怎麼會知道你和我……」

弗瑞德里赫立刻轉身，不發一言，也沒看阿弗瑞德一眼，就大步走出去。

阿弗瑞德驚恐地倒在床上，閉上雙眼，試圖緩和快速的呼吸。

幾分鐘後，弗瑞德里赫帶著蓋巴哈特醫師回來，蓋巴哈特醫師說：「菲斯特醫師要我告訴你，我是怎麼找到他的。羅森堡領導，你不記得我們在三、四個星期前的對話嗎？我問你是否曾對任何人徹底吐露自己的事，你一字不差的說：『一位來自愛沙尼亞的朋友，現在住在這裡，弗瑞德里赫．菲斯特醫師。』」

阿弗瑞德緩緩搖頭說：「我只模糊記得我們的對話，但不記得提到他的名字。」

「你確實提到過，否則我怎麼會知道呢？或是知道他在德國？上星期，你的憂鬱症加重，不願和我說話，我決定試著找出你的朋友，我認為他的拜訪可能有益。我一知道他在陸軍醫院，就請元首發布命令，把他轉到侯翰利欽醫院。」

弗瑞德里赫問：「你願意把我的反應告訴羅森堡領導嗎？」

「你只提到在愛沙尼亞的成長過程中曾認識他。」

「還有……」弗瑞德里赫提醒他。

〔譯注〕 Hindenburg（1847-1934），德國總統，任內授命希特勒為總理。

「沒別的了……除了你對許多需要你的病人感到遺憾，但必須以遵守元首的命令為優先。」

「我可以在你今天早上離開病房前，先和羅森堡領導私下談一談嗎？」

「當然可以，我在護理站等你。」

房門關上時，弗瑞德里赫說：「羅森堡領導，還有別的疑問嗎？」

「阿弗瑞德。拜託，弗瑞德里赫，我是阿弗瑞德，叫我阿弗瑞德。」

「好吧。阿弗瑞德，還有別的疑問嗎？他在等我。」

「你要當我的醫師？我向你保證，如果是以前的處境，我很歡迎你。可是，我現在怎麼可能和你說話？你是陸軍醫院的醫師，受命向他報告。」

「對，我了解你的難題。換做是我在你的立場，也會有同樣的感受。」弗瑞德里赫坐在床邊的椅子，想了一會兒，然後起身說：「我很快就回來。」然後離開房間，不久就和蓋巴哈特醫師一起回來。

他對蓋巴哈特醫師說：「長官，我接到的命令是照顧羅森堡領導，我當然會盡我所能遵守命令，但有一個障礙，我和他是舊識，我們曾有很長一段時間互相分享私密的事。若要我對他有幫助，就必須讓他和我擁有完全的隱私，我需要向他保證能絕對守密。我知道每天記載病歷的義務，希望可以只在病歷上描述他的醫療狀況。」

「菲斯特醫師，我不是精神科醫師，但我了解隱私在這種情形是必要的。這不是標準程序，但沒有任何事比得上羅森堡領導的復原和返回重要的工作崗位。我同意你的要求。」他向兩人敬禮，就離開了。

「阿弗瑞德，這樣能讓你放心嗎？」

阿弗瑞德點頭說：「我很放心。」

「還有別的疑問嗎？」

「我很滿意，雖然上次的會面我們不歡而散，但我一直對你有種奇怪的信任。我說『奇怪』是因為我其實不信任任何人。我需要你的幫助，我去年因為類似的狀況在這裡住了三個月，深深的黑洞，我爬不出來，我覺得完蛋了。我睡不著，筋疲力盡，卻仍坐不住，無法休息。」

「你的狀況，我們稱為激躁性憂鬱症，通常差不多要三到六個月才會消除。我可以幫你縮短時間。」

「我會感激你一輩子。每一件事，我的整個人生，都在危險之中。」

「我們來處理吧。你知道我的方式，所以聽到我說我們的首要任務是清除治療的所有障礙，你可能不會驚訝。我像你一樣，有一些擔心。容我先整理一下思緒。」

弗瑞德里赫閉上雙眼，過了一會兒，開始說：「我最好是消除疑慮，只說腦海浮現的東西。我對治療有一些困擾，我們太不一樣了，我的習慣是去了解、找出問題的隱藏根源，這是精神分析的基本信念。充分的認識可以消除衝突、促進療癒。可是，我擔心不能對你用這個方法。我上次試圖探索你的問題來源時，你變得生氣而防衛，衝出我的辦公室。所以我擔心我對你是否有幫助，或是這種方式是否有幫助。」

阿弗瑞德站起來，在房間踱步。

「我的坦率使你不安嗎？」

「不，我本來就焦躁不安。我坐不住。我欣賞你的坦率，沒有人這麼率直對我說話。弗瑞德里赫，你是我唯一的朋友。」

弗瑞德里赫試圖消化這段話。他被迫來到這裡，對於沒有事先通知就被調到侯翰利欽醫院，他感到憤怒。突然的調動意味著他必須拋棄一大群治療到一半的病人，又無法告訴他們確切的返回日期。他也不想再見到阿弗瑞德．羅森堡，六年前，他看著阿弗瑞德．羅森堡的背影憤怒地離開辦公室，口中還抱怨著他的專業來自猶太人的陰險威脅，不再見到這個人反而讓他放心。此外，他試著閱讀《二十世紀的神話》，但就像所有人一樣，他覺得難以理解。這是每個人都會買一本，但沒有人會閱讀的暢銷書。他只讀了一點就覺得憂心忡忡，**阿弗瑞德可能很痛苦，他哀愁地說我是他唯一的朋友，但他是危險的人，對德國人危險，對每一個人都很危險。**

《二十世紀的神話》和《我的奮鬥》的思想是一致的，他記得阿弗瑞德說希特勒竊取他的觀念。兩本書都讓他厭惡──如此卑鄙、如此惡劣。充滿威脅，強烈到他開始考慮移民，他已經寫信給卡爾．榮格和尤金．布魯勒，詢問是否能到他以前接受訓練的蘇黎世醫院任職。但不久就收到倒霉的徵兵信函，祝賀他被任命為陸軍醫院的中尉。他應該早點行動。他的精神分析師漢斯．梅爾曾警告過他，幾年前梅爾在一個週末閱讀《我的奮鬥》後，就預見災難的來臨，開始勸告每一位猶太病人立刻離開這個國家，他本人也在一個月內就移居倫敦。

所以要怎麼辦呢？弗瑞德里赫放下天真的想法，不再認為他能幫助阿弗瑞德成為較好的人——這種想法太天真了。為了他自己的事業（以及妻子和兩名幼子的幸福），只有一種可行的選擇：遵照命令，盡他所能讓阿弗瑞德儘快出院，讓自己回到家人的身邊和柏林的工作崗位。他必須隱藏他對病人的蔑視，表現出專業。他的第一步是為治療建立清楚的架構。

「你對我們友誼的看法讓我很感動，」他說：「可是你說我是你唯一的朋友，這是我擔心的事。每一個人都需要朋友和知己。我們必須試著處理你的孤立，這毫無疑問在你的疾病裡扮演主要的角色。既然我們要一起處理，容我說說其他的擔心，這些事很難開口，但我必須這麼做。我也有隱私的問題，如你所知，質疑黨的任何立場在現在是犯法的，每一個人的言談都被監控，而且監控的情形毫無疑問會越來越嚴重。獨裁統治總是如此。我就像大部分德國人一樣，並不贊同國社黨的所有信條。你當然知道希特勒不曾得到多數票。我們上次會面——已經好多年了，我想是六年——你激動地離開我的辦公室，你若允許我直說的話，你那時在憤怒、失控的狀態。在那種狀態下，我無法信任你會尊重我的隱私，而這會造成我在治療你時覺得受到限制，且較沒有效。我現在有點嘮叨，但我認為你懂我的意思：守密必須是雙向進行的。你擁有我個人和專業的誓言，你說的話只會留在這裡。我需要相同的保證。」

兩人沉默坐了一會兒，阿弗瑞德終於說：「是，我懂，我向你承諾，你所說的話全都會保密，我也了解如果我失控的話，你會怎麼樣覺得不安全。」

「對，所以我們必須以更安全的方式處理，努力讓兩人都覺得安全。」

弗瑞德里赫仔細看著他的病人。阿弗瑞德沒有刮鬍子。代表許多無眠夜晚的暗黑眼袋以及憂傷的表情，激起弗瑞德里赫的醫師本能；他關掉自己的反感，開始處理：「阿弗瑞德，告訴我，我們的目標是什麼？我想幫你，你希望從我這裡得到什麼？」

阿弗瑞德猶豫了好一會兒，然後說：「試試這個主意。過去幾週，我讀了許多書。」他指著房間散亂的書堆說：「我回去讀古典文學，特別是歌德。你還記得我曾告訴你，我高中畢業前和艾普斯頓代理校長之間的問題嗎？」

「幫我恢復記憶。」

「由於我競選班級代表時發表了一篇反猶太演說，被要求背誦幾段歌德自傳的內容。」

「喔，對，對。我想起來了。一些關於斯賓諾莎的段落。他們分配這些內容給你是因為歌德非常欣賞斯賓諾莎。」

「我很怕畢不了業，於是背得很熟，甚至現在還能背誦，但容我簡單概述重點：歌德在書上提到自己處於煩躁不安的狀態，閱讀斯賓諾莎使他的情緒明顯得以安定下來。斯賓諾莎以數學表現的方式，為他紛亂的思緒提供了美好的平衡，進而得到平靜和更有紀律的思考方式，使他信任自己的推論，且不受他人影響。」

「阿弗瑞德，說得好。這和你我的關聯是……？」

「嗯，這是我想從你那裡得到的。我想要歌德從斯賓諾莎得到的東西，我需要所有這些事。我想要我的情緒能安定下來。我想要……」

「很好，非常好。暫停一下。容我寫下來。」弗瑞德里赫打開鋼筆，這是督導送他的禮物，寫下「讓情緒安定下來」。阿弗瑞德在弗瑞德里赫寫筆記時繼續說：「不受他人影響。平衡。平靜、有紀律的思考方式。」

「阿弗瑞德，很好。回到斯賓諾莎對我們兩人都是好事。此外，試著實行他的觀念可能很適合像你這樣有哲學傾向的頭腦。或許也可以讓我們避開有爭議的部分。我們明天同樣的時間碰面，在這之前，我要工作並閱讀一些書。我可以向你借歌德自傳嗎？你仍然有《倫理學》那本書嗎？」

「我二十歲買的那本。他們說歌德有整整一年把《倫理學》放在口袋裡，我沒有放進口袋，事實上，我已好幾年沒拿出來看了，但我還是捨不得丟掉它。」

雖然沒幾分鐘之前，弗瑞德里赫渴望離開，現在卻坐下來了。「我看看我的任務，我要試著找出幫助歌德的段落和觀念，可能也會幫助你。但我需要更了解是什麼事促使這次絕望的發作。」

阿弗瑞德敘述今天先前進行的自我分析，他告訴弗瑞德里赫，他的成功裡沒有快樂，以及他最大的成就《二十世紀的神話》如何造成這麼大的苦惱。他傾吐出每一件事，特別是每一件事會怎麼樣無情地回到希特勒身上。阿弗瑞德最後說：「我現在比以前更能看見我的整個自我感是如何依賴希特勒對我的看法。我必須克服這一點。我是渴望得到他贊同的奴隸。」

「我記得上次會面時你與這個問題的掙扎。你告訴我，希特勒總是比較喜歡別人的陪伴，不曾把你納入核心。」

「現在把我那時的感受乘以十倍、一百倍。這是一種詛咒；它滲入我頭腦的每一個角落。我必須驅除它。」

「我會盡我所能。我們來看看班尼迪克特斯．斯賓諾莎為我們提供了什麼。」

隔天下午，弗瑞德里赫進入阿弗瑞德的房間，迎接他的是刮好鬍子、穿好衣服的病人，生氣勃勃地站著說：「啊，弗瑞德里赫，我急著想開始。過去二十四小時，我滿腦子想的幾乎都是我們今天的會面。」

「你看起來精神好多了。」

「我也這麼覺得。我覺得現在比過去幾週好很多。怎麼可能呢？即使我們有兩次的會面都以生氣結束，我仍然因為見到你而獲益。弗瑞德里赫，你到底是怎麼做到的？」

「也許是我帶來希望？」

「這是一部分。但還有別的東西。」

「我相信這和你被人關心、與人連結的人性需求有很大的關聯。我們把它放進待議事項，它很重要。但現在要把重心先放在我們的行動計劃。我選了一些看起來很有關聯的斯賓諾莎的話，我們從這兩句話開始。」

他打開《倫理學》朗讀：

相同的東西可以對不同的人產生不同的影響。
相同的東西可以對同一個人在不同時候產生不同的影響。

阿弗瑞德露出困惑的表情，弗瑞德里赫解釋：「我引用這段話只是做為治療的起點。斯賓諾莎只是談到我們各自可以因為同一個外在物體而受到不同的影響。你對希特勒的反應可能和別人的反應相當不同，別人可能像你一樣愛他、尊敬他，但他們的整體幸福感和自我重視感可能沒有完全依賴他給他們的經驗。不是嗎？」

「也許吧。可是我無法知道別人的內在經驗。」

「我的人生大部分用來探索這個領域，看見許多證據支持斯賓諾莎的假設。舉例來說，即使是第一次會談，我的病人就會對我有不同的反應。有些人不信任我，但有些人卻立刻信任我，還有人覺得我試圖傷害他。我相信在各個情形中，我是以同樣的方式與他們建立關係。那該怎麼解釋呢？只能假定單一的事件是由不同的內在世界接收的。」

阿弗瑞德點頭說：「但這和我的情形有什麼關聯？」

「很好，不要讓我離題。我只是強調你和希特勒的關係在某種程度上是你自己的腦袋產生的作用。我的重點很簡單，我們開始的目標必須是改變你自己，而不是試圖改變希特勒的行為。」

「我接受，但我很高興你補充了『某種程度』，因為希特勒對每一個人都在隱約中變大了。即使是戈林也在一次難得的坦誠時刻告訴我：『希特勒周圍的每一個人都只會說是，因為所有說不的人都被埋起來了。』」

弗瑞德里赫點頭。

「但你已說服我，他對我顯得過度放大了，」阿弗瑞德繼續說：「我要你幫助我改變這一點。斯賓諾莎有沒有提出步驟呢？」

「我們來看看他怎麼談論脫離別人的影響，」弗瑞德里赫翻閱筆記說：「這是歌德從斯賓諾莎學到的一件事，第四部分『論人的束縛』有一段相關的話：『當人成為情感的獵物，就不是自己的主人，而任憑命運的支配。』阿弗瑞德，這是形容你發生的情形。你是情感的獵物，被焦慮、恐懼和輕視自己所打擊。是不是這樣呢？」

阿弗瑞德點頭。

「斯賓諾莎繼續談到，如果你的自我價值感是根據眾人的愛，你就會一直焦慮，因為這種愛是多變的。他稱之為『空洞的自我價值感』。」

「和什麼形成對比？什麼是**完滿的**自我價值感？」

「歌德和斯賓諾莎都強調我們永遠不應該把自己的命運連結到某種會朽壞或易變的東西。正好相反，斯賓諾莎鼓勵我們要愛某種不會朽壞、永恆的東西。」

「那是什麼？」

「那是上帝，或斯賓諾莎所謂的上帝，完全等於自然。請回想斯賓諾莎對歌德如此有影響力的話：『任何真正愛上帝的人，必然不會渴望上帝以愛他做為回報。』他說我們如果愛上帝是期待得到上帝的愛做為回報，就是愚蠢的生活。斯賓諾莎的上帝不是有知覺的存有。如果我們愛上帝，是無法得到愛的回報，但確實會得到一些其他好事。」

「什麼是其他好事？」

「某種被斯賓諾莎稱為最高幸福狀態的東西，『對上帝的知性之愛』。這裡，請聽《倫理學》的這段話：

所以，生活中最重要的就是使理解力或理性達到完美……最大的快樂就在於此；其實，幸福就是從上帝的直觀知識而有的心靈滿足。

「你看，」弗瑞德里赫繼續說：「斯賓諾莎的宗教感似乎是一種敬畏的狀態，當人欣賞自然律的偉大結構時就能經驗到。歌德完全接納這個觀念。」

「弗瑞德里赫，我試著聽懂你的意思，可是我需要某種具體的東西，某種我能運用的東西。」

「看來我不是好嚮導。我們回到你原先的要求：『我想要歌德從斯賓諾莎得到的東西。』」

弗瑞德里赫掃視筆記：「這是你說你想要的東西：『心靈的安詳、平衡、不受別人影響，還有平靜、有紀律的思考方式，可以看清世界的景象。』順帶一提，你的記性很好。我昨晚重讀歌德在自傳裡對斯賓諾莎的描述，你非常準確地引用他的話。雖然他認為斯賓諾莎是高貴、卓越的靈魂，活出模範的人生，並把自己人生的改變歸功於斯賓諾莎，可惜他沒有針對我們的目標，具體、詳細地說明斯賓諾莎以什麼方式幫助他。」

「那這對我們有什麼用？」

「以下是我的建議。容我提出一些有根據的推測，談到斯賓諾莎如何影響他。首先要知道歌德在遇見斯賓諾莎之前，就已形成一些類似斯賓諾莎的觀念──自然的一切都有關聯，自然會自我調解，沒有比它更高或更超越的東西。歌德讀到斯賓諾莎時，有被證實的感覺。對斯賓諾莎而言，上帝等於自然，他不是指基督教或猶太教的上帝，而是全世界通用的理性宗教，裡面不再有任何基督徒、猶太人、回教徒或印度教徒。」

「嗯，我不曾發現斯賓諾莎想消除所有宗教。有意思。」

「他是普世教徒，他預期越來越多人致力於追尋對宇宙最充分的認識時，傳統宗教就會式微，我們幾年前談過這一點，斯賓諾莎是極度的理性主義者，他看見世界中無盡的因果之流。對他而言，並沒有具有意志或意志力的實體，沒有任何東西是任意發生的，每一件事都是由先前的某件事造成的，我們越致力於了解這種因果網絡，就越自由。這種觀點認為有條理的宇宙具有可預測、可由數學導出的法則，這是具有無限解釋力量的世界，而為歌德提供了平靜感。」

「夠了，弗瑞德里赫，我的頭暈了。這種自然秩序只讓我覺得可怕，太深奧了。」

「我只是根據你想知道歌德如何從斯賓諾莎得到幫助的要求，以及你想得到相同的益處，而說這些話。斯賓諾莎的書裡連一個技巧也沒有提到，他不提供獨特的練習，比如告解或宣洩或精神分析。人必須一步步跟著他，才能抵達他容納一切的世界觀、行為和道德。」

「我因為希特勒而苦惱。斯賓諾莎會建議我如何減輕苦惱？」

「斯賓諾莎的立場是藉由認識世界是由邏輯編織而成的，就可以克服苦惱和人類的所有情感。他這個信念非常強烈，所以他說……」弗瑞德里赫翻閱書本：「『我把人的行為和感受看成線條、平面和立體的問題。』」

「我和希特勒呢？」

「我相信他會說，你被不適當的觀念產生的情感所支配，而不是真正追求認識現實本質的觀念。」

「要如何擺脫這些不適當的觀念呢？」

「他明確地說，情感可以不再是情感，只要我們對它形成更清楚、明確的觀念——也就是情感背後的因果網絡。」

阿弗瑞德陷入沉默，垂坐在椅子上，臉孔扭曲，好像嚐到酸牛奶似的。「關於此，有件事會造成困擾，非常困擾，我開始在斯賓諾莎身上看見猶太人——某種軟弱、蒼白、無力的東西，而且反對德國。他否認意志，把情感視為劣等的東西，但現代德國人卻採取相反的觀點。情感和意志**不**是要被消滅的東西，熱烈的情感是德國人民的核心與靈魂，德國的三合一精神是勇敢、忠誠和身體力量。對，毫無疑問，斯賓諾莎一定有某種反對德國的東西。」

「阿弗瑞德，你太快跳到結論了。還記得你因為《倫理學》前幾頁充斥深奧的公理和定義，就把它丟掉嗎？要像歌德一樣認識斯賓諾莎，就必須讓自己熟悉他的語言，一步接一步，一個定理接一個定理地跟隨他的世界觀的建構。你是學者，我相信你花了好幾年研究歷史，才寫下你的《二十世紀的神話》。然而你卻拒絕花更多時間了解斯賓諾莎這位有史以來最偉大的心靈，只匆匆看一下各章節的標題。偉大的德國知識分子都深入鑽研他的書，給他應得的時間吧。」

「你總是為猶太人說話。」

「他不代表猶太人，他信奉的是純粹的理性。猶太人把他趕出去了。」

「我很久以前就警告你不要向猶太人學習，我警告過你，不要進入這個猶太人的領域，我警告過你會有很大的危險。」

「你可以放心了，危險已經過去。精神分析學院的所有猶太人都已離開這個國家，就像愛因斯坦一樣，還有其他偉大的猶太裔德國科學家，還有非猶太人的偉大德國作家，比如湯瑪斯．曼和兩百五十位最好的作家。你真的相信這能強化我們的國家嗎？」

「每當有一個猶太人或愛猶太人的人離開，德國就更強壯、更純淨。」

「你相信這種仇恨……」

「這無關仇恨，這關乎種族的保存。對德國而言，只有在最後一位猶太人離開偉大的德國之後，才能解決猶太人的問題。我但願他們沒有受到傷害，我只是要他們住到別的地方。」

弗瑞德里赫希望迫使阿弗瑞德看見他的目標所造成的後果。他意識到這條路走下去是沒有用的，卻無法控制自己：「把數百萬人連根拔起，對他們做了這種事，你沒看到傷害嗎？」

「他們必須到別的地方——俄國、馬達加斯加，任何地方。」

「請你理性一點！你認為自己是哲學家……」

「還有比理性更崇高的東西——榮譽、血統、勇氣。」

「阿弗瑞德，看看你提出來的東西有什麼意含。我勸你鼓起勇氣看看你的提議對人有什麼意含，**真正**去看一看。也許你在某個層面確實知道，也許你的激動來自內心某個部分，知道其恐怖……」

這時響起敲門聲，阿弗瑞德起身開門，驚訝地看見魯道夫．海斯。

「日安，羅森堡領導。元首來這裡看你，他在會議室等你，有事情要告訴你。我在外面等你和你一起過去。」

阿弗瑞德僵了一會兒，然後站得更筆直，邁步到衣櫃，拿出納粹軍服，轉向弗瑞德里赫，看見他仍在那裡，顯得很驚訝：「菲斯特中尉，回去你的房間，在那裡等我。」

他快速穿上制服、套上長靴，和海斯一起靜靜走向希特勒等待的房間。

希特勒起身招呼阿弗瑞德，向他回禮，示意他坐下，然後要海斯到外面等候。

「羅森堡，你看起來很好，一點也不像住院的病人。我感到放心。」

阿弗瑞德因為希特勒的和藹可親而慌亂，含糊地道謝。

「我最近重讀了你去年在《人民觀察家報》的文章，你談到把諾貝爾和平獎頒給卡爾．馮．奧希斯基（Carl von Ossietzky）。羅森堡，這篇報導寫得很好。遠遠優於我們的報紙在你不在時出版的呆板內容。你對諾貝爾委員會把和平獎頒給一個因叛國罪而被自己國家關起來的人，非常正確地表達出莊嚴、憤慨的語氣，我完全同意你的立場，它其實是對德國主權的侮辱和正面攻擊。請你準備奧希斯基的訃告，他對集中營的生活適應不良，我們可能不久就可以發佈他的死訊。

「但我今天來看你，不只是詢問你的健康，向你問候，也有一些事要告訴你。我非常喜歡你在一篇文章中的建議，認為德國不應該再忍受斯德哥爾摩的傲慢，必須在德國設立相當於諾貝爾獎的獎項。我已採取行動，成立一個選舉委員會，挑選德國國家藝術科學獎的候選人，委任慕勒—艾福特設計出精巧的鑽飾彩帶，獎金是十萬德國馬克。我希望你第一個知道我已提名你為第一屆德國國家獎得獎人。這是我不久要發表的公開聲明。」

阿弗瑞德接過來，迫不及待地讀著：

國家社會主義運動，以及所有德國人民，都會非常高興知道元首要授予阿弗瑞德．羅森堡德國國家獎，以表揚他是最資深、最忠誠的戰鬥夥伴。

「謝謝你，謝謝你，我的元首。我為一生中最白豪的時刻，向你致謝。」

「你什麼時候回來工作？《人民觀察家報》需要你。」

「明天，我現在完全好了。」

「那個新醫生，你的朋友，一定是奇蹟製造者。我應該表揚他，讓他升職。」

「不，我在他到達前就恢復了。他不值得表揚。事實上，他曾在柏林的猶太人經營的佛洛伊德學院接受訓練，為了猶太精神科醫師全部離開我國而難過。我試過了，但我不認為我可以去除他的猶太思想，我們必須注意他。他可能需要一些復健。我現在要去工作了。我的元首萬歲！」

阿弗瑞德快步走回房間，立刻開始打包。幾分鐘後，弗瑞德里赫敲他的門。

「阿弗瑞德，你要離開了？」

「對，我要離開了？」

「怎麼回事？」

「我不再需要你的服務了，菲斯特中尉。立刻回到你在柏林的崗位。」

〔第三十一章〕

伏爾堡

——一六六六年十二月

親愛的班托：

西蒙答應在一星期內送到這封信，除非你告訴他不方便，否則我會在十二月二十日到伏爾堡拜訪你。我有許多事要與你分享，也想知道你的生活。我多麼想念你啊！我受到嚴格的監視，就連把信交給西蒙都很擔心。希望你知道，我們雖然沒有在一起，但這些年來，你一直在我心裡。我沒有一天不在心裡看見你容光煥發的臉孔，聽見你的聲音。

你很可能已經知道莫泰瑞拉比在我們上次見面後不久就過世了，在葬禮講道的你的姊夫撒姆耳．凱瑟爾斯拉比也在幾星期前過世。你的姊姊蕾貝卡和她的兒子丹尼爾住在一起，丹尼爾現在十六歲，將會成為猶太法學博士。你的弟弟蓋伯瑞現在名為亞伯拉罕，已是成功的商人，常常為了生意到巴貝多旅行。

我現在是拉比了！不久前，我還是阿勃布拉比的助理，他現在是首席拉比。阿姆斯特丹現在陷入狂熱，每一個人談論的都是彌賽亞薩貝塔・塞維（Sabbatai Zevi）的來臨。奇怪的是，正是這種對他的狂熱，讓我能拜訪你，我稍後會解釋。雖然阿勃布拉比仍一直密切監視我的一舉一動，但現在已無關緊要了。我信服你，你很快就會知道一切。

法蘭科（又名貝尼泰茲拉比）

班托把法蘭科的信讀了第二遍，又讀第三遍。他皺著臉看著那句奇怪的話「無關緊要」？這是什麼意思。看到新的彌賽亞，他又皺起臉來。薩貝塔・塞維懸浮在空中，只不過一天前，他才接到一封信，談到彌賽亞的來臨，來自常與他通信的亨利・奧登伯格（Henry Oldenburg），他是英國皇家科學會的執行祕書。班托拿出奧登伯格的信，重讀相關的段落：

這裡有個四處流傳的謠言，談到已經分散兩千多年的以色列子孫即將返回故鄉。這一帶很少有人相信，但很多人渴望如此……我很想知道阿姆斯特丹的猶太人聽說了什麼，以及如此重大的流言對他們有什麼影響。

班托一面踱步一面思考。鋪著地磚的房間比萊茵斯堡的房間寬敞，兩個書櫃裝滿六十幾本大型書卷，占據了一面牆壁，刺破的大衣掛在旁邊有著兩扇小窗戶的第二面牆；剩餘的兩面牆壁有青白色瓷磚製的風車圖案做為飾邊，掛著屋主丹尼爾・泰德曼（Daniel Tydeman）收集的一些荷蘭畫家的荷蘭風景畫，屋主是佩服他哲學的社友會員。班托三年前在丹尼爾的堅持下，離開萊茵斯堡到伏爾堡，租下他家裡的一個房間，伏爾堡是風光明媚的鄉村，距離海牙政府所在地只有兩英哩。此外，他的重要朋友克里斯提安．海金斯（Christiaan Huygens）也住在伏爾堡，他是知名的天文學家，常常稱讚班托製作的鏡片。

班托拍打額頭咕噥著：「薩貝塔．塞維！即將來臨的彌賽亞！多麼瘋狂！這種愚蠢、輕信的情形到什麼時候才會結束？」很少有事情會比不理性的命理信念更激怒班托，而一六六六年充斥許多荒唐的預言。許多迷信的基督徒長久以來相信創世之後一千六百五十六年的大洪水會在一六五六年二度來臨，或是發生其他改變世界的大事。那一年平靜無事地過去之後，大家只是把預言轉換成一六六六年，新約啟示錄把獸的數目稱為六六六（啟示錄十三章十八節），使這一年變得很重要。許多人預言敵基督會在公元六六六年來臨。預言失效時，日後的先知又把預示的日期延後一千年，成為公元一六六六年，三個月後的倫敦大火使這個信念變得更加可信。

猶太人也沒有比較不易受騙。相信彌賽亞的人，特別是馬拉諾人，全心期待彌賽亞即將來臨，聚集散居各地的猶太人，帶他們返回聖地。許多人認為薩貝塔．塞維的到來就是禱告得到答應。

星期五是法蘭科預定抵達的日期，班托不尋常地被三十公尺外伏爾堡市場鬧哄哄的聲音所干擾。這種情形很奇特，他平常專注於學術作品，不受所有噪音和外在事件影響，但法蘭科的臉孔一直飄過腦海，經過半個小時仍一再重複閱讀愛比克泰德斯的同一頁後，他放棄了，合起書本，放回書櫃，讓自己在這個早晨做白日夢。

他整理房間，拉直枕頭，把四柱床上的羽絨被弄平，退後欣賞自己的工作，想著，**有一天我會死在那張床上**。他熱切期待法蘭科的到來，揣摩房間是否夠溫暖。雖然他自己不重視溫度，但想像法蘭科在旅程後會冷得發抖，於是從屋後的柴堆取來兩捆木柴，卻在進屋時絆倒，木頭散落地板。他收起木柴，帶進房間，開始在壁爐點火。丹尼爾・泰德曼聽見木頭掉落的嘩啦聲，前來輕輕敲門問：「早安。點火嗎？你覺得不舒服嗎？」

「丹尼爾，我不是為自己點火。我在等一位來自阿姆斯特丹的客人。」

「阿姆斯特丹？他抵達時一定餓了。我會請管家準備一些咖啡和多一份午餐。」

班托一整個早上不停往窗外看，到了中午終於看到法蘭科時，班托高興地衝出去擁抱他，帶他進入房間。進來後，班托退一步欣賞著法蘭科，他現在的穿著就像高尚的荷蘭市民，戴一頂高大寬邊的帽子，穿著長大衣，以及領口繫上鈕扣的襯衫，方方正正的白色衣領，及膝的馬褲和長統襪。頭髮梳理整齊，短鬚修剪俐落。兩人一起靜靜坐在班托的床邊，滿臉笑容。

「今天很沉默，」班托用多年前熟悉的葡萄牙語說：「但我這次知道是為什麼，因為有太多話想說了。」

「還有太高興了，往往說不出話來。」法蘭科補充。

甜美沉默的時光被班托的一陣咳嗽聲打斷，他吐在手帕上的痰液有棕色和黃色的斑點。

「又咳嗽了，班托，你生病了嗎？」

他搖搖手，以消除朋友的擔心：「咳嗽和痰液已住在我的胸腔，很少離家太遠。但從所有其他方面來看，我的生活很美好。流放很適合我，我喜歡孤獨，今天當然除外。你呢？法蘭科，還是我應該叫你法蘭科．貝尼泰茲拉比，你看起來很不一樣，打扮得非常……非常……非常荷蘭。」

「對，阿勃布拉比雖然是卡巴拉教派和贊成來世的人，但仍希望我的穿著像平常的荷蘭人，甚至堅持要我修整鬍鬚。我認為他想成為社群裡唯一留著滿臉鬍鬚的人。」

「你從阿姆斯特丹過來，怎麼有辦法這麼早就到這裡？」

「我昨天就從阿姆斯特丹坐馬船到海牙，昨晚住在一個猶太家庭裡。」

「你會渴嗎？要不要喝咖啡？」

「也許等一下，我現在只渴望一件事，和你談話。我想知道你的新著作和思想。」

「如果我能先撫平思緒，才能較輕鬆談話。我很關心你信中的一段話。」班托走向書桌，拿出法蘭科的信，看著它說：「這裡寫著：『雖然阿勃布拉比仍一直仔細監視我的一舉一動，但現在已無關緊要了。』法蘭科，發生了什麼事？」

「發生的事是**必然**會發生的，我相信我正確地使用你的用語『必然』，否則那些事是不可能發生的。」

「什麼事？」

「班托，不要緊張。我們終於有機會不要那麼匆忙，我們可以談到下午兩點，然後我必須坐馬船到萊登（Leiden）拜訪一些猶太家庭。我們有充裕的時間回顧我的生活故事和你的生活故事。我會說明一切，而且一切都很好，但故事最好能從頭開始說，而不是從結尾回溯。你看，我仍然喜愛故事，而且固執的想促使你重視故事。」

「對，我記得你奇怪的想法，認為我暗暗喜歡故事。不過，你在這裡找不到多少故事。」班托朝他的書櫃揮手。

法蘭科走過去翻閱班托的藏書，瀏覽四層架子上的書。「喔，它們好美，班托，真希望我能花幾過月在這裡讀你的書，和你討論。看看這裡！」法蘭科指著一層架子：「我眼前是什麼？我不是看到最偉大的講故事的人嗎？奧維德、荷馬、維吉爾？我甚至聽到他們向我低語。」法蘭科把耳朵靠近書說：「它們在懇求說：『拜託，拜託來讀我們，我們擁有智慧，可是無趣的主人如此忽視我們。』」

班托大笑，站起身，擁抱他的朋友說：「啊，法蘭科，我想念你，只有你會這樣和我說話。其他人都對伏爾堡的聖人過度恭敬。」

「啊，對。班托，你和我都知道，對於別人以恭敬的態度對待，聖人是完全莫可奈何的。」

班托再度大笑：「你竟敢讓聖人等待？快說你的故事。」

法蘭科坐到班托身旁，開始說：「我們上次在西蒙家會面時，我正開始學習塔木德經和道拉經，對學習的過程感到興奮。」

「你的用字是『快樂的學習』。」

法蘭科微笑說：「這正是我的說法，但我認為你也是如此。三、四年前，我向會堂的老管理員阿布里興詢問他對你的印象，他那時重病、垂死，他回答：『巴魯赫·迪·斯賓諾莎什麼都不會忘，完全記住。』對，我確實學習得很快樂，我的愛好和傾向是如此明顯，所以阿勃布拉比很快就視我為他最好的學生而提高我的津貼，好讓我能繼續上拉比的課程。我寫信告訴你這件事，你收到我的信了嗎？」

班托點頭：「我收到了，但很困惑，甚至是震驚。但不是因為你熱愛學習，這是我了解的、我們共享的。而是你對宗教的危險、限制、非理性，有如此強烈的情緒，為什麼還選擇成為拉比？為什麼加入理性的敵人？」

「我加入的理由和你離開的理由一樣。」

班托抬高眉毛，然後露出理解的微笑。

「班托，我認為你了解。你和我都想改變猶太教——你從外面，我從裡面！」

「不，不，我一定反對。我的目標不是改變猶太教。我的徹底普世主義會根除所有宗教，形成普世的宗教，所有人都透過完全了解自然而得到幸福。但稍後再談這個，如果打開太多話題，會妨礙你解釋阿勃布拉比的監視為什麼已無關緊要了。」

「我完成學業後，」法蘭科繼續說：「阿勃布拉比授予我聖職，為我祈福，派我當他的助手。前三年，事情都很順利，我在他身旁參加所有日常儀式，減輕他的負擔，接手許多成年儀式和婚禮儀式。他很快就非常信任我，把越來越多需要指導和諮詢的個案交給我。但我們像父子一樣挽臂走入會堂的黃金時期並不長，烏雲出現在天際。」

「因為薩貝塔．塞維的來臨？我記得阿勃布拉比是狂熱的彌賽亞信徒。」

「更早之前，當阿勃布拉比開始指導我學習卡巴拉教義時，情況就走樣了。」

「啊，對，當然了。我猜你那時不再是快樂的學生。」

「完全正確。我盡可能嘗試，但那些內容實在超過我能相信的程度。我試圖說服自己相信這部經典是重要的歷史文件，需要仔細研究。學者豈不是應該知道自身文化和其他文化的神話嗎？可是，班托，我耳中響起你清晰的聲音，以及你對道拉經的銳利評論，我對卡巴拉教義的前後不一致與脆弱的假設基礎非常敏感，當然了，阿勃布拉比堅持他不是教我神話學，而是教我歷史、事實、活生生的真理、上帝的話。不論我怎麼努力掩飾，還是明顯缺乏熱誠。一天又一天，他可愛的笑容逐漸消退，一起走路時不再挽著我的手臂，對我越來越冷淡、失望。後來，有一位學生向他報告，我用『隱喻』這個字眼形容盧瑞亞（Luria）對卡巴拉教義中宇宙創造的描述，他於是公開斥責我，限制我的職務。我相信他接下來在我的所有班級安排了眼線，找人報告我的所有活動。」

「我現在了解你為什麼沒有和西蒙聯絡，與我通信。」

「對，不過我太太最近在看西蒙用荷蘭文翻譯的十二頁譯稿，提到你關於克服情緒的想法。」

「你太太？我以為你不能和她分享……」

「在這裡做個記號。耐心等一下。我們等一下就回來談這件事，但現在要繼續我自己的年代史，我和卡巴拉教義間的問題已經夠麻煩了。但我與阿勃布拉比之間真正的危機則關係到被信以為真的彌賽亞，薩貝塔．塞維。」

「你能告訴我一些他的事嗎？」

「我猜你讀光明篇（譯注）已經是很久以前的事了，但你一定記得彌賽亞來臨的預言。」

「對，我記得我和莫泰瑞拉比最後的談話，他相信聖經預言彌賽亞會在猶太人最低潮的時候來臨。我們對此有不愉快的談話，我問：『如果我們真的是選民，為什麼必須到最絕望的時刻，彌賽亞才會來臨？』我暗示這很可能是人設計出彌賽亞的觀念，以對抗他們的絕望，他對我膽敢質疑神聖的話語，非常憤怒。」

「班托，你能相信我其實很渴望莫泰瑞拉比還在世的好日子嗎？阿勃布拉比的彌賽亞信念非常極端，相較之下，莫泰瑞拉比就很開明了。此外，一些巧合強化了阿勃布拉比的狂熱。你還記得光明篇預言彌賽亞的誕生日期嗎？」

「我記得是九五，第五個月的第九天。」

「你瞧，據說薩貝塔．塞維是一六二六年猶太曆法的五月九日於土耳其的士每拿（Smyrna）出生，去年加隆有一位卡巴拉教派的南森（Nathan）宣布他就是彌賽亞，南森已成為他的資助者。謠傳他有許多神蹟，大家都說塞維很有魅力，高大有如杉樹，俊美、虔誠而禁慾苦修。據說他長期禁食，整個晚上以悅耳的聲音唱頌詩歌。他到每一個地方都會特意冒犯、威脅根深柢固的拉比權威。士每拿的拉比驅逐他，因為他竟敢在會堂講讀上直呼上帝的名，撒羅尼加（Salonica）的拉比也把他趕走，因為他把自己當成新郎，消拉經當成新娘，舉行婚禮。但拉比的怒氣對他似乎不造成困擾，他持續遊走聖地，聚集了大量的追隨者。彌賽亞的消息像旋風一樣，迅速掃遍整個猶太世界。我親眼見到阿姆斯特丹的猶太人聽到這個消息時，在街上跳舞，許多人賣掉或丟棄俗世的財物，坐船到聖地跟隨他。不只是無知的人，許多知名的人物也對他著迷，就連一向謹慎的以撒．皮耶拉（Issac Pereira）也把所有財產處理掉，前去加入他。阿勃布拉比不但沒有恢復理智，竟然還頌揚他，對這個人的熱忱提高到狂熱的程度，不顧聖地有許多拉比威脅要流放薩貝塔．塞維的事實。」

班托閉著眼睛，雙手托著頭，喃喃地說：「愚蠢，愚蠢。」

「等一下，還沒提到最糟的情形呢。三週前，一位來自東方的旅者談到土耳其的蘇丹王對於一大群猶太人湧入東方，加入彌賽亞，感到很不高興，於是召喚薩貝塔．塞維到皇宮，給他兩個選擇，殉道或皈依回教。薩貝塔．塞維選擇什麼呢？彌賽亞立刻選擇成為回教徒！」

「他皈依回教！就這樣？」班托露出驚訝的表情：「就這樣，然後彌賽亞的熱潮結束了？」

〔譯注〕Zohar，猶太教神祕主義對摩西五經的注疏。

「最好是這樣！我們會以為彌賽亞的追隨者會了解自己被騙了。但完全不是這回事，南森和一些人說服他的追隨者相信他的皈依是神聖計劃的一部分，數百甚至數千的猶太人跟著他皈依回教。」

「你和阿勃布拉比接下來發生什麼事？」

「我再也無法克制自己，公開要求我的會眾恢復理智，不要賣掉自己的家和財產，至少多等一年，再考慮移居到聖地。阿勃布拉比非常生氣，目前要我停職，並威脅要流放我。」

「流放？流放？法蘭科，我應該做出『法蘭科』式的觀察，這是我跟你學到的東西。」

「你觀察到什麼？」法蘭科充滿興趣地看著班托。

「你的用字和語調並不一致。」

「我的用字和語調？」

「你描述這麼險惡的事件——阿勃布拉比公開斥責你、收回他的愛、派人監視你、限制你的自由，現在又是流放。可是，雖然在看到我被流放時，你非常驚恐，我現在卻在你臉上看不到絕望，你的談話裡沒有恐懼。你其實好像……怎麼說呢？幾乎是很愉快。你的輕鬆愉快是從哪兒來的？」

「班托，你的觀察很正確，不過，如果我們是在一個月前談話，我就沒有那麼愉快了，但我最近想到一個解決辦法。我已決定移居外地！至少有二十五個猶太家庭相信我的猶太生活方式，再過三個星期，就要和我啟程到新世界，荷屬庫拉索島（Curacao），我們會在那裡建立自己的會堂，以及自己的宗教生活方式。我昨天拜訪了兩個在海牙的家庭，他們是兩年前離開阿勃布拉比的會眾，他們也很可能加入我們。今天晚上，我希望再得到兩個家庭的支持。」

「庫拉索？半個地球遠的地方？」

「班托，相信我，雖然我對我們在新世界的未來充滿希望，但想到你我可能再也不會相遇，仍感到很難過。昨天我在馬車上做白日夢，希望你會到新世界拜訪我們，然後選擇和我們一起留下來，當我們的聖人和學者。我不是第一次這樣想像，但我知道這只是夢想。你的咳嗽和充血告訴了我，你無法旅行，而你對生活的滿足也告訴了我，你不會過來。」

班托起身，在房裡踱步：「我難過到無法靜靜坐著。雖然我們很少見面，但你能在我生活中出現對我很重要。想到要永遠告別，實在太震驚、太失落了，我不知道可以說什麼。但這同時，我對你的愛引發了一些想法。各種危險！你要如何生活？庫拉索原本沒有猶太人和會堂嗎？他們怎麼肯接納你？」

「猶太人總是會面臨危險。我們一直被基督徒或回教徒壓迫，接下來是我們自己長老的壓迫。阿姆斯特丹是舊世界為我們提供某種程度的自由的地方，但許多人預見了自由的結束。各種敵人都越來越有力量：英國的戰爭結束了，但可能很短暫，路易十六威脅我們，我們的自由派政府可能也無法長久對抗保皇派，他們想建立獨裁政體。班托，你不擔心這些事嗎？」

「對！太多事了，我也把《倫理學》的寫作放到一旁，正在寫一本關於神學與政治觀點的書。宗教權威對政治體制有很大的影響力，現在必須停止過度干涉政治。我們必須讓宗教和政治分離。」

「班托，多談談你的新計劃。」

「大部分是舊計劃，你還記得我向你和雅各提出我對聖經的批評嗎？」

「我記得每一個字。」

「我正把這些寫出來，包括所有那些論據，還有更多論據，任何理性的人都會懷疑這些經典的神聖來源，最後會接受每一件發生的事都是根據普遍的自然定律。」

「所以你要出版造成你流放的那些想法？」

「我們稍後再討論這件事，法蘭科，現在回到你的計劃。這件事比較迫切。」

「我們的團體越來越相信我們唯一的希望在新世界。一位成員是商人，已經去那裡參觀，選了一塊土地，我們已向荷蘭西印度公司買下那塊地。還有，你是對的，庫拉索已經建立了猶太社區，但我們會在島的另一端，有自己的土地，自己學習務農，建立不同型態的猶太社區。」

「你的家人呢？他們對這次遷移有什麼反應？」

「我太太莎拉同意過去，但有一些條件。」

「一些條件？猶太妻子可以訂出條件嗎？什麼條件？」

「莎拉是意志堅決的人。她想改變猶太教對待婦女的方式，除非我願意認真看待她的觀點，否則她不同意過去。」

「我不敢相信我聽見的話。我們如何對待婦女？我不曾聽過這種無聊的話。」

「她要我和你討論這個話題。」

「你和她談到我？我以為你一定會對我們的接觸守口如瓶，即使是她也不知道。」

「她改變了。我們都改變了。我們彼此沒有祕密。我可以把她的話轉告你嗎？」

班托小心翼翼地點頭。

法蘭科清清喉嚨，用較高的音調說：「斯賓諾莎先生，請問你是否同意女人在各方面都被當成低等生物來對待？在會堂裡，我們必須與男士分開，坐在較次等的座位……」

「莎拉，」班托插嘴，立刻進入角色扮演：「你們女人和你們淫蕩的眼神當然要坐到別的地方，難道男人分心轉離上帝是對的嗎？」

「我知道她的回答，」法蘭科模仿她的聲音，繼續說：「你是指男人像禽獸一樣，只要有女人在場，每晚肩並肩睡在一起的女人，他就會一直發熱，遠離理性的頭腦。光是看到我們的臉孔，就會驅散他們對上帝的愛。你能想像我們做何感受嗎？」

「喔，愚蠢的女人，你們當然必須離開我們的視線！你們誘人的眼神、揮動的扇子、膚淺的言論，都不利於虔誠的沉思默想。」

「這是因為男人的軟弱、無法專心，都是女人的錯，不是男人的錯？我先生告訴我，你曾說過，沒有一件事是善或惡，而是腦袋使它成為如此。不是嗎？」

班托心不甘情不願地點頭。

「所以也許是男人的腦袋需要教化，也許男人需要戴上眼罩，而不是要求女人戴著面紗！你同意我的看法嗎？還是應該繼續說下去？」

班托準備仔細回答，但停了下來，搖搖頭說：「請繼續。」

「我們女人一直是家庭的囚徒，不曾學過荷蘭語，所以購物和交談都受到限制。我們背負家庭工作量不均等的重擔，而男人大部分時間都坐著辯論塔木德經的議題。拉比公開反對教育我們，他們認為我們的智力較差，如果要教我們道拉經，就會教一些不重要的東西，因為我們女人無法理解它的複雜性。」

「就這個例子而言，我同意拉比的話。你真的相信女人和男人擁有相等的智力？」

「請你去問我丈夫，他就站在你旁邊。問問他，我是否學得和他一樣快，了解得和他一樣深。」

班托抬起下巴，示意法蘭科回答，他微笑說：「班托，她說的是實話。她的學習與理解和我一樣快，也許比我更快。你也認識一位像她一樣的女性，記得那位教你拉丁文的小女生嗎？你自己說她是奇才。莎拉甚至認為女人也應該成為講員的一分子，站在講壇上朗讀，甚至成為拉比。」

「站在講壇上朗讀？成為拉比？真是難以置信！如果女人能共有權力，那我們應該可以從歷史找到許多這種例子，可是找不到，沒有女人與男人平等統治的例子，也沒有女人統治男人的例子。我們只能推斷女人天生就比較軟弱。」

法蘭科搖頭說：「莎拉會說——我也同意她——你的證據根本不是證據，沒有共享權力的理由是……」

敲門聲打斷他們的討論，管家走進來，帶著滿滿一盤食物說：「斯賓諾莎先生，我可以為你們上菜嗎？」

班托點頭，她開始把煮好的菜餚放到班托的餐桌。他轉向法蘭科說：「她問我們是否準備吃午餐，我們可以在這裡吃。」

法蘭科驚訝地看著班托，用葡萄牙語回答：「班托，你怎麼會認為我可以和你一起吃這些食物？你忘了嗎？我是拉比！」

〔第三十二章〕

柏林、荷蘭

——一九三九—一九四五年

他是「幾乎阿弗瑞德」。羅森堡幾乎成為學者、新聞工作者、政治家——但只是幾乎。

——約瑟夫．戈培爾

世界為什麼要為小小的猶太少數民族理所當然的命運，流下虛情假意的眼淚？……我請問羅斯福，我請問美國人民：你們準備好接受這些毒害德國人和基督教普世精神的人，住到你們之間嗎？我們很樂意給他們每人一張免費船票和一千馬克的旅費，只要能擺脫他們就好了。

——阿道夫．希特勒

雖然阿弗瑞德沒有再發生另一次嚴重的憂鬱症，但也沒有發展出真正的舒適感，在他的餘生，他的自我價值感有非常大的起伏：或是膨脹，或是洩氣，完全依據他覺得自己和阿道夫．

希特勒的親近程度。

希特勒不曾愛他；不過，他相信阿弗瑞德的能力對黨有用，所以持續對他賦予重任。阿弗瑞德除了黨報主編的基本任務，總是會再多出許多責任。《人民觀察家報》是為納粹黨戰鬥的報紙，在阿弗瑞德的帶領下茁壯：到一九四〇年代，每天的銷售量超過一百萬份。希特勒本人較喜歡施特萊歇爾的《抨擊家周報》裡通俗、反猶的漫畫。不過，《人民觀察家報》是正式的黨報，希特勒或他的副手魯道夫．海斯每天一定會閱讀。

阿弗瑞德和海斯有友好的關係，透過他，得以接近希特勒。但這突然在一九四一年五月十日結束，海斯和羅森堡共享一頓悠閒的早餐後，駕車到機場，然後基於歷史學家仍然困惑的原因，開著BF110戰鬥機到蘇格蘭上空，然後跳傘，他立刻被逮捕，餘生都在英國的監獄度過。馬丁．波曼（Martin Bormann）接替海斯的副手職位，成為阿弗瑞德口中的「接待室的獨裁者」。除了極少數的情形，波曼只讓親信接近元首，而所謂親信一直不包括阿弗瑞德．羅森堡。

但沒有人能否認阿弗瑞德的書《二十世紀的神話》得到驚人的成就，到一九四〇年，這本書已賣了超過一百萬本，在德國僅次於《我的奮鬥》。阿弗瑞德還有其他大量的職責，身為整個納粹黨思想教育的負責人，必須常常開會和公開演說。他的演講總是不脫他的書本勾勒出的問答式講解：亞利安民族的優越性、猶太人的威脅、血統的純淨、異族繁殖的危險、生存空間的必要，以及宗教造成的危險。他不厭其煩地灌輸猶太人對德國造成的威脅，一直堅持猶太人問題的解決方式只有把每一個猶太人趕出歐洲。到一九三九年，沒有國家願意接受德國、波蘭和捷克的猶太人，他主張把歐洲猶太人遷移到歐洲以外的保留區（並強調不是國家），比如馬達加斯加或蓋亞那。他一度考慮阿拉斯加，但後來決定那裡的嚴酷氣候對猶太人過於苛刻。

一九三九年，希特勒召集羅森堡來開會。

「羅森堡，我手上是一份你得到德國國家獎的正式通知。我相信你還記得我談到提名你，而你稱之為一生中最自豪的時刻。我親自批准這些話：『羅森堡不屈不撓地努力保持國家社會主義哲學的純淨，是特別值得敬佩的。只有未來的時代才能充分評價這個人在國家社會主義德國的哲學基礎所造成的深厚影響。』」

阿弗瑞德睜大雙眼，他對希特勒的慷慨大禮感到吃驚。

「我今天準備派任你一份應該由你擔任的職務。我已決定正式成立高等學校，納粹黨的精英大學。你要成為它的領導者。」

「我的元首，我深感榮幸。但我還沒聽過任何高等學校的計劃。」

「它是思想和教育研究的高等中心，座落在巴伐利亞州北部。我的構想是有一座容納三千個座位的禮堂，藏書五十萬冊的圖書館，在德國各個城市都有不同的分支機構。」

阿弗瑞德拿出筆記：「我可以在《人民觀察家報》談論這件事嗎？」

「可以，我的祕書會把背景資料給你。現在正是時候，在《人民觀察家報》簡短宣布它的設立，以及你被任命為領導者。你的第一項任務，這是不公開的，」希特勒壓低聲音說：「就是建立大學圖書館。儘快建立它。立刻去辦。現在就可以取得書籍了，我要你帶人去沒收占領區內所有猶太人和共濟會圖書館的藏書。」

阿弗瑞德非常高興：這個任務理當由他執行。他立刻開始，羅森堡的特使很快就掠奪整個東歐的猶太圖書館，把成千上萬珍貴罕見的書籍送到法蘭克福，由圖書館員挑出最好的書給高等學校圖書館。希特勒也計畫建造一間滅亡民族的博物館，其他貴重的書籍會被選出來陳列在那裡。過不了不久，阿弗瑞德受命的工作從書籍擴展到藝術品。他就像渴望被注意的急切寵物，在元首的五十歲生日寫信給希特勒：

我的元首萬歲：

我的元首，為了讓你在生日得到一些喜悅，請特准我向你呈現一些最珍貴畫作的照片，這是我的特勤人員在你的指示下，從占領區無主的猶太藝術收藏品取得的。這些照片代表不久前運送給你的五十三件最珍貴藝術品的收藏會再增加。

我懇求你，我的元首，下次覲見你時，能有機會向你口頭報告這次藝術品扣押行動的整個範圍和程度。我懇求你接受一份暫時的簡短書寫報告，說明藝術品扣押行動的進展和範圍，也是日後口頭報告的基礎，並請接受三份臨時的圖片目錄，只顯示出你擁有的收藏品的一部分。我的元首，在我請求的覲見中，也請准許我把另外二十本圖片集交給你，但願這些最貼近你心的美麗藝術品，在這次短短的相會中，能為你可敬的生活帶來一絲美麗與喜悅。

一九四〇年，希特勒正式通知整個納粹黨已成立羅森堡領導的特別任務小組（ERR），其任務就是沒收所有猶太人擁有的歐洲藝術品和書籍，由德國來運用。羅森堡發現自己成為一個大型組織的首腦，和軍隊一起進入占領區，護送和搬動對德國有用的「無主」猶太人財產。

阿弗瑞德非常激動，這是他最有價值的任務。當他和ERR團隊昂首闊步於布拉格和華沙的街道時，他沉思著：權力！終於啊，權力！對歐洲的猶太圖書館和美術館握有生殺大權。而且對戈林有了談判籌碼，他突然對我很好。他貪婪的雙手緊緊抓住每一個地方的藝術戰利品，但現在是我站在第一線，在戈林為自己的收藏搶奪前，我會先為元首挑選藝術品。如此貪婪！戈林早就應該被消滅了。元首為什麼容忍如此背叛亞利安傳統與意識形態的人。

波蘭與捷克斯拉夫猶太圖書館的劫掠，刺激了阿弗瑞德的胃口，想要所有珍寶中最珍貴的東西：萊茵斯堡博物館裡的圖書館。斯賓諾莎的圖書館成為他瞄準的目標，阿弗瑞德貪婪地寫下一條又一條納粹在西方前線獲勝的頭條新聞。《人民觀察家報》高喊：「誰也無法阻止我們的閃電行動。」一個國家接著一個國家向希特勒的武力低頭，不久就輪到荷蘭了。雖然這個小國在第一次世界大戰保持中立，並希望在新的戰爭也如法炮製，但希特勒有不同的想法。一九四〇年五月十日，納粹軍隊全力進攻荷蘭，四天後，德國空軍對鹿特丹工業城進行地毯式轟炸，整整一平方英哩的市中心被夷為平地，荷蘭軍隊隔天就投降了。阿弗瑞德欣喜若狂地為《人民觀察家報》準備頭版標題，以及荷蘭五日戰爭的故事，並對無敵的納粹閃電行動撰寫社論。《人民觀察家報》的工作人員對阿弗瑞德的舉止感到訝異，以前不曾見過他笑得如此開懷。這是阿弗瑞德．羅森堡嗎？他在辦公室打開好幾瓶香檳，為每一個人斟酒，大聲敬酒，先是敬元首，然後是紀念狄特里希．埃卡特。

幾週前，阿弗瑞德偶然看見一段引用亞伯特．愛因斯坦的話：「創造力的祕密在於知道如何隱藏你的來源。」他起初不屑地說：「無恥的謊言，典型的猶太偽善。」然後置之不理。但這幾天，愛因斯坦的話莫明其妙地浮現腦海，這是解決斯賓諾莎問題的線索嗎？也許班托．斯賓諾莎的「原創」觀念不是那麼原創。也許他思想的真正來源隱藏在他私人圖書館裡的一百五十一本書。

為阿弗瑞德掠奪的特別任務小組ERR在一九四一年二月已準備好荷蘭的行動，阿弗瑞德飛到阿姆斯特丹，參加華納．許衛爾（Werner Schwier）安排的參謀會議，他是負責消滅荷蘭共濟會與相關組織的德國軍官。納粹仇視共濟會，不管成員是不是猶太人。希特勒在《我的奮鬥》聲稱共濟會向猶太人屈服，而且是德國在第一次世界大戰失敗的主要因素。參謀會議出席的是許衛爾所屬的一群「地方清算人」，各自被分配到自己所屬的區域。會議之前，許衛爾已請阿弗瑞德批准他計畫分配給清算人的指示，所有具有共濟會標誌的物品都要銷毀：玻璃製品、塑像、畫作、寶石、徽章、刀劍、經緯圖、鉛錘、鏟子、木槌、七枝燭臺、六分儀。所有具有無法消除的標誌的木製物品都必須敲壞或燒毀。所有共濟會的皮革圍裙都要剪成四半，然後沒收。阿弗瑞德邊讀邊微笑，只做了一項修正，皮革圍裙在沒收前要剪成十六份。其他一律批准，然後稱讚許衛爾的細心。

他接著看了一眼沒收地址的清單，詢問：「許衛爾先生，我看見清單上有萊茵斯堡的斯賓諾莎之家，為什麼？」

「整個斯賓諾莎學會充斥著共濟會員。」

「他們在斯賓諾莎之家舉辦共濟會聚會嗎？」

「我不知道，我們還沒有找出萊茵斯堡聚會的地方。」

「我授權你逮捕所有可疑的共濟會員，但把斯賓諾莎之家留給ERR。我要親自造訪斯賓諾莎之家，沒收圖書館，如果發現任何共濟會的資料，我會轉交給你。」

「領導，你要親自去？當然沒問題，需要協助嗎？我很樂意派我的人幫忙。」

「謝謝，不用。我的ERR人員已經就位，我們完全準備好了。」

「領導，是否可以容我詢問這個地點為什麼重要到需要你親自注意？」

「斯賓諾莎圖書館和他整體的作品，對高等學校很重要。他的圖書館需要我親自注意，它最後可能會放在元首計畫中的滅亡民族博物館展示。」

兩天後，早上十一點，羅森堡和他的首席助理施墨爾副領導（Schimmer）坐著大型豪華賓士轎車抵達萊茵斯堡，後面跟著另一輛轎車和小卡車，載著ERR人員和空紙箱。阿弗瑞德命令兩隊軍人在與博物館相聯的管理員家門前看守，另兩隊軍人逮捕住在一個街區外的斯賓諾莎學會會長。博物館的門上鎖了，但要不了一會兒，就找到管理員傑拉德・艾格蒙（Gerard

Egmond）來開鎖。阿弗瑞德邁步穿過前廳，走向書櫃，書櫃和他的記憶不太一樣，沒有那麼滿。他默默計算書籍的數目，六十八本。

「其他書在哪裡？」阿弗瑞德盤問。

看起來受驚、害怕的管理員聳聳肩。

「其他九十一本書呢？」阿弗瑞德邊說邊取出手槍。

「我只是管理員，完全不知道這件事。」

「誰會知道？」

這時，他的部下帶來了老邁的斯賓諾莎學會會長喬翰尼斯・狄德瑞克・畢倫斯・迪・翰恩（Johannes Diderik Bierens de Haan），他是高貴莊嚴、穿著得體的老人，蓄著白色山羊鬍，戴著金屬邊眼鏡。阿弗瑞德轉向他，對著半空的書櫃揮舞手中的槍，詢問：「我們是為圖書館而來的，要把它放到安全的地方。其他九十一本書在哪裡？你以為我們是笨蛋嗎？」

畢倫斯・迪・翰恩嚇得發抖，但不發一語。

阿弗瑞德四處走動說：「會長先生，還有愛因斯坦的詩呢？原本掛在這裡。」他用手槍敲打牆壁。

畢倫斯・迪・翰恩這時似乎非常困惑，他搖頭喃喃地說：「我完全不知道這件事，我一生從沒見過這裡掛了一首詩。」

「你負責這裡有多久了？」

「十五年。」

「那個守衛，肥胖、頭髮凌亂的丟臉傢伙，在二〇年代初期在這裡工作，一副他擁有這個地方的樣子。他在哪裡？」

「你可能是指亞伯拉罕，他過世很久了。」

「幸運的傢伙，多麼可惜，我好想再見到他。斯賓諾莎會長先生，你有家人吧？」

畢倫斯．迪．翰恩點頭。

「你有兩個選擇：或是帶我們找到書，你就可以立刻回到家人身邊，還有你溫暖的廚房，或是不告訴我們，你就得等待一段又冷又長的時間，才會再見到他們。我向你保證，即使必須把這個博物館的一磚一瓦都拆下，把它變成一團爛木碎石，我們也要找到那些書。我們現在就開始動手。」

畢倫斯．迪．翰恩沒有反應。

「然後我們會對隔壁的房子也做同樣的事，接下來就是你家。我們會找到那些書，我向你保證。」

畢倫斯．迪．翰恩想了一會兒，突然轉向艾格蒙說：「帶他們去拿那些書。」

「我也要那首詩。」阿弗瑞德補充道。

「真的沒有詩。」畢倫斯．迪．翰恩厲聲回話。

管理員帶他們到隔壁儲藏室的暗櫃，其他書被帆布覆蓋，上面放著存有醃製品的陶器、瓦罐。

軍隊很有效率地把圖書館和所有其他有價值的物品打包，包括斯賓諾莎的畫像、一幅十七世紀的風景畫、青銅製的斯賓諾莎半身像、一張小書桌，都放進木箱，帶到卡車上。兩小時後，掠奪者和寶物都已在通往阿姆斯特丹的途中。

「羅森堡領導，我參加過許多這種行動，」施墨爾在回程時說：「但不曾這麼有效率。能看見你帶領行動，是我的榮幸。你怎麼知道那些書不見了？」

「我很了解這間圖書館，它對高等學校是非常珍貴的，有助於我們了解斯賓諾莎問題。」

「斯賓諾莎問題？」

「很複雜，現在無法仔細解釋。簡單說來，它是進行好幾世紀的重要猶太哲學騙局，我注意很久了。你把這些書直接運到柏林ERR辦公室。」

「你處理那位老人的方式，讓我印象深刻。冷酷、有效，他一下子就認輸了。」

阿弗瑞德敲敲他的前額說：「展現你的力量，展現你優越的知識和決心。他們自命不凡，但一想到他們的家變成瓦礫，就發抖了。這正是我們可以輕易征服整個歐洲的原因。」

「那首詩呢？」

「它的價值遠不如那些書。他顯然是說實話，沒有人會放棄這個無價的圖書館，卻為了潦草寫在一張紙上的打油詩而讓自己陷入危險。它很可能不屬於博物館，而是被守衛掛上去的。」

兩個荷蘭人沮喪地坐在管理員的廚房，畢倫斯．迪．翰恩抱著頭感嘆：「我們背叛了自己保管的東西，我們是那些書的守護人。」

「你沒得選擇，」艾格蒙說：「首先，他們會拆掉博物館，然後拆掉這棟房子，不但會發現那些書，還會發現她。」

畢倫斯．迪．翰恩繼續嘆氣。

「斯賓諾莎會怎麼做？」管理員問。

「我只能想像他會選擇美德。如果是介於拯救有價值的書和拯救一個人之間做選擇，我們必須拯救她。」

「對，我同意。他們走了，我現在可以告訴她一切都已結束了嗎？」

畢倫斯．迪．翰恩點頭。艾格蒙上樓，用一根長竿在臥房天花板的角落敲了三下。幾分鐘後，暗門開啟，放下一個梯子，一位驚恐的中年猶太婦女賽爾瑪．迪．弗瑞斯－寇亨（Selma de Vries-Cohen）走下來。

「賽爾瑪，」艾格蒙說：「放心，他們走了。他們帶走一切有價值的東西，現在轉去掠奪其他地方。」

「他們為什麼來這裡？他們想要什麼？」賽爾瑪問。

「整棟斯賓諾莎圖書館，我不知道對他們為什麼這麼重要，完全難以理解。他們可以輕易從阿姆斯特丹國立博物館的大量收藏品中取出林布蘭的一張畫，就比這裡所有的書更有價值。不過，我要給你一樣東西，他們漏了一本書，是斯賓諾莎的書的荷蘭文譯本，叫做《倫理學》，我把它放在兒子的房間。他們不知道這本書，我明天拿給你。你可能有興趣閱讀，這是他最重要的書。」

「荷蘭文譯本？我一直以為他是荷蘭人。」

「他是，但那個時代的學者都用拉丁文寫書。」

「我現在安全了嗎？」賽爾瑪問，仍有明顯的發抖：「把我母親帶來這裡是否安全呢？你呢，你自己安全嗎？」

「有這些放肆的野獸，沒有人是完全安全的。但你現在身在全荷蘭最安全的地方。他們把博物館的門窗都封起來，廢除了斯賓諾莎學會，德國政府宣稱擁有這棟房子，但我非常懷疑他們會再回到這座空無一物的博物館，這裡已沒有重要的東西。不過，若想要完全安全，我想把你遷移到另一個地方待一個月。萊茵斯堡有好幾個家庭自願把你藏起來，你在萊茵斯堡有許多朋友。在這期間，我必須在你母親下個月過來之前，把你的房間安裝好馬桶。」

書籍抵達柏林時，阿弗瑞德命令他的人馬立刻把書送到他的辦公室。隔天早上，他帶著咖啡進入辦公室，坐下後，凝視著它們，奢侈地享受這些珍貴書籍的存在與芳香——斯賓諾莎曾握在手中的書。整整四個小時，他撫摸這些書，審視封面，有些作者是他很熟悉的——維吉爾、荷馬、奧維德、凱撒、亞理斯多德、塔西圖斯、佩脫拉克、蒲林尼、西塞羅、李維、賀拉斯、伊比克泰特斯、塞內加，以及馬基維利的五冊套裝書。喔，他感嘆著，如果我讀過高級中學就好了，我就會讀過這些書。不會拉丁文或希臘文，是我人生的悲劇。他突然震驚地了解，沒有一本書是他能讀的，沒有一本是用德文或俄文寫的。其中有笛卡爾的《論第一哲學》，但他只懂基本的法文。

大部分是他完全不懂的：許多希伯來文書籍，可能是舊約聖經和聖經注釋，許多作者是他不曾聽過的，比如尼若留斯（Nizolius）、約瑟夫斯（Josephus）和佩吉尼納斯（Pagninus）。有些從插圖看來是光學著作（惠更斯〔Huygens〕、隆格蒙塔尼斯〔Longomontanus〕），有些是解剖學（李歐朗〔Riolan〕）或數學。阿弗瑞德原本期待從斯賓諾莎的標記或旁注，或許可以找到其來源的線索。他在這一天的其餘時間翻遍每一本書的每一頁，卻徒勞無功，什麼也沒有，沒有一點斯賓諾莎的痕跡。到了下午，殘酷的現實來臨：他的知識不足以從藏書了解斯賓諾莎。他的下一步顯然是必須諮詢正統學者。

希特勒交給他別的計畫。藏書運到羅森堡家後不久，四百五十萬納粹軍隊入侵俄國，希特勒指派羅森堡當東部占領區的德國公使，要求他草擬俄國西部住有三千萬俄國人的一大片土地的總體規劃，讓德國人在此殖民，一千五百萬俄國人要被驅逐，剩下的一千五百萬人可以留下來，但必須在三十年內「德國化」。

阿弗瑞德對俄國有堅定的看法，他相信俄國只能被俄國人打敗，德國人應該致力於把這個國家分割成不同小國，建立由烏克蘭人組成的武力，以對抗布爾什維克黨人。

這個態度強硬的決定，一開始是羅森堡的勝利，不久就變成災難。他把計劃呈遞給希特勒，可是軍隊領導人——戈林、希姆萊和艾瑞克・寇克（Erich Koch）——都強烈反對，完全忽視他的所有建議，或是在暗中破壞。他們把所有小麥和糧食運到德國，讓成千上萬的烏克蘭戰俘死於集中營，數百萬人民死於飢餓。羅森堡不斷向希特勒抱怨，希特勒最後卻激烈地回應：「停止干涉軍隊事務。你滿腦子意識形態的爭論已經妨礙你的日常事務。」

銷售百萬本的暢銷書作者，主要報紙的總編輯，一個接一個聲望卓著的政府職位：納粹思想與教育的領導人、ERR的首腦、東部占領區的德國公使。但他一直被納粹核心圈子的人所討厭、嘲笑。羅森堡是怎麼累積那麼多榮譽的呢？深奧、迂迴、難以理解的文章，有時會使作者的智慧受到不切實際地高估，也許這就是希特勒堅持給羅森堡這麼多艱難任務的原因。

最後，當俄國人開始反攻德軍，收復自己的土地時，阿弗瑞德的東部占領區德國公使的職位就變得毫無意義，他於是提出辭呈。但希特勒忙得沒有回覆。

他想要深入研究斯賓諾莎藏書的願望一直沒有實現。不久，聯軍密集轟炸柏林，當距離他家只有兩百公尺的房子被摧毀時，阿弗瑞德為了安全，把藏書運到法蘭克福。

阿弗瑞德的《人民觀察家報》，「納粹德國的戰鬥報紙」，一直戰鬥到最後，阿弗瑞德不曾停止在版面中盲目地推崇希特勒。最後幾期刊物中，羅森堡有一次（一九四五年四月二十日）還在希特勒五十六歲生日時頌揚他，歡呼他是「世紀之星」。十天後，俄國軍隊接近，距離希特勒的地下碉堡只有幾個街區時，元首娶了伊娃・布勞恩（Eva Braun），在婚禮宴會分發氰化物膠囊，寫下遺囑，在妻子吞下氰化物後舉槍自盡。二十四小時後，在同一座碉堡裡，戈培爾和妻子用嗎啡與氰化物殺死六名子女，然後雙雙自殺。雖然如此，《人民觀察家報》仍繼續出刊，直到一九四五年五月八日德國投降。它的辦公室被占領時，俄軍發現一些日期未到的刊物，最晚的日期是一九四五年五月十一日，內容包括一篇求生指南，標題是「在德國原野與森林裡求生」。

希特勒死後，阿弗瑞德和其他活下來的納粹領導人逃到弗蘭斯堡（Flensburg），新的國家首領海軍上將鄧尼茲（Donitz）在那裡召集政府。阿弗瑞德希望自己身為存活下來的資深領導人，會被邀請加入內閣，但沒有人注意他的存在。最後，他寄了一封措辭謹慎的降書給陸軍元帥蒙哥馬利，但英國人也沒有完全體會他的重要性，羅森堡領導在旅店不耐煩地等了六天，英國憲警才順道逮捕他，不久就交給美國看管，並被告知，他和一小群重要的納粹戰犯已被挑出來，到紐倫堡接受特別設立的國際法庭審判。

重要的納粹戰犯！確實如此。阿弗瑞德的嘴角掠過一絲微笑。

這時，在歐戰勝利日的萊茵斯堡，賽爾瑪．迪．弗瑞斯—寇亨和年邁的母親蘇菲從狹小的房間爬下樓梯，多年來首度走到戶外享受陽光，他們從屋側走到斯賓諾莎之家的入口，在訪客登記簿簽名，四年來的第一筆簽名：「我們被允許躲藏於此的時光，充滿感激的回憶。致斯賓諾莎之家，以及善加照顧我們、拯救我們性命、脫離德國威脅的人。」

〔第二十三章〕

伏爾堡

——一六六六年十二月

班托驚訝地搖搖頭，走向管家，用荷蘭語低聲說他們完全不餓。

她離開後，他大喊：「符合教規的食物！你遵守潔淨食物的規定？」

「班托，當然了！你在想什麼？我是拉比。」

「我是困惑的哲學家。你同意其實沒有超自然的上帝擁有願望，或是提出要求，或因我們的欲望、我們的禱告或我們的存在而被討好、生氣或甚至知道有這些事。」

「確實如此，我同意。」

「你也同意整個道拉經，包括利未記和哈拉卡經〔譯注一〕，以及所有不可思議的飲食規

〔譯注一〕 Halakha，猶太教宗教律法集，包括聖經律令、塔木德經、拉比律法和習俗與傳統。

矩，都是由兩千年前的以斯拉〔譯注二〕編纂的神學、法律、神話、政治的文集？」

「確實如此。」

「而你要創立一個全新、開明的猶太教？」

「那是我的願望。」

「但你因為你知道純屬虛構的律法，而不能與我共進午餐？」

「啊，這一點就不對了，班托。」法蘭科伸手到袋子裡取出一個小包裹：「我在海牙拜訪的家庭為我準備了食物，我們可以一起分享猶太食物。」

法蘭科展開燻鯡魚、麵包、乳酪和兩顆蘋果時，班托繼續說：「可是，法蘭科，我要再問一次，為什麼保留潔淨食物的規矩？你怎麼能關閉理性的頭腦？我沒辦法。看到一個這麼聰明的人順從地遵守如此專橫的律法，讓我心痛。法蘭科，我請求你，不要給我一個你必須保持兩千年傳統的標準答案。」

法蘭科吞了一口鯡魚，喝一口水，想了一會兒說：「我再次向你保證，我就像你一樣，反對我們宗教裡不合理的事物。請想想看，我對會眾談到假彌賽亞時，是怎麼訴諸理性的。我就像你一樣，想要改變我們的宗教，但我和你不一樣的是，我認為必須從內部來改變。事實上，正是看見你身上發生的事，讓我斷定只能從內部來改變。如果我要有效地改變猶太教，帶領我的會眾脫離超自然的解釋，就必須先得到他們的信任。他們必須把我視為他們的一份子，包括遵守符合教規的飲食。身為社群裡的拉比，我必須讓世上的任何猶太人在拜訪我、到我家吃飯時，感到自在，這是必要的。」

「所以你也遵守所有其他律法和典禮儀式？」

「我守安息日，我戴經文匣，我三餐會禱告，當然了，我也帶領會堂的各種禮拜儀式，直到最近。班托，你知道拉比必須完全投入社群的宗教生活……」

「而且，」班托插嘴：「你做這些只是為了得到大家的信任？」

法蘭科猶豫了一會兒說：「不完全是。這麼說的話，就不誠實了。許多時候，當我進行典禮義務時，會忽略話語的內容，沉緬於儀式，以及流遍全身的愉悅感。吟誦會鼓舞我，使我心醉。我也喜愛詩篇和所有詩歌集的詩句，我喜愛起韻和尾韻，特別會被年老和面對死亡的傷感與救贖的渴望所感動。」

「但還有更重要的東西，」法蘭科繼續說：「我和整個會眾一起朗讀和吟唱希伯來旋律時，會覺得平安；我覺得像在家裡一樣自在，幾乎與眾人融合。知道每個人都共有相同的絕望與渴望，使我對每個人充滿了愛。你不曾有這種體驗嗎，班托？」

「我確定年輕時有過，但現在沒有。沒有許多年了。我不像你，我無法把注意力轉離文句的意義。我的頭腦總是保持警惕，一旦我長大到足以檢視道拉經的真實意義時，我與社群的連

〔譯注二〕 Ezra，西元前五世紀的希伯來大祭司。

結就開始消退。」

「你看，」法蘭科緊緊抓住班托的手臂：「就是這裡，我們有根本的差異。我不贊同所有感受都必須服從理性，有些感受應該與理性具有相等的地位。以懷舊之情為例，我帶領禱告時，會與我的過去、我的父親和祖父連結，而且，沒錯，班托，我敢說，兩千年來的祖先也曾讀相同的話、吟誦相同的祈禱文、唱著相同的歌曲。在那些時刻，我會失去自我的重要性、自己的獨立性，成為社群永續之流的一部分，非常小的一部分。這個想法為我提供某種無價的東西，怎麼形容呢？可說是與他人的連結、合一，這是非常安慰人心的。我需要這個，我猜每個人都需要。」

「可是，法蘭科，這些感受有什麼益處呢？更遠離真正的認識，有什麼益處呢？只是更遠離對上帝的真正認識。」

「益處？比如求生存呢？人豈不總是住在某種社群裡，即使只是家庭？否則我們怎麼求生存？你在社群裡完全沒有樂趣嗎？對成為團體的一部分，都沒有感覺嗎？」

班托開始搖頭，但很快就停下來：「我體驗過，說來奇怪，就在我們上次會面的前一天。我去阿姆斯特丹的路上，看見一群中歐系猶太人進行新年慶典，我在馬船上，但很快就跳下來，跟著他們，一位名叫瑞芙奇的老婦人歡迎我，給我麵包。我不知道為什麼把她的名字掛在心上，我聆聽典禮的進行，感到溫暖的快樂，不尋常地被整個社群吸引。但我沒有把瑞芙奇的麵包丟到水裡，而是吃下去，慢慢地吃，非常好吃。但我接著繼續走我的路，溫暖的懷舊之情很快就消退了。整個經驗再一次提醒流放對我的影響比我所以為的更大。但到現在，被驅逐的痛苦終於消失了，我經驗到不需要沉浸於社群之中，不論是什麼社群。」

「可是，班托，請解釋一下：你怎麼能如此孤獨的生活？你是怎麼生活的？你本性不是冷淡、疏離的人。我這麼確定是因為我們每次在一起，我都會感到強烈的連結，包括你的部分和我的部分。我知道我們之間有愛。」

「對，我也非常強烈感覺到我們之間的愛，我很珍惜。」班托凝視法蘭科的眼睛，只一會兒，就轉開眼神說：「孤獨。你問到我的孤獨。我有時承受孤獨之苦，很懊惱無法與你分享我的觀感。我嘗試澄清自己的想法時，往往在白日夢中與你討論。」

「班托，誰知道呢！這次可能是我們最後的機會。現在來談吧。至少告訴我一些你的主要方向。」

「對，我也想要，可是怎麼開始？我會從自己的起點開始——我是誰？我的核心、我的本質是什麼？是什麼使我知道我是什麼？是什麼使我成為**這個人**而不是另一個人？當我思考**存有**，一個似乎不證自明的根本事實：我就像每一個生物一樣，努力探討我自己的存有。我會說這種想要繼續興盛的欲望，或稱為動能（conatus），會使人的所有努力得到動力。」

「所以你從孤獨的個體開始，而不是從相對的社群開始？而後者是我認為最重要的。」

「但我不認為人是孤獨的生物，只是我對連結的觀念有不同的看法。我尋求的喜悅經驗，比較不是來自連結，而比較來自去除分別（Loss of separateness）。」

法蘭科困惑地搖頭說：「你才剛開始，我就已經糊塗了。連結和去除分別不是一樣嗎？」

「其中有細微但重要的不同。容我試著解釋看看。如你所知，我思想的基礎就是**僅靠邏輯**就可以理解自然或上帝的某些本質的觀念。我說『某些』是因為上帝的真正存有是超越思考、在思考之外的奧祕。上帝是無限的，既然我們只是有限的生物，我們的視野就是有限的。夠清楚嗎？」

「到目前為止很清楚。」

「所以，」班托繼續說：「要增進我們的了解，就必須嘗試從永恆的層面來看這個世界。換句話說，我們必須克服執著於自己而對知識產生的障礙。」班托停下來：「法蘭科，你有一種疑問的表情。」

「我不懂，你本來要解釋你所說的去除分別。那是怎麼回事？」

「法蘭科，請耐心等一下，接下來就要談到了。首先，我已提出背景。就如我說的，要從永恆的層面看世界，我就必須放下自己的身分感，就是我對自己的執著，然後從絕對充足、真實的觀點來看每一件事。我能這麼做時，就會經驗到我自己與他人之間界限的消失，一旦發生這種情形，就會湧出巨大的平靜，與我有關的任何事，即使是我的死亡，都不重要了。當別人得到這種觀點，我們就會彼此為友，希望別人得到我自己想要的東西，高尚地行事為人。這種幸福、喜悅的經驗就是去除分別**的結果**，而不是連結的結果。你看見其中的差異了嗎？一種是人群相擁以取得溫暖與安全感，另一種是一起分享具有啟發性又讓人喜悅的自然觀或上帝觀，兩者是不同的。」

法蘭科看起來仍然困惑：「班托，我試著了解，但不容易，因為我不曾有過這種經驗。實在很難想像失去自己的身分感是什麼情形。思考這一點會讓我頭痛，而且好像過於孤獨，也過於冰冷。」

「說來矛盾，這個觀念既孤獨，又能把所有人連結起來，它是一種同時既是分離又是其中一份子的情形。我並不是倡導孤獨，或較喜歡孤獨。事實上，如果你和我能每天見面討論，我相信我們努力想得到的認識一定會大幅增加。人對彼此最有益的情形，就是各自追求自身利益的時候，這句話似乎很矛盾，但當他們是理性的人時，就是如此。啟蒙的利己主義會導致相互的利益。我們都共同擁有達到理性的能力，當我們以了解自然或上帝的承諾，取代所有其他聯繫，不論是宗教、文化或國家的聯繫，人間就會出現真正的樂園。」

「班托，如果我理解你的意思，恐怕這種樂園還要等一千年。我也懷疑我或任何人會有你這種頭腦，還有你的寬度和深度，以完全了解這些觀念。」

「我相信這是需要努力的。所有美好的事都是既困難又罕見。不過，我確實有社友會和其他哲學家形成的社群，他們閱讀並了解我的話，不過其中確實有許多人寫了好多信，要我詳加說明。我不期待尚未做好準備的心靈來閱讀或了解我的觀念。正好相反，許多人會覺得困惑或不安，而我會勸他們不要閱讀我的作品。我用拉丁文書寫是給哲學心靈看的，只希望我能影響一些人的心靈，而他們會轉而影響別人。舉例來說，目前與我通信的有喬翰·迪·維特（Johan

De Witt），他是政府首長，還有亨利．奧登伯格，他是英國皇家學會的祕書。如果你認為我的文章可能永遠不會為更多讀者出版，有可能是對的，我的觀念很可能必須等待一千年。」

兩人陷入沉默，直到班托補充說：「如果根據我對理性的信賴，你現在可以知道我為什麼反對閱讀和講述聖典和祈禱文，卻不考慮它們的內容嗎？這種內在的分裂對心靈的健康是不利的。我不相信儀式可以和警醒的理性心靈共存，我相信它們是完全對立的。」

「班托，我不認為儀式是危險的。記得嗎，我曾被灌輸天主教和猶太教的信仰與儀式，過去兩年還研讀了回教教義。我讀得越多，就越感動於每一種宗教如何激發社群感、運用儀式和音樂，並發展出充滿神蹟故事的神話，沒有一種宗教例外。而每一種宗教，沒有例外，都許諾永遠的生命，只要根據某種規定的方式來生活。各自出現在世界不同地方的各種宗教，彼此如此相似，不是很值得注意嗎？」

「你的重點是什麼？」

「班托，我的重點就是儀式、慶典，甚至迷信，如果這麼深植於人的本性，也許可以合理推斷我們人類需要它們。」

「我不需要它們，成人不需要小孩需要的東西，現在的人不需要兩千年前的人需要的東西。我認為所有這些文化迷信的理由是古人害怕存在的神祕莫測、變化無常。他缺少知識，無法得到他最需要的東西——解釋。在古時候，他藉禱告、獻祭和飲食符合教規的律法來抓取一種可行的解釋方式，超自然的解釋……」

「然後呢？班托，請繼續說，解釋還能提供什麼作用？」

「解釋可以撫慰人心，減輕不確定感的痛苦。古人想要存續下去，他們害怕死亡，無助地對抗環境中的許多事，而解釋能提供控制感，至少是控制的錯覺。他認為如果所有發生的事是超自然造成的，或許可以找到取悅超自然的方法。」

「班托，我們不一致的地方不是這裡；而是我們的方法不同。改變古老的想法需要漫長的過程，你無法立刻做到每一件事。改變，即使是從裡面開始，也必須是緩慢進行的。」

「我確信你是對的，但我也確信緩慢有一大部分是來自資深拉比和神職人員的緊握權力，不肯放手。莫泰瑞拉比是這樣，今天的阿勃布拉比也是如此，你先前形容他如何煽動人火熱相信薩貝塔·塞維的時候，我感到戰慄。我整個青少年都住在迷信的環境，我仍然對塞維造成的狂熱感到震驚，猶太人怎麼會相信這種無稽之談？似乎再怎麼高估他們非理性的能力都不為過。每眨一次眼，世界就有某個地方誕生一位傻瓜。」

法蘭科咬下最後一口蘋果，問道：「班托，我可以做個法蘭科式觀察嗎？」

「啊，我的甜點！再好不過了，容我準備一下。」班托傾身向後，靠穩墊枕說：「我準備好要學習認識我自己了。」

「你說我們必須脫離情緒的束縛，可是，今天你的情緒數度破出。雖然你完全寬恕想要殺你的人，但你對阿勃布拉比和那些選擇接受新彌賽亞的人充滿了情緒。」

班托點頭說：「對，你說的沒錯。」

「還有，你對猶太刺客的理解也多於對我太太觀點的理解。不是嗎？」

班托再次點頭，這次比較謹慎：「老師，請繼續。」

「你曾告訴我，人的情緒可以像線條、平面、立體一樣被了解。對嗎？」

班托再次點頭。

「那我們可以把這個原則應用到你對阿勃布拉比和輕信薩貝塔．塞維的追隨者產生的責罵反應嗎？還有對我的妻子莎拉？」

班托看起來很疑惑：「法蘭科，你想走到哪裡？」

「我在請你把你的理解工具用到你自己的情緒。我還記得我對刺客非常憤怒時，你對我說的話：『每件事，每個事實，沒有例外，都有原因，我們必須了解每件事都是**必然**發生的。』我的記憶正確嗎？」

「法蘭科，你的記憶無懈可擊。」

「謝謝你。所以我們把同樣的推理方式用到今天的情形。」

「你知道我不能拒絕這個邀請，卻同時宣稱追求理性是我的存在理由。」

「很好。你記得塔木德故事中關於尤哈能拉比的寓意嗎？」

班托點頭：「囚犯無法釋放自己。你毫無疑問是在暗示我可以使別人自由，但無法使自己自由？」

「完全正確，也許我可以看見班托．斯賓諾莎身上某些自己看不到的東西。」

班托微笑說：「你的洞察力為什麼會比他更敏銳？」

「就像你幾分鐘前所形容的：你自己擋在中間，妨礙了你的洞察力。舉例來說，你嚴詞批評阿姆斯特丹接受假彌賽亞的易受騙傻瓜，你激烈尖刻的話和他們的輕易受騙都是必然如此。兩者沒有差別。還有，班托，我對他們和你的行為的來源，有一些看法。」

「然後呢？請繼續。」

「首先，有趣的是，你和我都看到相同的事，但我們有不同的反應。套你的話：『是我們的腦袋造成如此』，對嗎？」

「你又說對了。」

「我個人不會對馬拉諾群眾的輕信感到驚訝或困惑。」法蘭科現在更輕鬆自信地談話：「他們必然相信彌賽亞，我們馬拉諾人**當然**容易接受彌賽亞的想法！畢竟，在我們的天主教教義裡，豈不是一直面對身為人的耶穌不只是人的觀念嗎？他是身負使命，被送到世上的人。馬拉諾人**不會**因為薩貝塔·塞維在脅迫下改變信仰而憤怒，我們馬拉諾人豈不是有被迫改變信仰的親身經歷嗎？此外，我們許多人也有返回信仰、成為更好猶太人的親身經驗。」

「對，對，對，法蘭科。你知道我多麼想念與你談話了吧！你幫助我辨識自己不自由的地方。你說得對，我關於薩貝塔·塞維、阿勃布拉比和易受騙傻瓜的話，並不符合理性。自由的人不會因為這種輕視或憤慨的感覺而干擾他的平靜。我仍然需要學習控制我的情緒。」

「你曾告訴我，理性比不上情感，使自己脫離情感束縛的唯一方法就是把理性轉成熱烈的情感。」

「啊哈，我想我知道你可能在暗示什麼了，我把理性改造成有時與不理性無法區別。」

「完全正確。我注意到**只有**在理性受到威脅時，你才會出現憤怒和生氣的指責。」

「理性和自由。」班托補充道。

法蘭科猶豫了一下，謹慎地選擇他的用字：「我還有一個想法，我另一次看見你升起情緒，就是我們討論女人的身分和權利時。我認為你證明女人才智低劣的論據缺少你平常的嚴謹，舉例來說，你說女人沒有得到統治權，但你忽略了擁有實權的女皇的存在，比如埃及的克莉歐佩脫拉、英國的伊莉莎白、西班牙的伊莎貝拉，以及……」

「對，對，但今天的時間很珍貴，我們無法討論所有議題。我們來探討理性和自由的議題，我現在完全不想處理女性的議題。」

「你一點都不認為這是未來要考慮的領域嗎？」

「也許吧，我不確定。」

「那容我做個結語，很快就會換別的主題。」不等他的回應，法蘭科就急忙說：「你和我對女性的態度顯然很不一樣，我對因果網絡有個想法，你有興趣嗎？」

「應該有，但我有點不想聽你說。」

「不管怎麼樣，我要說下去，再一下就好了。我認為這來自我們與女性之間的不同經驗。我和母親有非常親愛的關係，現在則是我的妻子和女兒，我猜你因為先前與她們的接觸，所以對女性的態度必然是負面的。根據你以前告訴我的，你的經驗是淒冷的，母親在你小時候就過世了，接下來承擔母職的人——你的長姊和繼母——也過世了。整個社群都知道你剩下的姊姊，蕾貝卡，惡劣地排斥你。我聽說她提出訴訟，質疑你父親的遺囑，想讓你得不到他的遺產。然後是克拉拉．瑪麗亞，你愛過的女人，她卻選擇別人，讓你受傷。除了她，我不曾聽你談過任何與女人之間的正面經驗。」

班托保持沉默，點頭好一會兒，慢慢消化法蘭科的話，然後說：「現在談別的主題。首先，我有一件事還沒告訴你，就是我多麼欽佩你的勇氣，公開告訴會眾，極力要求他們緩和下來。你公開反對阿勃布拉比是基於我所謂的『充足』觀念——由理性而不是情緒驅動的觀念。我也想多聽聽你對你希望建立的新猶太教有什麼遠景。我先前轉移了討論的方向。」

兩人都知道時間快到了，法蘭科快速地說：「我希望有一個不同的猶太教，是根據我們對彼此和共有傳統的愛而建立的。我打算保留與超自然無關且根據共通人性而有的宗教儀式；從道拉經和塔木德經汲取智慧，導向關愛與道德的生活。還有，沒錯，我們會遵守猶太律法，但為的是人與人的連結和合乎道德的生活，而不是因為它是神聖的命令。而所有這一切裡面會瀰漫我的朋友，巴魯赫．斯賓諾莎的精神。當我計畫未來的時候，有時會想像你是我的父親。我的夢想是建立一個你會願意把自己的兒子送進來的會堂。」

班托擦掉流下臉頰的一滴淚水：「對，如果你相信我們應該運用充足的儀式，訴諸我們本性仍需要它的那個部分，但不是讓它奴役我們，我們就是同心同意的人。」

「這確實是我的立場。雖然你試圖從外部改變猶太教，而我是從內部，但兩人都面臨流放，你已被流放，而我的流放毫無疑問即將發生，豈不是很諷刺嗎？」

「我同意這句話的第二部分，兩人都面臨流放的諷刺意味。但為了避免你誤解，容我再次說明，我的意圖不是改變猶太教，我的願望是全心奉獻給理性，可以根除所有宗教，包括猶太教。」班托看看時鐘：「唉，時間到了，法蘭科，快兩點了，馬船不久就到了。」

他們走向馬船停靠的地方時，法蘭科說：「我還有最後一件事必須告訴你，你計畫寫一本批評聖經的書？」

「是啊？」

「我很喜歡你寫這本書，但是，我的朋友，請小心，不要把你的名字放在這本書上。我相信你說的話，但它不會被人以理性的方式聆聽。現在不會，我們有生之年不會。」

法蘭科上船了，船夫鬆開繫索，馬群拉扯繩索，馬船被拖離碼頭。班托久久凝視著馬船，逐漸移向天際的船身越來越小時，流放的孤獨感也越來越籠罩他的心頭。最後，再也看不到法蘭科的身影，班托緩緩離開碼頭，回到孤獨的懷抱。

後記

一六七〇年，三十八歲的班托完成《神學政治論》。他的出版商非常正確地預測它會被視為煽動人心的書，於是匿名出版，並以假城市的虛構出版社之名出版。這本書很快就被政府和宗教當局列為禁書，然而仍有許多冊書在暗中流傳。

幾個月後，斯賓諾莎從伏爾堡搬到海牙，在那裡度過餘生。他先在維道．凡．德爾．沃夫（Widow Van der Werve）家租了一間小閣樓，幾個月後搬到較不貴的區域，亨德利克．凡．德爾．史派克（Hendrik Van der Spyck）家中的一個大房間，他是大師級的室內設計畫家。斯賓諾莎在海牙找到了他想要的平靜生活，白天閱讀他的圖書室藏書、書寫《倫理學》和磨鏡片，晚上則抽著煙斗，和史派克夫婦與他們的七個子女親切地聊天，但常常會過於沉浸在寫作中，而連續數天不離開房間。他有時在星期天會陪這一家人到附近的新教教堂聆聽佈道。

他開始咳嗽，一直沒有改善，而且常常咳出帶有血絲的痰，一年比一年虛弱。也許是在磨鏡工作中吸入玻璃粉塵而傷害到肺，但最可能的原因是肺結核，就像他母親和其他家人一樣。一六七七年二月二十日，他因為過於虛弱而找醫生，醫生指示史派克太太煮一隻老母雞，並餵斯賓諾莎喝濃雞湯。她遵從指示，而他隔天早上似乎改善了。史派克一家人下午到教堂，兩小時後回到家裡，班托・斯賓諾莎已經過世，得年四十四歲。

斯賓諾莎活出自己的哲學：他得到「對上帝的知性之愛」，讓自己免於情緒干擾的束縛，平靜面對生命的結束。但這段寧靜的生命與死亡卻喚起巨大的騷動，一直攪動到現在，許多人向他致敬、重新表揚他，也有許多人排斥他、責罵他。

雖然他沒有留下遺囑，卻告訴房東一件事，在他死後，立刻把他的書桌和其內的所有東西運給他的出版商，阿姆斯特丹的瑞尤渥茲（Rieuwertsz）。史派克履行斯賓諾莎的遺願：他把書桌密封，以馬船運到阿姆斯特丹。它安全抵達，包括其內上鎖的抽屜，放著《倫理學》和其他未出版的珍貴手稿與信件。

班托的朋友立刻著手編輯手稿和信件，遵照斯賓諾莎的指示，刪去信件中的所有私人事務，只留下哲學的內容。

斯賓諾莎過世後幾個月，他的《遺著》（包括《倫理學》、未完成的《政治論》、《知性改進論》、斯賓諾莎書信選集、以及《希伯來文法概要》和《彩虹論》）以荷蘭文和拉丁文出版，同樣沒有作者的名字，同樣是虛構的出版商和假的出版城市。不出所料，荷蘭政府很快就勒令禁售此書，斥之為褻瀆上帝的言論與無神論者的觀點。

斯賓諾莎過世的消息傳開後，迴避他二十一年的姊姊蕾貝卡重新出現，認為自己和她的兒子丹尼爾是班托唯一的合法繼承人。不過，史派克拿出斯賓諾莎的資產負債表後，她重新考慮了：班托的債務包括過去的房租、安葬費用、積欠理髮師和藥材商的費用，總數可能大於財產的價值。八個月後舉行他的財產拍賣會（主要是他的藏書和磨鏡片的設備），實收款項確實少於負債。蕾貝卡不願繼承債務，合法拋棄所有財產繼承權，再次從歷史消失。班托剩下一些未解決的債務是由班托的好友西蒙．弗瑞斯的妹夫負擔。（西蒙在十年前，一六六七年過世，原本把所有財產都留給班托，但班托拒絕，他說這樣對西蒙的家人不公平，而且金錢只會對他造成干擾。西蒙的家人為班托提供每年五百基爾德的年金，斯賓諾莎再度拒絕，堅持這筆錢超過他的需要。他最後接受較少數目的三百基爾德年金。）

斯賓諾莎財產的拍賣是由霍夫（W. van den Hove）舉辦，他是認真負責的公證人，把斯賓諾莎圖書室的一百五十九本藏書做出詳細的目錄，仔細記錄每一本書的出版日期、出版商和版本。一九〇〇年，荷蘭商人喬治．羅森索（George Rosenthal）根據公證人的列表，試圖為萊茵斯堡的斯賓諾莎博物館重新搜集哲學家的藏書，非常慎重地購買版本、出版日期和出版地都完全相同的書，但這些書當然不是斯賓諾莎原本擁有的書。（第二十二章，在我想像的場景裡，阿弗瑞德．羅森堡不知道這個事實。）後來，喬治．羅森索收集到斯賓諾莎原初一百五十九本藏書中的一百一十本。他也捐出另外三十五本十七世紀以前的書，以及關於斯賓諾生活與哲學的著作。

斯賓諾莎埋葬於新教教堂的石板下，使得許多人以為他後來皈依基督教。可是，如果考慮到斯賓諾莎的感言：「上帝呈現出人的性質的觀念是自相矛盾的，就好比圓圈呈現出方塊性質的說法是矛盾的一樣」，皈依似乎是非常不可能的事。在自由的十七世紀荷蘭，把非教徒埋葬在教會並不罕見。即使是天主教徒，在新教的荷蘭比猶太人更不受歡迎，偶爾也會埋葬在教會裡面。（到了下個世紀，政策改變了，只有非常富裕和有名的人才會埋葬在那裡。）根據習俗，斯賓諾莎的埋葬點只租用了幾年，當不再能提供維修費用時，可能是十年之後，他的骨骸就會被挖掘出來，撒到教會旁邊廣達半公畝的院落。

幾年後，荷蘭表揚他，他的聲望日隆，他的肖像被印在兩千基爾德的紙鈔上，直到二〇〇二年引進歐元為止。就像所有斯賓諾莎的肖像一樣，紙鈔上的肖像是根據少量的文字描述而畫成的，一點也不像他在世時被描寫的樣子。

新教教堂的庭院在一九二七年安放一座碑石，紀念斯賓諾莎過世兩百五十週年。一些來自巴勒斯坦的猶太熱心人士參加這場紀念會，想要重新恢復巴魯赫．斯賓諾莎的猶太人身分。碑石上以拉丁文寫著：「這塊大地覆蓋著班尼迪克特斯．斯賓諾莎的骨骸，他曾經埋葬在新教教堂。」

在巴勒斯坦，大約與這塊碑石揭幕的時間相同，知名的歷史學者約瑟夫．克勞斯納（Joseph Klausner），後來成為以色列第一任總統選舉候選人，在希伯來大學發表演說，聲明猶太人流放斯賓諾莎是犯了可怕的罪，要求拋棄斯賓諾莎是異教徒的看法。他最後說：「致斯賓諾莎，猶太人，我們呼籲……從司高帕斯（Mount Scopus）山巔，從我們新的至聖所——耶路撤冷的希伯來大學——**撤回禁令**！藉此得以消除猶太教對你所犯的罪行，不論你對她犯了什麼過錯，都會被寬恕。你是我們的兄弟，你是我們的兄弟，你是我們的兄弟！」

一九五六年，斯賓諾莎被逐出教會三百年的紀念日，一位斯賓諾莎的荷蘭仰慕者道格拉斯（Heer H. F. K. Douglas）想在一九二七年的石碑旁建造另一座紀念碑。道格拉斯先生知道以色列總理班—古里昂（Ben-Gurion）非常推崇斯賓諾莎，於是請求他的支持。班—古里昂熱心提供支持，這件事在以色列傳開後，海法（Haifa）的猶太人道機構因為認為斯賓諾莎是猶太人道主義的先驅，於是提供黑色玄武岩做為紀念。這座紀念碑揭幕時，荷蘭和以色列都有許多政要參加，班—古里昂並沒有參加揭幕，但在三年後的正式典禮參訪紀念碑。

新碑石立於一九二七年的碑石旁，包括斯賓諾莎的頭部浮雕，以及一個單字「Caute」（小心），這是斯賓諾莎的座右銘，下面則是與碑石緊連的黑色以色列玄武岩，寫著希伯來文（amcha），意為「你的人民」。

班—古里昂想恢復斯賓諾莎猶太人身分的企圖，引起一些以色列人的爭議，議會的正統教徒對以色列向斯賓諾莎致敬的想法非常憤怒，譴責班—古里昂和外交部長高達．梅爾竟然指示以色列的荷蘭大使參加揭幕。

班—古里昂先前在一篇文章中，提到斯賓諾莎被逐出教會的問題：「實在很難責怪十七世紀的阿姆斯特丹猶太社群，他們的地位不穩……而受傷的猶太社群有權捍衛自己的團結。但今天的猶太人沒有權利把不朽的斯賓諾莎永遠排除到以色列社群之外。」班—古里昂堅決主張，如果沒有斯賓諾莎的著作，希伯來語文就不夠完整。甚至在他的文章出版不久後，希伯來大學以希伯來文出版了整套斯賓諾莎的著作。

有些猶太人希望班—古里昂訴請阿姆斯特丹的拉比博士，撤回把斯賓諾莎逐出教會的決定，但他拒絕，並寫道：「我不會試圖廢除逐出教會的決定，因為我認為逐出教會的決定理所當然是無效的……台拉維夫有一條街道是斯賓諾莎的名字，這個國家沒有一個理性的人會認為逐出教會的決定仍然有效。」

萊茵斯堡的斯賓諾莎圖書館在一九四二年被羅森堡的ERR沒收。荷蘭ERR的隊長施墨爾在一九四二年的報告（後來成為紐倫堡的正式文件）描述這次扣押行動：「海牙的斯賓諾莎學會和萊茵斯堡的斯賓諾莎博物館的藏書也被打包，裝入十八個箱子，包括非常珍貴的前人著作，非常重要，**可以探討斯賓諾莎問題**。斯賓諾莎學會主席不願把藏書交給我們，並非沒有原因，但他的託詞被我們識破。」

被搶走的萊茵斯堡藏書被放在法蘭克福，和有史以來最豐富的贓物放在一起。在羅森堡的領導下，ERR從一千所圖書館搶走三百萬本書籍。法蘭克福在一九四四年被聯軍密集轟炸時，納粹匆忙把他們的贓物搬到地下貯藏所，斯賓諾莎的藏書和其他成千上萬未編目的書籍被送到慕尼黑附近黑根（Hungen）的鹽礦。戰爭結束時，黑根的所有寶物都被送到美國奧芬巴赫的中央倉庫，由一小群圖書館學家和歷史學家尋找原主，最後，一位荷蘭籍檔案管理員葛拉斯溫克爾（Dirk Marius Graswinckel）發現斯賓諾莎的書，把整套書（只少了幾本）轉移到荷蘭船隻瑪麗．鹿特丹號，送往荷蘭。它們在一九四六年三月抵達萊茵斯堡，再度放入斯賓諾莎博物館陳列，到今天仍看得到它們。

等待審判的一個月中，阿弗瑞德獨自被監禁在紐倫堡監獄，只見到為他辯護的律師、阿姆斯特丹的軍醫，和心理學家。直到一九四五年十一月二十日，審判的第一天，他才見到聚集在審判團前的其他納粹被告，還有來自美國、英國、俄國和法國的起訴團隊，接下來的十一個月，他們在同一個房間聚集了二百一十八次。

總共有二十四位被告，但只有二十二位出席審判，第二十三位是羅勃特．萊伊（Robert Ley），兩週前在牢房用毛巾自縊，第二十四位是缺席受審的馬丁．波曼，是「希特勒接待室的獨裁者」，但很多人相信他在俄軍入侵柏林時，就被殺死了。被告坐在四張長凳上，排成兩排，一排武裝軍人立正站在他們後面。阿弗瑞德坐在右側長凳的前排第二位，左側長凳前排有戈林，海斯，里賓特洛甫（Joachim von Ribbentrop），他是納粹的外交部長，和陸軍元帥凱特爾（Wilhelm Keitel），軍隊的最高指揮官。審判前拘留的幾個月中，戈林停用藥物，體重減輕了二十五磅，現在顯得健康、愉快。

阿弗瑞德右側是卡爾登布魯納（Ernst Kaltenbrunner），他是黨衛軍倖存的最高階官員。左側是法蘭克（Hans Frank），波蘭占領區的總督，弗瑞克（Wilhelm Frick），波希米亞—莫拉維亞的德國攝政官；最後是施特萊歇爾，《抨擊家週報》的編輯，阿弗瑞德沒有坐在施特萊歇爾旁邊，一定覺得很放心，因為他特別令人厭惡。

第二排的顯赫人物有海軍上將鄧尼茲，他是希特勒自殺後的德國總統與潛艦指揮官，還有陸軍元帥約德爾（Alfred Jodl），兩人都保持傲慢的軍人姿態。接下來坐著沙克爾（Fritz Sauckel），納粹強迫勞動計畫的領導人；賽斯—因夸特（Arthur Seyss-Inquart），德國的荷蘭行政長官；接下來是施佩爾（Albert Speer），希特勒的密友與建築師——阿弗瑞德痛恨他就像痛恨戈培爾一樣。接下來是馮克（Walther Funk），他把德國銀行變成金牙與其他掠奪自集中營受害者的貴重物品的貯藏所，還有席拉赫（Baldur von Schirach），納粹青年軍領導人。後排還有兩位被告是較不知名的納粹商人。

主要納粹戰犯的選擇耗時數個月，他們當然不是原本的核心人物，但希特勒、戈培爾和希姆萊自殺後，這些人代表最有名的納粹分子。阿弗瑞德．羅森堡終於進入核心圈。希特勒的副指揮官戈林忠於他的角色，以迷人的眼神或脅迫的怒目，試圖控制團體，許多人迅即順從他。戈林影響其他被告證詞的情形干擾了起訴團，他們於是立刻採取行動，把戈林與其他人分開，首先是命令戈林在審判日的午餐休息時間獨自用餐，其他被告則坐在三張餐桌用餐，後來為了進一步減少戈林的影響，對所有被告執行更嚴格的單獨監禁。阿弗瑞德一如往常，拒絕參加少數的社交機會——用餐時、步入法庭的途中、訴訟時的交頭接耳。其他人並不隱藏對他的不悅，他對別人也是如此，他認為有些人要為他和元首如此細心塑造出來的高貴思想體系的失敗來負責。

審判進行幾天後，整個法庭觀看美國軍隊釋放集中營俘虜時拍攝的強烈影片，任何陰森可怕的細節全都沒有遺漏：瓦斯室、火葬場鍋爐堆滿燒毀一半的屍體、堆積如山的腐敗屍體、從死者身上取下的大量物品——眼鏡、嬰兒鞋、頭髮，影片的景象讓整個法庭震驚、想吐。一位美國攝影師把鏡頭瞄準被告觀看影片時的臉孔，羅森堡蒼白的臉孔流露出驚恐的表情，立刻轉頭不看。看完影片後，他和所有其他納粹被告都一致堅持自己完全不知道這種事的存在。

真的嗎？他對猶太人在東歐被大屠殺的情形，到底知道多少呢？他知道死亡集中營嗎？羅森堡把這個祕密帶入墳墓，他沒有留下任何文字記錄，也沒有確切的證據。（集中營相關的文件也不曾出現希特勒的簽名。）當然了，阿弗瑞德不曾在《人民觀察家報》提到集中營，因為納粹政策明確禁止公開討論集中營。羅森堡迅速向法庭指出他曾婉拒參加一九四二年一月重要的萬湖會議，這是納粹高層官員的會議，海德瑞希（Reinhard Heydrich）在會議中生動說明猶太人的終極解決辦法。羅森堡派助理梅爾（Alfred Meyer）代替他參加，但梅爾是他多年的親信，很難相信兩人不曾談過萬湖會議的內容。

審判第十七天，起訴團提出長達四小時的影片「納粹計畫」，做為證據，這是從各種納粹宣傳影片和新聞影片匯編而成的。影片開始於瑞芬斯塔爾（Leni Riefenstahl）的電影「意志的勝利」的剪輯片段，羅森堡在裡面穿著精心製作的政黨制服，提供浮誇的報導。阿弗瑞德和其他被告並沒有隱藏他們暫時回到光榮時刻的喜悅。

其他被告在法庭接受交叉詢問時，阿弗瑞德並不注意，他有時素描法庭人物的臉孔，有時把耳機轉到訴訟的俄語翻譯，對譯文的大量錯誤嘻笑、搖頭。即使是他自己被審問時，也聆聽俄語翻譯，公開抗議翻譯的許多錯誤。

整個審判過程中，阿弗瑞德受到法庭的重視遠大於以前被納粹自己人重視的程度。法庭多次把他形容成納粹黨最主要的思想家，為歐洲的破壞繪出藍圖，而羅森堡從來沒有否認這些指控。我們可以想像戈林複雜的反應：嘲笑羅森堡自以為在第三帝國的重要性，另一方面則竊笑羅森堡無意中為自己的棺木打釘子的行徑。

在冗長的辯詞中，羅森堡含糊的託詞、賣弄學問的口氣和複雜的語言，大大激怒了起訴團。他們不像希特勒，並沒有接受他自認學問淵博的態度，也許是因為紐倫堡的法學家擁有智力測驗結果的優勢，這是由美國心理學家吉爾伯特中尉（G. M. Gilbert）施測，羅森堡的智商是一二四，在二十一位被告中，介於中等。（敬陪末座的是希特勒最喜歡的報紙編輯施特萊歇爾，智商一〇六。）羅森堡雖然保持他練習已久的傲慢笑容，卻不再能愚弄任何人，沒有人誤以為他的思想深度是大家無法理解的。

美國最高法院法官傑克森（Robert J. Jackson）是美國的審判長，他寫道：「羅森堡是『優秀民族』的聰明大祭司，提出仇恨的宗旨，為消滅猶太民族提供推動力，把離經叛道的理論實行於東部占領區。他粗糙的哲學也為一長串納粹暴行增添令人生厭的味道。」

美國的審判官湯馬士．杜德（Thomas Dodd，參議員克里斯多福．杜德的父親），在他的書信集透露他對羅森堡的感覺：「又過了兩天，我今天早上交叉審問阿弗瑞德．羅森堡，相信我的工作差強人意……他是最難審問的人，迴避、說謊的惡棍，我以前沒見過這種人。我真的不喜歡他，他真是個大騙子，真是徹底的偽君子。」

大衛．馬克斯威爾爵士（Sir David Maxwell）是英國的檢察長，評論說：「唯一提出的證詞是羅森堡連蒼蠅都不願傷害，證人見過他不願傷害蒼蠅。羅森堡是委婉說詞的大師、官僚政治的學究，他似乎永無止境的說詞不但曲折迂迴，而且糾結纏繞、彼此黏連，有如煮得過爛的義大利麵。」

俄國檢察長魯丹柯（Rudenko）將軍在結辯時，以這些話做結語：「儘管羅森堡努力玩弄歷史事實與事件，卻無法否認他是納粹黨的官方思想家；遠在四分之一世紀前，他就已為法西斯分子的納粹國家擬定『理論』基礎，在這整段期間，腐化千百萬德國人的道德，在『意識形態』上讓他們準備好接受納粹分子犯下的可怕罪行。」

羅森堡只有一個可能有效的辯詞——他的納粹同仁從來沒有認真看待他，他在東方國家占領區擬定的所有政策都完全被忽視。但他過度膨脹自己的價值，不願公開承認自己的無足輕重。他選擇日復一日迂迴閃避。一位紐倫堡觀察員說：「根本不可能理解他說的話，就好像無法抓住一把雲一樣。」

羅森堡和其他被告不同，他從來沒有撤回自己的主張。到了最後，只剩下他是唯一真正的信仰者，他從不否定希特勒與其種族主義者的意識形態。「我不認為希特勒是暴君，」羅森堡告訴法庭：「而是像數百萬國家社會主義者一樣，信任他經歷十四年奮鬥的力量。我忠誠的為阿道夫．希特勒服務，不論黨在這些年做了什麼，我都支持。」他與另一位被告交談時，甚至更強烈地為希特勒辯解：「不論我腦海中有多少次回想每一件事，仍然不相信那個人的性格有任何缺點。」他一直堅持其意識形態的正確性：「過去二十五年來推動我的想法，就是不只要為德國人服務，更要為整個歐洲服務，事實上是整個白種人。」他在死前不久，表達國家社會主義永遠不會被人遺忘的願望，並認為會「重生於新一代因苦難而堅強的人」。

判決日是一九四六年十月一日。法庭審訊了二百一十八次，然後休會六週，讓法官有足夠的時間深思熟慮。十月一日早晨，各個被告按座位次序得知法庭的判決。三名被告——沙赫特（Schacht）、馮．巴本（von Papen）和弗瑞茲希（Fritzsche）——宣告無罪，當庭釋放。其他人的指控都有一部分或全部有罪。

各個被告在下午得知自己的命運。阿弗瑞德是第六位面對法庭的人：「被告阿弗瑞德．羅森堡，根據你被起訴的罪狀，判你有罪，法庭判處你絞刑。」

其餘十名被告聽到相同的話：戈林、里賓特洛甫、凱特爾、卡爾登布魯納、約德爾、法蘭克、弗瑞克、施特萊歇爾、賽斯—因夸特和沙克爾。馬丁．波曼在缺席中被判死刑，其餘七人分別判處不同期間的監禁。

死刑安排在一九四六年十月十六日清晨。判決後，各有一名衛兵站在各個牢房外，透過房門的小孔日以繼夜的監視囚犯。死刑前一天，被告可以聽見監獄庭院外建造三座絞架的捶打聲。

十月十五日晚上十一點，預定執行死刑的前一夜，戈林牢房外的衛兵聽見他的呻吟聲，看見他在床上扭動，營區指揮官和醫師急忙進入牢房，但戈林已經死亡，口中的玻璃碎片顯示他咬破氰化物膠囊。數百個這種自殺膠囊曾分發給納粹領導人，儘管先前已多次仔細檢查他本人和物品，但戈林如何掩藏這顆使他致命的膠囊仍是個謎。其他被告都不知道戈林的死亡。里賓特洛甫取代戈林成為第一個行刑的人。衛兵進入各個牢房，一個接一個叫喚囚徒的名字，護送被判刑的人到體育館，這裡在幾天前仍被美國的保安官員當成籃球場。十月十六日，這裡放了三個漆成黑色的木製絞架。兩個絞架輪流使用，第三個只是備用，並未被使用。木板擋住絞架底部，所以被絞死的人落下時，旁觀者看不到繩索末端扭動的身軀。

羅森堡排在第四位，戴著手銬，被帶到絞架下，有人詢問他的名字，他用溫和的聲音回答：「羅森堡」。兩側各有一位美軍士官扶著他，他走上絞架的十三個階梯，被詢問是否有任何遺言時，他暗黑的眼睛顯得很困惑，看了一會兒劊子手，然後用力搖頭。其他九名納粹分子都留下最後的話——施特萊歇爾高喊：「有一天布爾什維克分子會絞死你。」但羅森堡靜靜走向死亡，就像一尊人面獅身像。

戈林的遺體和九名被絞死的人都放在棺木中拍照，以排除任何懷疑，確定他們真的死亡。在夜色下，十具屍體被送到達浩（Dachau）集中營，那裡的火爐最後一次被點燃，以火化他們的製造者。六十磅的骨灰，都是納粹領導人的灰燼，被撒到水裡，很快就飄到的伊薩爾（Isar）河，流經慕尼黑，這個最令人悲痛、最陰暗邪惡的所有故事的起點。

事實或虛構？

我嘗試寫一本可能真的發生過這些事的小說。為了盡可能貼近歷史事件，我從精神科醫師的專業背景來想像主角班托·斯賓諾莎和阿弗瑞德·羅森堡的內在世界。我虛構了兩個角色，法蘭科·貝尼泰茲和弗瑞德里赫·菲斯特，做為進入主角內心世界的入口。所有牽涉到他們的場景當然都是虛構的。

也許是因為斯賓諾莎選擇不被人看見，他的生活鮮為人知。兩位猶太訪客法蘭科和雅各的故事，是根據斯賓諾莎最早期的傳記中一段簡短敘述。傳記中談到兩個未提及名字的年輕人找斯賓諾莎談話，意圖促使他說出異端的觀點，沒有多久，斯賓諾莎就停止與他們接觸，於是他們向莫泰瑞拉比和猶太社群告發他。關於這兩個人，別無所知——這不是小說家不喜歡的事態——有些斯賓諾莎學者懷疑整件事的真實性，不過，它是有可能發生的。貪婪的杜阿泰·羅德里奎茲是真實的歷史人物，被我描寫成他們的叔叔，對斯賓諾莎感到不滿。

斯賓諾莎與雅各和法蘭科辯論時的內容與觀念，大部分取材自他的《神學政治論》。其實我在整本小說裡，從《神學政治論》、《倫理學》和他的書信，汲取了許多話。身為商店主人的斯賓諾莎是想像出來的，其實不確定斯賓諾莎是否經營零售生意。他的父親米迦勒・斯賓諾莎建立出成功的進出口生意，但到斯賓諾莎成人的時候，生意已經很難經營。

斯賓諾莎的老師法蘭西斯卡斯・凡・丹・安登是非常有魅力、精力旺盛、思想自由的人，後來移居巴黎，最後因為密謀推翻君主政體，被路易十四處死。他的女兒克拉拉・瑪麗亞幾乎在所有斯賓諾莎的傳記都被描寫成迷人的天才，最後嫁給德克・科克林克，斯賓諾莎在安登學院的同學。

關於斯賓諾莎已知的少量事實中，最確定的是他被逐出教會，我精確地重現放逐公告的正式內容。斯賓諾莎很可能再也沒有與猶太人有進一步的接觸，他與猶太人法蘭科後續的友誼當然純屬虛構。我想像法蘭科是一個超前其時代的人，是卡普蘭〔譯注一〕的前世，他是二十世紀使猶太教現代化和政教分離的先驅。斯賓諾莎兩位在世的手足遵守禁令，完全沒有與他聯絡。蕾貝卡就如我先前描述的，在他死後短暫出現，想要占有弟弟的財產。蓋伯瑞移居加勒比海

〔譯注一〕 Modecai Kaplan（1881-1983），美國神學家，猶太教拉比，創始猶太人重建運動，主張修改猶太教義，認為猶太教並非宗教，而是民族文明。

島，在那裡死於黃熱病。莫泰瑞拉比是十七世紀猶太社群的傑出人物，他的佈道內容有許多仍流傳至今。

斯賓諾莎被逐出社群時的情緒反應，我們其實一無所知。我對他的描述完全是虛構的，但依我的看法，一個人與自己熟悉的每一個人徹底分開時，很可能是這種反應。斯賓諾莎居住的城市和房子、鏡片的磨製、他與社友會的關係，他與西蒙·迪·弗瑞斯的友誼、匿名出版品、他的藏書，以及死亡和葬禮的情況，都是根據歷史記載。

小說中，二十世紀的部分有較多確切的歷史，不過，弗瑞德里赫·菲斯特完全是虛構的，他和阿弗瑞德·羅森堡之間的互動都是想像出來的。不過，根據我對羅森堡性格的了解，以及二十世紀初期心理治療的狀態，所有羅森堡與菲斯特的互動都是**有可能**發生的。畢竟，就如紀德〔譯注二〕所說：「歷史是確實發生過的小說，小說是可能發生過的歷史。」

就如前言提到的，負責沒收斯賓諾莎藏書的羅森堡ERR官員（施墨爾）寫了一份文件（17b-PS），談到藏書有助於納粹探討「斯賓諾莎問題」。我找不到其他證據可以把羅森堡和斯賓諾莎連結起來，但有可能曾發生如下的事：羅森堡自以為是哲學家，毫無疑問會知道許多偉大的德國思想家推崇斯賓諾莎。因此，把斯賓諾莎和羅森堡連結起來的所有內容都是虛構的（包括羅森堡兩次造訪萊茵斯堡的斯賓諾莎博物館）。我在所有其他方面，試圖正確報導羅森堡生活的重要細節。我們從他的自傳（寫於紐倫堡大審的拘禁期間），得知他確實在十六歲時被反猶作家赫斯頓·史都華·錢伯倫「點燃」。這個事實引發我的靈感，虛構出青少年羅森堡與校長艾普斯頓和薛弗先生間的會談。

羅森堡日後生活中的主要細節都是根據歷史的記載：他的家庭、教育、婚姻、藝術的抱負、俄國經驗、企圖加入德軍、從愛沙尼亞逃到柏林然後到慕尼黑、跟隨狄特里希·埃卡特見習、成為編輯、與希特勒的關係、慕尼黑政變的角色、與希特勒和赫斯頓·史都華·錢伯倫的三方會面、各種納粹職位、著作、國家獎，以及紐倫堡大審的經歷。

我呈現羅森堡的內在生活時，比斯賓諾莎更有信心，因為我有更多資料是選自羅森堡的演講、自傳的內容，以及別人的觀察。他確實曾兩度住進侯翰利欽醫院，一九三五年住了三週，一九三六年住了六週，原因至少有一部分是出於精神疾病。我精確地重現精神科醫師蓋巴哈特寫給希特勒的信，描述羅森堡的人格問題（只有最後一段談到弗瑞德里赫·菲斯特的部分是虛構的）。附帶一提，蓋巴哈特醫師因為在集中營進行醫學實驗，於一九四八年以戰犯之名接受絞刑。錢伯倫寫給希特勒的信是逐字引用的，所有新聞的標題、佈告和演講都是忠實的記錄。弗瑞德里赫為阿弗瑞德·羅森堡做心理治療時的企圖，則是根據我自己如果治療羅森堡這種人，可能會怎麼樣進行而寫的。

〔譯注二〕 Andre Gide（1869-1951），法國作家，獲一九四七年諾貝爾文學獎。

當下，繁花盛開

作者—喬・卡巴金
譯者—雷叔雲　定價—300元

心性習於自動運作，常忽略要真切地去生活、成長、感受、去愛、學習。本書標出每個人生命中培育正念的簡要路徑，對想重拾生命瞬息豐盛的人士，深具參考價值。

有求必應

【22個吸引力法則】
作者—伊絲特與傑瑞・希克斯夫婦
譯者—鄧伯宸　定價—320元

想要如願以償的人生，關鍵就在於專注所願。本書將喚醒你當下所具備的強大能量，並帶領讀者：把自己的頻道調和到一心所求之處；善用吸引力心法，讓你成為自己人生的創造者。

超越身體的療癒

作者—勞瑞・杜西
譯者—吳佳綺　定價—380元

意義如何影響心靈與健康？心識是否能超越大腦、時間與空間的限制，獨立運作？勞瑞・杜西醫師以實例與研究報告，為科學與靈性的對話打開一扇窗。

不可思議的直覺力

【超感知覺檔案】
作者—伊麗莎白・羅伊・梅爾
譯者—李淑珺　定價—400元

知名精神分析師梅爾博士，耗費14年探究超感官知覺（ESP），從佛洛伊德有關心電感應的著作，到中情局關於遙視現象的祕密實驗。作者向我們揭露了一個豐富、奇幻的世界。

占星、心理學與四元素

【占星諮商的能量途徑】
作者—史蒂芬・阿若優
譯者—胡因夢　定價—260元

當代美國心理占星學大師阿若優劃時代的著作！本書第一部分以嶄新形式詮釋占星與心理學。第二部分透過風、火、水、土四元素的能量途徑，來探索本命盤所呈現的素樸秩序。

占星・業力與轉化

【從星盤看你今生的成長功課】
作者—史蒂芬・阿若優
譯者—胡因夢　定價—480元

富有洞見而又深具原創性的本書結合了人本占星學、榮格心理學及東方哲學，能幫助我們運用占星學來達成靈性與心理上的成長。凡是對自我認識與靈性議題有興趣的讀者，一定能從本書中獲得中肯的觀察。

心靈寫作

【創造你的異想世界】
作者—娜妲莉・高柏
譯者—韓良憶　定價—300元

在紙與筆之間，寫作猶如修行坐禪
讓心中的迴旋之歌自然流唱
尋獲馴服自己與釋放心靈的方法

狂野寫作

【進入書寫的心靈荒原】
作者—娜妲莉・高柏
譯者—詹美涓　定價—300元

寫作練習可以帶你回到心靈的荒野，看見內在廣闊的蒼穹。撞見荒野心靈、與自己相遇，會讓我們看到真正的自己，意識與心靈不再各行其是，將要成為完整的個體。

傾聽身體之歌

【舞蹈治療的發展與內涵】
作者—李宗芹　定價—280元

全書從舞蹈治療的發展緣起開始，進而介紹各種不同的治療取向，再到臨床治療實務運作方法，是國內第一本最完整的舞蹈治療權威書籍。

非常愛跳舞

【創造性舞蹈的新體驗】
作者—李宗芹　定價—220元

讓身體從累贅的衣服中解脫，用舞蹈表達自己內在的生命，身體動作的力量遠勝於人的意念，創造性舞蹈的精神即是如此。

身體的情緒地圖

作者—克莉絲汀・寇威爾
譯者—廖和敏　定價—240元

身體是心靈的鑰匙，找回身體的感覺，就能解開情緒的枷鎖，釋放情感，重新尋回健康自在。作者是資深舞蹈治療師，自1976年來，運用獨創的「動態之輪」，治癒了無數身陷情緒泥淖的人。

敲醒心靈的能量

【迅速平衡情緒的思維場療法】
作者—羅傑・卡拉漢、理查・特魯波
譯者—林國光　定價—320元

在全世界，思維場療法已經證明對75%至80%的病人的身心產生恆久的療效，成功率是傳統心理治療方法的許多倍。透過本書，希望讀者也能迅速改善情緒，過著更平衡的人生。

探索身體，追求智性，呼喊靈性，
攀向更高遠的意義與價值
是幸福，是恩典，更是內在心靈的基本需求，
企求穿越回歸眞我的旅程

心靈工坊 PsyGarden

Holistic

綠野仙蹤與心靈療癒
【從沙遊療法看歐茲國的智慧】
作者—吉妲・桃樂絲・莫瑞那
譯者—朱惠英、江麗美　定價—280元

心理治療師吉妲・桃樂絲・莫瑞那從童話故事《綠野仙蹤》中的隱喻出發，藉由故事及角色原型，深入探索通往人們心理的療癒之路。本書作者莫瑞那是《綠野仙蹤》原作者李曼・法蘭克・包姆的曾孫女，她為紀念曾祖父贈與這世界的文學大禮，特地於此書中詳載《綠野仙蹤》的創作背景、家族故事及影響。

覺醒風
【東方與西方的心靈交會】
作者—約翰・威爾伍德
譯者—鄧伯宸　定價—450元

東方的禪修傳統要如何與西方的心理治療共冶一爐，帶來新的覺醒？資深心理治療師約翰・威爾伍德提供了獨到的見解，同時解答了下列問題：東方的靈性修行在心理健康方面，能夠帶給人什麼樣的啓發？追求靈性的了悟對個人的自我會帶來什麼挑戰，並因而產生哪些問題？人際關係、親密關係、愛與情欲如何成為人的轉化之鑰？

教瑜伽・學瑜伽
【我們在這裡相遇】
作者—多娜・法喜
譯者—余麗娜　定價—250元

本書作者是當今最受歡迎的瑜伽老師之一，她以二十五年教學經驗，告訴你如何找對老師，如何當個好老師，如何讓瑜伽成為幫助生命轉化的練習。

瑜伽之樹
作者—艾揚格
譯者—余麗娜　定價—250元

艾揚格是當代重量級的瑜伽大師，全球弟子無數。本書是他在歐洲各國的演講結集，從瑜伽在日常生活中的實際運用，到對應身心靈的哲理沉思，向世人傳授這門學問的全貌及精華。

凝視太陽
【面對死亡恐懼】
作者—歐文・亞隆
譯者—廖婉如　定價—320元

你曾面對過死亡嗎？你是害怕死亡，還是怨恨沒有好好活著？請跟著當代存在精神醫學大師歐文?亞隆，一同探索關於死亡的各種疑問，及其伴隨的存在焦慮。

生命的禮物
【給心理治療師的85則備忘錄】
作者—歐文・亞隆
譯者—易之新　定價—330元

當代造詣最深的心理治療思想家亞隆認為治療是生命的禮物。他喜歡把自己和病人看成「旅程中的同伴」，要攜手體驗愉快的人生，也要經驗人生的黑暗，才能找到心靈回家之路。

日漸親近
【心理治療師與作家的交流筆記】
作者—歐文・亞隆、金妮・艾肯
審閱—陳登義　譯者—魯宓　定價—320元

本書是心理治療大師歐文・亞隆與他的個案金妮共同創作的治療文學，過程中兩人互相瞭解、深入探觸，彼此的坦承交流，構築出這部難能可貴的書信體心理治療小說。

心態決定幸福
【10個改變人生的承諾】
作者—大衛・賽門
譯者—譚家瑜　定價—250元

「改變」為何如此艱難？賽門直指核心地闡明人有「選擇」的能力，當你承認你的「現實」是某種選擇性的觀察、解讀、認知行為製造的產物，便有機會意志清醒地開創自己的人生。

鑽石途徑 I

【現代心理學與靈修的整合】
作者—阿瑪斯
策劃、翻譯—胡因夢　定價—350元

阿瑪斯發展出的「鑽石途徑」結合了現代深度心理學與古代靈修傳統，幾乎涵蓋人類心靈發展的所有面向。這個劃時代的整合途徑，將帶來有別於傳統的啓蒙和洞識。

鑽石途徑 II

【存在與自由】
作者—阿瑪斯　譯者—胡因夢　定價—280元

開悟需要七大元素——能量、決心、喜悅、仁慈、祥和、融入和覺醒。這些元素最後會結合成所謂的鑽石意識，使我們的心靈散發出閃亮剔透的光彩！

鑽石途徑 III

【探索眞相的火焰】
作者—阿瑪斯　譯者—胡因夢　定價—260元

你是誰？爲什麼在這裡？又將往哪裡去？這些問題像火焰般在你心中燃燒，不要急著用答案來熄滅它，就讓它燒掉你所有既定的信念，讓這團火焰在你心中深化；讓存在變成一個問號，一股熱切的渴望。

鑽石途徑 IV

【無可摧毀的純眞】
作者—阿瑪斯　譯者—胡因夢　定價—420元

在本系列最深入的《鑽石途徑IV》中，阿瑪斯提出個人本體性當在剝除防衛、脫離表相、消除疆界後，進入合一之境，回歸處子的純眞狀態，讓知覺常保煥然一新，在光輝熠熠的實相中，看見鮮活美好的世界。

萬法簡史

作者—肯恩．威爾伯
譯者—廖世德　定價—520元

這本書要說的是——世界上每一種文化都是重要的部分眞理，若能把這些部分眞理拼接成繁美的織錦，便可幫助你我找出自己尙未具備的能力，並將這份潛能轉譯成高效能的商業、政治、醫學、教育、靈性等活力。

生命之書

【365日的靜心冥想】
作者—克里希那穆提
譯者—胡因夢　定價—400元

你可曾安靜地坐著，既不專注於任何事物，也不費力地集中注意力？若是以這種方式輕鬆自在地傾聽，你就會發現心在不強求的情況下產生了驚人的轉變。

關係花園

作者—麥基卓、黃煥祥
譯者—易之新　定價—300元

關係，像一座花園，需要除草、灌溉、細心長久的照料。健康的花園充滿能量，生機盎然，完美的親密關係也一樣，可以滋養每一個人，讓彼此都有空間成長、茁莊。

健康花園

作者—麥基卓、黃煥祥
譯者—魯宓　定價—240元

你是否覺得自己孤單、憂鬱、不滿足與無所依靠？爲了想讓自己過得健康快樂，你也許已經向外嘗試不同的解決之道。但是，其實不需要改變外在世界就可以活得更健康，關鍵在於，你要能夠改變內在的你。

生命花園

作者—黃煥祥、麥基卓
譯者—陶曉清、李文瑗、殷正洋、張亞輝
姚黛瑋
定價—450元

我們每一個人的功課，就是要去找到屬於自己的，通往自由、負責、健康與快樂的路徑，一個能眞正滋養自我的心靈花園。

存在禪

【活出禪的身心體悟】
作者—艾茲拉．貝達
譯者—胡因夢　定價—250元

我們需要一種清晰明確的實修方式，幫助我們在眞實生命經驗中體證自己的身心。本書將引領你進入開闊的自性，體悟心中本有的祥和及解脫。

箭術與禪心

作者—奧根．海瑞格
譯者—魯宓　定價—180元

海瑞格教授爲了追求在哲學中無法得到的生命意義，遠渡重洋來到東方的日本學禪，他將這段透過箭術習禪的曲折學習經驗，生動地記錄下來，篇幅雖短，卻難能可貴地以文字傳達了不可描述的禪悟經驗。

耶穌也說禪

作者—梁兆康
譯者—張欣雲、胡因夢　定價—360元

本書作者試圖以「禪」來重新詮釋耶穌的教誨，在他的筆下，耶穌的日常生活、他所遇到的人以及他與神的關係，都彷彿栩栩如生地呈現在我們的眼前；頓時，福音與耶穌的話語成爲了一件件禪宗公案與思索的主題。

生命不再等待

作者—佩瑪．丘卓　審閱—鄭振煌
譯者—雷叔雲　定價—450元

本書以寂天菩薩所著的《入菩薩行》為本，配以佩瑪．丘卓既現代又平易近人的文字風格；她引用經典、事例，沖刷掉現代生活的無明與不安；她也另外調製清新的配方，撫平現代人的各種困惑與需求。

當生命陷落時

【與逆境共處的智慧】

作者—佩瑪．丘卓
譯者—胡因夢、廖世德　定價—200元

生命陷落谷底，如何安頓身心、在逆境中尋得澄淨的智慧？本書是反思生命、當下立斷煩惱的經典作。

轉逆境為喜悅

【與恐懼共處的智慧】

作者—佩瑪．丘卓
譯者—胡因夢　定價—230元

以女性特有的敏感度，將易流於籠統生硬的法教，化成了順手拈來的幽默譬喻，及心理動力過程的細膩剖析。她為人們指出了當下立斷煩惱的中道實相觀，一條不找尋出口的解脫道。

不逃避的智慧

作者—佩瑪．丘卓
譯者—胡因夢　定價—250元

繼《當生命陷落時》、《轉逆境為喜悅》、《與無常共處》之後，佩瑪再度以珍珠般的晶瑩語句，帶給你清新的勇氣，及超越一切困境的智慧。

無盡的療癒

【身心覺察的禪定練習】

作者—東杜仁波切
譯者—丁乃竺　定價—300元

繼《心靈神醫》後，作者在此書中再次以身心靈治療為主、教授藏傳佛教中的禪定及觀想原則；任何人都可藉由此書習得用祥和心修身養性、增進身心健康的方法。

十七世大寶法王

作者—讓保羅．希柏　審閱—鄭振煌、劉俐
譯者—徐筱玥　定價—300元

在達賴喇嘛出走西藏四十年後，年輕的十七世大寶法王到達蘭薩拉去找他，準備要追隨他走上同一條精神大道，以智慧及慈悲來造福所有生靈。

大圓滿

作者—達賴喇嘛
譯者—丁乃竺　定價—320元

「大圓滿」是藏傳佛教中最高及最核心的究竟真理。而達賴喇嘛則是藏傳佛教的最高領導，一位無與倫比的佛教上師。請看達賴喇嘛如何來詮釋和開示「大圓滿」的精義。

108問，與達賴喇嘛對話

作者—達賴喇嘛
對談人—費莉絲塔．蕭恩邦　定價—240元

作者以深厚的見解，介紹佛教哲理、藏傳佛教的傳承，及其對西方現代世界的重要性，對於關心性靈成長，以及想了解佛教和達賴喇嘛思想精華的讀者，這是一本絕佳的入門好書！

隨在你

作者—吉噶．康楚仁波切
譯者—丁乃竺　定價—240元

心就像一部電影，外在世界的林林總總和紛飛的念頭情緒，都是投射於其上的幻影。如果我們可以像看電影般地看待自己的生命，就可以放鬆心情，欣賞演出，看穿現象的流動本質，讓妄念自然來去。

當囚徒遇見佛陀

作者—圖丹．卻准
譯者—雷叔雲　定價—250元

多年來，卻准法師將佛法帶進美國各地重刑監獄。她認為，佛陀是一流的情緒管理大師，可以幫助我們走出情緒的牢籠。

病床邊的溫柔

作者—范丹伯
譯者—石世明　定價—150元

本書捨棄生理或解剖的觀點，從病人受到病痛的打擊，生命必須面臨忽然的改變來談生病的人遭遇到的種種問題，並提出一些訪客箴言。

疾病的希望

【身心整合的療癒力量】

作者—托瓦爾特．德特雷福仁、
呂迪格．達爾可
譯者—易之新　定價—360元

把疾病當成最親密誠實的朋友，與它對話——因為身體提供了更廣的視角，讓我們從各種症狀的痛苦中學到自我療癒的人生功課。

斯賓諾莎問題

The Spinoza Problem

作者—歐文．亞隆（Irvin D. Yalom）

譯者—易之新

出版者—心靈工坊文化事業股份有限公司

發行人—王浩威　總編輯—徐嘉俊

執行編輯—林依秀　特約編輯—祁雅媚　內頁排版—李宜芝

通訊地址—10684台北市大安區信義路四段53巷8號2樓

郵政劃撥—19546215　戶名—心靈工坊文化事業股份有限公司

電話—02）2702-9186　傳真—02）2702-9286

Email—service@psygarden.com.tw　網址—www.psygarden.com.tw

製版．印刷—中茂分色製版印刷事業股份有限公司

總經銷—大和書報圖書股份有限公司

電話—02）8990-2588　傳真—02）2290-1658

通訊地址—248新北市五股工業區五工五路二號

初版一刷—2013年2月　初版三刷—2023年1月

ISBM—978-986-6112-65-2　定價—420元

國家圖書館出版品預行編目資料

斯賓諾莎問題／歐文．亞隆（Irvin D. Yalom）著；易之新譯.　-- 初版. --

臺北市：心靈工坊文化，2013.02　面；　公分.（Story；013）

譯自：The Spinoza problem

ISBN 978-986-6112-65-2（平裝）

874.57　　101027174

心靈工坊 PsyGarden 書香家族 讀友卡

感謝您購買心靈工坊的叢書，爲了加強對您的服務，請您詳填本卡，
直接投入郵筒（免貼郵票）或傳眞，我們會珍視您的意見，
並提供您最新的活動訊息，共同以書會友，追求身心靈的創意與成長。

書名— 斯賓諾莎問題

姓名　　　　　是否已加入書香家族？ □是 □現在加入

電話（公司）　　　（住家）　　　手機

E-mail　　　　生日　　年　　月　　日

地址 □□□

服務機構／就讀學校　　　　職稱

您的性別—□1.女 □2.男 □3.其他

婚姻狀況—□1.未婚 □2.已婚 □3.離婚 □4.不婚 □5.同志 □6.喪偶 □7.分居

請問您如何得知這本書？
□1.書店 □2.報章雜誌 □3.廣播電視 □4.親友推介 □5.心靈工坊書訊
□6.廣告DM □7.心靈工坊網站 □8.其他網路媒體 □9.其他

您購買本書的方式？
□1.書店 □2.劃撥郵購 □3.團體訂購 □4.網路訂購 □5.其他

您對本書的意見？

封面設計	□ 1.須再改進	□ 2.尚可	□ 3.滿意	□ 4.非常滿意
版面編排	□ 1.須再改進	□ 2.尚可	□ 3.滿意	□ 4.非常滿意
內容	□ 1.須再改進	□ 2.尚可	□ 3.滿意	□ 4.非常滿意
文筆／翻譯	□ 1.須再改進	□ 2.尚可	□ 3.滿意	□ 4.非常滿意
價格	□ 1.須再改進	□ 2.尚可	□ 3.滿意	□ 4.非常滿意

您對我們有何建議？

▲您的意見，我們將轉貼在心靈工坊網站上，www.psygarden.com.tw

廣　告　回　信
台北郵局登記證
台北廣字第1143號
免　貼　郵　票

心靈工坊 PsyGarden

台北市106 信義路四段53巷8號2樓

讀者服務組　收

免　　貼　　郵　　票

（對折線）

加入心靈工坊書香家族會員
共享知識的盛宴，成長的喜悅

請寄回這張回函卡（免貼郵票），
您就成為心靈工坊的書香家族會員，您將可以——

⊙隨時收到新書出版和活動訊息

⊙獲得各項回饋和優惠方案